U0084016

古典詩歌研究彙刊

第二九輯

龔鵬程 主編

第 4 冊

馮延巳《陽春集》意象研究

張 璐 著

國家圖書館出版品預行編目資料

馮延巳《陽春集》意象研究／張璐 著 -- 初版 -- 新北市：花
木蘭文化事業有限公司，2021〔民 110〕
目 2+252 面；17×24 公分
（古典詩歌研究彙刊 第二九輯；第 4 冊）
ISBN 978-986-518-322-6（精裝）
1.（南唐）馮延巳 2. 唐五代詞 3. 詞論
820.91   110000260

ISBN-978-986-518-322-6

9 789865 183226

古典詩歌研究彙刊
第二九輯 第 四 冊   ISBN：978-986-518-322-6

馮延巳《陽春集》意象研究

作　　者　張璐
主　　編　龔鵬程
總 編 輯　杜潔祥
副總編輯　楊嘉樂
編　　輯　許郁翎、張雅淋　美術編輯　陳逸婷
出　　版　花木蘭文化事業有限公司
發 行 人　高小娟
聯絡地址　235 新北市中和區中安街七二號十三樓
　　　　　電話：02-2923-1455／傳真：02-2923-1452
網　　址　http://www.huamulan.tw 信箱 service@huamulans.com
印　　刷　普羅文化出版廣告事業
初　　版　2021 年 3 月
全書字數　185090 字
定　　價　第二九輯共 12 冊（精裝）新台幣 25,000 元　版權所有・請勿翻印

馮延巳《陽春集》意象研究

張璐 著

作者簡介

　　張璐，1994 年 6 月生，福建南平人。山東大學哲學與社會發展學院哲學學士，臺灣輔仁大學中國文學系文學碩士，師從孫永忠先生，研究方向為唐宋詞。

　　碩士期間曾參加香港珠海學院舉辦的「第三屆中華文化人文發展國際學術研討會」，北京師範大學、南開大學、西北師範大學、臺灣師範大學、臺灣政治大學、臺灣輔仁大學六校聯合主辦的「第七屆兩岸六校研究生國學高峰會議」等學術會議，發表〈孔子「知行觀」研究〉〈宋詞用古韻說商榷──由夏承燾「宋詞用古韻說不可信」論起〉〈「鄉飲酒禮」之流程、意義與歷代傳承〉等論文。

提　　要

　　「意象」作為文學理論中的重要概念，在主觀情意與客觀物象之間形成有機結合，也成為創作者與詮釋者之間表達與理解的工具。透過意象的使用與組合，可以小見大地窺探出一篇作品、一位創作者，甚至特定時期、特定文體的創作風格。近年來層出不窮的意象研究，證明了其重要性，但五代時期的遇冷，與馮延巳作品意象研究的零星、破碎，又為《陽春集》意象的系統研究留出了空間。

　　本本文以「一意多象」與「一象多意」的現象作為出發點，將《陽春集》的意象使用置於主題內容、情感表達與意象分類的縱橫網絡之中，探究其意象使用的普遍性與特殊性。但創作者的意象使用與作品的意象研究終究不能止於個別獨立意象，而必須從意象組合所形成的整體效果來看，故本文最終落腳點在於為詞作主題與情感表達服務的意象組合方式，總結《陽春集》意象使用特點，分析產生這種使用現象的原因，並將其置於宏觀的文學發展歷程中，探究這種意象使用對前代詩歌的承續、對《花間集》等早期詞作的繼承、未及與創新，以及對其後詞作的影響，甚至是作為詞體文學性追求這一漸變過程之先聲的可能性。

致　謝

　　不知道從哪一個時刻開始，日子忽然變得很快，如同眼前飛馳而過的汽車，一下子不見了蹤影，只揚起一陣塵土，像是生活中夾雜著的瑣碎事件的顆粒感。

　　幾個寒來暑往之後，竟也不知不覺走到這個離別的路口。翻看自己初來時寫下的心情，那時還在為面對著全然陌生的學科而惴惴不安，怎知後來也逐漸成長，更瞭解，也更熱愛。

　　這三年來所經歷、所擁有、所獲得的一切，能夠醞釀出雖不豐碩，但已足夠令我欣喜而產生成就感的果實，首先最想感謝的是我的導師，孫永忠教授。從素未謀面之時，因為將要跨專業學習而產生擔憂，機緣巧合之下給老師發了第一封郵件開始，到這三年來的修課與指導，老師始終是我生活與學習中的燈塔，指引著我前進，使我不致迷失、惶惑，替我排憂解難，鼓勵我向前，也教我以淡然、輕鬆的心態去面對人生中的風雨，讓我期待或許有一日，能擁有「也無風雨也無晴」的強大精神力量。

　　每一日走進校園時，都能看到標語說，「導師陪伴著學生成長」。深以為然的同時，覺得自己幸運地擁有很多老師的關懷。感謝金周生老師，給予我及我們這一群在異鄉的陸生家人般的溫暖與諸多幫助。也感謝我的兩位口試委員，林佳蓉老師與王秀珊老師，她們審閱論文的細緻，所給予的鼓勵與諸多寶貴意見，不但使論文更加完善，也使我在為學態度上受益匪淺。

　　學術這條路並不輕鬆，那些同甘共苦攜手並肩的朋友，讓我能繼

續走下去。感謝夢瀟、未春與思佳，她們填滿了我的生活，我們享受同在屋簷下的快樂，在苦澀的日子裡互相擁抱、互相撫慰，因為彼此的存在，我們不孤單、不膽怯、不管外面的世界是怎樣的，好像手拉手都能一起順利度過。感謝晉萍，在每一個咬牙寫論文的日子裡與我相伴，她的成熟、她的體貼、她的陪伴，讓我沒有陷入黑暗，在今後的時光中回想起來，那一個個夜晚在學校散步的日子，都將閃爍著光亮。感謝晴雲，在忙碌的工作之餘，常常接收我的苦惱與抱怨，消化我的沮喪與脆弱，雖然我總開玩笑說人生的每一個選擇都受她影響，但很慶幸人生的每一個階段都有她在。還有太多的人，那些在身後默默支持著我的同伴，感謝命運讓我們相遇。

能夠勇敢地去擁抱世界，是因為知道身後始終有溫暖的懷抱。感謝永遠無微不至呵護包容我的家人，接受時有負面情緒的我，接受我對瑣事的絮叨與壓力的釋放，在脆弱不堪的邊緣，是他們告訴我「沒關係，你已經很努力了」，感謝他們願意擁抱這個不完美的我，因為他們才造就了今日的我。

最後，感謝文學本身的力量。在無數次閱讀中，愈發能感覺到文字本身的神奇之處，它跨越時空、跨越生命經歷與時代變遷，能準確無誤地擊中閱讀者的某種情緒，即使毫不相干的兩個人，也能在某些時刻獲得奇妙的共鳴。「人類的悲喜並不相通」，但通過文學，卻能讓所描述的事件背後的情緒成為今人與千百年前的古人共同的分享，這是我的熱愛，也是我的沉迷。

大學時期學習「佛教概論」課時，老師說，萬物皆生於緣，緣起則聚。我非教徒，卻對於冥冥中的宿命抱持著感激，行至如今，差強人意，在日復一日的生活中，總歸甜美大過於傷悲。而我還將繼續這樣走下去，即使可能要小心翼翼地探身向前，即使可能緩慢，但終將與幸運相遇的人們一起，與我所熱愛的文學一起，步履不停。

張璐　寫於輔仁大學中文系研究所
2019 年 7 月 3 日

目

次

第一章　緒　論

第一節　研究動機與方法

　　「意象」是中西方文學理論中的重要概念。文學創作離不開「意象」的使用，文學作品的創作過程，實際上即是意象的塑造過程，它為主觀情意與客觀事物之間構建起可以聯繫的橋樑。創作者通過語言文字表述客觀之象，而通過這種客觀之象的設置、描寫、組合等來傳達主觀之意。這樣的創作過程使得目之所及、身之所感的事物都不再是單純意義上的自然風物或器物，而具有了創作者的思致與安排，蘊含著創作者想要表達的自我情意。材料或許是相同的，但使其成為意象的「工序」卻造就了不一樣的意趣與境界。通常創作者會有慣用的意象或意象群，或是與其生平經歷相關，或是與其常書寫主題、表達情意相關，而常用意象或意象群的建構，往往有助於創作者個人風格的形成與固化。故從這一角度言，文學作品的創作的確可視為意象的塑造過程。而從另一角度言，「意象」的橋樑作用是雙向的，讀者同樣需要循著這條路徑去理解「不在場」的作者所要表達之意，即通過閱讀語言文字所構建出來的客觀之象去領會創作者的主觀之意。

　　意象研究對於文學研究極具重要性，對於意象的談論遍及古今中外，近年來意象研究也不勝枚舉，針對中國古代文學所進行的意象研

究，從文體看，以詩詞居多，從時代看，以唐宋居多，而處在唐宋之交，作為文學發展史上重要過渡期的五代時期獲得的關注則較少。但這一時期又恰恰是不應被忽略的，這與詞這一文體的起源與發展進程有關。

自晉代五胡亂華之後，由於戰爭、通商、外交、婚姻或其他原因，從西域傳入音樂，到了隋唐時代，外部胡族音樂與中原華夏音樂融合，燕樂迅速流行起來。在詞產生以前，配樂演唱的多是詩，但燕樂興起之後，其複雜曲折的曲調使得慣用的律詩絕句不再適於入樂和歌，形式靈活、節奏錯落的長短句則應「倚聲填詞」的需要而生。這種嘗試始於民間，安史之亂後，教坊、梨園解體，許多樂人流落民間，原本流傳於上層的樂曲開始在民間傳唱，民間詞的嘗試受限於作者自身的文學素養，因而大多比較粗糙，但無疑為文人詞的創作奠定了基礎。文人階層的創作以張志和、戴叔倫、韋應物最早，後來又加入了劉禹錫、白居易等，但總體數量並不多。到溫庭筠時，其創作數量大大增加，並且使用了許多前人未用的詞牌，整體文學價值較高，也出現隨附者，可以說此時詞作為一種文體真正開始受到重視。當然，詞的產生與發展同樣離不開當時縱情聲色、耽於享樂的整體社會氛圍與娛樂場所的發展，也離不開文人抒情表意的需要在以言志教化為主要功能的詩上得不到滿足的情況。可以說五代時期，是文人詞真正開始步上正軌，大量出現的時期，在這一時期，詞的內容題材開始集中，出現較多的文人創作者，所使用的詞牌與作品數量皆大幅度增長，詞作藝術水平也有所提升，出現了文學史上第一部文人詞選集——《花間集》。因此，這一時期是不可忽視的轉型期與過渡期。這一時期的意象研究，既可見出文體發展初期詞中所殘留的詩的影子，又可以比較不同文學類型出於內容書寫、表意功能、形式體制之不同而產生的意象安排的變化，還可以通過發展初期所預留的空間，展望至北宋時的借鑒與更進一步的變革。而在這一時期的文壇中，馮延巳又是很特殊的一位。

馮延巳為南唐詞人，仕於南唐烈祖、中主二朝，曾先後四度被任

命為相，宦海浮沉數十年，卒時年五十七，諡忠肅，傳有詞集《陽春集》。延巳其人，人品頗受非議，為政敵指責為「奸佞險詐」「諂媚險詐」，然其文才則備受肯定，《釣磯立談》評其「學問淵博，文章穎發，辯說縱橫」〔註1〕，陳廷焯贊其詞「極沉鬱之致，窮頓挫之妙，纏綿忠厚，與溫、韋相伯仲也」〔註2〕，陸游亦有言「延巳工詩，雖貴且老不廢……識者謂有元和詞人氣格，尤喜為樂府詞。」〔註3〕延巳的獨特性在於，他幾乎是著詞數量最多，且專為詞的第一人。〔註4〕其詞集《陽春集》亦是第一本詞人別集。延巳所處時代，去花間溫、韋等人未遠，一定程度上還受到花間詞派的影響，《陽春集》中仍多有男女相思、離愁別怨之情，多寫精美器物與堂皇宮室。但在繼承前人傳統的同時，亦有新創，如其題材中出現了憂生憂世的意念抒發，而即使寫男女情愛相思，也時常是以模糊不清的情感，造成朦朧美感。可以說，馮延巳寫情，重在寫「情感之境界」，而非事件。《陽春集》中，既可以找到「花間」紙醉金迷的身影，又可以嗅到南唐亡國悲涼的氣息，故完全可通過對《陽春集》的研究解讀，見出時代的詞作特質。

　　《陽春集》的版本與詞作真偽問題，前家多有論述，施蟄存〈讀馮延巳劄記〉中考證了其版本狀況，分析各版本的優劣，且考辨馮詞與各家互見詞作的歸屬。今所見馮延巳詞集，多有陳世修序，作於大

〔註1〕史虛白撰：《釣磯立談》（北京：中華書局，1985年初版），頁11。

〔註2〕唐圭璋編：《詞話叢編》（北京：中華書局，1986年版），頁3780。

〔註3〕陸游撰：《陸氏南唐書》列傳第八卷，（臺北：臺灣商務印書館，民國55年版），頁2～3。按：延巳詩今可見僅存一首，另餘兩斷句，幾乎專為詞，故陸游此處言其「工詩」，私以為乃是廣義上的詩歌概念，並非狹義文體而言，以嚴羽《滄浪詩話》中之定義「詩者，吟詠性情也」而言，以高度凝練的語言，反映社會生活，表達創作者情感，並具有一定的節奏和韻律的文字皆可名為詩，表現在具體體裁上，可以是詩、詞、曲等任一形式。故陸游謂其「工詩」，與延巳作品多詞少詩，及其後所謂「元和詞人氣格」並不矛盾。

〔註4〕按：在延巳之前，雖溫、韋亦有詞作揚名在外，流傳至今，但都同時有不少詩作在冊。而延巳雖有詞百餘首，僅見文「開先禪院碑記」一篇，與詩一首和兩斷句，就比例言幾乎可以算是專門為詞。

宋嘉佑戊戌年，言其「采獲所存，勒成一帙，藏之於家」，可知北宋時陳世修便有一輯本，後世諸多版本皆脫胎於嘉佑本，但原本則已不見。南宋陳振孫《直齋書錄解題》曾記載馮延巳詞集〔註5〕，依其記載可知，陳氏所見馮詞有崔公度跋文本與長沙訪刻本，明顯區別在於是否收錄〈謁金門‧風乍起〉一詞，此二本今不存，但崔跋文一事在其後文獻的記載中亦有出現〔註6〕。現傳馮延巳詞集，最早為吳訥《百家詞》本，明末毛晉汲古閣有舊鈔本《陽春集》，且汲古閣刻版《六一詞》中，亦出現「陽春集」「陽春錄」之名。清康熙時，侯文燦輯刻《名家詞集》，收馮延巳《陽春集》一卷，卷首有陳世修序，今已佚失，但光緒時，江陰金武祥據侯氏本複刻，今猶可得。乾隆年間，彭元瑞傳鈔《汲古閣未刻詞》，收馮詞，藏於其知聖道齋，後王鵬運據此剞劂，增己所輯補遺七闋加一殘句，刻四印齋本。道光七年，張金吾所編《愛日精廬藏書志》中收錄《陽春集》一卷。光緒二十年，劉繼增據其所得舊鈔本，取諸本校勘，然其版被毀，流傳極少。至民國二十年，林大椿輯《唐五代詞》，內含馮詞一百二十六首，據四印齋本編入。民國二十二年，陳秋帆撰《陽春集箋》一卷，附校記一卷，為馮詞有鉛印單行本之始。〔註7〕

〔註5〕陳振孫《直齋書錄解題》云：「《陽春錄》一卷，南唐馮延巳撰。高郵崔公度伯易題其後，稱其家所藏，最為詳確，而《尊前》《花間》諸集，往往謬其姓氏。近傳歐陽永叔亦多有之，皆失其真也。世言『風乍起』為延巳所作，或云成幼文也。今此集無有，當是幼文作。長沙本以置此集中，殆非也。」

〔註6〕《歐陽文忠公近體樂府》卷三末尾標示「郡人羅泌校正」並附跋語：「元豐中，崔公度跋馮延巳《陽春錄》，謂皆延巳親筆。」南宋羅願《新安志》卷十〈紀聞〉載有崔跋：「馮相國樂府號《陽春錄》者，馮氏子孫泗州推官璪，嘗以示晏元獻公，公以為真賞。至元豐中，高郵崔公度伯易跋，以為李氏既有江左，文物甲天下。而馮公才華風流，又為江左第一。其家所藏乃光祿公手鈔，最為詳確。而《尊前》《花間》諸集中往往謬其姓氏。近時所鏤歐陽永叔詞，亦多有之。皆傳失其真本也。」

〔註7〕參見施蟄存：〈讀馮延巳詞箚記〉，收錄於《施蟄存學術文集》（上海：上海人民出版社，2012年6月初版一刷），頁97～98。

　　馮詞與花間、南唐、北宋詞人之作互見情形十分普遍，因其風格相類，而流傳多散闋鈔本，或流於歌者之口，輾轉傳鈔，便多易誤其作者。但無論是版本之間的差異比較、版本的優劣問題，還是至今仍有部份難有定論、諸家各執己見的詞作作者考辨問題，都與本文所要處理之題關係並不密切。從另一角度言，本文所關注的是《陽春集》的意象使用問題，故主要聚焦於詞作本身，且詞作的互見通常具有相類的風格、相似的筆法，因而作者的模糊不確定並不影響意象使用的研究。而向來研究馮延巳者考證已多，故不再專門展開對詞集版本與詞作作者的考論。

　　本文所採用的正中詞版本，皆參考曾昭岷、曹濟平、王兆鵬、劉尊明所編《全唐五代詞》之版本，該版本在明董逢元所輯《唐詞記》、康熙期間編纂之《全唐詩》、王國維整理、校勘、彙編之《唐五代二十一家詞輯》、林大椿所編《唐五代詞》、張璋、黃畬所編《全唐五代詞》等成果基礎上，增補了近年所新發現的詞集與版本內容、對相傳抄錄之詞進行探源、對互見之詞進行考辨、對不同文體的作品進行甄別，較為完備且具有參考價值。本文在所引詞版本問題上，基本參考此書，但對一些影響詞句理解與意象分析的字詞校勘亦會進行標注。

　　本文的出發點在於「一象多意」與「一意多象」的現象。黃侃《文心雕龍劄記》中有言：「觸物以起情，節取以托意，故有物同而感異者，亦有事異而情同者」[註8]即是如此。同樣的「象」因為創作者的安排設計可以表達不同的「意」，產生不同的情感走向，而不同的「象」也可能在創作者的筆下表達出相同的「意」，如陳善《捫蝨新話》便有此例：

　　　詩人有俱指一物，而下句不同者，以類觀之，方見優劣。王
　　　右丞云：「遍插茱萸少一人。」朱放云：「學他年少插茱萸。」
　　　子美云：「好（按：當為醉）把茱萸子細看。」此三句皆言茱

[註8] 黃侃：《文心雕龍劄記》（北京：中華書局，2006 年 5 月初版一刷），
　　　頁 210。

萸,而杜當為優。〔註9〕

這段話舉「茱萸」為例,以王維、朱放、杜甫三人所寫的詩句對比,三句皆言「茱萸」,皆是在重九登高的情境中,然因所要表達的情緒不同,而作了不同的意象處理:王維言「遍插茱萸少一人」以表達懷鄉思人,是佳節已至,自己獨在異鄉,因而遙想家鄉兄弟登高佩戴茱萸,獨少自己一人,是以想像中旁人的視角來敘寫自己不在場的遺憾,作者以這一重陽特定活動的缺席來寫自己的思鄉之情;朱放言「學他年少插茱萸」是視頭插茱萸為一種少年意氣風發之時的行為,作者想要登高,但行至門邊便已意興闌珊,更遑論像年少時那樣頭插茱萸了,詩中帶著一種「欲買桂花同載酒,終不似、少年游」的無限哀歎;杜甫言「醉把茱萸仔細看」是帶著悲涼卻又強顏歡笑的心境,年事漸高的相聚,總面對著不知明歲再相聚時尚有幾人健在的沉重心情與深廣憂傷,於是「醉看茱萸」或許帶著一些不置一言的悲憫情緒的延續,但也可視為是自我寬解,既然明日之事尚未可知,不如暫時先言當下。可以說,在物象與時空情境相似的情況下,由於情意的不同,創作者在構建安排這些物象時有所不同,而引至了不同的表達方向,產生了「物同感異」的效果。而這種意象安排、表現以及最終效果上的差異,同樣也使得創作者之間在技巧與內涵上分出高下,因而也往往成為讀者評判優劣的標準之一。

同樣的意思在清人施補華《峴傭說詩》中表達得更加清晰:「同一詠蟬,虞世南『居高聲自遠,端不藉秋風』,是清華人語;駱賓王『露重飛難進,風多響易沉』,是患難人語;李商隱『本以高難飽,徒勞恨費聲』,是牢騷人語。比興不同如此。」〔註10〕比之陳善主要是言對使用相同意象的不同創作者對意象的安排使得作品呈現效果的高下優劣

〔註 9〕陳善:《捫蝨新話》,引自《叢書集成初編》(北京:中華書局,1985 年新一版),頁 8。

〔註10〕施補華:《峴傭說詩》,引自王夫之等撰:《清詩話》(上海:上海古籍出版社,1999 年 6 月初版一刷),頁 974。

的判斷，《峴傭說詩》則明確地指出了意象所導向的不同具體方向，所謂在同一個物象上寓托了不同的比興，實際上就是相同物象在創作者主觀情感的融注之下，生成了不同的意象內涵。這種現象不僅僅出現在不同創作者中，即使是相同創作者在重複使用相同的意象時，仍然會考慮到行文表達的目的而使其呈現不同的面貌：「少陵馬詩，首首不同。各有寄託，各出議論，各見精彩；合讀之，分觀之，可悟作詩變化之法。」〔註11〕

　　因此，本文想要研究的，正是馮延巳詞的意象使用與表達。橫向而言，以主題內容與情緒表達將馮詞分類；縱向而言，將詞中涉及到的諸多意象進行分類，而後縱橫交織形成詞作意象研究的網絡，以比較在不同情緒表達的詞作中馮詞所使用的意象與表達方式的異同。這一研究以「意象」概念為理論基礎，基本聚焦於《陽春集》這一作品本身，歸納整理馮詞的意象，比較分析其在不同情緒表達場景下的使用，在一定程度上亦對詞人的生平經歷與時代背景有所涉及，並將這一研究置於文體發展脈絡之中。也就是說，以內在研究為主，兼及內、外因素的綜合研究。〔註12〕大體而言可分為以下幾個部份：

　　第一章緒論部份說明研究動機與研究方法、回顧前人研究，闡釋意象概念。從意象的定義與發展、意象的選擇與分類兩個維度來進行意象詮釋：從古代典籍、近現代文論以及西方文論中對於「意象」的論述，釐清「意象」由世俗義、哲學義逐步走入文學領域並成為文學創作的重要環節與文學批評的重要標準這一發展脈絡，論及受到文學環境

〔註11〕施補華：《峴傭說詩》，引自王夫之等撰：《清詩話》，頁986。

〔註12〕文學作品的外在研究，涉及到文學的背景，文學的環境，即其外在的起因。文學作品產生於某些條件下，這些條件的研究有助於理解文學作品，這是毋庸置疑的。但研究起因無法解決描述、分析和評價文學藝術此類問題。所以我們需要文學作品的內在研究，就是解釋和分析文學作品的本身，只有文學作品本身才能說明我們對作家的生平及其社會環境，和對整個文學進程所發生的興趣是正當的。參見 RENE & WELLEK 著，梁伯傑譯：《文學理論》（臺北：水牛出版社，民國76年6月版），頁91、197。

與文體發展影響的《陽春集》的意象選擇，以及現代文論多進行的意象分類與本文為方便搭建論文框架而進行的意象分類。

第二章談論《陽春集》中意象使用與表達的普遍性。這一部份所論述的，是《陽春集》中不同主題內容的詞作普遍使用的意象表達方式。就自然意象而言，普遍的使用方式是以草木、鳥獸、風月山水等提示季候，以顯示詞作描寫內容所發生的時間；就人文意象而言，除部份園池同樣作季節書寫之外，樓臺池館指示詞作內容發生的地點、車馬的出現代表人來去的蹤影、酒器的使用敘述相聚宴飲的事件、閨閣衣飾與閨中物品體現富貴氣象、彰顯主人公的生活富裕、閒雅、品味高端，部份還可進行性別身份的指示。

第三、四章談論《陽春集》中意象使用與表達的特殊性。詞作依照情緒主題大致可分為「賞春惜春」「宴飲之樂」「人生樂事」「情感愛戀」「人生悲歡」「離別傷情」「閨中情思」「相思懷人」「傷春悲秋」「宴後惆悵」數類。考慮行文篇幅，故一分為二，第三章以自然意象為主，第四章以人文意象為主。

自然意象又分草木、鳥獸、風月、山水：以草木言，「以花喻人」的書寫方式依據詞作主題內容的差異存在著取譬姿容嬌美與取譬身世命運、品格等區別。另有梧桐、楊柳、芳草等意象在不同類型詞中有不同的表達方向。以鳥獸言，常以籠中鸚鵡喻閨婦閉鎖深院的寂寥，以鴻雁意象表達懷人之念，亦常有向無情之物詢問的無理之語。以風月言，月的陰晴圓缺形成對人事的襯托、月亦構成諸多意象組合。雨常以雨聲描寫出現，亦被視為一種侵擾的外力。雲則除正常的景物描寫之外，還可因其流動的特性用以喻行蹤不定之人。以山水言，山通常造成空間闊遠或是層疊阻隔之感，而特定詞組如關山、巫山、南山等也因史料記載或前代使用而形成典故。水的特殊用法則是以水喻愁。

人文意象分為樓閣、琴曲、衣飾及閨閣物品：以樓閣言，宮殿深閨的使用首先呼應閨怨、宮怨等主題，一些人文建物亦形成特定的意

涵如青門、章臺路等，寫庭院閨閣的居住環境強調其深邃、幽靜，體現深閨無人的寂寥。以琴曲言，在表達宴飲歡樂之時用以推助熱烈氣氛，而深閨獨處之時聞音則以幽怨曲調直接觸發情緒、進行情感抒發。樂器的狀態如蒙塵、弦斷等亦側面暗示閨中人之境況情緒。以衣飾言，除卻體現人物形象外，常用以形成寒涼的身體感受，進一步體現心理上的淒苦。以閨閣物品言，簾幕造成阻隔、形成深邃寂靜的環境，且與其他意象的組合常形成動態效果。蠟燭既體現時間流逝的過程，燃燒的狀態又往往會被用以擬人之淚流，以進行情感表達。更漏與蠟燭一樣具有時間書寫的作用，同時常以其聲反襯夜之寂靜，形成夜晚漫長不盡的心理感受。其他閨閣意象，如香、鏡、衾枕等，多以其狀態描寫來表達閨中情緒。

　　第五章談論《陽春集》意象使用的表達技巧。《陽春集》中的意象使用多採用映襯、借代、譬喻、比擬等修辭手法。映襯多體現在其狀景常以景致的盛衰與情緒的哀樂形成互襯，以禽鳥單棲或雙飛的狀態、月之圓缺狀態襯托人事，以常見之聲襯托環境清幽寂靜等。借代則通常以事物特徵與標記代指事物本身，以部份代指整體。譬喻手法的使用則有明喻、暗喻、借喻以及其他類型譬喻。比擬分為擬人、擬物兩種。其他修辭手法諸如用典、通感、象徵、互文皆有涉及，且存在數種譬喻手法連續使用之例，使詞作呈現含蓄蘊藉的風格。意象的組合則遵循著為主題內容與情感表達服務的最高原則，以色彩、情緒、感官、時空等方面形成同向意象的並置與多向意象的疊加，亦存在跨越分類邊界的多元化解讀。

　　末章結論部份總結上文論述，歸納本文對於《陽春集》意象研究的成果，包括馮延巳意象使用的現象及原因、對前代的沿襲與創新及對後代意象使用的影響等。

第二節　前人研究綜述

一、意象研究

關於「意象」，前人的研究頗多，涉及不同時代、不同創作者與不同的意象，覆蓋面甚廣，且成果頗豐，以此為角度，開拓了一條文本研究與詮釋的新路徑。就臺灣地區而言，「意象」研究可分為數類。陳宣諭 2010 年的博士論文《李白詩歌海意象研究》中以表格形式列出了臺灣地區意象研究的博碩士論文，但略有疏漏，西方文學中的意象研究也鮮少錄入。因此在其基礎上補齊缺漏部份，添加西方文學的意象研究與 2010 年以後的意象研究成果。以時空為媒，可分為古代文學、現代文學與西方文學；以研究對象進行區分，可分為針對某一創作者、針對某一文學作品或針對某一時期的意象研究；以內容而言，除了對創作者與文本的意象研究之外，還包括意象概念或理論的自身研究、文本中意象的翻譯研究以及意象的比較研究等。

（一）時空

古代文學的意象研究以唐宋時期數量最多，故可以唐、宋兩朝為分界。唐以前包括先秦、兩漢、魏晉南北朝等時期，宋之後主要是明清時期。

先秦時期的論文多集中研究《詩經》、屈賦等文本，因《詩經》有「多識於鳥獸草木之名」之說，故而對其所進行的意象研究，也多是「草木鳥獸蟲魚」一類自然意象，如文鈴蘭的《詩經中草木鳥獸意象表現之研究》、蔡雅芬《〈詩經〉鳥獸蟲魚意象研究》等。除了常規意象的研究，亦有研究先秦典籍的意象的論文將目光放在了比較特殊的意象研究上，如廖堂智之《先秦兩漢蛇意象與龍蛇之化研究》、林曉琦《先秦典籍中頭髮文化及相關意象研究》等。

漢代與魏晉南北朝的研究較少，除了自然意象如月、柳等研究外，還出現了《北魏洛陽的城市意象——以〈洛陽伽藍記〉為中心》這樣以「城市意象」為研究對象的論文。這一時期比較凸出的個人研究是

針對陶淵明作品的意象研究。

　　唐代的研究論文眾多，除集中於李杜二家之外，兼及李商隱、陸游、李賀、王維等。所研究的意象包括具体的自然意象如花、月、水、雲、海、風等；亦有較為整體的意象如季節意象、植物意象、黃昏意象等，這些意象都能分解出更多的具體的次級意象來。有以顏色意象作為研究對象者，如《寒山詩白色意象研究》《唐詩視覺意象的語言呈現——以顏色詞為分析對象》等；亦有以抽象概念作為研究對象者，如《唐詩中的兩性意象研究》；有以傳統神話為研究對象者，如《唐詩鳳意象研究》《盛唐詩歌「龍」意象之研究》《杜宇神話與唐詩中杜宇意象之研究》等；亦有以著名的典故為研究對象者，如《唐詩中桃源意象的研究》等。可以見出，到唐代相關研究時，所涉及的創作者與文本漸多，作為研究對象的意象內容更加豐富，這一階段的研究也出現了以西方理論進行傳統典籍的意象研究，如《格式塔心理學融入李賀詩意象之研究》。

　　而此種境況及至宋代只增不減。宋時的意象研究所針對的文本多是文人詞集，以蘇軾數量為最。意象內容也與唐代相類，或因詞體創作中使用物象較多，故對器物的研究增加，並非僅限於自然之草木鳥獸山水風月等，還涉及了樂器、舟船等，亦有較為抽象虛幻意象的研究，如《影意象之探析——以張先詞為主要考察對象》。

　　明清時期的研究論文數量驟降，僅餘數篇，但比之前代多以詩詞作為意象研究的文本，明清時期因小說這一文體的興起與流行，意象研究的焦點多集中於《紅樓夢》《花月痕》《封神演義》等小說上。

　　現當代文學的意象研究亦不在少數，且囊括文體眾多，包括詩、散文、小說等。詩又分古典詩與現代詩，散文則是某一類型散文中的意象研究，而小說除了現當代作家如張愛玲、曹文軒、蕭紅、朱天心、錢鍾書等個體創作者作品中的意象研究之外，亦有群體作品中的意象研究，如當代客家詩人、新感覺派等，與特定刊物作品的意象研究，如《〈風月報〉中白話小說的女性意象研究》等。

西方文學的意象研究同樣不遑多讓，以詩、小說與戲劇作品為主。或因東西方文學作品在諸多方面如題材、內容、表現手法等的差異，西方文學的意象研究中自然意象較少，更多的是社會意象、概念意象等較為抽象的意象，如灰暗意象、迷宮意象、英雄意象、道德意象等。又因西方文學中常常帶有宗教色彩，有宗教或神話相關的書寫，故意象研究也有以宗教意象或神話意象為研究對象者，如《卡索納戲劇作品中死神意象與魔鬼意象——以〈黎明夫人〉及〈沒有漁父的漁船〉為例》《安徒生作品：〈雪后〉與〈冰姑娘〉中的北歐女神意象》等。

（二）研究對象

以研究對象論，則可分創作者、文本與時期。

就創作者而言，共涉及陶淵明、李白、蘇軾、蕭紅、莎士比亞、安徒生等古今中外九十餘人，題材遍及詩歌文賦、小說散文等，論文數量以蘇軾為最，李杜緊隨其後，陶淵明、李商隱、辛棄疾等亦有不少。其中有以創作者的所有作品進行作品中的意象研究者，如《杜甫詩之意象研究》；有以創作者的某一類型作品進行研究者，如《蘇軾詠花詞意象研究》；有以創作者的具體作品進行研究者，如《曹文軒作品之意象研究——以〈草房子〉〈紅瓦房〉〈根鳥〉為例》；也有以這些文本來研究某一類或某個具體意象者，如《漂流的後花園、遊離的呼蘭河——論蕭紅作品裡的空間意象群》《阮籍詠懷詩鳥與草木意象之研究》《水意象在哈代小說歸鄉、黛絲姑娘中之表現》等。

就文本而言，進行意象研究的文本種類繁多。有總集，如我國最早的一部詩歌總集——《詩經》，與文學史上第一部文學詞選集——《花間集》，其中對於《詩經》的研究數量頗豐，遍及草木、鳥獸、蟲魚、山水、天文地理等諸多意象。有別集，即以一家之詩、詞、曲、散文作品集結成集，如秦觀的詩文別集《淮海集》、晏殊的詞集《珠玉詞》、李清照之《漱玉詞》、歐陽修所著《六一詞》等。亦有單篇詩作的研究，

如對〈離騷〉的意象研究。文集方面，除了數量眾多的古今中外小說，如宋人所撰古代文言紀實小說總集《太平廣記》、明代小說《封神演義》、清代小說《紅樓夢》《花月痕》、現當代小說《千江有水千江月》，以及西方小說《出殯現形記》等，尚有涉及哲學思想的《老子》、涉及佛教歷史的《洛陽伽藍記》、作為報刊的《風月報》、旅行導覽手冊《臺灣鐵道旅行案內》等。與前述相同，對於這些文本的意象研究，同樣也兼具某一具體意象以及全文的整體意象兩個維度。

　　以時期論，各個時期均有針對時間段所進行的意象研究：先秦時期，既有詩歌意象研究，又有學術流派思想典籍的意象研究，亦有擴大時間限制的範圍，以研究先秦兩漢意象者，甚至有研究自先秦以來數百年內意象的發展與變遷者，如《從先秦到六朝蛇意象的轉變研究》。唐代的意象研究幾乎都是以唐詩為研究對象，除了唐詩中各種意象的研究外，還有進一步細分，聚焦於唐代的具體某個時期如盛唐、晚唐的研究，如《初盛唐詩長江之意象研究》。在唐宋之間，短暫的五代時期研究數量較少，以個別自然意象為主。及至宋時，除基本意象研究之外，亦靠創作者完成時代的分期，如《宋代南渡政壇詞人詞作花意象研究》。明清時期多是以小說中的意象研究為主，因此時代性的研究便更少了，僅餘一篇研究晚清狹邪小說的花月意象，且還是以某一具體小說為主的研究。同樣的情況延續到現代文學中，時代意象的研究在現代文學意象研究中占比較小，且其所研究的意象已經體現出現代性的一面，開始帶上現代工業文明的色彩，不再囿於傳統自然意象，而開始出現工業化意象、城市意象等，如《八○年代臺灣小說中的都市意象——以臺北為例》《論現代詩中的工業化意象》等。

（三）內容

　　通常意象研究的模式大同小異，有跡可循。除了普遍的意象概念詮釋與發展梳理外，具體創作者或具體文本的意象研究通常會涉及意象的主題與內涵研究、意象的塑造與表達形式研究、意象使用的

傳承與發展等。而某一時代的意象研究通常會涉及前代此一意象的使用與發展，此一時代此意象的使用特點與對前代的繼承與創新，以及這種使用對後世意象使用所造成的影響等。而個別意象的研究或還涉及意象的形成理論、此意象與創作者生平或文本創作背景的聯繫等。

除了這部份的意象研究之外，意象研究還有更豐富的內容。

首先是意象的概念研究。這類論文聚焦於意象概念本身的研究，多是圍繞辭章意象理論展開，如《辭章意象形成論》《辭章意象「質型同構」類型論——以國中國文教材為例》《辭章意象表現論——以古典詩詞為例作探討》《篇章意象組織論——以古典詩歌為考察範圍》等，此類論文多從不同方面闡釋清楚其理論基礎，同時輔以文本進行形象化的說明與例證。此外還有一些其他概念的提出，如《「關鍵意象」在小說結構中的地位研究》一文中的「關鍵意象」。

其次是意象的翻譯，所針對的是文本中具體意象或是整體意象翻譯的問題，如《〈西遊記〉英日譯本「性」意象的翻譯》《王維送別詩意象英譯之研究——以五首送別詩為例》等，以不同角度來理解中本與譯本中對於意象理解的對應與差異，分類論述不同譯本對不同意象的詮釋，討論其所使用的翻譯方式與傳達效果等。

再次是意象的比較研究。這類研究亦可繼續細分，有不同創作者之間的同一意象的比較研究，如《二安詞之花意象比較研究》，有同一創作者的不同類型文本的意象比較，如《語言、主題與意象——賀鑄詩詞比較研究》，有不同時期的文學作品中同一意象的比較研究，如《國風與五四時期新詩水意象之比較研究》，亦有中外文學作品中相同意象的比較，如《日本上代、中古文學作品中之「橘」的意象表現——兼比較中國文學中之「橘」意象》。這類論文通常從意象的創作背景比較入手，或是不同創作者的生平經歷的比較，或是不同類型文學的特點比較，或是不同時代不同地域的社會環境與文化環境的比較，而後從內容、形式、技巧等方面來比較意象的使用與設置。總之，時代、創作

者、文本、意象，這四個要素，在比較研究中成為定量與變量，構成意象比較研究的核心框架。

　　另外，還有一部份類型文學的意象研究與類型意象研究。類型文學的意象研究與前述研究的不同之處在於，其沒有明確的時代性，或是其時代跨度較大或非強調重點，創作者個人或群體也在其中被隱去，並不成為限制的條件，也同樣不限於具體的文本。這類研究所強調的是類型文學作品中的個別或整體意象的研究，如《童詩意象研究》《中國雜劇的蝴蝶意象研究》等，通常會闡釋這種類型文學的定義與內涵，若這種文學有比較清晰的發展脈絡，則還會說明不同時代的特徵與演變。

　　類型意象研究同樣是不拘泥於創作者、文本與時代的元素，跳脫出部份深入研究的模式，從整體的概括性的動態過程來研究單一意象，往往從較大的範疇對意象進行研究，如《中國文學中「鳥」意象之認知研究》，或是意象的形成與發展演變的過程研究，如《論石崇及「金谷園意象」的形成與衍化》，或是從語言學的角度進行個別意象的研究，如《比喻性語言中的動物意象：以「馬」的隱喻為例》，或是著重於意象的使用所帶來的影響，如《從現實存在主義討論漢文化中罪的意象增進漢西文化間溝通的媒介》，或是在文學作品之間搭建意象演進的橋樑，如《從〈夏洛特之女〉到〈蕊芳梭〉：英國美學主義中的織女意象》。此類論文的關注點通常在單一意象本身，無論是意象的形構、表意，在不同時期被使用的意涵與特點，還是在文學史上所形成的影響，核心都是圍繞著這一意象本身，而沒有模糊焦點。

　　期刊論文對意象的研究同樣沒有脫出這個範圍，仍然是意象概念的研究、類型意象的研究、創作者、文本、時代的意象研究、意象的使用與作用等。因期刊論文的篇幅較碩博論短小，因此常常可以處理比較小但比較細緻的問題，如與意象相類概念的區分、文論作品中關於意象的理論、以兩三首詩為範圍研究意象等。大陸地區的論文情況也與之大體相類，數量更加龐大，但內容依然不出其範圍。

二、馮延巳與《陽春集》研究

關於「馮延巳」的研究不算多，與「意象」相關的研究數量可謂寥寥。就直接以馮延巳意象研究作為主題而言，臺灣地區無論是碩博論或是期刊論都未見；大陸地區存在一篇碩士論文與數篇期刊論文與此相關：

2005 年東北師範大學嚴雷所著碩論《尋聲律以定墨，窺意象而運斤》一篇，注意到了馮延巳詞的意象特質與其組合方式的問題。論文大體分為意象選擇、意象組合與意象延伸三個部份，基本是從內容、形式以及思想寄託三個方面來寫。內容的部份強調的是意象的選擇，作者又主要抽取馮詞中的色彩意象、自然意象、隔膜意象與殘破意象來談，認為馮詞中既具有花間遺風的「紅」「金」等豔麗色彩，又有獨特的淒冷的「白」的色彩的運用，自然意象則往往在結構安排上使用「以景襯情」「以大境寫柔情」「以景結句」等寫作手法。而大量隔膜意象與殘破意象的使用所產生的悲劇美感，更是馮詞的特點。形式部份強調的是意象的組合方式，作者認為馮詞往往是在一種舒緩、平和、疏淡的節奏中組織意象，並且使一些纖細飄渺、淒冷孤獨的意象以各種方式疊加，還以冷暖、悲喜、今昔等意象進行對比，倍增其情緒表達的力度。至於意象延伸的部份，作者認為在詩歌中表現為比興寄託，而馮詞中存在著「寄意以延君臣之思」「寄意以表家國之憂」等現象。論文對《陽春集》的意象進行了基本的研究，層次分明、邏輯清晰，但限於篇幅，只對馮詞的部份意象及使用進行了研究，多集中於其「出於花間」的部份，且較為粗糙。事實上，色彩、自然、隔膜、殘破可視為四種不同維度的意象分類方法，囊括有限且相互間存在大量重疊，眾多馮詞中所使用的意象並未論及。而馮詞受花間溫韋等人的影響甚重，亦是不可忽略的。

期刊論文部份存在有魏瑋於 2011 年 6 月發表〈馮延巳詞意象淺論〉一篇，將馮詞意象主要分為自然意象群與室內外建築、裝飾意象群兩大部份，以數據統計分析的方式對比《花間集》與《陽春集》中兩類

意象的出現次數，得出馮詞與花間詞在自然意象的構成上大體相同、整體比例偏高；室外場景運用多於花間詞；女性服飾意象與直指色欲本身的女性身體意象少等結論。而從意象組合角度言，作者認為，在自然意象組合中馮詞崇尚雅化，表現出高雅的審美情趣，且多殘破性描述。時間意象部份，無論是春秋意象還是夜晚意象，馮詞的使用頻率皆高於《花間》。除此之外，馮詞中還出現諸多「寒」「冷」「孤」「獨」及表現時間與空間的副詞等特殊字眼。論文的主題鮮明，以數據論證所呈現的觀點也較具說服力，只是限於篇幅，使一些觀點的論述只能點到即止，缺乏更加深入而完整的研究。邱麗婷於 2016 年 10 月發表〈馮延巳意象分類研究〉一文，參照屈光《中國古典詩歌意象論》的分類方式，將意象分為單象意象、組合意象、多象意象和意象群四種類型，以此分類《陽春集》，則發現馮詞以多象意象為主──主要以自然景象、室內外建物及物品構成，且多以色彩點染──以單象意象和組合意象為輔。

　　另有一些雖非專為馮詞意象研究，但在論文的部份內容中有所關涉者：如〈淺析馮延巳的「夢」詞〉其中包含了與夢相關的詞作的意象選擇；〈李煜詞與花間詞及馮延巳詞意象比較〉則是比較分析了李煜詞、花間詞與馮詞關於「春」「花」、女性體態容貌、江南地域等意象的聯繫與區別，但其作的重點在於李煜詞對於前代的突破與獨特抒情風格的產生，馮詞並非論述重點；2017 年北京外國語大學閆慶剛的碩論《南唐詞空間意象研究》涉及到馮延巳詞中的空間意象，試圖從空間來對王國維對馮延巳、李煜等人的詞評作新的理解。

　　臺灣地區的論文雖未直接見到與《陽春集》意象相關研究，但與馮延巳相關的論文研究中，通常會以意象作為其中一個部份，或多或少有所涉及：

　　林文寶 1974 年所著論文《馮延巳研究》主要從其人、其作兩方面來進行研究。馮延巳其人方面，作者先簡單梳理其生平經歷，而後因《釣磯立談》中對於馮延巳的論述評價被廣泛採用，作者接受夏承燾

《馮正中年譜》中的說法，認為《釣磯立談》多有汙蔑之辭，且被後人不加辨別地接受，故而馮延巳被汙名化。作者一一剖析《立談》所說，指出其中漏洞錯誤，以此為馮延巳「平反」。馮延巳作品方面，作者先後論及馮延巳的詩文及詞，從版本方面對《陽春集》進行考證，且對其中與其他詞人作品互見的詞進行一一考辨，判定其歸屬。其後則從「聲律與體制」「語言世界」「情感境界」「風格」「分類問題」「在詞史上的地位和對後世之影響」諸多方面來進行陽春詞的探討。在「語言世界」部份，作者列舉了溫、韋、馮三家以植物、動物、地名、人物、疊字入詞的情況，雖未言其為意象，但植物、動物、地名等皆可從具有意象義之角度進行分析，遺憾的是作者僅進行了列舉，並未進一步對比分析。而在「感情境界」部份，作者以意象開篇，言及意象的概念〔註13〕，而其後的論述重點卻變成了正中詞中的託喻、修辭與比興，最終落腳於溫、韋、馮三人作品的語言世界與情感境界的對比，對意象僅一筆帶過。

　　姚友惠2001年所著論文《馮延巳與晏殊詞比較研究》是關於馮延巳的比較研究，因劉熙載於《藝概》中言「馮延巳詞，晏同叔得其俊，歐陽永叔得其深」，將三人視作一脈相承，晏歐二人分別得馮延巳風格一端，又有所不同，故歷來多三人之間的比較研究。本文從創作背景、內容、形式、藝術技巧、風格等幾個方面比較了馮延巳與晏殊的詞作。創作背景所包含的地域因素、政治環境、文壇風氣與個人才學性格，導致兩人詞作上出現相似卻又相異的風格，它表現在詞作內容、用韻擇調、修辭手法、情景鋪陳等各方面的側重不同。在「藝術技巧比較」這

〔註13〕作者認為：「意象一辭，本是屬於心理學的術語，他的意思是指對於透過感情，或知覺經驗的一種心神再生，也是一種記憶，而不必是真實可見。用在文學上，意象非僅是為圖畫之代表，同時也是呈現出在瞬間智慧和情感的情意結（complex）。因此，我們可以知道，意象是一種具體的概念，因其具體可觸，是以能給人一種可感的形象，意象乃是意念表達的基本要素，所謂新批評的層次說，其實也就是意象的不同表達方式而已。或直述、或間接、或繼起，則因人因時因地而置宜。」

一章中，作者論及二人對於意象描寫的不同，言其對於「時間」「天候」「山水」「動、植物」「夢」「酒與醉」「樂音」等意象的描寫過程中，二人皆使用諸多修辭手法，但馮詞喜歡利用虛字深化詞境，造語自然，寫景兼具自然風物與人工造景，表意則多是深悲重恨之語，而晏詞則注重煉字，熔鑄前人詩句入詞，寫景多是自然風物，表意筆致則相對較輕，充滿思致。

羅倩儀 2008 年所著論文《馮延巳詞研究》從作者生平、其詞的形式與題材內容、寫作技巧以及歷代的評價與其價值地位等方面介紹正中詞。其中在「正中詞之寫作技巧」一章言及其意象的使用，作者總結了《陽春集》中出現的頻率最高的二十類意象，分為自然景物、節候時序、人文建物三類。自然景物提及花、風、月等意象：寫花，論其常寫「人花並立」的傷懷之情與「花落飄零」的殘破之景；風意象梳理其流動感、觸感、時間感；月意象分為月之形狀、月之亮度、月之時間等幾個方面論述。節候時序則主要是春、秋兩季，依據對「春」之態度分為「喜春」和「傷春」，依據對秋日特點的展示分為「清朗之秋」與「蕭瑟之秋」。人文建物則主要集中於簾幕這一意象。作者關於意象部份的論述較為簡要，分類也存在著一些問題，如自然景物與節候時序的分類重疊部份較多，以用字統計意象會有諸多疏漏，行文過程中所涉及到的意象也僅是舉例說明，論述並不完備。

李湘萍 2009 年所著論文《馮延巳與歐陽修詞之比較研究》是以馮、歐詞作為比較研究的對象。主要從「背景」「內容」「風格」三個方面來比較馮延巳與歐陽修，其後以二人詞作具體內容來探討歷代詞話看法，評價其詞學定位的準確性，及探討其詞學貢獻與價值。在關於二人詞作的定位的論述時，提及馮、歐風格上的異同：除卻深婉清麗的美感、人物與事件的淡化之外，還言及二人在意象上的偏好，兩人對於植物意象的選用都多用楊、柳、梅等，且都喜將個人的主觀意識投射其上，通過客觀物象傳達情思，只是相較於馮詞，歐詞顯得更加釋懷，心境更加開拓；對色彩意象的使用則偏好金、紅、綠等，馮詞承襲五代而

來，喜用流金色彩，以紅綠互相映襯，但多是以這種鮮明絕艷的色彩寫盛極一時後留下的孤寂，而歐詞則多將這種色彩用在小處，以細節處的裝飾描寫來窺看整體的美感。事實上，對於植物意象與色彩意象的選用，作者將其歸於馮、歐二人風格相同之處，因此重點在於共通點，雖也提及了相異之處，但對其處理並不細緻，所牽涉的意象也極為片面。

　　周玉雯 2010 年所著論文《馮延巳詞之境界探析》是以王國維之「境界」論剖析馮詞，欲探明馮詞所具有的獨特境界表現與整體風貌。論文主體分為「能感」與「能寫」兩部份。「能感」主要是其詞的創作背景與其主題內涵，創作背景包括「生平際遇」「地域文化」「詞體發展」等，主題內涵包括「哀婉的情致」「纏綿而自振的精神」「悅樂的生活態度」等。「能寫」主要是其詞的語言修辭與意象安排。最後，作者以「境界」說觀馮詞的風格特點，以「和淚試嚴妝」「俊朗高遠」「深美閎約」概括其灑麗、俊朗的風格與詞境，以及出於花間卻為其注入深廣意蘊的詞作風貌，使馮延巳在詞史上具有無可取代的價值與地位。作者用一整章的篇幅來論述馮詞的意象安排，從意象塑造而言，將意象以感官作為標準進行分類，視覺意象包括自然意象與人文意象，自然意象分為植物、動物、天象，而其下再抽出更為具體的一類或幾類來論述，如植物意象則言花，動物意象則言燕、雁，天象意象則言風。人文意象則言簾、樓等。另外幾類感官意象數量較少，聽覺意象有笙歌、笛聲、鶯語、馬嘶等；嗅覺意象主要是以香修飾的對象；味覺意象圍繞著飲酒展開；觸覺意象則體現在寒意的傳達與倚、憑建物的描寫等。除此之外，作者亦論及感官之外的夢意象。從結構安排而言，在意象組合之間常呈現出「虛實相生」「層層遞進」「正反相稱」等筆法，而其下又有更為細緻的方法分類，如「虛實相生」可分為情景法、泛具法、空間的虛實法；「層層遞進」可分為情意方面的曲折層深、空間安排上的依次層遞、時間的過渡與情節的演變、時間脈絡中「由睡而醒」的狀態變化等；「正反相稱」則可分為縱樂收哀、以麗景寫哀情、今昔對比等。

無論是分類、框架還是論述，都具有一定的借鑒意義。

　　還有部份碩博論，以馮延巳為題，但與其意象的使用與研究並無關係，如范詩屏 2006 所著論文《馮晏歐詠秋詞研究》是馮、晏、歐三人的類型詞比較研究，所針對的是「詠秋」這一類型主題的詞作，因此首先探討這一類型主題文學的形成與發展。而後從現象到原理，由「審美移情」與「異質同構」來理解「秋」與「愁」的心理關係，揭示感秋時士大夫常懷的建功立業的人生渴望與時間流逝的生命意識及「悲士不遇」的現實境況。再從內容與藝術風格兩方面比較馮、晏、歐三人詞作。薛乃文 2008 年所著論文《馮延巳詞接受史》是援用「接受理論」來研究馮詞在歷朝歷代的接受情況，以重新審視馮詞的文學定位。文中馮詞接受史研究分為傳播接受、創作接受、批評接受三大部份。傳播接受由馮延巳詞集的版本刊刻與歷代選本收錄其詞情況與互見情況來體現；創作接受主要是和韻、仿擬、集句；批評接受分為兩部份，一是針對馮延巳其人的，一是針對其詞作。此與馮詞的意象使用與表達並無關涉，故此處不再展開論述。

　　期刊論文亦多與意象研究無關，因其篇幅和性質，多圍繞著馮延巳選擇較小的切入點，如《陽春集》中某闋詞的詮釋與解讀、某一詞論作品對馮詞的闡釋或評價等。

　　由此可見，兩岸對於馮延巳的研究，數量本就不多，多出現在千禧年後，近十年來蒙塵已久，且意象研究鮮見，多是作為寫作手法或詞作風格之一端在行文過程中略論，無論是所涉及意象的完整性，還是論述的專注度與深度，皆有未竟之處。意象研究數量的龐大，足以說明這一路徑對於文學而言的重要性，而處於唐宋之交、文體之變的五代時期意象研究的寥寥，與馮延巳詞意象研究受到冷落的情況，可知《陽春集》意象的研究，仍有繼續的必要。且依前述，本文立足於「一意多象」與「一象多意」的現象，旨在通過詞作的情緒表達與意象類型的縱橫網絡，全面地整體地比較在不同情緒表達的詞作中馮延巳所使用的意象及其表達方式。從個別意象使用與表達的普遍性與特殊性，推將

到意象組合方式與修辭手法,再將其置於文學發展脈絡之中論述其對前代的承續與創新,及對後代的影響,故從結構、範圍、方法等層面都與前述馮詞的意象研究有所不同。

第三節　論意象

一、「意象」的概念與發展

(一)「意象」概念的歷史溯源

要進行詩歌的意象研究,首先需要釐清「意象」概念。「意象」概念古已有之,最早大約可追溯到《周易》,只是當時「意」與「象」被分而論之,且不是以文學概念的面目出現的。

就「象」而言,《周易·繫辭上》有「在天成象,在地成形,變化見矣。」此段以「天尊地卑,乾坤定矣」開篇,以「天下之理得,而成位乎其中矣」收尾,所描述的是一種天地自然的秩序,而其中的「象」與「形」,雖是一組相對概念,卻都是指具體的客觀事物。〔註14〕

> 《周易·繫辭上》:夫象,聖人有以見天下之賾,而擬諸其形
> 容,象其物宜,是故謂之象。〔註15〕

「擬諸其形容」是通過比擬其形象與容貌來接近抽象事物的具體可感部份,作具象的描述;「象其物宜」是象徵顯示事物最適宜呈現的狀態,也就是它的本質屬性。以適宜的方式進行描述,使抽象事物具體可感、呈現本質,其目的在於「見天下之賾」,明曉幽深難見無法為人所通曉而顯得雜亂的道理。這種模擬客觀事物外在,並且能夠顯示其內在的,就是所謂的「象」,此處的「象」與前所說「在天之象」已有所不同,是指「寫萬物之形象」「吉凶生而悔吝著也」,能夠用來表現人事的吉凶悔吝這種抽象事理的卦象。而這種卦象的締造方式與目的

〔註14〕王弼注、孔穎達疏:《周易正義》(北京:北京大學出版社,2000 年 12
　　　　月 1 版 1 刷),頁 302～306。
〔註15〕王弼注、孔穎達疏:《周易正義》,頁 344。

則是：

> 古者庖義氏之王天下也，仰則觀象於天，俯則觀法於地，觀
> 鳥獸之文與地之宜，進取諸身，遠取諸物，於是始作八卦，
> 以通神明之德，以類萬物之情。

天地之間，自然萬物所呈現的規律與現象，無論來自親身體驗或是觀察，皆可作為取象的來源，而這種具體的、顯露的「象」，用來通曉傳達神明之德，來類比推知萬物的情況，這就是所要表達的抽象幽微、無法直接說明的「意」。「象」與「意」之間因充分、清晰、具象表達的需要而連接，但以「象」來達「意」僅停留於構思的步驟，這兩者之間還存在著不可缺少的一環，即「言」：

> 子曰：「書不盡言，言不盡意，然則聖人之意其不可見乎。」
>
> 子曰：「聖人立象以盡言，設卦以盡情偽，繫辭焉以盡言，變
> 而通之以盡利，鼓之舞之以盡神。」〔註16〕

「聖人之意」通過「象」來建構，通過「言」來表達，三者之間形成了一個緊密相聯的鏈條，設立卦象，以文辭說明，最終能夠充分表達其意。這一點，在王弼的《周易略例》中有更充分的表達：

> 夫象者，出意者也；言者，明象者也。盡意莫若象，盡象莫
> 若言。言生於象，故可尋言以觀象；象生於意，故可尋象以
> 觀意。意以象盡，象以言著。〔註17〕

在此即說明了，「象」作為傳達「意」的媒介，其建立是基於「意」，而「言」則是通過描述「象」而表達「象」背後所蘊含的「意」。這裡指明兩條路徑，一是「盡意莫若象」「盡象莫若言」的「意──象──言」的創造路徑，一是「尋言以觀象」「尋象以觀意」的「言──象──意」的詮釋路徑。雖則此處的「意」還是占卜叩問的「天意」，「象」還是卦爻、符號所構成的「卦象」，但將其運用於文學理論之中也並無

〔註16〕王弼注、孔穎達疏：《周易正義》，頁343。
〔註17〕王弼撰、樓宇烈校釋：《周易注》（北京：中華書局，2011年6月1版
　　　　1刷），頁414。

不適，甚至作者的創作路徑與讀者的詮釋路徑也可一一對應。

最早將「意象」二字作為一個概念來進行論述的，是東漢王充的《論衡》：

> 天子射熊，諸侯射麋，卿大夫射虎豹，士射鹿豕，示服猛也。
> 名布為侯，示射無道諸侯也。夫畫布為熊麋之象，名布為侯，
> 禮貴意象，示義取名。〔註18〕

此段旨在說明古代貴族的一種射箭習俗，他們以不同的圖像畫在畫布上作為箭靶，天子射熊、諸侯射麋鹿、卿大夫射虎豹、士射鹿和豬，以動物圖像的不同作為地位尊卑差異的象徵。這裡所謂的「意象」指的是畫布上的圖像，雖然與文學理論並無關涉，但這種圖像背後隱藏著尊卑貴賤的差別與討伐無道諸侯、伸張禮制之意，也並非只是單純的「象」，而是借這種「象」作為符號傳遞某種「意」，雖非文學之意，卻也有共通之處。

晉摯虞《文章流別論》中開始將這些概念與文學創作搭上關係：

> 文章者，所以宣上下之象，明人倫之敘，窮理盡性，以究萬
> 物之宜者也。

強調文章之中「宣象」可達致「明人倫」「窮理盡性」「究物宜」的效用，不僅使「象」開始進入文學領域，還極盡書寫「象」的重要性。又言：

> 古之作詩者，發乎情，止乎禮義。情之發，因辭以形之，禮
> 義之旨，須事以明之，故有賦焉，所以假象盡辭，敷陳其
> 志。〔註19〕

以語言來表現所要表達之情，以事來說明所要論述的禮義主旨，而「假象盡辭」則是說明情的表達不是直接的，而是通過「象」的建

〔註18〕王充：《論衡·亂龍篇》卷十六，收於王雲五主編：《叢書集成初編》
（臺北：臺灣商務印書館，1993年12月初版），冊591，頁171。
〔註19〕見嚴可均輯：《全晉文》卷七七，（北京：商務印書館，1999年版），頁
819。

立來傳達，情意附著於「象」之上，辭用象而形之。此處所要表達的「意」終於告別了「天意」「禮制世俗意」等，成為詩人作者所要表達的「文意」，而「象」與「辭」亦隨之而為文本意象和文本書寫的語言符號了。

真正將「意象」一詞捏合為一個概念進行使用，並且作為文學理論出現的，則是劉勰的《文心雕龍》：

> 是以陶鈞文思，貴在虛靜，疏瀹五藏，澡雪精神；積學以儲寶，酌理以富才，研閱以窮照，馴致以懌辭；然後使元解之宰，尋聲律而定墨；獨照之匠，窺意象而運斤；此蓋馭文之首術，謀篇之大端。〔註20〕

此段所表達的是一種「馭文之術」「謀篇之端」，從創作者角度強調其在醞釀文思、經營意象之時全面接納認識事物形象、排除創作過程中雜念的干擾，保持內心的虛懷寂靜，專心一意，如此便需要積累學識、斟酌事理、研究觀察、構思文辭。然後便能使深諳玄妙之理的心，循聲律而安排文辭，如同技藝高超的工匠，能夠憑藉所構思的形象自如揮斧創作。這裡的「意象」是創作過程中所構思的形象，頗類似於現代概念中的「藍圖」，它出於創作者主觀傾向上的設計與思考，是心物交融的結果，創作者憑藉這樣的形象來表達種種內心所形成的感受，是一種情意思想與外在形象在文學表達上的統一。在文學創作過程中的經營安排，使「意象」擁有了文學的審美情感，真正成為了文藝理論的範疇。

此後「意象」開始較為廣泛地使用，歷代諸多文學理論家以此作為詩歌創作與詮釋過程中的重要環節，如唐王昌齡《詩格》云：「久用精思，未契意象。」〔註21〕此為詩之三格之一──「生思」過程中

〔註20〕黃叔琳注、李詳補注：《增訂文心雕龍校注》（北京：中華書局，2000年8月1版1刷），頁369。

〔註21〕胡震亨：《唐音癸籤》（臺北：木鐸出版社，民國71年7月初版），頁7。

的某種狀態，這裡的「意象」分指「意」與「象」兩者，強調的是「意」與「象」應契合，這一觀點在更早的陸機〈文賦〉中也曾出現，陸機認為創作的避忌在於「意不稱物，文不逮意」，實際上就是在強調創作過程中要避免出現「意」與「象」的脫節或是割裂，與《詩格》所說相類。

　　又如司空圖《二十四詩品》中有：「是有真跡，如不可知。意象欲出，造化已奇。」〔註22〕論詩歌創作情感細膩妥帖、風格精微渾然天成。此處「意象」接近意境，與「造化」相類，具體表現為「水流花開，清露未晞」的描寫，這樣的描寫，將難言的「造化之奇」生動地傳達出來，說明良好的「意象」在詩歌創作過程中具有重要作用。

　　及至宋時，《唐子西文錄》中言「謝玄暉詩云：『寒城一以眺，平楚正蒼然。』『平楚』猶平野也。呂延濟乃用『翹翹錯薪，言刈其楚』，謂楚，木叢，便覺意象殊窘。凡五臣之陋，類若此。」〔註23〕這裡認為相較於平野，將「平楚」理解為木叢則「意象殊窘」。此處的「意象」，是這兩句詩所呈現的整體意境感覺，寒城眺望，遠處平野蒼茫，本是廣闊渾厚，釋為木叢則闊遠氣象蕩然無存，只餘生硬照搬的小家子氣，無怪乎被指為「五臣之陋」。

　　姜夔〈念奴嬌序〉有「予客武陵，湖北憲治在焉。古城野水，喬木參天。予與二三友日蕩舟其間，薄荷花而飲。意象悠閒，不類人境。」〔註24〕則是以「意象」指遊玩時所觀賞的景象。

　　梅聖俞《續金針詩格》言「詩有內外意，內意欲盡其理，外意欲盡其象，內外意含蓄，方入詩格。」〔註25〕，將「意」與「象」分說，

〔註22〕司空圖：《二十四詩品》，見何文煥輯：《歷代詩話》（北京：中華書局，2004年9月第2版），頁41。

〔註23〕強幼安：《唐子西文錄》，見何文煥輯：《歷代詩話》，頁447。

〔註24〕姜夔撰、朱孝臧校、楊家洛主編：《白石道人歌曲》卷四，（臺北：世界書局，民國五十六年五月再版），頁4。

〔註25〕梅聖俞：《續金針詩格》，見魏慶之著、王仲聞點校：《詩人玉屑》卷九，（北京：中華書局，2007年11月初版一刷），頁273。

內意為思想內容，外意為文辭描繪，內意含理，外意狀象，而無論內外意，所特別強調的則是其含蓄性。

又劉克莊曾言：「游默齋序張晉彥詩云：『近世以來學江西詩，不善其學，往往音節聱牙，意象迫切。且議論太多，失古詩吟詠性情之本意。』切中時人之病」〔註26〕是以「意象」表達詩中所呈現之象，「音節」與「意象」的兩個詩歌組織原則的判定，從反面強調了《文心雕龍》中所說的馭文謀篇的要素。

明清之時，「意象」之論殊盛。胡應麟《詩藪·內編》云：「古詩之妙，專求意象。」〔註27〕言「意象」之重；李東陽評價「雞聲茅店月，人跡板橋霜」二句，謂其「音韻鏗鏘，意象具足」〔註28〕與王世懋言「人各自以意象聲響得之」〔註29〕，皆是承劉勰《文心雕龍》中將「聲律」與「意象」對舉而來，從「聲」「形」兩方面推美詩歌。

陸時雍《詩鏡總論》言〈河中之水歌〉最難能可貴處，在於「風格渾成，意象獨出」，是以風格與意象兩個層面來賞析詩歌妙處。又言「齊梁老而實秀，唐人嫩而不華，其所別在意象之際。」〔註30〕說明了不同的時代，意象的使用與表現也會有所差異。而朱承爵則指出了文體對意象塑造的影響：「詩詞雖同一機杼，而詞家意象亦或與詩略有不同。」〔註31〕

葉燮《原詩·內篇下》對「意象」的詮釋則更加明晰：

可言之理，人人能言之，又安在詩人之言之；可徵之事，人人能述之，又安在詩人之述之；必有不可言之理，不可述之

〔註26〕劉克莊：《後村詩話》後集卷二，見《宋詩話全編》（南京：江蘇古籍出版社，1998 年 12 月初版一刷），頁 8405。

〔註27〕胡應麟：《詩藪》，見胡震亨：《唐音癸籤》，頁 14。

〔註28〕李東陽：《麓堂詩話》，見丁福保輯：《歷代詩話續編》（北京：中華書局，2006 年 8 月第 2 版），頁 1372。

〔註29〕王世懋：《藝圃擷餘》，見何文煥輯：《歷代詩話》，頁 778。

〔註30〕陸時雍：《詩鏡總論》，見丁福保輯：《歷代詩話續編》，頁 1408。

〔註31〕朱承爵：《存餘堂詩話》，見何文煥輯：《歷代詩話》，頁 794。

事，遇之於默會意象之表，而理與事無不燦然於前者也。
〔註32〕

可見通過「意象」，創作者能夠將「不可言之理」「不可述之事」清楚明白地傳達出來，甚至形象生動至寫景狀物「如在目前」之境界。讀者亦能通過閱讀，以「意象」為媒介，去領略「呈於象、感於目、會於心」的描述，產生與創作者之間感受的連接。

又有方東樹《昭昧詹言》言「意象大小遠近，皆令逼真。」〔註33〕沈德潛《說詩晬語》評孟郊詩「意象孤峻」〔註34〕，皆是以「意象」指其作品之中的形象。

可以說，明清時期對於「意象」的使用，已經較為成熟完整，認識到其於詩歌創作中的絕對重要性，視之為詮解與評議詩歌時不可或缺的角度，以「意象」的使用作為標準言創作水平的高低，甚至看到時代傾向與文體差異對意象的影響，是跳脫出「意」與「象」的單獨概念之後，以較為全面的視野全方位地看待。

除此之外，「意象」概念同樣被運用於書畫界，如張懷瓘《文字論》言「探彼意象，入此規模」〔註35〕，杜本論書「倘悟其機，則縱橫皆有意象矣」〔註36〕，皆以「意象」指字畫的藝術形象。

（二）近現代文論中的「意象」概念

近現代文論之中關於「意象」的論述可謂不勝枚舉，或界定「意象」概念，或強調「意象」在創作與詮釋過程中的重要性，或分辨「意

〔註32〕葉燮著、蔣寅箋注：《原詩箋注》（上海：上海古籍出版社，2014年4月1版1刷），頁194。

〔註33〕方東樹撰：《昭昧詹言》卷八，（臺北：廣文書局，民國51年8月初版），頁12。

〔註34〕蘇文擢：《說詩晬語詮評》（臺北：文史哲出版社，民國74年10月修訂再版），頁208。

〔註35〕陶宗儀：《書史會要》卷九，見王雲五主編：《四庫全書珍本十集》（臺北：臺灣商務印書館），頁25。

〔註36〕陶宗儀：《書史會要》卷九，見王雲五主編：《四庫全書珍本十集》，頁39。

象」與其他諸多概念如「名物」「表象」等，或闡明「意象」的生成過程。以下略舉幾家之言，以窺一二：

朱光潛論及「意象」時認為：

> 每個詩的境界都必有「情趣」（feeling）和「意象」（image）兩個要素。「情趣」簡稱「情」，「意象」即是「景」。吾人時時在情趣裡過活，卻很少能將情趣化為詩，因為情趣是可比喻而不可直接描繪的實感，如果不附麗到具體的意象上去，就根本沒有可見的形象。〔註37〕

將「情」「景」二分，以「情趣」與「意象」對舉且分別對應「情」與「景」，這是在天平上將「意象」偏於一端，使「意象」作為偏義複詞只取「象」這一部份的語意，而使「意」作為陪襯被隱藏。但同時他亦強調了「情」的抽象不可知，需要依賴於具體可感的客觀意象的表達。

袁行霈在〈中國古典詩歌的意象〉中對「意象」論述頗多，他認為：

> 意象是融入了主觀情意的客觀物象，或者是借助客觀物象表現出來的主觀情意。〔註38〕

「意象」是主觀情意與客觀物象交融的結果，因主觀情意的熔鑄，使得客觀物象在不同的創作者筆下有了不同的面貌，客觀物象的選擇與使用因而有了高下之分、意趣之別，甚至於形成創作者獨特的鮮明的個人風格：

> 詩的意象和與之相適應的詞藻都具有個性特點，可以體現詩人的風格。一個詩人有沒有獨特的風格，在一定程度上即取決於是否建立了他個人的意象群。屈原的風格與他詩中的香

〔註37〕朱光潛：《朱光潛全集・詩論》（北京：中華書局，2012年9月1版1刷），頁51。

〔註38〕袁行霈：〈中國古典詩歌的意象〉，《中國詩歌藝術研究》（北京：北京大學出版社，2009年1月3版1刷），頁54。

草、美人，以及眾多取自神話的意象有很大關係。李白的風
格，與他詩中的大鵬、黃河、明月、劍、俠，以及許多想像、
誇張的意象是分不開的。杜甫的風格，與他詩中一系列帶有
沉鬱情調的意象聯繫在一起。李賀的風格，與他詩中那些光
怪陸離、幽僻冷峭的意象密不可分。〔註39〕

創作者通常會有自己慣用的意象或意象群，或是在傳統被普遍使
用的意象之中有自己獨特的使用喜好，這類意象或使用喜好多與創作
者的生平遭際或所要表達的內在情意有某種內在聯繫，而其大量使用
會使其在作品中形成某些約定俗成的意蘊，而後進一步構成作者的個
人風格，這種個人風格的形成，對創作者而言十分重要。「意象」成為
窺探風格的窗口，也因此產生了諸多對專人使用意象的研究。

陳植鍔在《詩歌意象論》中指出：

在詩歌藝術中，通過一定的組合關係，表達某種特定意念而
讓讀者得之言外的語言形象，……就叫意象。

所謂意象，是詩歌藝術最重要的組成部份之一（另一個是聲
律），或者說在一首詩歌中起組織作用的主要因素有兩個：聲
律和意象。

就詩人的藝術思維來說，象，即客觀物象，包括自然界以及
人身以外的其他社會聯繫的客體，是思維的材料；意，即作
者主觀方面的思想、觀念、意識，是思維的內容。

正如語言的最小獨立單位是語詞，所謂意象，也就是詩歌藝
術最小的能夠獨立運用的基本單位。〔註40〕

基本上，作者將「意」「象」與「意象」作為三個獨立的概念來使
用，但互相之間在涵義上又有重疊之處，簡單剝離開來就是，「意」作

〔註39〕袁行霈：〈中國古典詩歌的意象〉，《中國詩歌藝術研究》，頁57。
〔註40〕陳植鍔：《詩歌意象論》（北京：中國社會科學出版社，1990年3月第
　　　　1版），頁12～17。

為藝術思維的內容，「象」作為藝術思維的材料，除了客觀物象還涉及到社會關係，而「意象」則被認為是與「聲律」共同組織詩歌的主要因素，與《文心雕龍》之論一脈相承，且是通過一定的組合關係，令讀者可感知特定意念的語言形象。由此可知，「意象」有機統合了內與外、情與景、主與客等方面，超越了客觀物象的局限範圍，且其使用往往伴隨著一定的組合方式。關於這一點，在《中國詩學》中，陳慶輝同樣作如此論：

> 意象的特性在於它是意與象、情與景、形與神、心與物的有機統一，是審美創造的產物，是不同於主觀世界、也不同於客觀世界的第三種世界，它是蘊含著詩人審美感受的語言形象。〔註41〕

李元洛在《詩美學》中認為：

> 意象，如同詩歌創作與批評中的興象、氣象、情景、意境等詞一樣，在漢語的構詞法中，都是先抽象後具象的複合名詞，它包括抽象的主觀的「意」與具體的客觀的「象」兩個方面，是「意」（詩人主觀的審美思想與審美感情）與「象」（作為審美客體的現實生活的景物、事象與場景）在文學第一要素──語言中的和諧交融與辯證統一。〔註42〕

意象乃是「語言中的和諧交融和辯證統一」，他以構詞角度分析，將「意象」與「興象」「氣象」「情景」「意境」拉至同一戰線，指出其先抽象後具象的構詞特點與這種構詞方式之下所富含的語意。

同樣強調了主客觀有機融合以形成「意象」的，還有如下：

> 意象是寄意於象，把情感化為可以感知的形象符號，為情感找到一個客觀對應物，使情成體，便於觀照玩味。〔註43〕

〔註41〕陳慶輝：《中國詩學》（臺北：文史哲出版社，民國83年12月初版），頁68。

〔註42〕李元洛：《詩美學》（北京：人民文學出版社，2016年8月版），頁183。

〔註43〕吳戰壘：《中國詩學》（臺北：五南圖書出版有限公司，民國82年11月初版一刷），頁27。

> 文學意象是客體物象與主體意念的融合而形成的一種文學
> 基本元素，它以表象為載體，涵容了客體審美特性和作家審
> 美情感與想像的文學模式。〔註44〕

此處不但提出了「意象」化抽象為可感知的具象，還認為意象取材自「表象」，在「表象」的基礎上進行加工，即王長俊在《詩歌意象學》中所謂「意象是鑄意染情的表象。」〔註45〕所以「意象」與作為通過感知而形成感性形象的「表象」，或是普通單純的自然物象之間的差別，就在於「意象」不是自然狀態下的直接呈現，它需要經過思維的設計與加工：

> 「意象」是作者的意識與外界的物象相交會，經過觀察、審
> 思與美的釀造，成為有意境的景象。然後透過文字，利用視
> 覺意象或其他感官意象的傳達，將完美的意境與物象清晰地
> 重現出來，讓讀者如同親見親受一般，這種寫作的技巧，稱
> 之為意象的浮現。〔註46〕

因而「意象」的形成過程，便是這種主觀情意與外界物象的交會，而使得經過「觀察、審思與美的釀造」等步驟加工所產生的意象通過文字感官傳達，以達到親見親受的目的。事實上，經過加工的「意象」，在所具有的特徵和屬性上，具有雙重的疊加效果，創作者在使用「意象」時，是在同時使用其作為自然物象所本身具有的性質，以及經過設計之後主體情思所賦予的內涵。閱讀者所進行的詮釋亦然：

> 意象是中國古典詩詞中一個獨特的概念，通常指創作主體通
> 過藝術思維所創作的包融主體思緒意蘊的藝術形象。因此，
> 意象並不是單純的自然物象，而是詩人腦子中經過加工的自

〔註44〕孫耀煜：《中國古代文學原理》（南京：江蘇教育出版社，1996年4月初版一刷），頁187。

〔註45〕王長俊主編：《詩歌意象學》（合肥：安徽文藝出版社，2000年版），頁177。

〔註46〕黃永武：《中國詩學‧設計篇》（臺北：巨流圖書股份有限公司，2009年9月初版一刷），頁1。

然物象。它既有第一自然物象的個別特徵和屬性，更有創作
主體賦予特殊內涵的特徵和屬性。〔註47〕

物象一旦進入詩人的構思，就帶上了詩人主觀的色彩。這時
它要受到兩方面的加工：一方面，經過詩人審美經驗的淘洗
與篩選，以符合詩人的美學理想和美學趣味；另一方面，又
經過詩人思想感情的化合與點染，滲入詩人的人格和情趣。
經過這兩方面加工的物象進入詩中就是意象。〔註48〕

葉嘉瑩先生指出：

中國文學批評對於意象方面雖然沒有完整的理論，但是詩歌
之貴在能有可具感的意象，則是古今中外之所同然的。在中
國詩歌中，寫景的詩歌固然以「如在目前」的描寫為好，而
抒情述志的詩歌則更貴在作者能將其抽象的情意概念，化成
為可具感的意象。〔註49〕

可見使用「意象」的目的，最終還是要回到文本的抒情述志的需
要，「意象」的使用，無論寫景狀物，皆是為了喚起讀者對圍繞此一意
象的相關情思的聯想，產生通感，以凸顯主題，獲得錦上添花的效果。
雖然缺乏完整的一套理論，但千百年來，無論創作者還是詮釋者都始
終摸索著這條路徑這樣寫、這樣讀。

（三）「意象」概念餘論

「意象」概念當然不僅限於東方，事實上，在西方，「意象」獲得
了更多的更廣泛的討論，涉及文學、美學、心理學等諸多方面，甚至誕
生出「意象派」這一學術流派。

以 C.戴・劉易斯《詩學意象》中的陳述為例，意象「是文字組成

〔註47〕陳銘著：《意與境：中國古典詩詞美學三昧》（杭州：浙江大學出版社，
　　　2001 年 11 月 8 初版一刷），頁 833。
〔註48〕袁行霈：〈中國古典詩歌的意象〉，《中國詩歌藝術研究》，頁 54。
〔註49〕葉嘉瑩：《迦陵論詩叢稿》（北京：中華書局，2005 年 1 月初版一刷），
　　　頁 232。

的畫面」「一首詩本身也可以是多種意象組成的一個意象」，即是小至詩歌中文字描寫的一個畫面，大至構成一首詩歌的全部組成成份，都可以成為「意象」。以「意象」一詞常出現的三種用法而言：

> 「意象」（即「形象」的總稱）用於指代一首詩歌或其他文學作品裡通過直敘、暗示，或者明喻及隱喻的喻矢（間接指稱）使讀者感受到的物體或特性。

> 意象在較為狹窄的意義上僅用來指對可視客體和場景的具體描繪，尤其是生動細緻的描繪。

> 按照目前最普遍的用法，意象指的是比喻語，尤其指隱喻和明喻的喻矢。

以第一種用法而言，書中舉威廉‧華茲華斯的詩歌〈她住在人跡罕至的地方〉裡所使用的意象如「春天」「墳墓」「紫羅蘭」「星星」等來加以說明。又以丁尼生的作品《悼念》中的「夏日」給予人「溫暖」的感觸來說明這種意象帶來的讀者的感受並不囿於視覺，還包括聽覺、觸覺、溫度、嗅覺、味覺等。第二種用法是對於物體或場景的直接描繪，這種描繪經過加工或呈現得比較生動細緻，但所強調的是富有藝術性的還原。而第三種用法，被卡羅琳‧斯博金用於對莎士比亞作品的分析，她統計了莎士比亞作品中的比喻喻矢，點明莎翁喜歡使用的意象群，以及部份戲劇所具有的意象主題，並且以意象的使用來分析作者的個人經歷與喜好，引領了此後數十年的意象研究的風潮。這群新批評家對意象的重視遠遠超越了早期的評論者，他們認為意象是詩歌的基本成份，能夠呈現詩歌的含義、結構與藝術效果，更關鍵的是，是意象之間暗含的相互作用，而非作者或主人公的論述與言行，決定文學作品的主題。〔註50〕

「意象派」是 20 世紀初西方出現的由英美詩人發起並推廣盛行的

〔註50〕參見（美）M.H.艾布拉姆斯著，吳松江主譯：《文學術語詞典》（北京：北京大學出版社，2009 年 5 月版），頁 243～245。

詩歌流派，是用於對當時文壇上盛行的無病呻吟、多愁善感和倫理說教的文風的反對。意象派的代表埃茲拉・龐德認為：

> 意象可以有兩種。它可以產生於人的頭腦中。這時它是「主觀的」也許是外因作用於大腦；如果是這樣，外因便是如此被攝入頭腦的：它們被融合，被傳導，並且以一個不同於它們自身的意象出現。其次，意象可以是客觀的。攫住某些外部場景或行為的情感將這些東西原封不動地帶給大腦；那種漩渦沖洗掉它們的一切，僅剩下本質的、最主要的、戲劇性的特質，於是它們就以外部事物的本來面目出現。

> 在這兩種情況下，意象都不僅僅是一種觀念。它是融合在一起的一連串思想或思想的漩渦，充滿著活力。〔註51〕

可以看出，龐德所認為的意象有兩種，一種是受到外界影響，頭腦中生成並且再創造的，與原型產生差異的意象，另一種是原封不動地照搬外部事物，還原為本來面目的意象。且無論是哪一種意象，他都強調意象的流動性，思維如同漩渦一樣，追求意象跳躍的複雜的效果，以形成詩歌的動感和活力。

「意象派」在一定程度上受到 T.E.休謨的詩歌理論的影響，休謨認為：「要想掌握真實，必須由直覺入手，而直覺是無法用抽象語言來表達的，唯有依賴意象。詩人的責任便是運用意象來表達直覺所體驗到的真實世界。」〔註52〕因而意象派主張無論在題材還是韻律上都拋棄傳統，自由創造，並且要求以鮮明、準確、清晰、凝練的意象生動地展現事物，直接地傳達情意，反對神秘而模糊不清的書寫，反對發表議論及感歎。典型的意象派詩歌，為了簡潔清晰直接地表達，常常採用自由詩形式，避免受到固定音步的格律干擾，追求意象組合之後自然所

〔註51〕黃晉凱、張秉真、楊恒達主編：《象徵主義・意象派》（北京：中國人民大學出版社，1998 年 8 月版），頁 147。
〔註52〕傅孝先：《困學集・西洋文學散論》（臺北：時報文化出版，1979 年 11月 2 版），頁 245。

形成的內在韻律與節奏，大刀闊斧地砍掉無意義的修飾語，因而詩歌往往短小緊湊，意象之間極具跳躍性，有時會使用意象層遞、意象疊加與意象並置等手法〔註53〕，如龐德的著名意象派詩歌〈地鐵車站〉：

> 人群裡忽隱忽現的張張面龐，

> 黝黑沾濕枝頭的點點花瓣。

這首詩中只有兩個意象，即人群中的臉與枝頭的花瓣，兩個意象毫無時空上的聯繫，但並置在一起，構成俗陋與優美，沉悶與清新的強烈對比，在擠壓感與自然美之間描繪出都市的焦慮感與繁忙庸碌。在這極短的篇幅之中，詩人僅進行了意象的直接呈現，並沒有過多的說明與修飾，但這樣一種直接簡單的並置，已經產生了極大的聯想空間與直接的情感衝擊。事實上，在這樣一種意象派詩歌之中，常常能夠看到日本俳句與中國古典詩詞的影子。龐德這首〈地鐵車站〉的描寫手法及意象安排與司空曙〈喜外弟盧綸見宿〉詩之「雨中黃葉樹，燈下白頭人」有異曲同工之妙，司空曙此詩此句，除了「雨中」「黃葉樹」「燈下」「白頭人」幾個意象並置之外，更無一字贅言，跳脫出限制之外，卻以這樣皆具衰歇之象的意象並置，形成了極為立體可感的圖像畫面，無限的情意感受就在這樣闊大的想像空間裡溢出，留下不盡餘味。

然而「意象派」這類詩畢竟是少數，多數的西方文學作品與中國詩歌在諸多方面的差異還是大過相似性，而這種差異也決定了二者對「意象」的使用會走向不同的岔路。

中國詩歌以抒情詩為主，表情達意是其主要目的，一般篇幅較短。情感思想本就較為抽象，又有一定的字數限制，且因含蓄傳統往往不會出現抒情主人公自我的形象與直接赤裸的情意表白，所以就需要意

〔註53〕意象層遞即按照事物發展的客觀規律，有條理、有層次地組合意象。意象疊加即將有相同本質涵義的意象，巧妙地疊合在一起，意象與意象之間構成修飾、限定、比喻等關係。意象並置即把不同時間、空間的兩個可見意象並列在一起，借以啟發和引起別的感受。

象作為媒介，憑藉意象的營造來指陳所要表達之情意，傳達情感體驗，構成情感事件。而西方詩歌則不然。其由荷馬史詩及古希臘悲喜劇發端，故而多敘事詩，重視的是故事的演述，因而詩歌之中敘事的要素如人物、場面、情節之類較為完整，而作為意象的景物、事物等則淪為背景，作錦上添花的輔助作用，並不成為聚焦的部份。即使是抒情詩，也往往會出現抒情主人公的身影，直接陳述其情，而不以意象來作間接隱晦的表達。除此之外，西方詩歌篇幅較長，長篇製作提供了足夠的書寫空間，也更加需要敘述的成份在其中串合。因此，「意象」的使用與重視程度也就與中國古典詩歌有了顯著差別。

二、「意象」的分類

　　意象的定義紛繁複雜，卻能摸索出其中貫穿不變的共通之點，而各家出於對意象的理解與論述表達的需要不同，也常常將大千世界的諸多意象按照不同標準進行分類：

　　葉嘉瑩先生在《迦陵論詩叢稿》中將意象分為「物象」「事象」與「喻象」：

> 如果把這些形象加以歸類的話，我們大致可以將之區分為三大類，其一是取象於自然界之物象；其二是取象於人世間之事象；其三則是取象於假想中之喻象。……其性質也是屬於人世間的事象，但卻並不是一般的事象，而是歷史上某一特定的事象，頗近於詩歌中之所謂「用典」，不過基本上仍是屬於形象之三大類別中的第二類，也就是人世間的事象。
> 〔註54〕

　　此雖是就周易卦爻辭構成的形象所論，但置於詩歌之中並無不可。以詩歌之呈現而言，最直接而普遍的便是「物象」，但其並不僅僅取象於自然界，除了山川草木鳥獸蟲魚以外，還包括一些人文建物、器物等，這些物品的形象輪廓線條色彩等為創作者所接受，經過思索

〔註54〕葉嘉瑩：《迦陵論詩叢稿》，頁335～336。

與安排，以語言文字進行展現。而取象於自然的那部份物象，除了單獨的作用之外，很多時候也以組合而成的整體形象構成景象，這樣一種佈置往往會產生情景交融的結果。

「事象」是在詩歌之中敘述事由的含情之象。在敘事詩中論述事由的部份通常是貫串首尾的主幹，串聯起完整的人物與場景，但以我國古典詩歌的抒情性而言，作為抒情詩歌中的事象，只是在論述事由。正如單純照搬未經加工的名物不足以成為意象一樣，單純敘述事件也不足以構成意象，而是要在敘事之中交織著情感的書寫，有意識地夾雜著情感表達，使得事與情有所融合，這樣才構成敘事中的意象成份。這種緣事而抒情、抒情與敘事交織的手法在杜甫的詩歌中多有體現，諸多的寫實作品通過事件的敘述迸發出強烈的感情。如杜甫詩〈聞官軍收河南河北〉首二句「劍外忽傳收薊北，初聞涕淚滿衣裳。卻看妻子愁何在，漫捲詩書喜欲狂」，從情緒緣由的敘述，到自我情緒的描寫，到周圍家人的表現，再到自我行為的轉變，整個過程既是敘事，又處處抒發著詩人的喜悅之情，事件與情感融為一體，情如流水，意如貫珠，奔騰直下，實為事象運用之典範。

「喻象」近於詩歌中的用典，「據事以類義，援古以證今」，是以前人典籍中的故事或言論，來含蓄表達內容或思想，或使立論有根據，或使表述更簡潔，或是不便直陳而以典故暗示。這種用典可以是物品，可以是事件，甚至可以是前人所創的語言詩句，故而既可以是明確以傳說故事賦予意涵的事或物，也可以是詩家慣常使用而約定俗成擁有某種意涵的事或物。

但無論物象、事象還是喻象，都應置於詩歌文本的特定語境中去考察，單獨剝離出來便成為無甚意義的死物，只有在眾多意象組合之中才能看到結構安排所形成的張力，意象與意象之間的互動才具有了傳達詩人所要表達的情意體驗的效果。因而在研究的過程中，必須回到文本之中，一旦脫離語境，孤立的名物便無法成為真正的意象。

綜觀《陽春集》中所使用的意象，基本上是以物象的面貌呈現，

從自然風物到人文建物，種類繁多，描寫頻率極高。而事象與喻象雖有，但著實不多：事象多體現在意象縮合之時，出於敘事需要將同一時空之中看似無序的物象通過人物的行為動作形成一個完整的事件過程，以傳達主人公的心理感受。如〈更漏子・金剪刀〉中「金剪刀，青絲髮，香墨蠻箋親札。和粉淚，一時封，此情千萬重」一句，寫女子親書相思、剪下青絲、含淚緘封的一系列動作；再如〈採桑子・微風簾幕清明近〉中「尊酒留歡，添盡羅衣怯夜寒」一句寫出離別之際的飲酒留歡，而夜越來越深，因此不斷添衣的姿態。這一部份在下文第五章言及意象組合之中同一時空的意象並置時會再詳述。喻象則體現在諸如草木意象中具有特定涵義的「萬年枝」「丹桂」，建物意象中具有特定涵義的「章臺路」「南浦」「青門」，以及「高唐暮雨」「桃源」「鷗鷺忘機」等其他典故的使用中，於下文個別意象的使用與表達的分析中皆會提及，此處不作展開。

　　出現這種現象的原因，主要是詞這一文體在當時尚剛剛起步，屬於在襁褓中牙牙學語的嬰兒狀態，故而還保留著詞體誕生之初的本真屬性，即抒情特質的凸出。詞多用於宴會場所吟詠風月，故多借景抒情，多閨情艷語，而出現抒寫自我情志、完整地敘述事件的事象與較為密集的用典則要到北宋之時。且《陽春集》其時去花間不遠，仍受到花間影響，可見花間遺風，故而亦多對宮室器物的綺麗描寫，物象占比甚重。因此，對《陽春集》意象的研究，會以物象研究為主，兼及少量的事象與喻象。

　　除以上所言葉嘉瑩先生的分類之外，諸家依據不同的分類標準的其餘分類方式，此處亦摘錄幾家之言，以備參考：

　　仇小屏在《篇章意象論——以古典詩詞為考察範圍》一書中，依據「形象思維」「邏輯思維」「綜合思維」對意象進行了常規的劃分：依據功能用於表情或說理將意象分為「情意象」與「理意象」；依據「意」與「象」能否在字面上分別呈現分為「顯意象」與「隱意象」；依據意象的內容是「物之情狀」還是「事之本末」分為「景意象」與「事意

象」；依據意象的性質是實在可感的或虛幻縹緲的分為「實意象」與「虛意象」；依據具有關聯性的意象之間所形成的層級高低分為「總意象」與「分意象」；依據意象是作為與中心情意關聯緊密、直接的焦點，還是用於烘托的背景分為「圖意象」與「底意象」。〔註55〕這些分類方式詳備周全，涵蓋廣泛，以詞而論，尤其是五代詞，大部份為「情意象」，鮮少有「理意象」的出現；「景意象」多，「事意象」少；「實意象」多，「虛意象」少；其他的意象分類則皆有涉及。

陳伯海《意象藝術與唐詩》中，在「物象」「事象」以外還另列「情象」「理象」兩類。作者認為，情感活動除了通過自然物象進行表達，也可以通過情感心理的外在情態流露而自身構成意象。而除了外現於動作、神情之外，直接以言辭進行抒情，也可以構成言辭之「象」。且直陳心跡時可能折射出的形影神態，也可回到第一種情況。「理象」則是以理語入詩，使議論含情韻，表達屬於詩人詩性生命體驗有機組成的思想，使其具體可感。〔註56〕

王立《中國文學主題學——意象的主題史研究》一書中，則是比較特殊的選擇了內外劃分的角度對意象進行分類：外劃分是「外在物象經心理表象折映後所固化了的內心觀照物」，依照有無現實對應體，可進一步分為現實的與虛幻的。現實的如植物意象、動物意象、無機自然界意象等，虛幻的如夢意象等。中國古典文學中意象原型的對應物多可歸於外劃分一類，這些意象經過人格化、象徵化，被賦予了創作者的情感思致，從而替創作者喜悅與悲傷、期盼與失望。而內劃分則是「以主體如何觀照解悟對象來界定」的，可分為「同宗教、圖騰、神話、鬼靈崇拜等神秘主義思維密切相關的意象」，與「於人現實中審美意識，人們感物而發、物我相生的藝術思維及較直接的生活感受相關

〔註55〕參見仇小屏：《篇章意象論——以古典詩詞為考察範圍》（臺北：萬卷樓圖書股份有限公司，2006 年 10 月初版），頁 33～86。
〔註56〕參見陳伯海：《意象藝術與唐詩》（上海：上海古籍出版社，2015 年 9 月初版一刷），頁 14～21。

的意象」兩類。〔註57〕依照這樣的分類標準，《陽春集》中多為外劃分意象，且現實意象為主，但也不乏虛幻意象，如〈相見歡·曉窗夢到韶華〉便描述晨夢所歷情事，以夢寫情。若以內劃分觀之，則以後一類重在主客物我相交感的意象為多。

　　李元洛在《詩美學》一書中，論述了幾種意象類型：動態性的化美為媚的意象、比喻式意象、象徵性意象、通感性意象。動態性的化美為媚的意象，即是注重意象的動態，從動態中描寫物象，捕捉這種富於生命力的流動之美。比喻式意象，即是以「彼物」喻「此物」的意象。象徵性意象，是以具體的物象表徵暗示某種抽象的、不可見的觀念或情思。通感性意象，則是五官接收到的感覺互相溝通轉化所形成的意象，這種意象非單一平面，而是使五官的感受力互相交流溝通，創造意象的豐富性與活潑感。這幾種意象的使用安排皆見出作者經營意象之心，《陽春集》中亦多有涉及運用。動態性的意象書寫體現在以動物之聲形動作，人與器物的互動等，進行情感表達與主題書寫；比喻式意象、象徵性意象、通感性意象多體現出意象組合過程中的修辭手法，於其後論述意象的表達技巧中的修辭手法時會詳細論述。〔註58〕

　　綜上所述，從意象的概念論，古代典籍中意象概念的發展過程，可見出其從世俗義、哲學義逐漸走入文學領域的過程，而在文學領域的表達中，「意象」又具有多元的理解：其一，指含意之象，或表意之象。這是最普遍的使用情況。其二，指意和象。分論「意」與「象」兩者，但並不設立為孤立概念，反而是考察其內在聯結的契合度與邏輯自洽。其三，指一種整體觀照下的景象，接近於意境或境界。其四，指詩歌或是書畫等藝術作品中所呈現的形象。四者雖有略微差異，卻並無涇渭分明的界限，更不是非此即彼的關係，而是在運用時可互相滲

〔註57〕參見王立：《中國文學主題學——意象的主題史研究》（鄭州：中州古籍出版社，1995年6月初版一刷），頁7～12。

〔註58〕參見李元洛：《詩美學》（北京：人民文學出版社，2016年8月版），頁298～313。

透，彼此黏連。後來意象研究中多使用的意象概念偏向含意之象、表意之象的理解，但卻較其具有更豐富的內涵詮釋。

現代文論中對於「意象」的詮釋，諸家的說法雖然不一，但總結而言卻能看到相似的內核：其一、「意象」是創作者內在的主觀抽象感受與外在的客觀物象的交融，是對於最基本、最初步的感知印象進行符合主觀情意與抒情言志需要的深加工與再創造，而後通過語言文字呈現於作品中；其二、「意象」兼具作為自然物象自身所具有的屬性，以及創作者出於表意需要所進行篩選之後所賦予的內涵，因此，「意象」構成了作品，也被打上個人烙印，形成創作者鮮明的風格。其三、「意象」的使用，無論從結構上的編排還是內容上的呈現，都關乎作品的優劣，一方面作者由外在之象表內在之意，一方面讀者根據外在之象理解作者內在之意，兩條路徑通過「意象」聯結，「意象」成為跨越時空限制使作者與讀者獲得交流的紐帶。這與西方的意象派、意象理論有相似共通之處，但更多的是限於所詮釋文體特質的不同而呈現的差異性。事實上，本文所使用的意象概念，亦是從這一以貫之的內核理解之中而來，不出這些意象概念所體現特點的範圍。

從意象的分類論，諸多的意象分類系統，詳備周全，涉及意象的形成、形態、功能與內容各方面，其最終目的無非是希望通過不同的分類方式展示意象，以某種條理或脈絡更好地論述書寫與意象相關的觀點，分析意象在文本中的作用等。《陽春集》中意象眾多，分佈甚廣，按以上的分類方式皆可進行劃分，只是分出的類別在數量上具有較大的差距，不便於行文論述。馮詞受花間風格影響頗大，以自然風物、人文建物與閨閣器物為多，本文為便於章節的設置，將其粗分為自然意象與人文意象兩類，細分則有草木、鳥獸、風月、山水、樓閣、琴箏（包括樂器與樂曲）、衣飾、車馬、酒器、閨物十類。

第二章 《陽春集》意象使用與表達的普遍性

　　如前所述,「意象」作為橋樑的作用實際上是雙向的,既搭建創作者的表達路徑,也搭建讀者的詮釋路徑。而所謂的意象研究,對這兩條路徑的摸索是缺一不可的。意象的使用是從創作者的角度出發,它是最為直接的、作者的選擇意願在文本中的體現;而意象的表達則暗含了讀者的視角,因創作者的「不在場」,表達效果多是通過讀者閱讀之後的詮釋來呈現,但這並不意味著這種詮釋與作者是完全割裂的,相反,它是基於作者的意象選擇與意象安排而進行的合理範圍內的詮釋,也就是說,是因為作者這樣書寫,才給了讀者這一詮釋方向的可能性,詮釋的主觀並不能脫離文本的表達。所以,儘管意象的使用與表達看似是兩個問題,但卻是可以放在一起研究的。

　　有一些意象的使用,在同一創作者的創作中擁有著一以貫之相似的作用。出現這種情況或是因為其並非是文本中具有情緒主旨導向的核心意象,或是至少表面上最直接的呈現具有普遍的相似性,其通常沿襲前代作用。這種意象的使用與表達的相似性也可分為自然意象與人文意象兩種。

第一節　自然意象

　　自然意象即是所有非人為創造的自然存在的意象,最常見的便是

作為自然景物的動植物、山水風月等。這類意象在詩詞中出現時，最基礎而普遍的作用是作為季候、時間的指示，利用這些意象自身具有的自然屬性以其出現或狀態來說明文本內容中時間背景。

一、草木

　　或許是因為春、秋兩季景物的狀態較為有特色，或許是因為春、秋季節易引發文人的感懷，自古以來文學作品中對於春、秋描寫的篇幅遠超過夏、冬，正中詞中對於季節的描寫同樣延續了這一詩歌傳統，據統計，馮詞中春意象出現 58 次，秋意象出現 16 次，分別占比48.3%與 13.3%，且其後宋代詞作亦呈現這一情況。〔註1〕就季節言，對於春的描寫可進一步分為景致較為繁盛的初春、早春時期，與春意即將逝去、凋殘景象的暮春時期。就植物意象言，則正中詞中通過植物意象來提示季候信息時，通常有兩種描述方式，一種是泛指類植物意象的狀態，另一種是具體的季節植物的呈現。

（一）春

　　正中詞中提到的泛指類的植物意象包括花、草、樹、枝、葉等，這些意象自身並不帶有季節屬性，不是哪一季節所特有，故通常對其狀態進行描述來體現詞作的季候背景，如：

> 日融融，草芊芊。黃鶯求友啼林前。柳條裊裊拖金線，花蕊茸茸簇錦氈。(〈金錯刀〉，708)〔註2〕

此闋詞描繪了生機盎然的春日景致，字裡行間透露著作者對於春

〔註1〕據數據統計，《全唐詩》中，「春」出現約 13072 次，「夏」出現約 1412 次，「秋」出現約 9693 次，「冬」出現約 883 次。《全宋詞》中，「春」出現約 6256 次，「夏」出現約 146 次，「秋」出現約 2483 次，「冬」出現約 136 次。其中雖可能夾雜著作者姓名、作品題目、詞牌等與季節無關的使用，但從數據差異較大的比例中亦可見出其大體趨勢。

〔註2〕本文中所引用陽春詞皆參照曾昭岷、曹濟平、王兆鵬、劉尊明編著：《全唐五代詞》(北京：中華書局，1999 年 12 月初版一刷)，為便於查找，詞牌後所標注數字為此句在書中頁碼，以下皆如此標準，不再單獨進行說明。

日美好的禮贊與明媚春光的珍惜。草以「芊芊」修飾，高適詩〈過盧明府有贈〉中有「登高見百里，桑野鬱芊芊」句，韋莊〈長安清明〉詩中「蚤是傷春夢雨天，可堪芳草更芊芊」皆是此用法，按《廣雅・釋訓》：「茂也」，王念孫疏證言：「此謂草木之盛也。」〔註3〕又宋玉〈高唐賦〉有「仰視山巔，肅何芊芊」之句，李善注：「芊芊，青也。千與芊古字通。」李周翰注：「芊芊，山色也。」〔註4〕可知「芊芊」又用以形容蒼翠、碧綠之色。此處釋義二者皆可，又或二者兼具，體現出春日草之繁盛、青翠的樣態。言花蕊「茸茸」，體現出其柔密叢生之姿，更是以「簇錦氈」描繪繁花茂密鋪滿大地，如同彩色織錦毛氈一般的明豔景色。詞人在創作過程中不僅通過植物意象狀態的描寫來體現季節特色，還注意到色彩搭配，草之青綠、花之多彩，以及具體草木意象——楊柳之金黃，共同構造出了萬紫千紅的熱鬧春意。

在消極情緒表達的詞作中，亦不乏以植物狀態指示春季者，如：

百草千花寒食路，香車繫在誰家樹。（〈鵲踏枝〉，655）

紅滿枝，綠滿枝，宿雨厭厭睡起遲，閑庭花影移。（〈長相思〉，706）

蔭綠圍紅，夢瓊家在桃源住。（〈點絳唇〉，702）

這類書寫，往往對花草樹木的種類數量與豔麗色澤進行形容，來體現姹紫嫣紅的繁盛春景。「紅」與「綠」本是色彩形容詞，被用以指代花與葉之後，置於句首並舉，開篇便帶來強烈的色彩對比，營造出鮮活熱烈的感覺。繁盛春景如此表達，至於暮春時節，則更多的是以「花落」「花飛」「落紅」「殘枝」等形容來體現，如：

中庭雨過春將盡，片片花飛。獨折殘枝，無語憑闌祇自知。（〈採桑子〉，659）

〔註 3〕王念孫著：《廣雅疏證》（北京：中華書局，2008 年 7 月初版三刷），頁 185。

〔註 4〕蕭統選編，李善等注：《六臣注文選》（杭州：浙江古籍出版社，1999 年 3 月初版一刷），頁 329。

> 斜月朦朧，雨過殘花落地紅。（〈採桑子〉，664）

> 微風簾幕清明近，花落春殘。（〈採桑子〉，662）

　　三闋〈採桑子〉皆寫暮春時節，有傷春懷遠之念、有追憶往事之嘆、有離別在即之愁。花落枝殘之貌，顯示春之將盡之時。雨打殘花、落紅狼藉更顯暮春之衰殘景象，而最末一闋，則以「花落春殘」之景物凋零體現清明將近之時序。雖則皆為春季，但暮春之時的凋殘之象、雨水豐沛的特點，皆於意象的修飾中有所體現，此般淒涼迷濛之感與初春、仲春時的繁盛便有極大不同。

　　春日具體的植物意象，出現得比較多的是楊柳、梅、桃等。對於柳的書寫，在進行季節表達的修飾時，通常從色澤、形態等方面著筆：

> 柳條裊裊拖金線，花蕊茸茸簇錦氈。（〈金錯刀〉，708）

> 青帘斜掛，新柳萬枝金。（〈臨江仙〉，668）

> 春到青門柳色黃，一梢紅杏出低牆，鶯窗人起未梳妝。（〈浣溪沙〉，700）

> 六曲闌干偎碧樹，楊柳風輕，展盡黃金縷。（〈鵲踏枝〉，658）

　　柳本就是春日的季節性植物，在進行春季書寫時，往往會帶上柳這一意象，其枝柔韌，其葉狹長，柳葉初吐時，多呈黃綠色，尤其在陽光下色如黃金，故多有以柳色金黃來體現其吐芽生葉時的嬌嫩新鮮，以側面顯示季候尚為早春時節，如李商隱〈譴柳〉詩有「已帶黃金縷，仍飛白玉花」句，蒲道源〈賦柳〉詩有「東君不惜黃金縷，散作春風十萬條」句等。而馮詞此處，「柳條裊裊」寫出柳枝在風中搖曳的姿態，「金線」同下「黃金縷」類似，除卻狀其色彩鮮嫩外，還極寫其柔軟，「拖」一則因為柳條輕盈柔軟，一則暗示有風，又使得畫面多了動態之感。「萬枝金」之描述，不僅狀柳之「新」，亦狀柳之「多」，於是春光的繁盛盡在其中。

> 青梅如豆柳如眉，日長蝴蝶飛。（〈醉桃源〉，694）

春豔豔，江上晚山三四點，柳絲如剪花如染。（〈歸國遙〉，
682）〔註5〕

　　對於柳形態的描繪，常將柳葉與人之眉形聯繫在一起，妝容裡也
有「柳葉眉」一說。前代描寫「柳如眉」時多是以此來形容女性的眉如
柳葉，如白居易〈長恨歌〉中名句「芙蓉如面柳如眉」，這一寫法之後，
以「柳如眉」形容女性容姿美麗便更為常見，如溫庭筠〈定西番〉中
「人似玉，柳如眉」句，魏承班〈漁歌子〉中「柳如眉，雲似髮」句皆
是如此。然馮延巳此處卻反其道而行之，以「柳如眉」形容柳葉的彎曲
舒展的姿態。「柳絲如剪」一句語出賀知章名句「不知細葉誰裁出，二
月春風似剪刀」，不僅體現其形態，還顯示出其形態是出於自然力量的
創造，此一鮮豔奪目的滿園春色，便有了生動的感覺。

　　對於「柳」的描寫，有時還與「煙」聯繫在一起：

　　風淅淅，楊柳帶疏煙。（〈喜遷鶯〉，679）

　　庭院深深深幾許，楊柳堆煙，簾幕無重數。（〈鵲踏枝〉，656）

　　這種或濃或淡的煙霧籠罩著楊柳，柳條浮動輕煙的姿態，往往營
造出一種迷濛之感，「疏煙」與「輕絮」的力度較輕，整體而言呈現的
感覺還較為柔和，而「堆煙」則與前寫庭院之深，後敘簾幕之數共同造
成一種令人壓抑的阻隔之感。

　　馮詞中對於「梅」的書寫，在春季的季節意象中也占較大比重。

〔註5〕此一詞牌，曾編本為「歸國遙」，張編本為「歸自謠」。二者各陳己見，
　　　曾編本注：原作〈歸自謠〉，《近體樂府》卷一同。張宗橚《詞林紀事》
　　　卷二云：「各本俱作〈歸國遙〉。」案：〈歸國遙〉為唐教坊曲。「遙」
　　　一作「謠」，乃緣宋人詞調〈歸自謠〉而誤。唐五代詞人無作〈歸自謠〉
　　　者，當以〈歸國遙〉為誤。張編本注：陳秋帆云：《詞譜》《歷代詩餘》：
　　　「〈歸自謠〉，一名〈歸國遙〉。」《詞律》〈歸國遙〉注：「謠」或作「遙」。
　　　古〈歸自謠〉，合三十四字、四十二字，均作一調。別為又一體而已。
　　　是〈歸自謠〉即〈歸國遙〉〈歸國謠〉也。而《花草粹編》《全唐詩》
　　　《詞綜》等，便均作〈歸國謠〉。《詞律拾遺》又謂〈歸國遙〉，萬氏作
　　　〈歸國謠〉，誤。如此則「自」與「國」「謠」與「遙」似又不可通。
　　　余謂當有歸國謠之偽，實僅有〈歸自謠〉〈歸國遙〉耳。此處關懷重點
　　　並非詞牌，故僅陳兩家觀點，以備一觀。

梅花向來是詩詞中的常客,拋開其所象徵的高潔、堅強、不懼風雪等品性言,作為季節性植物,其性耐寒,開百花之先,獨天下而春,通常於冬末春初的時節開花,其開放於相對寒冷的環境中,但卻預示著春的到來:

> 北枝梅蕊犯寒開,南浦波紋如酒綠。(〈玉樓春〉,709)

> 晴雪小園春未到,池邊梅自早。(〈醉花間〉,672)

> 朦朧卻向燈前臥,窗月徘徊。曉夢初回。一夜東風綻早梅。
> (〈採桑子〉,660)

> 早梅香,殘雪白,夜沉沉。(〈酒泉子〉,665)

馮詞對梅的寫法,還是延續了前代的特點,強調其凌霜傲雪於嚴寒中開放,梅與雪的組合,強調梅的氣息,強調雪的潔白,二者共同建構起清幽芬芳的環境,並且表達了對於明豔春光的憧憬。而「一夜東風綻早梅」則頗具岑參名句「忽然一夜春風來,千樹萬樹梨花開」的美妙感受。除了寫梅開,馮詞中對於梅落同樣也不吝筆墨:

> 梅落新春入後庭,眼前風物可無情。(〈拋球樂〉,690)

> 落梅著雨消殘粉,雲重煙輕寒食近。(〈上行盃〉,703)

> 梅落繁枝千萬片,猶自多情,學雪隨風轉。(〈鵲踏枝〉,649)

> 和淚試嚴妝,落梅飛曉霜。(〈菩薩蠻〉,699)

> 燭淚欲闌干,落梅生晚寒。(〈菩薩蠻〉,700)

因梅花開放較早,多在冬春之交,故當其凋落時,便意味著將迎來百花開放的繁華景象,故「梅落」而後「新春入後庭」,則帶著對春的期待與歡欣喜悅的心情。但另一方面,梅本自帶寒意,且常與霜雪相伴,故其凋零便容易帶著生命逝去的無奈與寒意入骨的淒涼慘淡。但遑論情緒為何,「梅」之一物的出現,無不提示著季節的來臨。

除了較為頻繁的楊柳和梅花的意象,馮詞中還多次出現了其他春季花卉植物意象,這類植物大多顏色豔麗鮮明,不但顯示出春日的熱鬧明麗,且其凋零之時也產生了繁華逝去的悲哀感,如桃花、紅杏、櫻

桃、海棠等：

> 小桃寒，垂楊晚，玉樓空。（〈酒泉子〉，667）

> 冷紅飄起桃花片，青春意緒闌珊。（〈臨江仙〉，668）

> 春到青門柳色黃，一梢紅杏出低墻，鶯窗人起未梳妝。（〈浣溪沙〉，419）

> 滿眼游絲兼落絮，紅杏開時，一霎清明雨。（〈鵲踏枝〉，658）

> 櫻桃謝了梨花發，紅白相催。（〈採桑子〉，380）〔註6〕

> 寒食過卻，海棠零落。（〈思越人〉，705）

　　桃花、紅杏、櫻桃、海棠皆是春日典型植物，且多為紅色，極為嬌豔，帶著熱烈、燃燒如火的燦爛，營造出「春意鬧」的味道。無論是小桃與垂楊所造成的紅綠交錯，還是櫻桃與梨花組合而形成的「紅白相催」之感，在色澤上具備了對比而互相映襯之效果，使得春景從色彩上顯得豐富起來。而這種景象的失去，無論是在尚餘微寒的天氣裡桃花的凋零，還是突如其來的一陣急雨將豔麗的紅杏打得狼藉，或是海棠散落凋枯，都顯示著美好至此的春日即將歸去，原本穠麗景致不可避免地走向衰殘，於是在這種將美好事物毀滅給人看的悲劇美感之中，惜春之情、韶華流逝之感便油然而生。

（二）秋

　　如果說對待春季的態度在文學中「傷春」「賞春」「惜春」各有一番領地，對待秋日的態度則是「悲秋」占了上風。秋的蕭條殘敗時常令人聯想到生命逝去、青春年華不再的悲哀，而文人志士在這般蕭瑟之中又常常會觸發士不遇的憂憤之情。春季畢竟充滿生機與希望，即使暮春時因百花凋殘而顯出衰殘氣象，但接續其後的畢竟是熱烈的夏，而秋日涼意漸深，殘敗氣象一日日加重，緊隨其後的是更加荒蕪的冬

〔註6〕此闋曾編本未收，張編本注：按陳世脩《陽春集》原刻本不載此詞；四印齋本據《歷代詩餘》增入，列在補遺。

日，故此淒涼之感只會更加深重。自《詩經》始即有悲秋之作，其後較出名的當屬宋玉〈九辯〉之句「悲哉秋之為氣也。蕭瑟兮草木搖落而變衰」，歷朝歷代文學作品中皆有秋這一季節出現的身影，馮詞亦不例外。

　　春季因其季節特性在景物狀態上會出現開放與凋零兩種，但到秋季時景物趨向於較為一致的衰殘之象，雖也有獨特的季節景物的開放，但畢竟較春少，且描寫重點更多的放在其凋殘上。馮詞中秋季詞較春季詞少，對泛指類植物意象的描寫也多集中在樹、草、枝葉上而非花，多從其顏色的枯黃與形態的殘敗上描寫：

> 霜積秋山<u>萬樹</u>紅，倚簾樓上掛朱櫳。白雲天遠重重恨，<u>黃草</u>煙深淅淅風。（〈拋球樂〉，691）

> 霜落小園<u>瑤草</u>短，<u>瘦葉</u>和風，惆悵芳時換。（〈鵲踏枝〉，654）

> 獨立階前星又月，簾櫳偏皎潔。<u>霜樹</u>盡<u>空枝</u>，腸斷丁香結。（〈醉花間〉，671）

> 秋水平，<u>黃葉</u>晚，落日渡頭雲散。（〈更漏子〉，687）

> 回廊遠砌生<u>秋草</u>，夢魂千里青門道。（〈菩薩蠻〉，699）

　　秋之為景，多見衰敗殘破之象，以色彩言，則呈現出楓葉的暗紅與草木的枯黃兩種，以形態言，則多以「短」「瘦」「空」等字形容，不復春之盎然、夏之熱烈，一年的光景到此已開始呈現垂垂老矣之象，萬木凋零、草葉枯萎，極其蕭疏慘淡，「霜樹」則帶著霜風淒緊的寒涼之感，蕭殺秋意如在目前，在這種景物感受中，更加容易引發時光流逝、年華衰暮的淒切之情。

　　秋季具體的季節植物不若春季的描寫集中，而是根據意象的其他表意作用進行選擇，因此使用的類型較為分散。使用得最多的，首先是最具秋季特徵的植物意象——菊花：

> 莫怨登高白玉杯，<u>茱萸</u>微綻<u>菊花</u>開。（〈拋球樂〉，691）〔註7〕

〔註7〕曾編本《全唐五代詞》據吳本、侯本、蕭本、金本、星鳳閣本《陽春

但願千千歲，<u>金菊</u>年年秋解開。(〈拋球樂〉，691)

瑤草短，<u>菊花</u>殘，蕭條漸向寒。(〈更漏子〉，688)

菊之一物，作為秋日典型的代表性植物，在詠秋之作中出現的頻率較高。馮延巳秋詞中提及菊花者有以上三例，前兩例寫重陽登高宴飲之樂，故強調的是金菊的開放，而後一例寫秋夜懷人的寂寥心情，故強調的是菊花凋殘的蕭瑟景象。菊花與重陽節氣的聯繫前代已有，因其作為草藥，久服利於氣血、延年益壽，故常在重九登高之時飲菊花酒，如孟浩然〈過故人莊〉有「待到重陽日，還來就菊花」、岑參〈奉陪封大夫九日登高〉有「九日黃花酒，登高會昔聞」句等。而首例提及的「茱萸」亦是秋季重九日風俗中的重要一環，《爾雅翼》記載：「風土記曰：俗尚九月九日謂為上九，茱萸至此日，氣烈熟色赤，可折其房以插頭，云辟惡氣禦冬。西京雜記云：漢武帝宮人，九月九日佩茱萸、食蓬餌、飲菊花酒，云令人長壽。」〔註8〕可知此二者皆與重九風俗密切相關，重九之日，登高者佩戴茱萸袪邪辟惡，飲用菊花酒，欣賞秋光，亦有胸襟開闊、神清氣爽之感。後者提及菊花凋殘，體現深秋景色的蕭條寒涼一面，更兼懷人的孤獨情緒，故顯出心緒低沉寂寥。

除卻菊作為秋日的典型風物外，馮詞中還涉及到一些其他的秋日季節意象：

忍淚<u>蒹葭</u>風晚，欲歸愁滿面。(〈應天長〉，673)

<u>蘆花</u>千里霜月白，傷行色，來朝便是關山隔。(〈歸國遙〉，682)

梧桐落，<u>蓼花</u>秋。(〈芳草渡〉，686)

上言皆秋季植物。「蒹葭」實乃蘆葦，《說文》言：「蒹，萑之未秀

集》為「莫厭登高」，而張編本則保留原本用法，作「莫怨登高」。此處採用張本說法。

〔註8〕羅願撰，洪焱祖釋：《爾雅翼》卷十一，(北京：中華書局，1985年北京新一版)，頁123。

者。」〔註9〕《詩經·蒹葭》一篇言「蒹葭蒼蒼,白露為霜,所謂伊人,在水一方。」疏:「郭璞曰:蒹,似萑而細,高數尺。陸機云:蒹,水草也。堅實,牛食之,令牛肥彊。」〔註10〕。「蒹葭」的出現一則暗示已屆秋日,一則以風搖蒹葭的景致鋪陳一種蕭條感傷之境。蘆葦下叢生的絮被稱為蘆花,呈白色,與秋夜景色中的秋霜、夜月共同呈現出一片的空濛、慘白的淒冷情景。

「蓼花」乃生於水邊或水中的草本植物,花呈紅色,秋日開,前代文學作品常有以蓼花寫秋意者,如許渾詩〈朝臺送客有懷〉句「嶺北歸人莫回首,蓼花楓葉萬重灘」,李中詩〈溪邊吟〉句「鸂鶒雙飛下碧流,蓼花蘋穗正含秋」等。馮詞此句以梧桐與蓼花並舉,淒冷感頓生。

另有一種特殊情況,是通過夏季開放的植物的凋零來顯示秋日的到來,如:

> 細雨泣秋風,金鳳花殘滿地紅。(〈南鄉子〉,684)

> 秋入蠻蕉風半裂,狼籍池塘,雨打疏荷折。(〈鵲踏枝〉,652)

金鳳花是鳳仙花的別稱,《廣群芳譜》中記述鳳仙花,言其「椏間開花,頭翅尾足俱翹然如鳳狀,故又有金鳳之名。……自夏初至秋盡。」〔註11〕鳳仙花喜暖,不耐霜凍,於夏日開花,到秋日風雨來臨,天氣轉涼之時便開始凋殘,故以其落紅滿地,見秋之到來。同樣的,芭蕉葉大色綠,夏時茂盛。荷花亦是夏季典型植物,葉大而圓,花開清麗,「映日荷花別樣紅」。而這些夏時充滿生機之物,此時的狀態卻是一片狼藉,淒厲的秋風吹裂蕉葉,本就已經稀疏的荷葉還要經受風雨的摧殘,眾芳蕪穢,歲晚遲暮,一片蕭颯淒涼、秋日肅殺之氣躍然紙上。

〔註9〕許慎撰,段玉裁注:《說文解字注》(臺北:洪葉文化事業有限公司,2016年10月三版一刷),頁34。

〔註10〕馮復京撰:《六家詩名物疏》卷二十六,(臺北:臺灣商務印書館,民國57年11月版),頁1。

〔註11〕清聖祖敕撰:《廣群芳譜》卷四十七,(臺北:臺灣商務印書館,民國57年版),頁1128。

二、鳥獸

　　如果說季節景物的描寫中，植物多是從靜態的視覺角度來進行呈現，那動物則更多地付諸於動態的聽覺角度，通過聲音來呈現出或熱鬧的嘈雜，或淒涼的悲鳴。對動物書寫的季節性不若植物明顯，但仍能看出不同季節的選擇偏好，整體而言，不同題材與情感表達傾向的詞作中，都會出現以鳥獸等動物意象來指示季節的現象，並且多從動物的動態行為與聲音來呈現。

　　　　青梅如豆柳如眉，日長<u>蝴蝶</u>飛。（〈醉桃源〉，694）

　　　　<u>鳩逐婦</u>，<u>燕穿簾</u>，<u>狂蜂浪蝶</u>相翩翩。（〈金錯刀〉，708）

　　　　林間戲<u>蝶</u>簾間<u>燕</u>，各自雙雙。（〈採桑子〉，664）

　　　　<u>雙燕</u>飛來垂柳院，小閣畫簾高捲。（〈清平樂〉，670）

　　　　<u>燕子</u>歸來，幾度香風綠戶開。（〈採桑子〉，380）

　　　　春態淺，來<u>雙燕</u>，紅日初長一線。（〈鶴沖天〉，693）

　　春日常出現的如蝴蝶、蜜蜂、燕子等都截取了其飛行嬉戲的動態畫面，以此來顯示出春意盎然的熱鬧。狀蝴蝶則狀其林間嬉戲、日照下飛舞之態，寫燕子則多寫其穿簾而過，在院落中來去的樣子，顯示出自然界勃勃生機與活躍的生命力。尤其「鳩逐婦，燕穿簾，狂蜂浪蝶相翩翩」一句，極盡狀寫熱鬧春光。鳩是一種鳩鴿科鳥類，《埤雅》言其「陰則屏逐其匹，晴則呼之。語曰：天將雨，鳩逐婦者是也。」〔註12〕此句寫鳩鳴甚急在空中飛翔追逐，燕穿梭於簾幕之間，或忙於築巢、覓食，蝴蝶、蜜蜂翩翩飛舞、尋香採蜜，畫面如在目前，聲響似在耳畔，處處呈現出一種熱鬧的、生命力洋溢的春光景色。

　　陸地上的動物如此，水中的動物意象則常被用來感知溫度的變化，如千古名句「春江水暖鴨先知」，通過水中動物的行為活動，寫春天江水池沼方解凍，溫度回升，水溫變化，開始出現暖意，以此昭示春

〔註12〕陸佃撰：《埤雅》卷七，（臺北：臺灣商務印書館，民國56年6月臺一版），頁171～172。

的來臨，這種寫法抓住了大自然中節氣變化的細節特點，細緻、逼真又形象生動地勾勒出了早春時的景象。馮詞中也存在這樣的寫法：

> 楊柳千條珠簾籟，碧池波皺鴛鴦浴。（〈鵲踏枝〉，654）

> 風乍起，吹縐一池春水。閑引鴛鴦香徑裏，手接紅杏蕊。（〈謁金門〉，676）

> 池塘水冷鴛鴦起，簾幕煙寒翡翠來。（〈拋球樂〉，691）

前兩例寫春，寫春日在園池中的鴛鴦，春日佳景一片，楊柳千條，如串珠下垂飄搖，池波碧皺，鴛鴦正於其中對浴，畫面既雅致又洋溢著歡樂的氣氛。於園中花徑逗引著池中鴛鴦，搓揉紅杏花蕊，亦是春意盎然的美好環境寫照。而後例則寫重九秋日風光，依「春江水暖鴨先知」的模式反其道而行，寫水冷而鴛鴦起，說明秋意漸濃，日漸寒冷。

還有一些動物意象的使用，則著重從聲音的角度來描寫，尤其是鶯：

> 日融融，草芊芊，黃鶯求友啼林前。（〈金錯刀〉，708）

> 谷鶯語軟花邊過，水調聲長醉裏聽。（〈拋球樂〉，690）

> 春到青門柳色黃，一梢紅杏出低墻，鶯窗人起未梳妝。（〈浣溪沙〉，700）

> 綠楊風靜凝閑恨，千言萬語黃鸝。（〈臨江仙〉，669）

或因黃鶯的最大特點便是其婉轉動人的啼鳴聲，故提及鶯時，總是免不了對其聲音進行狀寫。「黃鶯求友啼林前」是在林前呼朋喚友的啼鳴聲，充滿著友愛和諧的氣氛；「谷鶯語軟花邊過」是山谷中的黃鶯聲音嬌軟、啼鳴著自花邊飛掠而過，結合視覺、聽覺的描寫，兼具動態與靜態的效果，聲音色彩相互搭配相互映襯，營造出春光明媚、生機勃勃之景。「千言萬語黃鸝」則是以「黃鸝」與「綠楊」形成動靜對比，綠楊強調其極靜，而黃鸝則以「千言萬語」狀其此起彼伏的傾吐之聲。「鶯窗人起未梳妝」是以黃鶯在窗外的婉轉啼鳴來顯示其存在，使畫

面充滿生機。

另有一些詞句中，則是以鳥獸的狀態來顯示季節變化：

> 飛燕乍來鶯未語，小桃寒，垂楊晚，玉樓空。（〈酒泉子〉，
> 667）

> 燕初飛，鶯已老，拂面春風長好。（〈喜遷鶯〉，679）

> 南去棹，北歸雁，水闊天遙腸欲斷。（〈應天長〉，673）

「鶯未語」是以鶯雛初生還尚未能學語的狀態來寫春日的時令，春色融融，一派生機，及至「鶯已老」便已現出暮春氣象了。大雁自南方向北歸，同樣是天氣漸暖、春日來臨之象。

秋日的季節氣息則主要集中在北雁南飛與昆蟲鳴叫的現象上：

> 回首西南看晚月，孤雁來時，塞管聲鳴咽。（〈鵲踏枝〉，652）

> 月東出，雁南飛，誰家夜擣衣。（〈更漏子〉，687）

> 坐對高樓千萬山，雁飛秋色滿闌干。（〈拋球樂〉，692）

天漸轉涼之時，成群的大雁會南飛向更溫暖的地方過冬，因此在詩歌作品中，北雁南飛常常是秋季來臨的信號，如王昌齡〈太湖秋夕〉詩云：「暗覺海風度，蕭蕭聞雁飛」、許渾〈松江渡送人〉詩云：「晚色千帆落，秋聲一雁飛」等。雁陣南飛之時，常伴隨著秋日的遼闊雲天、淡遠山色，故亦形成一派秋光。

> 繞砌蛩聲芳草歇，愁腸學盡丁香結。（〈鵲踏枝〉，652）

> 寒蟬欲報三秋候，寂靜幽齋。（〈採桑子〉，663）

> 階下寒聲啼絡緯，庭樹金風，悄悄重門閉。（〈鵲踏枝〉，653）

> 偷取笙吹，驚覺寒蛩到曉啼。（〈採桑子〉，660）

> 鸚鵡睡，蟋蟀鳴，西風寒未成。（〈更漏子〉，689）

如果說春季是鳥類活動的季節，那秋日則是蟲豸的天下。在正中詞中所展示的秋蟲，多以其淒厲的叫聲來渲染秋日的悲涼氣氛。蛩即蟋蟀，其聲尖銳，多引發淒苦悲涼之感，歷代詩詞多將其與秋或悲愁情

緒相聯，如李頻〈郊居寄友人〉詩云：「故疾隨秋至，離懷覺夜分。蛩聲非自苦，偏是旅人聞」、陸游〈秋感〉詩云：「瘦盡腰圍白盡頭，悲蛩聲裏落梧秋」等。正中詞寫蛩聲，除了展現秋日的肅殺蕭瑟氣象外，還以寒蛩至破曉而啼鳴來提示時間的變化，顯示難言的悲苦。而其後，亦多有此用法者，如柳永詞〈尾犯〉言「秋漸老、蛩聲正苦，夜將闌、燈花旋落」便是如此。絡緯乃俗稱絡絲娘，因其聲急促如紡線得名。其多棲於草間，至秋時啼，此句以啼聲寫秋夜之靜謐淒清，以渲染閨中人之寂寥哀怨。蟪蛄即是蟬，腹部有鳴器，聲音響亮。〈招隱士〉篇言「歲暮兮不自聊，蟪蛄鳴兮啾啾」、《古詩十九首》有「凜凜歲雲暮，蟪蛄夕悲鳴」、《莊子・內篇・逍遙遊》言「朝菌不知晦朔，蟪蛄不知春秋」，成玄英疏：「蟪蛄，夏蟬也，生於麥梗，亦謂之麥節。夏生秋死，故不知春秋也。」〔註13〕馮詞言蟪蛄者，以鸚鵡的無聲與蟪蛄的鳴叫進行對比，以靜寫動體現夜的淒清寂靜。而因蟪蛄夏生秋死之性質，故此時「蟪蛄鳴」又與後「西風寒未成」相呼應，說明此時季節上尚未入秋。寒蟬者，蟬之一種，青赤色，聲幽抑。《禮記・月令》：「孟秋之月……涼風至，白露降，寒蟬鳴。」注云：「寒蟬，寒蜩，謂蚬也。」疏云：「按釋蟲云：『蚬，寒蜩。』郭景純云：『寒螿也。似蟬而小，青赤。』」〔註14〕正中此詞不直接寫季候，而是以寒蟬之啼鳴側面顯示秋日的到來，此筆顯得宛曲，也以寒蟬之聲來引出其後「寂靜幽齋」，倍顯其淒清冷寂。

除卻以寒蛩、蟪蛄等蟲豸提示著詞作的季節與時間外，有一些常見的用法在馮詞中亦有體現，如以雞鳴來提示清晨破曉：

銅壺滴漏初盡，高閣雞鳴半空。（〈壽山曲〉，710）

花外寒雞天欲曙，香印成灰，起坐渾無緒。（〈鵲踏枝〉，652）

〔註13〕郭象注，成玄英疏：《莊子注疏》（北京：中華書局，2011年1月初版一刷），頁7。

〔註14〕鄭玄注，孔穎達疏：《禮記正義》（北京：北京大學出版社，2000年12月初版一刷），頁608～609。

林鵲單棲，落盡燈花雞未啼。（〈採桑子〉，663）

階前行，闌畔立，欲雞啼。（〈酒泉子〉，667）

因雞多在晨時啼叫報曉，故以雞鳴來表現天將明時分乃慣常用法，如漢樂府詩歌〈孔雀東南飛〉言「雞鳴外欲曙，新婦起嚴妝」、杜甫詩〈江邊星月二首〉有「雞鳴還曙色，鷺浴自清川」等。正中詞除以雞鳴與漏盡、香燃成灰等現象並舉直接指示時間外，還以「雞未啼」「欲雞啼」的描述表達盼望長夜過去，急切等待著天明的心情，側面顯示漫漫長夜中無法入眠、輾轉反側的寂寥之苦。

三、風月

在草木鳥獸用以表達季節性之外，正中詞中有時還會輔以風月山水等自然風物對季節進行書寫，這一部份的意象作用在詞作中看似不占據主要位置，有時甚至像是詞人不經意間的一筆帶過，較前類在閱讀觀感上帶來的衝擊較小，但能使細節上具備完整與豐富感，因此亦不容忽略。

正中詞中狀風之例頗多，從其季節性而言，有春風、秋風之別；從其力度言，有和煦輕柔之風，也有強勁摧折之風；從其觸感帶來的溫度而言，有暖風寒風之別；亦有從其氣息、聲音、時間性等角度言風者。以下一一論述。

馬嘶人語春風岸，芳草綿綿。（〈採桑子〉，660）

小堂深靜無人到，滿院春風。（〈採桑子〉，661）

東風次第有花開，恁時須約卻重來。（〈憶江南〉，705）

曉夢初回，一夜東風綻早梅。（〈採桑子〉，660）

西風半夜簾櫳冷，遠夢初歸。（〈採桑子〉，660）

西風裊裊凌歌扇，秋期正與行人遠。（〈菩薩蠻〉，699）

一鉤冷霧懸珠箔，滿面西風憑玉闌。（〈拋球樂〉，692）

階下寒聲啼絡緯，庭樹金風，悄悄重門閉。（〈鵲踏枝〉，653）

　　風的季節性，體現在正中詞中，以春風與秋風為主，又時令季節的風來的方向較為固定，故常常用「東風」來表示春風，《禮記‧月令》言春乃是「東風解凍，蟄蟲始振，魚上冰，獺祭魚，鴻雁來」〔註15〕。而相反的，「西風」則用來表示秋風，如白居易〈南浦別〉詩言「南浦淒淒別，西風嫋嫋秋」。亦有以「金風」表示秋風者，張協〈雜詩〉云：「金風扇素節，丹霞啟陰期」，李善注曰：「西方為秋而主金，故秋風曰金風也」〔註16〕。古人以陰陽五行解釋季節變化，秋於五行中屬金，故秋風也稱為金風。此種用法於正中前後也皆有所見，如唐代杜牧〈秋日偶題〉詩言「玉露滴初泣，金風吹更愁」、陸游〈新秋晚歸〉詩言「玉粒嘗新稻，金風作好秋」等。

　　兩相比較，東風總是帶著生命誕生的力量，春日的百花盛開在詞人筆下變成由東風吹來春的信息，在東風的吹拂之下花漸次開放，一夜東風吹拂綻開早梅等，皆洋溢著春情，帶來充滿生機與活力的一抹亮色。而西風則正相反，其帶著摧毀的力量，象徵著生命的凋殘與逝去，常與寒冷的感覺聯繫在一起，營造出一種淒厲寒涼之感。「西風裊裊凌歌扇」以「裊裊」形容秋風，一如〈九歌‧湘夫人〉一篇中「裊裊兮秋風，洞庭波兮木葉下」，然以極具侵略感的「凌」之一字狀其逼近壓倒歌扇，西風之威力可見一斑。

　　以風之力度言，除直接表達其輕柔或凌厲，亦可如以上所言「西風裊裊凌歌扇」此類通過風對外物的作用來見其力度：

> 南園春半踏青時，風和聞馬嘶。（〈醉桃源〉，694）
>
> 雨橫風狂三月暮，門掩黃昏，無計留春住。（〈鵲踏枝〉，656）
>
> 風乍起，吹縐一池春水。（〈謁金門〉，676）
>
> 東風吹水日銜山，春來長是閒。（〈醉桃源〉，695）〔註17〕

〔註15〕鄭玄注，孔穎達疏：《禮記正義》，頁531。

〔註16〕蕭統選編，李善等注：《六臣注文選》，頁537。

〔註17〕此闋張編本未收，曾編本收錄並注：《南唐二主詞》及諸家選本作〈阮郎歸〉。

雲屏冷落畫堂空，薄晚春寒無奈<u>落花風</u>。（〈虞美人〉，679）

砌下<u>落花風</u>起，羅衣特地春寒。（〈清平樂〉，670）

直接對風之力度進行描寫者，輕柔如「風和」，是以春季晴日踏青時溫暖和煦來形容，顯示出春日季候的宜人；強勁如「雨橫風狂」，四字完全寫出暮春時節狂風暴雨之狀，急促猛烈，聲勢浩大。通過風對外物作用見力度者，風吹動春水一池，微泛漣漪，點點波瀾，見其輕細柔和；吹動落花紛紛，花落春逝，見其描寫可感知其力非輕柔，含寒涼之意，但尚不及雨橫風狂之勢。

秋千<u>風煖</u>鶯叡釀，綺陌春深翠袖香。（〈莫思歸〉，707）

<u>寒風</u>生，羅衣薄，萬般心。（〈酒泉子〉，665）

此二句是以風之溫度角度切入，前例言清明前後郊遊踏青時的情景，洋溢著風和日暖的氛圍，洋溢歡欣。後例則是通過風帶來的寒涼寫夜的氣溫變化，也寫時間的推移，因夜更深了，時間漸晚，故溫度降低，風也似乎帶來更加寒冷的感受。

霧濛濛，<u>風淅淅</u>，楊柳帶疏煙。（〈喜遷鶯〉，679）

白雲天遠重重恨，黃草煙深<u>淅淅風</u>。（〈拋球樂〉，691）

此二例寫風所發出的聲音。「淅淅」為象聲詞，用以形容風、雨的聲音，這種風聲不具備明顯的季節性，前人多有所述，如杜甫〈雨〉：「朔風鳴淅淅，寒雨下霏霏」、杜牧〈秋浦途中〉：「蕭蕭山路窮秋雨，淅淅溪風一岸蒲」、李中〈贈上都先業大師〉：「睡起曉窗風淅淅，病來深院草萋萋」等。這種風雨之聲，未必有狂風暴雨之勢，斜風細雨之感更為強烈，較為朦朧輕微，容易營造迷濛、荒涼之感。

早是出門長帶月，可堪分袂又經秋。<u>晚風</u>斜日不勝愁。（〈浣溪沙〉，419）〔註18〕

〔註18〕〈浣溪沙〉詞牌下三闋詞，曾昭岷等編著《全唐五代詞》僅錄二首，此首不收。張璋、黃畬所編《全唐五代詞》依據四印齋本《陽春集》收錄，並標其注云：「此闋別作張泌，前半云：『馬上凝情憶舊遊，照花淹竹小溪流，鈿箏羅幕玉搔頭。』」按此闋竹本如《花間集》《花草

—59—

　　忍淚蒹葭<u>風晚</u>，欲歸愁滿面。(〈應天長〉，673)

　　此是以風來指示時間，晚風侵襲，常常帶著寒涼感受，且多與愁緒勾連。

　　櫻桃謝了梨花發，紅白相催。燕子歸來，幾度<u>香風</u>綠戶開。

　　(〈採桑子〉，380)

　　此是從嗅覺角度來狀風。正因前述櫻桃花謝、梨花開放，花開花落一直接續著，互相追趕，春光便在此際中流轉，綠戶之中花開如此，故人在寂靜之中便能聞到風送花香，猶如風本身自帶香味，這是從嗅覺感受狀寫春景之美好。

　　「月」這一意象的特殊性在於，當其出現時，實際上自動暗含了詞中所描述的事件、畫面或情緒出現在夜晚，其自身已經具備了時間性的指示。因而大部份的詞句在使用此一意象時，不需要再進行明確的時間的強調，但仍有部份詞例是以月或月之狀態來描述夜晚中的某一時段或某個具體時間點，如：

　　獨立小橋<u>風滿袖</u>，平林<u>新月</u>人歸後。(〈鵲踏枝〉，650)〔註19〕

　　<u>月東出</u>，雁南飛，誰家夜擣衣。(〈更漏子〉，687)

　　回首西南看<u>晚月</u>，孤雁來時，塞管聲嗚咽。(〈鵲踏枝〉，652)

　　<u>月落</u>霜繁深院閉，洞房人正睡。(〈醉花間〉，672)

　　「平林新月人歸後」狀月上林梢，夜色漸起，是指示時間之句。「新月」或可理解為月初出現的彎形月亮，或可理解為夜晚月亮初升

粹編》《歷代詩餘》《全唐詩・附詞》《唐五代詞選》俱作張泌，《詞綜》《詞辨》則作馮延巳。題名各異，惟前段均作「馬上凝情」云云。無「醉憶春山」云云。其相偽之故，或為陳世脩輯刊時所刪易。此處引用，所標準頁碼乃是張璋、黃畬編著《全唐五代詞》之頁碼，曾編本不收而張編本收錄之詞皆做此處理，參見張璋、黃畬：《全唐五代詞》(臺北：文史哲出版社，民國75年10月臺一版)。

〔註19〕此句曾編本作「獨上小樓」，注曰：原注云：「別作『橋』。」《近體樂府》作「橋」。羅泌校云：「一作『小樓』。」張編本作「獨立小橋」，言《六一詞》《歷代詩餘》作「橋」。此處採用了較為熟知的「獨立小橋」版本。

之時，二者皆有時間指示意味。且與前述傍晚時分所見景致聯繫，可見出時間變化過程，體現主人公「獨立小橋」時間之久，浸淫於其中的愁情之深。「月東出」是月自東而出，相對而言是初升的狀態，及至「晚月」則時間更遲，夜晚更深，而「月落」時分則言月將落、夜將盡，是以這些月之不同狀態指明不同的時間點。

> 蘆花千里<u>霜月</u>白，傷行色，來朝便是關山隔。（〈歸國遙〉，
> 682）

> 羅幃中夜起，<u>霜月</u>清如水。（〈菩薩蠻〉，699）

> 聲隨幽怨絕，雲斷澄<u>霜月</u>。（〈菩薩蠻〉，698）

> 深冬<u>寒月</u>，庭戶凝霜雪。（〈清平樂〉，670）

月之季節性多出現在秋冬時節，以「霜」「寒」等形容，以顯示其夜寒月涼，且以「霜」與「月」在顏色上的相似造就感受上的相通，形成一派清冷、慘白的迷濛之感。另有如鮑照〈和王護軍秋夕〉詩「散漫秋雲遠，蕭蕭霜月寒」、王勃〈寒夜懷友〉詩「北山煙霧始茫茫，南津霜月正蒼蒼」亦是如此。

月影的出現很多時候則是為了體現時間的暗換：

> <u>月影</u>下重簾，輕風花滿櫊。（〈菩薩蠻〉，698）〔註20〕

> 沉沉朱戶橫金鎖，紗窗<u>月影</u>隨花過。（〈菩薩蠻〉，700）

> 須臾<u>殘照</u>上梧桐，一時彈淚與東風，恨重重。（〈虞美人〉，
> 678）

雖言月影，但實際上月亮並無影，在月下所形成的是被其光所照耀之物的影子，按邢邵〈冬夜酬魏少傅直史館詩〉中「風音響北牖，月影度南端」、陸游〈霜月〉中「枯草霜花白，寒窗月影新」皆是如此用法。月影的描寫多為動態，其移動的表現方式為月光照射範圍的改變和所形成的他物的影子的變化，通常以動詞將其擬人化，來表現時間的

〔註20〕曾編本作「月影下重簷，輕風花滿簾」，言據吳本《陽春集》改。此處採張編本。

推移,「下重簾」乃是月光移動、低照重重簾幕的過程,「隨花過」則是紗窗前的月光隨花移過,「上梧桐」是月光移上梧桐,三例皆以月光的移動、位置的變化來顯示時間的推移,富有動感,且以此時間的變化或體現閨人不寐,或狀主人公在月下徘徊良久,皆顯示出愁緒綿長。

　　黃昏這一短暫的時間段,指的是日落之後天還未完全黑的時刻,黃昏代表著白日將盡,因千古名句「夕陽無限好,只是近黃昏」又帶上了美好流逝的意味。黃昏時分倦鳥歸巢,期約相會,多生發出等待歸來的心理,然而因這種歸來的期約無法實現,又常常引致失落,故而多「日暮相思」的模式。黃昏作為夜晚將至的時刻,最後一點殘留的光亮在漸漸消失,於暮色蒼茫之中便容易引人產生時不我待之感,其暗示著生命與機緣的有限,而個體理想追求遭致的挫折,在這一時刻所產生的窮途之哭則會越發強烈。千古以來,人們對於生命悲劇總是存在著共感,將一日視為人的一生,則黃昏時分正是老之將至之時,它作為一種往復不止的自然客觀存在現象,使生命主體不斷重溫白晝之結束、體會人生之有限,且提醒著其殘酷的無法迴避的死亡結局。〔註21〕日薄西山象徵著的美與價值的非永恆性構成了一種殘忍的悲劇感,引致古往今來的文人不厭其煩地書寫。正中詞中的黃昏多通過紅日之狀態、位置等來體現,亦有以雲寫黃昏之例:

> 待月池臺空逝水,蔭花樓閣謾<u>斜暉</u>,登臨不惜更沾衣。(〈浣溪沙〉,700)

> <u>日斜</u>柳暗花蔫,醉臥誰家少年。(〈三臺令〉,701)

> <u>夕陽</u>千里連芳草,萋萋愁煞王孫。(〈臨江仙〉,668)

> 林雀歸棲撩亂語,階前還<u>日暮</u>。(〈醉花間〉,672)

> 秋水平,黃葉晚,<u>落日</u>渡頭雲散。(〈更漏子〉,687)

> 東風吹水<u>日銜山</u>,春來長是閑。(〈醉桃源〉,695)

〔註21〕參見王立著:《中國文學主題學——意象的主題史研究》,頁 238～263。

　　遠山迴合<u>暮雲</u>收，波間隱隱仞歸舟。（〈浣溪沙〉，419）

　　燒殘紅燭<u>暮雲</u>合，飄盡碧梧金井寒。（〈拋球樂〉，692）

　　「斜暉」「日斜」「落日」「夕陽」「日暮」等皆是直接點明傍晚時刻，「日銜山」則以太陽在山頭半落未落，仿佛山半吞日頭的樣子來表示夕陽西下，極具畫面感。「暮雲」二例，則化用江淹〈休上人別怨〉中「日暮碧雲合，佳人殊未來」之意，暮色蒼茫之間，取譬「燒殘紅燭」，以紅燭漸漸燃盡的姿態寫殘霞逐漸消退，比喻頗為新鮮生動，其中又暗含歌酒宴會之景象，與其後回憶昨夜笙歌歡樂，抒發酒闌人散的離索之情相呼應。

　　上言「平林新月人歸後」體現了其「獨立小橋」時所經歷的時間變化，類似的寫法在正中詞中並非鮮見：

　　獨立荒池<u>斜日</u>岸，牆外遙山，隱隱連<u>天漢</u>。（〈鵲踏枝〉，654）

　　<u>曉月</u>墜，<u>宿雲</u>披，……，<u>紅日</u>初長一線。（〈鶴沖天〉，693）

　　「天漢」即銀河，橫亙於天空的星群，《詩‧小雅‧大東》言「維天有漢，監亦有光」、《河圖括地象》言「河精上為天漢」〔註22〕，遙山連天漢，則是遙山與遠天銀河相接，說明已入夜，自「斜日」到遙山「連天漢」，則體現從黃昏到夜晚的時間變化。而由「曉月」「宿雲」到「紅日」則是通過從拂曉時分的月落、前夜雲霧的消散，到日初升，未遍照房櫳，而呈一線之狀的景物變化寫時間的推移。

　　還有一類寫法，是以天氣的變化來間接體現時間的變化：

　　<u>風微煙澹雨蕭然</u>。隔岸馬嘶何處。九迴腸，雙臉淚，<u>夕陽</u>天。

　　（〈酒泉子〉，666）

　　秣陵江上多離別，<u>雨晴</u>芳草煙深。（〈臨江仙〉，668）

　　從「風微煙澹雨蕭然」及至「夕陽天」，乃是經歷了由春風輕微、長空煙淡、細雨蕭蕭到最後雨停風止煙散、夕陽遙掛在天邊的天氣變化過程，暗含了時間的推移。而「雨晴」二字，則意味著天氣由雨轉晴

〔註22〕馮復京撰：《六家詩名物疏》卷四十，頁6。

的時間過程，雨後轉晴，芳草翠綠，煙嵐籠罩，倍顯淒迷。

四、山水

《陽春集》中對山水的著墨與季節性相關的部份不算多，大多抓住其幾個主要特點反復使用。以山而言，主要以其顏色之綠與觸感之寒涼來寫：

> 樓上春山寒四面，過盡征鴻，暮景煙深淺。（〈鵲踏枝〉，649）
> 〔註23〕

> 歸鴻飛，行人去，碧山邊。（〈酒泉子〉，666）

> 寒山碧，江上何人吹玉笛。（〈歸國遙〉，682）〔註24〕

> 山如黛，月如鈎。（〈芳草渡〉，686）

春日之山因草木生發故呈現出碧色，而因天氣尚未轉暖，山中寒意更甚顯得分外冷落寂靜。秋日之山所呈現的色彩則與春日充滿生命力的翠色新綠不同，帶著蒼綠或是青黑如黛的慘綠之象，且其寒意會逐漸加重，於是秋山之於春山，予人之感完全是悲涼淒清的。

正中詞中對於水的季節性描述較山多，春水則強調其冰化後水漸暖、漸盛，水面澄澈、碧波蕩漾之態：

> 北枝梅蕊犯寒開，南浦波紋如酒綠。（〈玉樓春〉，709）

> 冰散漪瀾生碧沼，寒在梅花先老。（〈清平樂〉，671）

> 曲池波晚冰還合，芳草迎船綠未成。（〈拋球樂〉，690）

> 南園池館花如雪，小塘春水渌漪。（〈臨江仙〉，669）

> 雨晴煙晚，綠水新池滿。（〈清平樂〉，670）

〔註23〕曾編本作「樓上春寒山四面」，言原作「山寒」，注云：「別作『寒山』。」據吳本、侯本、金本《陽春集》改。此處採張編本的版本，作「山寒」，按原作。

〔註24〕曾編本作「江水碧」，言原作「寒山」，注云：「別作『江水』。」據馬令《南唐書》卷二一改。吳本、侯本、金本《陽春集》《近體樂府》卷一作「寒水」。此處採張編本說法，作「寒山碧」。

嬌鬟堆枕釵橫鳳，溶溶春水楊花夢。（〈菩薩蠻〉，699）

風乍起，吹縐一池春水。（〈謁金門〉，676）

　　正中詞中寫春水，多是園林池塘中的水，春日的園林生機盎然，與此相適的是冬日裡結冰的水面融化，冰凌碎散消融之後，水波清漾在周遭翠色映照下的池沼，而因餘寒尚在，故白日裏冰雪消融的池塘夜晚或尚可能出現「曲池波晚冰還合」的狀況。池中冰的融化帶來的是春水的聲勢浩大，新漲的滿池綠水，波光瀲灩，以「溶溶」狀水流盛大貌自來已有，如〈九嘆・逢紛〉有「揚流波之潢潢兮，體溶溶而東回」、江淹〈哀千里賦〉有「水則遠天相逼，浮雲共色，茫茫無底，溶溶不測」等。除此之外，因春日之風較為輕柔和緩，故在水面上形成的波紋十分細微，清泛漣漪，僅僅是極其微小的皺褶。這樣的春水所帶來的是清新、明朗、輕鬆的氛圍，令人生發欣喜之情。

秋水平，黃葉晚，落日渡頭雲散。捲朱箔，掛金鉤，暮潮人倚樓。（〈更漏子〉，687）〔註25〕

將遠恨，上高樓，寒江天外流。（〈更漏子〉，687）

燕鴻遠，羌笛怨，渺渺澄江一片。（〈芳草渡〉，686）

　　及至秋時，秋水開始帶上寒意，它可以澄澈平靜一如潘岳〈秋興賦〉中「澡秋水之涓涓兮，玩游鯈之瀲瀲」的細水緩流，一如正中詞裏「秋水平」之平緩而冷落，也可以浩渺如李商隱〈夜雨寄北〉詩中「巴山夜雨漲秋池」，一夜冷雨，漲滿秋池，如正中詞中「渺渺澄江一片」之遼闊蒼茫，一片寂寥。而「寒江天外流」則是寒江向仿佛在天之外的遠方流去的樣子。相較於春水多限於園池的「小」與「微」，秋水則常常拉開一個闊遠的空間，使人感到無限的空曠與無邊的蕭條。除季節性外，「暮潮」亦點明正值傍晚，是以體現時間性。

〔註25〕張編本作「攘朱箔」，曾編本言其據《歷代詩餘》改。

第二節　人文意象

一、地點空間指示

　　如若將詩歌依照寫作目的簡單劃分，可分為敘事詩與抒情詩。顧名思義，敘事詩的創作目的在於敘述一個事件，以通過人物的刻畫與完整事件過程的描述來表達思考或情感。敘事詩通常有較完整而集中的情節，凸出而典型的人物形象，層次清晰的生活場面，較為具體而詳細的事件敘述，包括時間、地點、人物、起因、經過、結果等，雖六要素未必齊全完備，但大多會有場景發生的空間地點的顯示。如稱為「樂府雙璧」之一的〈木蘭詩〉中，既有具體地點黃河、黑山、燕山等，也有較為模糊的東閣、西閣、南市、北市等。

　　上文已論，就五代詞而言，更多的創作目的在於抒情寫意，然情意畢竟不能憑空而生、破空而來，總要有所依託。《文心雕龍》言「人稟七情，應物斯感；感物吟志，莫非自然」[註26]便是闡釋人通過接受到外在的事物而有所感受之道理。這種外在的事物可能是某件物品，也可能是某一事件，區別在於，通過描述事件來進行抒情的文學作品，不會對事件進行太過具體細緻的書寫，或沒有起因、經過、結果這種事件完整的發展過程，或是描述刻意減少細節等等。但這類抒情詩中，有時也會出現地點指示，或是物品出現之處，或是主人公所在之處，或是諸如離別、宴飲、踏青等事件發生之處。

（一）具體地點

　　《陽春集》中時常有一些具體地點的出現：

　　　石城花雨倚江樓，波上木蘭舟。（〈喜遷鶯〉，686）

　　　石城花落江樓雨，雲隔長洲蘭芷暮。（〈應天長〉，674）

　　　石城山下桃花綻，宿雨初收雲未散。（〈應天長〉，673）

　　　秣陵江上多離別，雨晴芳草煙深。（〈臨江仙〉，668）

[註26] 黃叔琳注，李詳補注：《增訂文心雕龍校注》，頁64。

山川風景好，自古<u>金陵</u>道。(〈醉花間〉，672)

石城作為地點，在文學歷史典籍的記載中經常出現，且常代表著不同地方〔註27〕，正中詞中單論具體地名的出現次數，以石城為最。南唐立國三十九年，李昇在江南建立政權，定都江寧，後遷都南昌。以這一背景言，馮詞中「石城」最可能指的是在今之南京的古城。同樣屬於今之南京舊址的，馮詞中還出現過「秣陵」與「金陵」。秣陵始設於秦始皇三十七年（前 210 年），當時屬會稽郡。東漢建安十七年（212年）時，孫權於楚金陵邑建石頭城，改秣陵縣為建業縣，縣治由秣陵關遷往石頭城。西晉太康三年（282 年），分淮水北為建鄴、南為秣陵。金陵是南京最古老而雅致的別名，不僅出現在歷朝歷代文學作品中的頻率極高，且沿用至今。戰國楚時稱為金陵邑，秦時稱秣陵，三國吳建都於此，改名建業。唐時稱昇州，南唐建西都，改為江寧府，宋時又改

〔註27〕根據《漢語大詞典》，「石城」的釋義有：(1) 傳說中的山名，如〈莊子·雜篇·說劍〉：「以燕谿、石城為鋒」，成玄英疏：「石城，塞外山，此地居北，以為劍鋒。」〈九嘆·逢紛〉：「平明發兮蒼梧，夕投宿兮石城」，王逸注：「石城，山名也。」(2) 古城名。在今河南林縣南。《史記·廉頗藺相如列傳》：「其後秦伐趙，拔石城。」(3) 古城名。在今安徽貴池西南。《後漢書·方術傳·高獲》：「獲遂遠遁江南，卒於石城。」錢大昕《十駕齋養新錄·石城》：「大昕案……據《郡國志》：丹陽郡有石城縣，當是高獲所遁也。」(4) 古城名。在今湖北襄陽。《晉書·虞亮傳》：「亮有開復中原之謀……亮當率大眾十萬，據石城，為諸軍聲援。」(5) 古城名。指白帝城。在今四川奉節東。杜甫《虎牙行》：「壁立石城橫塞起。」蕭滌非注：「石城指白帝城，因在山上，故名石城。」(6) 古城名。在今浙江紹興東北三十里石城山下。賀鑄〈憶仙姿〉詞：「日日春風樓上，不見石城雙槳。」康有為〈過石城〉詩：「城牆何盤盤，苔莓封之厚，沿溪繞曲曲，帆檣在前後，云此是石城，小邑萬家有。」(7) 古城名。又名石頭城、石首城。故址在今江蘇南京清涼山。本楚金陵城，漢建安十七年孫權重築改名。城負山面江，南臨秦淮河口，當交通要衝，六朝時為建康軍事重鎮。唐以後，城廢。左思〈吳都賦〉：「戎車盈於石城。」劉良注：「石城，石頭塢也。在建業西，臨江。」岳珂《桯史·石城堡寨》：「六朝建國江左，臺城為天闕，復築石頭城於右，宿師以守，蓋古人連營之制。」(8) 壘石成城。比喻堅固的國防。《漢書·食貨志上》：「有石城十仞，湯池百步，帶甲百萬，而無粟，弗能守也。」

為建康府。明初定都於此，稱應天府，清時改為江寧府。故可知，石城、秣陵、金陵等皆指今南京一帶。

> 憑仗東流，將取離心過<u>橘洲</u>。（〈採桑子〉，661）

> 寒山碧，江上何人吹玉笛。扁舟遠送<u>瀟湘</u>客。（〈歸國遙〉，682）

> 春色，春色，依舊<u>青門</u>紫陌。（〈三臺令〉，701）

橘洲乃位於今湖南長沙西湘江，《水經注》言：「湘水又北逕南津城西，西對橘州，或作吉字，為南津洲尾。水西有橘州子戍，故郭尚存。」〔註28〕杜甫有詩〈酬郭十五受判官〉言「喬口橘洲風浪促，繫帆何惜片時程。」瀟湘乃是湘江與瀟水的並稱，多用於指湖南地區，歷代文學作品也多有提及，如杜甫〈去蜀〉詩有「如何關塞阻，轉作瀟湘游」、朱淑真〈舟行即事七首其六〉有「歲暮天涯客異鄉，扁舟今又度瀟湘」等。青門則是漢代長安城東南的霸城門，因城門為青色，故俗稱為「青門」或「青城門」，《三輔黃圖・都城十二門》：「長安城東出南頭第一門曰霸城門，民見門色青，名曰青城門，或曰青門。」〔註29〕後用以泛指京城城門。另，以「青門」泛指離別之地的用法於正中詞中僅作消極情緒書寫，故此處不加贅述，留待下文詳說。

（二）概念性場所

除了具體的地點外，正中詞中出現更多的是概念性的場所，如閨怨類詞作常出現的閨閣庭院、憑欄遠望的高樓等等。這類場所的出現

〔註28〕酈道元注，楊守敬、熊會貞疏，段熙仲點校，陳橋驛復校：《水經注疏》（南京：江蘇古籍出版社，1999年8月初版2刷），頁3143。朱箋曰：孫云，疑作橘子洲戍。趙云：按子戍，戍之小者耳，猶子城之類。守敬按：梁武帝與蕭寶寅書，有小城、小戍之文，則趙說當是。在今善化縣西，湘江中。陳橋驛校記曰：孫說近是，但傳鈔者二字倒互耳。《清一統志》二百七十六橘州下引《水經注》作「橘子洲」。沈欽韓逕改「橘子州戍」，引《方輿勝覽》在善化縣西湘江中，今猶此名，準以地望沈改是也。

〔註29〕何清谷校注，史念海主編：《三輔黃圖校注》（陝西：三秦出版社，1998年9月初版二刷），頁68。

通常可分為幾種情況：景色描寫的場所、人物出現的場所、事件發生的場所、居住環境的描寫等，以下試各舉數例進行說明。

　　逐勝歸來雨未晴，<u>樓前</u>風重草煙輕。（〈拋球樂〉，690）

　　<u>南園池館</u>花如雪，小塘春水漣漪。（〈臨江仙〉，669）

　　「樓前風重草煙輕」即是寫登樓所見的景致，歸來時尚落雨未晴，但此時風力強勁吹散籠罩的煙靄，也帶著吹散陰雲、雨過天晴的預示。「南園池館花如雪」是南園池苑館舍周圍的風景，南園此處泛指園圃，此一園圃池館附近花飛如雪，時屆暮春，充滿凋殘衰敗的氣象。

　　獨立<u>小橋</u>風滿袖，平林新月人歸後。（〈鵲踏枝〉，650）

　　笙歌散，魂夢斷，倚<u>高樓</u>。（〈芳草渡〉，686）

　　留連光景惜朱顏，黃昏獨倚<u>闌</u>。（〈醉桃源〉，696）

　　此處言人的身影出現之場所。〈鵲踏枝〉前篇全述情緒，直到詞作最末一句才展現了抒情主人公的身影，其孤獨立於小橋之上，周遭河流、平林、堤畔之空闊愈顯其渺小，而寒風滿袖則營造了淒冷感。只此二句，便顯示其所承受之寂寞痛苦之深之濃。〈芳草渡〉先言閨中人所見所感，詞至最後，才點明前述皆是倚樓時所產生的情思。自白日至月上，主人公倚樓看盡「蕭條風物」：梧桐葉落、蓼花開放、煙靄生寒、秋雨方止、燕鴻南飛、羌笛哀怨、浩渺澄江、笙歌已散、魂夢消褪，所產生的情緒是寄居心頭排遣不掉的怨恨。〈醉桃源〉同樣使用了這樣的手法，將「獨倚闌」的所見所思置於前，自白日到黃昏的獨自倚闌，卻沒有導致一種悲切語、流淚狀，而是「惜朱顏」這樣飽含希望的結尾。正中詞中人物形象出現的場所，很多時候都在詞的末尾，先言目之所見與所思所感，最後再點明地點，這種寫法相較開篇即點明人物所在的順敘描寫，顯得宛曲，避免平鋪直敘之病。

　　<u>南園</u>春半踏青時，風和聞馬嘶。（〈醉桃源〉，694）

　　去歲迎春<u>樓上</u>月，正是<u>西窗</u>，夜涼時節。（〈憶江南〉，704）

此言事件發生之場所。「南園春半踏青時」開篇一句即點明時間地點與事件，時間為春日過半之時，地點為南園，即某一園圃，事件則是踏青之旅〔註30〕。〈憶江南〉三句則是回憶去年早春時節，月夜於樓臺之上共同「迎春」。「西窗」可指向西之窗，亦用於指婦人的居室，此處當指後一意。因是早春，故居室內產生了寒涼之感。

> 沉沉朱戶橫金鎖，紗窗月影隨花過。（〈菩薩蠻〉，700）

> 家住柳陰中，畫橋東復東。（〈菩薩蠻〉，700）

此言居住地點。前例「朱戶」即朱色大門，通常泛指富貴人家，再兼「金鎖」，可見其居住處所的華貴、物質生活的富足。然「朱戶」飾以「沉沉」且「橫金鎖」，造成一種屋宇深深的閉鎖之感，極言其深邃且孤寂。後例則是採蓮少女遇情郎後，贈送信物並言家住何處，其中蘊含之意並不點破，顯得含蓄蘊藉，耐人尋味，故陳廷焯對結句有言：「結二句若關合若不關合，妙甚。較『家住綠楊邊，往來多少年』高出數倍。」〔註31〕

除地點標示之外，人文建物在正中詞中還發揮著空間轉換提示的作用。如果將其想像為電影鏡頭，則有的是一鏡到底的隨著視野進行的空間連貫轉換，有的則是數點之間的切換。

> 銅壺滴漏初盡，高閣雞鳴半空。催啟五門金鎖，猶垂三殿簾櫳。階前御柳搖綠，仗下宮花散紅。鴛瓦數行曉日，鸞旗百尺春風。侍臣舞蹈重拜，聖壽南山永同。（〈壽山曲〉，710）

此闋可從時間與空間兩條線來詮釋，就畫面感而言，空間的詮釋更足。銅壺滴漏剛剛結束的特寫鏡頭，轉向高閣雄雞啼鳴的身影。而後是五重門的金鎖一一開啟，御殿簾幕尚未捲起，還自垂著。地面上

〔註30〕踏青為古代一種休閒娛樂活動，多是春日到野外郊遊。時間因各地習俗不同而有差異，或在農曆二月二日，或在三月三日，後世則多以清明節前後外出踏青，故舊時清明節亦稱為「踏青節」。孟浩然〈大堤行〉有「歲歲春草生，踏青二三月」。

〔註31〕語出陳廷焯《詞則》，參見史雙元編著：《唐五代詞紀事會評》（合肥：黃山書社，1995年12月初版一刷），頁616。

是階前綠柳搖曳，仗下紅花遍地，而空中則是鴛鴦瓦上灑下道道日光，繡著鷺鳥的旗子在春風中飄揚。最後鏡頭轉向朝拜的百官，高呼壽比南山。此處空間數度轉換，由「高閣」──「五門」──「三殿」──「階前仗下」，再由地面而空中，最後回到朝拜場景，描繪出一派昇平莊嚴祥和的氣氛。

> 芳草長川，<u>柳</u>映危橋橋下路。（〈酒泉子〉，666）

> 石城花雨倚江樓，波上<u>木蘭舟</u>。（〈喜遷鶯〉，686）

〈酒泉子〉例中鏡頭由遠處平原芳草轉到近處的柳，柳多植於河邊，故而引出「危橋」與「橋下路」，而其後「隔岸馬嘶」之語，又將視線轉向隔岸的道路。此處通過位置的轉換標示出遊子離去的路線，即自岸邊跨越危橋，由隔岸的道路離開。〈喜遷鶯〉例中則是寫了對去年落花時節離別場景的回憶，在空間上形成「江樓」與「木蘭舟」上兩點，樓中人依倚江樓遙望江上的木蘭舟，而舟中之人則回望江樓上的倩影，兩個點以人的目光加以聯結，其中的無限深情與依依離情便融化在這詩情畫意的圖景之中。

二、行為事件指示

《陽春集》中部份意象的出現，往往可以指示行為事件，或是詞作中所描述的主要事件，或是事件敘述或情感表達過程中的一個行為。

（一）以酒器代表飲酒行為

《陽春集》中出現酒器時，幾乎皆是敘述飲酒的行為，或是登高宴飲、或是離別飲酒，抒發或喜或悲，或珍惜眼前或黯然神傷之感。

> 與君同飲<u>金杯</u>，飲餘相取徘徊。（〈清平樂〉，671）

> 款舉<u>金觥</u>勸，誰是當年最有情。（〈拋球樂〉，690）

> 歌闌賞盡珊瑚樹，情厚重斟<u>琥珀杯</u>。（〈拋球樂〉，691）

> 莫怨登高<u>白玉杯</u>，茱萸微綻菊花開。（〈拋球樂〉，691）

　　此部份皆是宴飲的歡樂描寫。在「西園春早」的美麗環境之中，與友人相聚同飲，面對如此佳景，手舉金杯對飲，飲後漫步園中小徑，豈不為一件樂事。追遊盛景歸來，於煙雨中觀賞美妙春光，此時谷鶯啼鳴婉轉，〈水調〉聲韻悠長，酒席之中「款舉金觥」，從容不迫，動作優雅，且渴盼一個心靈契合之「最有情」者。而登高歸來的宴飲更是常態，在茱萸微綻、菊花盛開的環境中，在笙歌連連與賞玩珍貴飾品的情況下，頻頻舉杯共飲。這些詞作極盡渲染宴飲環境，自然環境的明媚燦爛，宴席之上熱鬧非凡，名貴物品的賞玩、樂曲的助興，都極言這般宴飲的歡樂氣氛與宴飲者之間的深深情意。

　　　　相逢莫厭醉<u>金杯</u>，別離多，歡會少。（〈醉花間〉，672）

　　　　人間樂事知多少，且醉<u>金杯</u>。（〈採桑子〉，380）

　　　　醉裏不辭<u>金盞</u>滿，陽關一曲腸千斷。（〈鵲踏枝〉，654）

　　　　<u>尊酒</u>留歡，添盡羅衣怯夜寒。（〈採桑子〉，662）

　　　　休向尊前情索莫，手舉<u>金罍</u>，憑仗深深酌。（〈鵲踏枝〉，653）

　　　　雙<u>玉斗</u>，百<u>瓊壺</u>，佳人歡飲笑喧呼。（〈金錯刀〉，708）

　　此類則言宴飲之悲。或許因宴飲的緣由是即將到來的離別，因而宴飲本身便成為了欲留難留的、帶悲涼之意的行為。或許宴飲的當下是歡快的，但詞人的筆觸並沒有停止於此，而是延伸到了宴飲過後，酒闌人散的難言的失落。因而才會常常生發出不知明日境況如何，因此更要珍惜此刻，趁尚相聚之時，多飲數杯的感慨。時光易逝，轉眼青春年少就垂垂老矣，而在這短暫的人生時光中，卻總是離別的時候多、相聚的機會少，因而便不要辜負這良辰佳景。這種傷感的情懷很多時候會被繁盛之春景觸發，暮春的花飛花落，美好事物終將逝去的悲哀，觸發出「人生樂事知多少」之嘆，既然人生極端而樂事稀少，便要及時行樂，開懷暢飲，只是終歸隱含著一抹鬱鬱寡歡之悲色。

　　飲酒這一行為遇悲情事件時，便總添一種「借酒澆愁愁更愁」的感傷。面臨離別在即的情況，即使酣醉猶不辭金盞酒滿，想要通過這樣

的飲酒行為，來排遣內心的愁，暫時忘卻將要分別的事實，想要以尊酒留住眼前尚相聚的歡樂，似乎此夕宴飲不止，離別的時間就永遠不會到來。這種暫時的自我麻痺與自我寬慰，反而使悲劇色彩更加濃厚。而面對情變這一事件時，主人公依然保持著不悔的情感，在酒宴中絲毫不露冷漠之態，強作歡顏，舉杯深酌，表現自己的寬解與深情。兩相對比，更顯其真摯與癡迷。

　　然無論是宴飲之樂還是宴飲之悲，皆言及酒器的精美華貴。涉及的酒器有杯、觥〔註32〕、盞、斗、壺等，材質非金即玉，甚至還有極為名貴的琥珀〔註33〕。這種名貴酒器的書寫，一方面體現宴飲者富足的物質生活與不俗的賞玩品味，另一方面由酒器精美襯托出酒之清冽醇香，以渲染歌酒之樂。

　　雖則無論是狀寫宴飲之樂或悲，馮延巳皆以精緻名貴的酒器來書寫飲酒事件，是其詞中意象使用的普遍性，然而這種情感的表達，卻極其帶有個人特色，寫宴飲之樂，極盡渲染熱鬧氛圍，結合其人生際遇與時代背景，卻能在這種繁盛之意下嗅到一絲自我寬解的悲哀氣息，而至宴飲之悲的書寫中，則將重點落在宴後離索情緒的表達，毫不掩飾其中所瀰漫的苦澀之感，此種類型詞中情緒表達的偏好性，是其詞作獨特風格的表現之一，因而在所形成的整體風格言，這又是一種具有個性化的表達。

（二）以車馬表示人之來去蹤跡

　　正中詞中出現交通工具時，常指代的是人的蹤跡，古人出行，行陸路則駕以車馬，行水路則多憑舟船。就馬而言，馬的到來相較於訴諸

〔註32〕觥，角爵也，古代酒器，用以置酒。腹橢圓，上有提梁，底有圈足，獸頭形蓋，亦有整個酒器作獸，並附有小勺。韋莊詩有「更憐紅袖奪金觥」。《詩・周南・卷耳》有「我姑酌彼兕觥」，疏云：「禮圖云：觥大七升，以兕角為之。」

〔註33〕琥珀為古代松柏等樹脂之化石，為淡黃色、褐色或赤褐色的半透明固體，光澤美麗，質脆，燃燒時有香氣，可製成飾品、香料等。《漢書・西域傳》有載：「罽賓國出珠璣、珊瑚、虎魄、璧流離」。

視覺的目睹，更多的時候是以聽覺上聽到馬嘶聲來表示的。因馬嘶聲多用來表達人的來去，故多以此寫人頭攢動的熱鬧場景，或寫遊子離去或歸來。

> 南園春半踏青時，風和聞馬嘶。（〈醉桃源〉，694）

> 門前楊柳綠陰齊，何時聞馬嘶。（〈醉桃源〉，695）

> 楊柳陌，寶馬嘶空無跡。（〈謁金門〉，676）

> 風微煙澹雨蕭然，隔岸馬嘶何處。（〈酒泉子〉，666）

> 秣陵江上多離別，雨晴芳草煙深。路遙人去馬嘶沉。（〈臨江仙〉，668）

> 馬嘶人語春風岸，芳草綿綿。（〈採桑子〉，660）

〈醉桃源〉二闋，前例寫春半之時南園的踏青之樂，「馬嘶」從聽覺上表現了踏青時人來人往的熱鬧場面，人群熙攘、車馬絡繹，不絕於道。後例寫閨中女子懷人，夢與現實交錯，似幻似真，恍恍迷離，而夢醒之後回味夢中情景，歎息所念之人行蹤不明，不禁發出門前楊柳綠陰已齊，何時能聽聞馬嘶之聲的追問，此處馬嘶象徵著離人歸來。〈謁金門〉寫少女的情愛萌發與追求，楊柳依依的道路上，寶馬方嘶鳴，已飛馳而去，在視野中消失，不見蹤影，馬嘶代表著所念之「江海客」的離去。〈酒泉子〉以送者角度寫別情，馬嘶聲表明了行人由隔岸道路離去的路線。〈臨江仙〉寫秣陵江上的春日離別，行人漸漸遠去，以至於身影漸漸隱沒，耳畔只能聽到越來越低沉的馬嘶聲，這是由聽覺上的變化來動態地寫出行人離去越來越遠的景象，以通感手法調動想像。〈採桑子〉寫熱鬧之中的一種無端孤獨憂鬱之感，與「舊愁新恨知多少」形成鮮明對比的是明媚的自然景物與熱鬧的歡聲笑語，「馬嘶人語」極言春風吹拂的河岸的熱鬧非凡，人頭攢動，人聲鼎沸。正中詞中論及馬皆以「馬嘶」表人跡，多以其言離別，但非首創，前多有所用，如皎然〈於武原從送盧士舉〉詩中「落日獨歸客，空山匹馬嘶」單人對應匹馬，韋莊〈清平樂〉其四也有「門外馬嘶郎欲別，正是落花

時節」以馬嘶寫離別。而劉禹錫之〈始發鄂渚寄表臣二首〉亦有「回車已不見，猶聽馬嘶聲」此類以聽覺之有與視覺之無的對比寫人跡離去的用法。

次第小桃將發，<u>軒車</u>莫厭頻來。（〈清平樂〉，671）

百草千花寒食路，<u>香車</u>繫在誰家樹。（〈鵲踏枝〉，655）

<u>玉勒琱鞍</u>游冶處，樓高不見章臺路。（〈鵲踏枝〉，656）

杳杳<u>蘭舟</u>西去，魂歸巫峽路。（〈應天長〉，674）

石城花雨倚江樓，波上<u>木蘭舟</u>。（〈喜遷鶯〉，686）

醉憶春山獨倚樓，遠山迴合暮雲收。波間隱隱仞<u>歸舟</u>。（〈浣溪沙〉，419）

〈清平樂〉寫友朋於早春西園中相會宴飲，「軒車」原為古代大夫以上所乘有帷幕之馬車，後亦泛指車，此處指的是主人之友所乘之車，詞至末尾，主賓歡聚過後，主人殷切叮嚀友人，此番別後小桃將發，春景漸盛，一定不要厭煩多乘車前來。〈鵲踏枝〉兩闋皆寫閨怨，前例寫所思之人在外冶遊不歸，閨婦在等待中韶光虛度，「香車」指裝飾華美的車子，而此處代指那在外遊蕩之人的行蹤，「百草千花」語帶雙關〔註34〕，言香車何處，則既含不安的猜測，又帶怨恨與歎息。後例寫思婦閉鎖深閨，其丈夫在外遊蕩，尋花問柳，遲遲不歸。「玉勒」乃用玉裝飾的控馬革帶，「琱鞍」為雕飾有精美圖案的馬鞍，以精緻的部件代指馬，又代表著騎馬之人的蹤跡。〈應天長〉寫別後懷人的情思，回想昔日舊遊時的情景，而今卻不知人在何處，便恨不得乘舟溯江而上，順著他離去的足跡，追隨而去。此例中以蘭舟所指代的人，可以是留下的相思之人，亦可以是離去之人，蘭舟西去之路線，可以是行人

〔註34〕據俞平伯《唐宋詞選釋》，「百草千花」除指清明時節自然界的姹紫嫣紅之花草外，也指青樓女子，白居易〈贈長安妓人阿軟〉詩：「綠水紅蓮一朵開，千花百草無顏色」中，「紅蓮」比喻妓人阿軟，「千花百草」比喻眾妓。參見潘慎主編：《唐五代詞鑒賞辭典》（北京：燕山出版社，1991年5月初版一刷），頁320。

離去之途，也可以是閨人尋覓之路，亦可兼而有之，只是前者為實，後者為虛，所指代的蹤跡，是一種夢魂的虛幻的追尋。〈喜遷鶯〉寫遊子思鄉情懷，回憶起去歲的離別場景，江上的木蘭舟所代表的正是背井離鄉的遊子。〈浣溪沙〉寫閨婦懷人念遠，閨婦醉中獨自倚樓，在遠山環繞、暮雲皆收的環境中辨認著在江上若隱若現的歸舟，事實上她所盼望的歸舟所指代的是遠行在外之人歸家的影蹤。

三、性別身份指示

《陽春集》中存在著一些意象可作性別身份指示之用。

> 秋千慵困解<u>羅衣</u>，畫堂雙燕棲。（〈醉桃源〉，694）

> 波搖梅蕊當心白，風入<u>羅衣</u>貼體寒（〈拋球樂〉，689）

> 秋千風煖<u>鸞釵</u>嚲，綺陌春深<u>翠袖</u>香。（〈莫思歸〉，707）

> 新著<u>荷衣</u>人未識，年年江海客。（〈謁金門〉，676）

> 學著<u>荷衣</u>還可喜，春狂不會□。（〈謁金門〉，675）

> 錦壺催畫箭，<u>玉佩</u>天涯遠。（〈菩薩蠻〉，699）

「羅衣」為輕軟而有疏孔的絲織品製成的衣服，多用以指女性穿著，如邊讓〈章華賦〉有「羅衣飄颻，組綺繽紛」曹植〈美女篇〉之「羅衣何飄飄，輕裾隨風還」皆以羅衣寫女性形象。馮詞中「羅衣」的使用不在少數，試舉兩例：〈醉桃源〉寫女性擺蕩秋千，略感疲乏無力，而輕解羅裳的姿態，〈拋球樂〉則寫的是夜風吹入羅衣所產生的寒涼感受，二者皆以羅衣體現主人公的女性身份。〈莫思歸〉詞中以「鸞釵」「翠袖」作性別指示，「鸞釵」為鸞形髮釵，「翠袖」乃是翠色衣袖，泛指女子的裝束，如杜甫〈佳人〉詩中便有「天寒翠袖薄，日暮倚修竹。」馮詞此闋寫芳菲春景中踏青郊遊的場景，此句以視覺與嗅覺兩個方面，構成了一個女子縱情嬉戲的鏡頭，其在春風中擺蕩秋千，以致髮髻鬆散、鸞釵斜墜，而綺陌之上又因其經過時的衣裳飄揚而傳出陣陣幽香，洋溢著歡樂的氛圍。

　　女性之外，亦有衣飾體現男子性別的書寫。「荷衣」有兩義，或可指以荷葉製成的衣裳，有時喻指隱士之服，如孔稚珪所寫〈北山移文〉有「焚芰製而裂荷衣，抗塵容而走俗狀。」呂延濟注：「芰製、荷衣，隱者之服。」〔註35〕張志和〈漁父〉詞有「江上雪，浦邊風，笑著荷衣不歎窮」句。另一涵義則指舊時中進士後所穿的綠袍，如高明《琵琶記・杏園春宴》中「荷衣新染御香歸，引領群仙下翠微」即是此用。馮詞此二闋所運用的「荷衣」，前例寫少女所追求愛慕的翩翩少年「新著荷衣」，取荷衣之本義，以顯示其格外的雅潔、美好。後例寫科舉及第的狂喜心情，「荷衣」所取的則是後義，「學著荷衣」則意味著為官入仕，故而內心狂歡不已。則此處「荷衣」所指示的，不僅是性別，還有中舉的進士身份。「玉佩」這一玉製裝飾物，因其溫潤而澤的特點，多為古人所佩戴，以彰顯其君子之風，《禮記・玉藻》云：「古之君子必佩玉。……君子無故，玉不去身。」〔註36〕這種禮儀制度也很大程度影響到古時男子的佩玉之習。〈菩薩蠻〉此闋寫思婦閨中懷人，以玉佩指代其所思念之人遠遊在外，相隔天涯。

　　《陽春集》中還有諸多特寫鏡頭是以衣飾妝容所構成的，如：

　　嬌鬟堆枕釵橫鳳，溶溶春水楊花夢。（〈菩薩蠻〉，699）

　　寶釵橫翠鳳，千里香屏夢。（〈菩薩蠻〉，700）

　　玉箏彈未徹，鳳髻鸞釵脫。（〈菩薩蠻〉，697）

　　一點春心無限恨，羅衣印滿啼妝粉。（〈鵲踏枝〉，657）

　　鬥鴨闌干獨倚，碧玉搔頭斜墜。（〈謁金門〉，676）

　　闌邊偷唱繫瑤簪，前事總堪惆悵。（〈酒泉子〉，665）

　　玉笛縈吹，滿袖猩猩血又垂。（〈採桑子〉，663）

　　〈菩薩蠻〉三闋皆寫思婦懷人，以飾物構成各種不同的特寫鏡頭，「嬌鬟堆枕釵橫鳳」寫出其嬌憨睡姿，其柔美髮髻堆於枕上，鳳釵

───────────────

〔註35〕蕭統選編，李善等注：《六臣注文選》，頁800。

〔註36〕鄭玄注，孔穎達疏：《禮記正義》，頁1064～1065。

斜橫，言其熟睡，引出下文醺甜夢境；「寶釵橫翠鳳」同理，其寶釵上
的鳳飾斜橫枕上，為入夢之情狀。而「鳳髻鸞釵脫」則是閨中人一曲尚
未彈奏完畢，而鳳髻鸞釵已經脫落，足見其情緒起伏之大，可感其痛苦
心緒。〈鵲踏枝〉抒春日閨怨，「羅衣印滿啼妝粉」言其羅衣之上，印滿
和著妝粉流下的淚，是「一點春心無限恨」之具象，而此一特寫鏡頭也
極為觸目驚心地體現其愁怨。〈謁金門〉言閨情，「碧玉搔頭」即碧玉
簪，而其斜墜之態，顯示了閨中女子的閒極無聊的悵惘。〈酒泉子〉言
早春閨情，「闌邊偷唱繫瑤簪」一句，極具畫面感，主人公在夜深時分
於闌邊佇立，或因夜深人靜或因情緒私密不宜外露，故而只是偷唱，而
因為夜深時長，髮髻難免鬆散，故而又有整理頭髮、繫上玉簪的動作。
〈採桑子〉寫宮怨，主人公為被君王冷落的女子，末句當其聽到受寵之
人的宮殿中玉笛方才吹奏起的聲音時，便已經泣下沾襟，而這淚有如
猩猩血一般，鮮紅淒厲，這一特寫鏡頭極為濃墨重彩，將前醞釀的愁與
恨推向了高潮。

　　《陽春集》中除多以衣物飾品指示性別身份外，還有一物多與女
性、閨閣相關，即是秋千。《事物紀原》載：「北方戎狄愛習輕趫之態，
每至寒食為之。後中國女子學之，乃以綵繩懸樹立架，謂之秋千。或曰
本山戎之戲也。自齊桓公北伐山戎，此戲始傳中國。」〔註37〕《緗素
雜記》載：「許慎說文後序，徐注云：案詞人高無際作〈秋千賦〉，序
云：秋千，漢武帝後庭之戲也。本云千秋，祝壽之詞也，語訛轉為秋
千，後人不意本，乃旁始加革為秋千字。案秋千非皮革所為，又非車馬
之用，不合從革。」〔註38〕可知其起源於北戎，齊桓公北伐時將這種
娛樂方式帶回中原，武帝時以「千秋」祝壽之意命名為「秋千」。

　　五代以來便有寒食節以秋千為戲的習俗，《開元天寶遺事》載：

〔註37〕《事物紀原‧歲時風俗部‧秋千》引《古今藝術圖》之言，參見華夫
　　　　主編：《中國古代名物大典》（濟南：濟南出版社，1993 年 10 月初版
　　　　一刷），頁 466。
〔註38〕黃朝英撰：《靖康緗素雜記》（臺北：臺灣商務印書館，民國 54 年 12
　　　　月臺一版），頁 47。

「天寶宮中，至寒食節，競豎秋千，令宮嬪輩戲笑，以為宴樂。帝呼為半仙之戲，都中士民因而呼之。」〔註39〕《荊楚歲時記》言春日打秋千：「以彩繩懸木立架。士女炫服，坐立其上推引之。」〔註40〕及後，甚至有以秋千節別稱清明節之記載，如劉若愚所作《酌中志‧飲食好尚紀略》云：「三月初四日，宮眷內臣換穿羅衣。清明則鞦韆節也。帶楊枝於髻，坤寧宮後，及各宮皆安鞦韆一架。」〔註41〕

　　可知秋千多為女子所進行的娛樂活動，宮中多有仕女宮嬪於暮春清明之時戲秋千，後不僅限於宮闈之內，富貴人家庭院中也常設秋千。因此在詩詞中，秋千多可暗示女性及閨閣庭院。

　　　秋千慵困解羅衣，畫堂雙燕棲。（〈醉桃源〉，694）

　　　秋千風煖鶯釵嚲，綺陌春深翠袖香。（〈莫思歸〉，707）

　　　羅幕遮香，柳外秋千出畫墻。（〈上行盃〉，703）

　　　淚眼問花花不語，亂紅飛入秋千去。（〈鵲踏枝〉，656）〔註42〕

　　　花影臥秋千，更長人不眠。（〈菩薩蠻〉，697）

　　「秋千慵困解羅衣」與「秋千風煖鶯釵嚲」出現了女性戲秋千的形象姿態的描寫，擺蕩秋千時縱情嬉戲，以致髮髻散、鶯釵墜，而秋千戲後則疲憊慵困，解羅裳稍加休息。「柳外秋千出畫墻」則寫出秋千從柳外高高蕩起，似乎都高出畫墻，顯示出蕩秋千的女子興致高昂，充滿著青春的活力。無論是花影映襯著秋千，還是亂紅飛入秋千，秋千都提示著閨閣處所，其或是從前嬉戲遊樂之處而今唯有亂紅紛飛，或是白日消遣打發時間之用卻顯得夜晚更加寂寥，對比之下，尤顯悲戚。

〔註39〕王仁裕撰，丁如明等校點：《開元天寶遺事》（上海：上海古籍出版社，2013 年 9 月初版二刷），頁 20。

〔註40〕宗懍著，杜公瞻注，姜彥稚輯校：《荊楚歲時記》（北京：中華書局，2018 年 9 月版），頁 24。

〔註41〕劉若愚著：《酌中志》（臺北：偉文圖書出版社有限公司，民國 65 年 9 月版），頁 509。

〔註42〕兩編本皆作「飛入秋千」，然《近體樂府》《樂府雅詞》《唐宋諸賢絕妙詞選》作「過」。

四、富貴氣象

　　詞在發展初期，作為娛賓遣興之用，迎合追求世俗享樂的需求，「則有綺筵公子，繡幌佳人，遞葉葉之花箋，文抽麗錦；舉纖纖之玉指，拍按香檀。不無清絕之詞，用助嬌嬈之態。」〔註43〕其在歌舞宴樂場所的流傳，註定了題材多限於風月，以香軟的筆觸寫閨中情緒，故也免不了出現大量精美名物，以堆砌華艷的辭藻形容婦女的服飾體態，形成鏤金錯彩的穠艷風格，帶來強烈的聲色感官刺激。如花間代表詞人溫庭筠，其詞辭藻華麗，風格香豔綺靡、華美穠艷，王國維以其詞「畫屏金鷓鴣」歸納其詞品。觀其〈菩薩蠻·小山重疊金明滅〉一詞，寫女子晨起梳妝一事，從其描寫的光彩奪目的畫屏、以金線繡著鷓鴣的新服，便可見華麗精巧之感，胡雲翼對此詞評價為「這是一幅用工筆描繪的美女梳妝圖，雖然被描繪的婦女生活空虛無聊，但人物的刻畫精緻，構圖著色的技巧都有可取」〔註44〕所言極是。

　　及至宋時，詞寫富貴在晏殊筆下有了另一種風格，相較於花間詞寫富貴華麗本身，其更強調一種雅致的審美追求。歐陽修《歸田錄》載：「晏元獻公喜評詩，嘗曰：『老覺腰金重，慵便枕玉涼』，未是富貴語，不如『笙歌歸院落，燈火下樓臺』，此善言富貴者也。人皆以為知言。」〔註45〕吳處厚《青箱雜記》載：「晏元獻公雖起田里，而文章富貴，出於天然。嘗覽李慶孫〈富貴曲〉云：『軸裝曲譜金書字，樹記花名玉篆牌。』公曰：『此乃乞兒相，未嘗諳富貴者。』故公每吟詠富貴，不言金玉錦繡，而唯說其氣象，若『樓臺側畔楊花過，簾幕中間燕子飛』，『梨花院落溶溶月，楊柳池塘淡淡風』之類是也。故公自以此句

〔註43〕趙崇祚輯，李一氓校：《花間集校》（臺北：源流文化事業有限公司，民國 71 年 8 月初版），頁 1。

〔註44〕參見潘慎主編：《唐五代詞鑒賞辭典》（北京：北京燕山出版社，1991年 5 月初版一刷），頁 205。

〔註45〕歐陽修撰，韓谷等校點：《歸田錄》（上海：上海古籍出版社，2012 年12 月初版一刷），頁 20。

語人曰：『窮兒家有這景致也無？』」〔註46〕可見晏殊詞中的富貴不在金玉財寶，而在清麗淡雅的自然追求，但這種目見又富含著閒雅的高級感。

　　延巳所處時代位於兩者之間，其去花間未遠，故其詞仍帶著深重的花間烙印，特點之一便是閨閣之詞頗多，且沒有放棄華麗富貴的金玉描寫，無論是精緻的飾物、堂皇的建物還是名貴的賞玩之物，似都能見到花間的身影，陳秋帆《陽春集箋》評馮詞〈採桑子·畫堂昨夜愁無睡〉時便云：「溫庭筠喜用『金』、『玉』等字，如『手裡金鸚鵡』、『畫屏金鷓鴣』、『綠檀金鳳凰』、『玉釵頭上鳳』、『玉鉤褰翠幔』、『玉爐香』、『玉連環』之類。西昆習尚，《陽春》亦善用之。此闋『玉箸雙垂』、『金籠鸚鵡』即金玉並用。此例集中屢見。」〔註47〕但馮詞出於花間之處在於，並非是辭藻的簡單堆砌，也並非是聲色感官的享樂追求，而是通過器物的富貴表象去觸及身處富貴之中的人的高雅品位以及與其優裕物質生活形成鮮明對比的空虛的精神心靈。

　　　桐樹倚雕檐，金井臨瑤砌。（〈醉花間〉，672）

　　　畫堂新霽情蕭索，深夜垂珠箔。（〈虞美人〉，677）

　　　嚴妝才罷怨春風，粉牆畫壁宋家東。（〈舞春風〉，680）

　　　沉沉朱戶橫金鎖，紗窗月影隨花過。（〈菩薩蠻〉，700）

　　　酒闌睡覺天香煖，繡戶慵開。（〈採桑子〉，660）

　　此言建物之堂皇。〈醉花間〉言及「雕檐」「金井」「瑤砌」等物，雕檐為帶有雕飾之屋簷，金井指井欄雕飾美麗者，瑤砌則指用玉砌造成或裝飾的臺階。所見深院之景，非金即玉，帶有精美雕飾，足見其富麗，以襯托主人公高貴的身份。〈虞美人〉中「畫堂」即是裝飾華麗的居室，如梁簡文帝〈餞廬陵內史王修應令〉詩：「迴池瀉飛棟，濃雲垂

〔註46〕吳處厚撰，李裕民點校：《青箱雜記》（北京：中華書局，1997年12月初版二刷），頁46～47。

〔註47〕參見史雙元編著：《唐五代詞紀事會評》，頁599。

畫堂。」「珠箔」即珠簾，以珠為簾，極其華美。「繡戶」為婦女所居之地，繡狀其華美，如沈約詩「鳴珠簾於繡戶」。「天香」謂來自天上之香，如庾信〈奉和同泰寺浮圖詩〉言「天香下桂殿，仙梵入伊笙」，此處用以形容香之名貴。對於建物的富麗描寫除卻從材質與雕飾圖案角度進行之外，還有諸多閨閣內的貴重飾品，如：

> 綃帳泣流蘇，愁掩玉屏人靜。（〈如夢令〉，425）〔註48〕

> 開眼新愁無問處，珠簾錦帳相思否。（〈鵲踏枝〉，653）

> 捲朱箔，掛金鉤，暮潮人倚樓。（〈更漏子〉，687）

> 玉堂香煖珠簾捲，雙燕來歸。（〈採桑子〉，659）

> 曉月墜，宿雲披，銀燭錦屏幃。（〈鶴沖天〉，693）

> 金絲帳暖牙牀穩，……半欹犀枕，亂纏珠被，轉羞人問。（〈賀聖朝〉，703）

這種閨閣內的裝飾物品多集中於用以遮蔽的帷帳、用以擋風或隔開空間的屏風與簾子，帷帳是輕紗帳，還飾以用彩絲或羽毛製成的穗狀飾物，即流蘇；屏風是玉製之屏風或錦繡之屏風，特為名貴；簾幕則是以珍珠串成或墜上珍珠為飾，以金鉤為掛，精美絕倫。連蠟燭都置放於銀製燭臺之上。而居處的臥具同樣不遑多讓，「牙床」為有象牙雕刻裝飾的眠床或坐榻，如蕭子範〈落花詩〉云「飛來入斗帳，吹去上牙床。」「犀枕」則是犀牛角裝飾之枕，「珠被」泛指華貴的衾被，如〈招魂〉篇言「翡翠珠被，爛齊光些。」從其質料之珍貴，不難看出其中富貴之意。這些陳設，不僅顯示出其生活富裕、錦衣玉食，絕無匱乏之憂，還以其精緻襯托出閨中人之姣美。

所居環境的富麗，與之相應的則是閨中人之衣飾與其所使用的物品的精巧：

> 一晌憑闌人不見，鮫綃掩淚思量遍。（〈鵲踏枝〉，649）〔註49〕

〔註48〕此闋〈如夢令〉曾編本不見，張編本據四印齋《陽春集》錄入。
〔註49〕曾編本「鮫綃」作「紅綃」，言其本作「鮫」，注云：「別作『紅』。」

嬌鬟堆枕釵橫鳳，溶溶春水楊花夢。(〈菩薩蠻〉，699)

酒醒情懷惡，金縷褪，玉肌如削。(〈思越人〉，705)

狀其衣著者，如金縷衣，為金色絲線編織而成的衣服，極為華美。飾物則以釵為主，材質多為金玉，形狀則多雕飾成鸞鳳之形，見其精緻。所使用物品如前所述酒器，皆為金玉、琥珀等材質，再如「鮫綃」，按《述異記》載：「南海中有鮫人，水居如魚，不廢機織，其眼能泣，泣則出珠。」〔註50〕又曰：「鮫人即泉先也，又名泉客，南海出鮫綃紗，泉先潛織，一名龍紗，其價百餘金，以為服，入水不濡。」〔註51〕根據記載，這種傳說中泣淚成珠的鮫人所織的絲絹、薄紗名喚鮫綃，沾水不濕，以此極其精美之物來形容閨人所用手絹，可想見其美麗、高貴。

馮詞中對於鏤玉雕瓊之物的描寫並不止於器物本身，狀物無不是為了寫情，此其雖亦寫富貴，卻未致空洞之因：

金剪刀，青絲髮，香墨蠻箋親箚。和粉淚，一時封，此情千

萬重。(〈更漏子〉，687)

此闋詞寫閨中女子的相思之情，其所用之物亦極精美，修飾極雅致，剪以金製，墨泛香味，而所用之箋，無論出於高麗或是蜀地〔註52〕，皆是名貴之物。金剪、香墨、蠻箋，已體現出一個生活富裕、品味不俗的閨中人的形象。而延巳並未擱筆至此，描寫這些精美的物件是為寫閨中女子之行為，她剪下青絲一縷，裝入信封內作為信物，邊寫邊流淚，妝粉和著淚水，最後其含淚封信，所表達的是千萬重的情深，器物

據吳本、侯本《陽春集》《壽域詞》改。此處採張編本作「鮫綃」，按原作。

〔註50〕任昉著：《述異記》卷下，(北京：中華書局，1991年北京第一版)，頁31。

〔註51〕任昉著：《述異記》卷上，頁2。

〔註52〕蠻箋有兩釋。一是作為高麗進貢的箋紙，陳耀文《天中記》卷三十八載：「唐，中國紙未備，多取於外夷，故唐人詩中多用蠻箋字，亦有為也；高麗歲貢蠻箋紙，書卷多用為襯。」一作蜀地所產名貴的詩箋，有紅、黃、綠等多種顏色，前人有「十樣蠻箋出益州」之說。

的描寫融入到了連貫的行為動作之中，如在目前，在其美貌高雅的形象之外，又為其添上一抹深情不悔的悲傷之色，使得這種情感的描寫更加的動人與深刻。

綜上所述，《陽春集》中自然意象使用的普遍作用在於季節與時間的表達：植物意象分為泛指類植物意象與特指類植物意象，初春時期言其欣欣向榮、生機勃勃之態，而暮春與秋季則多寫草木枯黃、花葉凋殘之景。春日的具體植物的描寫集中於楊柳、梅、桃等，多從色澤與形態方面著筆，狀其豔色，以營造春日熱鬧場面。秋日具體植物則涉及菊花、蘆花、蒹葭、蓼花等，亦有以夏日所開花的凋落來顯示秋季到來的寫法。

動物意象從動態的角度，聚焦於鳥獸的行為動作與聲音所帶來的季節顯示。春日以鳥類為多，聲音與行為動作皆具，也以鴛鴦等感知池水溫度來寫季節。秋季則多集中於蟲豸的啼鳴聲，另有以雁春日北歸、秋日南飛的特性來呈現季節變化者。

風月類意象中風意象以溫度、力度、聲音等方面體現季節間的差別或直接進行季節性修飾，而月意象自帶時間指示屬性，間或出現月冷夜寒的修飾指向季節特點，而月影的移動則表明了時間的推移。除此之外，亦有以天氣變化間接體現時間之暗換者。

山水類意象數量較少，山意象主要從顏色與溫度感受角度入手。而水意象則強調其顏色、溫度感受與其流動狀態等。

人文類意象使用與表達的普遍性則更為廣泛：建物意象多作地點空間的指示，分為具體地名與概念性場所，概念性場所的出現又有景色描寫場所、人物出現場所、事件發生場所、居住環境的描寫等分別，通過地點的改變亦能書寫空間的轉換，甚至形成電影般的運鏡手法。行為事件的指示由酒器敘述飲酒行為與車馬表示來去蹤跡組成。性別身份的指示在正中詞中以衣飾最多，存在諸多以衣飾妝容所構成的特寫鏡頭。除此之外，秋千亦多用於指示女性身份與閨閣場所。

延巳之時，去「花間」未遠，故承襲花間濃豔之風，詞中亦多金

玉描寫。無論是富麗堂皇的建物、精美絕倫的飾物，或是名貴的賞玩之物，皆有所及，見花間之風。然其並未止於華麗器物的堆砌，而是以器物的珍貴精緻狀人物的高雅脫俗，且以此物質上的富足反襯其內心的空虛寂寞，是其在這一方面出於「花間」之處。

第三章 《陽春集》意象使用與表達的特殊性(上)

　　所謂特殊的意象使用與表達,也分為兩種類型:一是此類意象僅在某類詞或同為積極或消極情緒的詞中使用;二是在囊括不同情緒的諸多主題詞中皆有出現,但進行了不同的處理,使其在表意與呈現效果上產生差異,也造成閱讀者感受與詮釋上的不同。這一部份內容較多,故分成上下兩章,本章主要涉及自然意象部份。

第一節 草 木

　　如前章所述,草木類意象多作為自然景物使用,顯示詞作發生的季節時間背景,描寫或欣欣向榮或衰殘破敗的環境,渲染或喜或悲的不同情緒。但除此之外,正中詞中亦存在一些特殊用法,這種特殊用法並不一定是馮詞特有,而是在其詞作中區別於各類主題詞作中皆會出現的普遍性用法的用法。

一、美人如花隔雲端:以花喻人的書寫

　　以花喻人是一種源遠流長的文學傳統。《詩經》時已見此用法[註1],最有名的莫過於〈桃夭〉。〈桃夭〉寫女子出嫁,以桃花起興,

---

[註1]　《詩經》中以花喻人之作約有十二篇,涉及桃、李、蓮、唐棣、木槿、
　　　　白茅、錦葵、凌霄等。如桃之〈桃夭〉〈何彼襛矣〉,蓮之〈澤陂〉〈山

但興中含比，也以桃花比新嫁的女子，「桃之夭夭，灼灼其華」，極言其年輕嬌美、明豔動人的容貌姿態，《詩經通論》云：「桃花色最豔，故以取喻女子，開千古詞賦詠美人之祖。」〔註2〕後世詩詞小說也多有以「面若桃花」「艷若桃李」等來形容女子面容姣好美麗。如果說《詩經》中多是以花喻女性的姿容，《楚辭》中則多喻品德之高尚，其中涉及大量的香花香草，並造就了中國文化中「香草美人」的比興傳統，使得香草花卉成為文人高潔品質、君子賢德的象徵與人格的寄託。王逸〈離騷序〉：「離騷之文，依詩取興，引類譬諭，故善鳥香草，以配忠貞；惡禽臭物，以比奸佞；靈脩美人，以媲於君」〔註3〕是也。

其後，「以花喻人」也多是遵循《詩經》與《楚辭》所建立的「容貌」與「品格」兩條路徑展開。以花喻女子容貌者，數量頗巨，遍及各種不同時代的文體作品，如曹植〈洛神賦〉形容神女為：「榮曜秋菊，華茂春松」「灼若芙蕖出淥波」「含辭未吐，氣若幽蘭」等，以秋菊、春松、芙蕖、幽蘭等多種花卉，狀其姿容絕艷、體態豐茂、清麗脫俗。李白〈清平調〉有「一枝紅豔露凝香」，以芳香濃豔、帶著露水盛開的牡丹花喻楊貴妃，極為熱烈而馥鬱。同樣以花寫楊妃姿容的還有杜甫〈長恨歌〉中「芙蓉如面柳如眉」「梨花一枝春帶雨」句，不僅狀楊妃貌似芙蓉明豔，還以梨花帶雨描寫垂淚時的高貴美麗。而各種美人如花的描寫比比皆是，如白居易之「朱顏如花腰似柳」「蜀妓如花坐繞身」等。宋時風氣更勝，宋詩宋詞中皆有此見，如歐陽修〈踏莎行慢〉之「分明夢見如花面」，蘇軾〈江城子〉之「一朵芙蕖，開過尚盈盈」、辛棄疾

有扶蘇〉〈簡兮〉，木槿之〈有女同車〉，白茅之〈碩人〉〈有女如荼〉、白菅之〈白華〉、錦葵之〈東門之枌〉、凌霄花之〈苕之華〉，也有一首詩中涉及到多種花者，如〈何彼襛矣〉中就以桃花、李花與唐棣來誇讚齊侯之女。除此之外，〈汾沮洳〉中還有「美如英」之句，形容男子的美麗如鮮花怒放，並未將花喻僅限於女子之身。

〔註2〕姚際恒著：《詩經通論》（臺北：河洛圖書出版社，民國69年8月版），頁25。

〔註3〕王逸注，洪興祖補注：《楚辭章句補注》（長春：吉林人民出版社，1999年9月版），頁3。

〈太常引〉之「珠簾影裡，如花半面，絕勝隔簾歌」等。以花喻品德者，數量上雖不及以花喻容貌者，但亦不在少數。文人墨客在論及花卉時，除了狀其容貌外，還關注其品性，並依其品性擬人化為品格，以喻自身之德行，甚至為特定的花卉建構了特定的品格，如周敦頤〈愛蓮說〉云：「菊，花之隱逸者也；牡丹，花之富貴者也；蓮，花之君子者也。」在漫長的文學發展進程中，諸多花卉在眾多文學作品裡，形成了文人約定俗成的品質：松柏象徵堅貞，竹象徵氣節，梅象徵堅強不屈，牡丹象徵富貴，蘭花象徵高雅等等。

及至明清時期，傳奇、小說、戲曲等女性角色出場時，常伴隨著容貌的描寫，而最常用的，便是以花卉形容，書寫女性命運時也常以花作比。除了容貌之外，還言其命運脆弱悲涼。如《牡丹亭》中「腮斗兒恁喜謔，則待注櫻桃、染柳條，渲雲鬟煙靄飄蕭，眉梢青未了」的杜麗娘，也不免感歎「顏色如花，豈料命如一葉乎」〔註4〕。

文學作品中將花與女性聯繫在一起，因其具有強烈的相似性：美麗、脆弱而短暫。其美麗自不必多說，短暫者，花自開放至凋零的自然過程恰與女性的生命歷程相符：花初開時，蓓蕾初綻，對應著女性生命中最為美好的青春年華，擁有朝氣的容顏、醉人的芬芳，流露著自信、自得、自賞，花艷人更嬌，甚至能「含笑問檀郎，花強妾貌強」。但這花期非常短暫，繁盛之後便是凋零，一如青春易逝，轉眼時光老去，花落春殘之下盛景之日的明豔不在，女子的青春容顏也禁不住歲月的摧殘。花開敗之後，無人問賞的境況，也與女子容顏逝去之後，色衰愛弛，為人所棄的情形相類。最終的花落則指向生命的逝去，《紅樓夢》中「黛玉葬花」這一情節，便將花之凋零與人之凋亡牽連起來，一首〈葬花吟〉字字血淚，透過花之命運言人之身世遭際，最末「儂今葬花人笑癡，他年葬儂知是誰。試看春殘花漸落，便是紅顏老死時。一朝春盡紅顏老，花落人亡兩不知」成為人物命運最終走向的讖語。

〔註4〕湯顯祖著，徐朔方、楊笑梅校注：《牡丹亭》（臺北：里仁書局，民國75年4月版），頁64、44。

　　言其脆弱者，因花卉之價值在文學描寫中主要是觀賞，處於被動的狀態，且易受到外力影響，如風雨的摧殘與人之攀折。女性在傳統男權社會中亦處在弱勢地位，多依附於男性生存，將自己價值的判定交付於男性手中，所以才會出現青春少艾時以容貌才華供男性消費，紅顏老去後惶惑為男性所拋棄的情況。社會所造就的性別局限，使得女子失去社會價值，亦很難具有主動的話語權，在男權文化的遮蔽下，她們只能苦守空閨，思念著遠行的人，或等待著在外冶遊的男子歸來。「花落花開自有時，總賴東君主」，如同花開花落自有定數，要依靠司春之神東君來做主，女性的命運俯仰隨人，不能自主。「也應攀折他人手」的章臺柳，折射出女性無法掙脫任人掌控命運的悲劇。

　　《陽春集》中對於花與女性書寫之間的連接點基本承續前代而來。事實上，五代詞因其穠麗鮮豔之特色，對於花之意象的使用與描寫極多，大部份都是作為環境描寫的一端，以此渲染特定的氛圍。以花喻人的書寫也時有所見，但基本都是從容貌的角度，以花喻女子姿態容顏嬌美，如溫庭筠〈定西番〉之「羅幕翠簾初捲，鏡中花一枝」、顧敻〈荷葉杯〉之「小鬢簇花鈿，腰如細柳臉如蓮」等，用語頗為香豔。也有以花言女子愁容、淚容，以顯示其惹人憐惜之感，如孫光憲〈虞美人〉之「紅窗寂寂無人語，暗澹梨花雨」、顧敻〈臨江仙〉之「砌花含露兩三枝。如啼恨臉，魂斷損容儀」等。即使如韋莊〈浣溪沙〉之「暗想玉容何所似，一枝春雪凍梅花，滿身香霧簇朝霞」，將美人喻為「一枝春雪凍梅花」，但亦是從「玉容」角度描寫其容貌似雪潔白、似梅疏淡，其中或可能有除此之外的品性書寫，但總體而言並不明顯。相較而言，《陽春集》中的豔麗書寫則減少很多，雖有強調女性姿容如花之作，但更多的是以其脆弱性與凋殘命運來象喻女子，且有鮮明的以花來表現人物品格之作，對於詞這一文體而言，在《陽春》之前，這種寫法是鮮有的。

　　正中詞中關於花與女性書寫在不同情緒主題的詞中有不同的切入點。在書寫情感愛戀的詞作中，通常所強調的是女性與花在容姿上的

美感的相關性，有時筆觸甚至較為香豔。如：

> 欹枕殘妝一朵<u>臥枝花</u>。（〈相見歡〉，701）

> 輕顰輕笑，汗珠微透，<u>柳沾花潤</u>。（〈賀聖朝〉，703）

〈相見歡〉記夢中所歷情事，主人公夢見意中人的家，與意中人在夢中得以相見重逢。作者以「臥枝花」狀其臥姿之美，如同嬌豔鮮花臥於枝頭，帶著嬌媚慵懶之感。閨選〈虞美人〉詞中有「一枝嬌臥醉芙蓉」的寫法，與馮詞用法相類，皆是以花臥枝頭喻女子嬌美臥姿。〈賀聖朝〉寫男女情事，用語浮豔，充滿肉欲感，「柳沾花潤」即是書寫情愛之筆，帶有濃郁的情色特徵。以花作為男女情愛之隱喻，有時是以花色花形描繪女性體態，有時是暗示其繁衍功能，花成為色香生豔的慾望化呈現，女性則成為充滿性誘惑的符號。

與寫情愛的香豔筆觸不同，當詞作的情感基調由熱烈轉向蒼涼時，主題的複雜性決定了其對以花照見自身命運的用法具有了與僅寫外表形態不同的厚重：

> 梅落繁枝千萬片，猶自多情，學雪隨風轉。（〈鵲踏枝〉，649）

很難明言此闋主題為何，其看似是在寫執著的情愛相思，但又有著酒闌人散的離索之感，而開篇三句，更是帶著遠超於男女情愛之外的深沉的憂患意識與悲劇美感。描繪的場景只是落梅，然而其中的情感表達卻極其濃郁。首先其強調落梅數量的多，原本繁盛的枝頭上千萬片梅花飄落，這一生命的隕落聲勢浩大，帶著「千紅一哭」「萬豔同悲」的絢麗與悲壯。其次在於對待隕落的態度，詞人沒有停留在哀婉落梅的惜春之情，而是更進一步，在對待落梅逝去的態度上寄寓了自己的情感與品格，他用擬人的手法，寫其「猶自多情」，將其視為有情之物，在面對繁華逝去之時會產生無盡的繾綣留念，而「學雪隨風轉」則是不甘於飄零隕落，隨風飛轉的掙扎與堅持。最後則是最終結果，詞中沒有再接著落筆，但不難想像，這種掙扎，這種多情地「學雪隨風轉」，並不能改變最終的悲劇走向，花還是要落的，所有美好事物終將失去。掙扎不能改變結果，但仍是執著去爭取，這本身便又具備了一種

「知其不可而為之」的孤勇。此三句詞，從落花這一事件，著一層悲，落花的繁盛浩大，又著一層悲，面對終將逝去的必然結果，無怨無悔地執著進取，但最終仍是無法挽回，則將這種悲劇色彩推向了極致。雖然這首詞並沒有明確地將花與人聯繫起來，但其對於落梅的品格書寫，以及隕落的多情生命的象喻，可視為是個人命運遭際的寫照，也是借著花的姿態所進行的完整而動人的內心剖白。在這一點上，無疑承襲了楚辭以來的「以花喻品格」之風。

> 轉燭飄蓬一夢歸，欲尋陳迹悵人非，天教心願與身違。（〈浣溪沙〉，700）

此詞抒發一種物是人非的深沉感慨。詞人用「轉燭」「飄蓬」寫自己的人生：「轉燭」是風中搖曳的燭火，用以比喻世事變幻莫測、遷流迅速，如杜甫〈佳人〉詩：「世情惡衰歇，萬事隨轉燭」。「飄蓬」是隨風飄轉紛飛的蓬草，此處用於形容主人公的漂泊不定，如劉孝綽〈答何記室〉中「遊子倦飄蓬，瞻途杳未窮」便是此用法。世情如流水般遷延，人生命運如飄蓬一般無法安定，由此表達人生如夢的悵恨無依。

《陽春集》中還有部份閨怨詞，雖未直接言明女性與花之間的聯繫，卻以花之遭遇暗示女性命運：

> 惆悵牆東，一樹櫻桃帶雨紅。（〈採桑子〉，661）

> 斜月朦朧，雨過殘花落地紅。（〈採桑子〉，664）

兩首詞都寫閨中情緒，所描寫的花之狀態一盛一衰。「一樹櫻桃帶雨紅」是在無人到的幽深小院中，盛放的櫻桃帶雨，格外鮮紅。在這樣一個空寂環境中，這一樹櫻桃在雨中劃出一道亮色，鮮活生動，仿佛生命在燃燒，但卻無奈閉鎖深院，如同閨中女性，儘管美豔、熱情，也無人欣賞理會，只能在深深庭院中「欲語還慵」。「雨過殘花落地紅」則是另一番情景，笙歌散去之後，雨打殘花，滿地落紅狼藉，暗示的命運寫照正是韶華轉瞬逝去，好景不再，且遭受摧折與委棄。

二、唯有垂楊管別離：楊柳意象探析

中國古典詩歌的意象使用中，楊柳無疑是很重要的部份〔註5〕。作為意象，楊柳具有多重的厚重的意象象徵，通過這一意象載體，能夠進行豐富的情感表達：由離別所引發的一系列情感自不必言，因柳引發緬故懷古之情也是常有，曹丕曾於官渡之戰時親手植柳，十五年後作〈柳賦〉曰：「感遺物而懷故，俯惆悵以傷情」。這種憶舊之情又時常與懷古相通，隋堤柳、隋宮柳就常常作為悼古原型出現，姜夔〈點絳唇〉結句「今何許，憑闌懷古，殘柳參差舞」便由殘柳詠歎出無限哀感。除了憶舊懷古，柳還常常引發對自己身世命運的感傷，《世說新語》記載：「桓公北征，經金城，見前為琅邪時種柳，皆已十圍，慨然曰：『木猶如此，人何以堪！』攀枝執條，泫然流淚。」〔註6〕這是見柳而痛嗟歲月無情、年華老去，而功業未竟。亦有以柳喻女性身世命運者，〈答韓翃〉詩「楊柳枝，芳菲節，所恨年年贈離別。一葉隨風忽報秋，縱使君來豈堪折」便是女性自況，訴其被摧折的命運與長年的離恨。敦煌曲子詞〈望江南〉更是以青樓女子的口吻，決絕奉勸男子不必多情，因「我是臨江曲池柳，者人折了那人攀，恩愛一時間」，以臨江曲池柳自喻，道盡淪落風塵的悲涼處境。

細言離別場景中的楊柳。自《詩經·采薇》一句「昔我往矣，楊柳依依。今我來思，雨雪霏霏」始，楊柳便成為文學作品的離別書寫中

〔註5〕按：古代文學作品中所謂「楊柳」，與今之楊樹與柳樹並稱的概念不同，而是專指柳樹。古籍之中關於「楊」與「柳」的概念常常混淆互通，如《詩識名解》云：「《說文》《爾雅》則楊可稱柳，柳亦可稱楊。故今人，猶並稱楊柳」。而民間傳說中，也有隋煬帝令百姓在運河兩岸植柳，並賜姓為楊之事，可參見《古謠諺》卷九十、《醒世恒言》卷二十四、《隋唐演義》第四十回等。而從風姿體貌與質地紋理上看，楊與柳的差別都較大，《本草綱目》云：「楊枝硬而揚起，故謂之楊；柳枝弱而垂流，故謂之柳。」楊樹高大挺拔，呈現偉岸之姿，柳樹柔韌婀娜，多具陰柔之美，從形態而言，詩詞中所謂「垂楊」「楊柳」很多時候都是指柳。

〔註6〕張偽之譯注：《世說新語譯注》（上海：上海古籍出版社，2012年8月初版一刷），頁61～62。

常出現的身影，劉禹錫〈楊柳枝詞〉云：「長安陌上無窮樹，唯有垂楊管別離」、李頻〈酬姚覃〉詩言「年年送別處，楊柳少垂條」，晏殊〈玉樓春〉言「綠楊芳草長亭路，年少拋人容易去」。之所以萬千樹木中，唯有楊柳表意離情別緒，是因「柳」與「留」諧音相通，柳表達對離別者的深深不捨，暗含了送別者的挽留之意，故離別場景中常有折柳贈別之習，以言眷戀之情，如獨孤及詩〈官渡柳歌送李員外承恩往揚州覲省〉言「此時送遠人，悵惘春水上。遠客折楊柳，依依兩含情」、周邦彥〈蘭陵王〉詞言「長亭路，年去歲來，應折柔條過千尺」，離別傷多，愁緒千萬，所歷離別竟到了折柳千尺的程度，飽嘗親友情人離別之苦，遂出現了「願得西山無樹木，免叫人作淚懸懸」的呼告，希望無木無柳，或許便無離愁相思。

　　「柳」於離別場景中所引發的愁思並不停留於當下，除了回憶送別場景時言及楊柳，在離別之後的相思念遠與懷人的情景中亦時常出現，如梁簡文帝蕭綱〈折楊柳〉詩：「楊柳亂成絲，攀折上春時。……曲中無別情，並為久相思」、劉邈〈折楊柳〉詩：「攀條恨久離，……相思君自知」等。別離所造成的愁緒是雙向的，送行者於別後念遠懷人，而遠行者在外則思鄉念土，這種思鄉念土之情，可指向親友、舊友、配偶等，甚至是庭院房舍，古人宅旁多植柳，也使得柳成為故土鄉邦的象徵，在思鄉之時常被提及，如蕭繹〈折楊柳〉詩：「巫山巫峽長，垂柳復垂楊。同心且同折，故人懷故鄉」、〈黃督〉：「喬客他鄉人，三春不得歸。願看楊柳樹，已復藏班雛」等。〔註7〕

　　受限於題材內容、抒情主體、表意功能等差異，詩中柳意象的諸多用法在詞體中的使用變得更加狹窄，以《花間集》言，除卻作為景物進行環境描寫之外，還有諸多以柳之形狀喻女子之眉、以柳之柔軟喻女子之腰肢的艷筆。在離別之時與別後相思之場景中亦常出現柳意象，如溫庭筠〈定西番〉之「漢使昔年離別。攀弱柳，折寒梅，上高

───────────────

〔註7〕參見王立著：《中國文學主題學——意象的主題史研究》，頁38～73。

臺」、孫光憲〈浣溪沙〉之「楊柳祇知傷怨別，杏花應信損嬌羞，淚沾魂斷軫離憂」等。較為特殊的是溫庭筠〈楊柳枝〉一闋：「春入行宮映翠微，玄宗侍女舞煙絲。如今柳向空城綠，玉笛何人更把吹」，詞借寫昔時行宮之中，楊柳碧翠、舞腰裊娜，而今滿城楊柳依舊，卻物是人非，以今昔對照，寄寓對統治者行樂的幽諷。此見艷詞閨情之外的筆墨。《陽春集》詞作數量不及《花間》，題材也較其更少，故時有意象使用未及之處。對於柳意象，在作為季節景物用於環境描寫之外，便多用於與離情相關的情景之下。

正中詞中，言及離別場景時，常出現「柳」的身影：

芳草長川，柳映危橋橋下路。（〈酒泉子〉，666）

路遙人去馬嘶沉。青帘斜掛，新柳萬枝金。（〈臨江仙〉，668）

春到青門柳色黃，一梢紅杏出低墻，鶯窗人起未梳妝。（〈浣溪沙〉，700）

門前楊柳綠陰齊，何時聞馬嘶。（〈醉桃源〉，695）

〈酒泉子〉寫別情，從送者角度言，送別場景中出現「柳」，因其多植於岸邊，又引出危橋與河流等。〈臨江仙〉開篇即以「秣陵江上多離別」點明主旨，其寫離別場景，言隨著馬嘶聲愈發低沉，行人漸行漸遠，送者眼中所見風景，唯有臨江斜掛的酒旌搖曳，堤岸邊的楊柳枝條金黃，除了表明春光明媚，反襯離別失意以外，也暗示了或曾在臨別之際飲酒踐行、折柳送別。〈浣溪沙〉寫閨婦別後的離情，「青門」乃離別之地，待下文詳述，離別之地的楊柳又重新轉嫩，春日又回歸，暗示離別時間已很久，表現出思婦等待著遠行之人歸來的期盼。〈醉桃源〉同樣寫別後的相思懷人，是上言別後的相思之語中出現楊柳意象之例，此處的楊柳，除帶著對當日離別之際折柳送別的回憶之外，還傳達著春日景致已如此明媚繁盛，遊子何時歸來的期待。

古典詩詞中，言及楊柳，除了寫其垂枝的姿態外，還常論及其意象系統中的另一情感媒介，即柳絮。柳絮的飄零紛飛姿態，完全傳達

柳質性柔弱之美感，常作身世之感，如薛濤〈柳絮〉：「二月楊花輕復微，春風搖盪惹人衣。他家本是無情物，一任南飛又北飛」，以柳絮自況其命運；可表達惜春之意，如白居易〈柳絮〉之「憑鶯為向楊花道，絆惹春風莫放歸」等；亦可以成為離愁別緒的載體，作環境描寫，渲染愁情，如鄭谷〈淮上與友人別〉：「揚子江頭楊柳春，楊花愁殺渡江人」等。

> 撩亂春愁如<u>柳絮</u>，悠悠夢裏無尋處。（〈鵲踏枝〉）

> 顰不語，意憑<u>風絮</u>，吹向郎邊去。（〈點絳唇〉）

> 魂夢任悠揚，睡起<u>楊花</u>滿繡牀。（〈南鄉子〉，683）

> <u>楊花</u>零落月溶溶，塵掩玉箏絃柱畫堂空。（〈虞美人〉，679）

正中詞中，別後閨婦的相思懷人愁緒中，常出現柳絮的身影，其隨風飛散，象徵著零亂而無法清理的，「風飄萬點正愁人」的千萬縷愁思。〈鵲踏枝〉言遠遊之人不歸的內心淒怨，春愁如柳絮紛亂繁多，而即使在夢中也難尋覓其蹤影，顯示出近乎絕望的心情。〈點絳唇〉言少女情懷，她希望自己的愛戀之情、相思之意通過飛揚的柳絮，吹向情郎。〈南鄉子〉寫閨怨，詞中主人公等待著薄幸人的歸來，夢魂飄忽不定，醒來時只見楊花點點，暗射其愁緒紛紛的心境。〈虞美人〉言對戀人的相思懷想，至末句，寫室外零亂楊花、如水月光，室內則是玉箏蒙塵，畫堂空寂，渲染出一種淒清的環境氛圍，其中飽含著無限的思念。

三、芳草萋萋滿別情：芳草意象探析

古典文學作品中，草因其強勁的生命力與遍地叢生的特性佔有一席之地，其內涵的豐富並不遜於楊柳，除卻昭示著季節特性之外，芳草還有著更為深廣的意蘊：它可以作為人格的體徵，如屈原〈離騷〉中十幾種各類香草所構建的人格象徵體系，以香草喻賢臣，也以香草表達高尚品格的追求；它可以作為隱士生活的象徵，並且進一步生發出沖淡平和的隱逸情懷，如〈招隱士〉篇：「王孫游兮不歸，春草生兮萋萋」

之書寫、孟浩然〈留別王侍御維〉詩：「欲尋芳草去，惜與故人違」以「芳草」指代其歸隱的理想等。

　　在芳草這一意象的表意中，出現得最多的是愁思的表達。自然界的草木隨著季節變化而枯榮，世事的滄桑無常與草木的盛衰聯繫在一起，便容易觸發傷時之感，而其綿延不斷、年年再生，就仿似無法消解、無法拋卻的愁思。這種愁思的內在意蘊同樣豐富，有「四顧何茫茫，東風搖百草。所遇無故物，焉得不速老」這般由景物衰榮，抒發人生短暫、立身需早的感歎；有「國破山河在，城春草木深」的黍離之悲；有「一川煙草，滿城風絮，梅子黃時雨」的未已閒愁與迷惘心境。而其中最多的，是離愁的表達。

　　與楊柳相似，芳草也常常出現在古人遠遊離別的場景之中。〈招隱士〉篇的隱世不歸的書寫，在後世生發出一個「王孫+芳草」的意象組合，而這種意象組合通常用於與離別相關的別時場景與別後雙方的懷人思鄉等。如王維〈山中送別〉詩言「春草明年綠，王孫歸不歸」，於送別的當下便對別後重聚展開了希冀，殷切地詢問友人，明年春草再綠時能否歸來相聚，這樣樸素自然的語言，極言當下不捨分別的心情與對朋友的真摯深厚情感。再如白居易詩〈賦得古原草送別〉有「又送王孫去，萋萋滿別情」句，通過對古原上野草的描繪，抒發送別友人時的依依不捨之情，全詩是強韌生命的讚歌，也是飽含別情的惆悵，意境渾成。而別後懷人的相思之語中，同樣少不了芳草的身影，樂府詩〈飲馬長城窟行〉以「青青河邊草」起興，抒發思婦對遠行之人「綿綿思遠道」的相思之意，見青草綿延而興懷人之念。

　　五代詞延續了這種以芳草意象言離情的方式，《花間集》中對草之意象的使用，除卻普通景物描寫，便多是用以表達離愁別緒，抒發盼望歸來之感，如溫庭筠〈楊柳枝〉之「繫得王孫歸意切，不關春草綠萋萋」、毛文錫〈河滿子〉之「恨對百花時節，王孫綠草萋萋」等。《陽春集》中同樣順此脈絡而來，將芳草意象用於送別場景、別後懷人。這一脈絡不斷發展，宋代詞作中亦多有所見，如李重元〈憶王孫·春詞〉言

「萋萋芳草憶王孫，柳外樓高空斷魂」，在芳草萋萋的環境下，引發春日懷人意緒，傳達出閨婦思念親人的悲戚之情。而林逋〈點絳唇〉詞言「又是離歌，一闋長亭暮。王孫去，萋萋無數，南北東西路」，則不僅言具體的離別，更是表達離別這一事件所帶來的黯然銷魂感，再兼前寫金谷園曾經繁華錦繡，而今荒煙蔓草，對比之下，生出人世滄桑、繁華易逝的慨歎。芳草綿延不斷，邊地生愁，閨中人見芳草對遠遊在外者生相思之意，行人游子見芳草亦生思鄉懷歸之念，如崔顥詩〈黃鶴樓〉後半「晴川歷歷漢陽樹，芳草萋萋鸚鵡洲。」因黃鶴樓上所眺望的漢陽城、鸚鵡洲的芳草綠樹引發鄉愁，興起日暮懷歸之感；梅堯臣詠草之詞〈蘇幕遮〉言芳草「接長亭，迷遠道。堪怨王孫，不記歸期早」，寫出芳草連長亭、目之所及遠道淒迷的畫面，而萋萋芳草，仿佛怨王孫忘記歸期，傳達倦於宦遊的強烈歸思。

　　《花間集》中對於芳草意象較為特殊的用法，乃是以芳草表達情愛相思，牛希濟〈生查子〉句「記得綠羅裙，處處憐芳草」以綠羅裙與芳草同色，囑託在外之人，看到芳草時便聯想到身著綠羅裙之人，含蓄地表達了兩情長久不變心的希冀等。此種用法《陽春》中未見，但在宋代詞作中則見其承續的身影，如蘇軾〈蝶戀花〉句「枝上柳綿吹又少，天涯何處無芳草」等。《陽春》中使用芳草意象，仍是多見離別之意：

　　　芳草長川，柳映危橋橋下路。（〈酒泉子〉，666）

　　　秣陵江上多離別，雨晴芳草煙深。（〈臨江仙〉，668）

　　兩例皆言送別場景，「芳草長川」構成一個遼闊平原蔓延大片野草的遠鏡頭，狀淒淒別情，「雨晴芳草煙深」則是狀離別之時在晴嵐籠罩下的芳草，較前例更顯淒迷，而這種芳草淒迷之態，亦是分別之時人心中迷惘情緒的映襯。

　　　薄羅依舊泣青春，野花芳草逐年新，事難論。（〈虞美人〉，678）

　　　夕陽千里連芳草，萋萋愁煞王孫。（〈臨江仙〉，668）

　　〈虞美人〉一詞三句，以芳草表達了一種人生經驗與情感體驗，與閨中人對青春易逝的傷悲感歎所對照的是自然界的野花芳草年年新生，兩相比較之下，更易生發人事難論的無窮感慨。〈臨江仙〉在傳統的「芳草＋王孫」的模式下，沒有以送行者的角度去憶王孫、送王孫、詢問王孫何時歸來，而是以在外遠行者的角度，睹日暮時分綿延千里的芳草，而對自己的漂泊不定頓生愁意。

　　由芳草的離別意緒，衍化出閨中人念遠懷人、遠遊者懷土思歸之情，而在此之外，又有在芳草與愁恨間形成聯繫的用法：

　　　　細雨濕流光，芳草年年與恨長。（〈南鄉子〉，683）

　　前代詩歌中如杜牧〈題安州浮雲寺樓寄湖州張郎中〉：「恨如春草多，事與孤鴻去」、唐彥謙〈無題〉：「滿園芳草年年恨，剔盡燈花夜夜心」等，多有此種用例，然在正中詞此句之前，於詞中卻不見此種「以草寫恨」的筆法，在《陽春》之後，出現了李後主詞〈清平樂〉名句：「離恨恰如春草，更行更遠還生」，言心中所懷離恨，正像無邊無際的春草，無論行至何處，皆在眼前，無法擺脫，淺顯又生動地給人以此恨無窮無盡的絕望沉重之感。如果說後主詞是從空間上強調離恨的無邊無際無窮已，掙脫不得，那正中詞則是從時間上強調離恨的年年增長，其深度與厚度的不斷增加。細雨滋潤年年生長的春草，離恨與芳草之間似乎存在著共生共長的關係，這種不斷生長又疊加的特徵，在「草」與「恨」之間形成了共通點，極言其念遠的愁情與獨居的苦楚。及至宋時，此種用法變得相當普遍，如何大圭〈小重山〉：「路隨芳草遠，恨無窮」、汪莘〈玉樓春〉：「問君離恨幾多長，芳草連天猶覺短」等，可知《陽春》中此種用法雖僅一例，卻將詩中用筆引入詞體，並影響了後續的詞作創作。

四、梧桐雙影上朱軒：梧桐意象探析

　　梧桐是高大落葉喬木，常種植於古代庭院之中，自先秦始，諸多文獻典籍賦予其豐富的文化意蘊，使其由普通的自然植物一躍成為文

學意象,並在文學作品中佔據重要地位。

民諺有「梧桐一葉落,天下盡知秋」的說法,將梧桐作為秋之信使,成為悲秋的經典意象,狀秋景之詞中使用梧桐作為景物意象的例子極多,馮詞〈芳草渡〉便是以「梧桐」「蓼花」等風物構成季節性書寫的意象群。在自然的季節屬性之外,文化意蘊的賦予使其具有豐富的表意層次:

《詩經・小雅・湛露》中有言:「其桐其椅,其實離離。豈弟君子,莫不令儀」,以梧桐起興,用梧桐的高大繁茂、碩果累累來比君子的和樂寬厚、美好儀容。《詩經・大雅・卷阿》之「鳳凰鳴矣,於彼高岡。梧桐生矣,於彼朝陽」與《莊子・秋水》之「夫鵷鶵,發於南海而飛於北海,非梧桐不止,非練實不食,非醴泉不飲」〔註8〕,更是將梧桐與鳳凰聯繫起來,高潔傲岸的鳳凰「非梧不止」也使得梧桐成為了品性耿介的象徵。故後世多有以梧桐,或鳳凰梧桐來作品格書寫者,或自陳心志,寄意高遠。如白居易〈雲居寺孤桐〉寫孤桐「四面無附枝,中心有通理。寄言立身者,孤直當如此」,以對孤桐的讚美表達立身於世之人,需心中有通理,即使無所依附,亦能亭亭生長。而文學作品中亦多有以鳳凰自比,尋覓「梧桐」這一理想歸處的書寫。

梧桐的另一重要表意功能,來自於文學作品的永恆主題,即情愛。樂府詩〈孔雀東南飛〉中,在焦、劉二人殉情而亡後,言「兩家求合葬,合葬華山傍。東西植松柏,左右種梧桐。枝枝相覆蓋,葉葉相交通」,以梧桐枝葉的相交纏綿,象徵著至死不渝的愛情。賀鑄悼亡妻子的詞〈鷓鴣天〉言「梧桐半死清霜後,頭白鴛鴦失伴飛」,以梧桐半死、鴛鴦失伴來比擬自己喪偶,而秋日清霜降後梧桐凋零,蕭殺之中了無生氣的模樣,又與妻子去世之後垂垂老矣的自己頗為相像,這種寫法形象地刻畫出作者的淒涼孤寂,也表達其對亡妻沉痛的悼念之情。

〔註8〕郭象注,成玄英疏:《莊子注疏》,頁329。

　　情愛主題之下，相思的書寫篇幅甚巨，而相思常因分隔兩地所致，故又引出羈旅之思的情感表達。在外漂泊的游子，見梧桐常引發對家鄉的思念，如杜甫詩〈陪鄭公秋晚北池臨眺〉言「異方初艷菊，故里亦高桐」，臨眺時見異鄉的菊花正在盛放，便想起故里的高大梧桐，通過「異方」與「故里」的對比，抒發思鄉之情。也有夜晚聽雨打梧桐之聲之例，如白居易〈宿桐廬館同崔存度醉後作〉之「夜深醒後愁還在，雨滴梧桐山館秋」、姚合〈杭州官舍即事〉之「苔蘚疏塵色，梧桐出雨聲」等，這類詞作寫夜晚聞梧桐滴雨之聲，所興起的未必都是愁緒，且抒情的主人公幾乎全為文人自身。

　　梧桐這一意象的表意功能及至唐五代時，因詞作主題的狹窄，而導致其意象使用方向的縮減，其用以象徵理想歸處，寄意高遠的用法，用以表達情愛忠貞或悼亡之意的用法皆被略去，而僅餘以梧桐書寫秋日景象，與表現閨中情緒之例，但與前代相比，因為主題內容與抒情主體的限制，這種用法的抒情主體幾乎都是閨中女子，而所抒發的情緒皆為愁緒，這是與前代極為不同之處。如溫庭筠〈更漏子〉寫思婦離愁：「梧桐樹，三更雨，不道離情正苦。一葉葉，一聲聲，空階滴到明」，言秋雨梧桐不體諒在深夜時分被離情反復糾纏之苦，只管連綿不斷地雨滴梧桐，直到天明不休，將這深夜懷人的愁情也襯得無休無止。

　　梧桐的表意功能很多時候不是單一的，而是通過與其他意象形成組合來產生多層次表意的疊加，而使得情緒更加飽滿複雜。梧桐的意象組合極多，與動物的意象組合如鳳凰、螢、鴛鴦等，以鳳凰為最，如元稹〈青雲驛〉之「鳳凰占梧桐，叢雜百鳥棲」；與植物的意象組合有竹、菊等，如李白〈送薛九被讒去魯〉之「梧桐生蒺藜，綠竹乏佳實」；與天文意象的組合，無論是風雨中的梧桐，還是月下梧桐都是常見用法，如上所言前代詩歌中夜聽雨打梧桐之例，高適〈酬岑二十主簿秋夜見贈之作〉之「池枯菡萏死，月出梧桐高」、白居易〈空閨怨〉之「寒月沉沉洞房靜，真珠簾外梧桐影」等。與建物意象的組合，通

常有井、簷等，如王昌齡〈長信秋詞〉有「金井梧桐秋葉黃，珠簾不捲夜來霜」、岑參〈秋夕讀書幽興獻兵部李侍郎〉之「雨滋苔蘚侵階綠，秋颯梧桐覆井黃」等。

　　正中筆下梧桐意象的表意較為狹窄，基本與《花間》相類，只涉及到閨中情緒，意象組合也多不出前代詩歌，涉及到月與梧桐、人與梧桐、建物與梧桐的搭配等：

　　　　簷際高桐凝宿霧，捲簾雙鵲驚飛去。（〈鵲踏枝〉，652）

　　　　桐樹倚雕簷，金井臨瑤砌。（〈醉花間〉，672）

　　　　燒殘紅燭暮雲合，飄盡碧梧金井寒。（〈拋球樂〉，692）

　　梧桐多植於庭院之中，故多形成庭院中建物與梧桐的意象組合，〈鵲踏枝〉寫閨婦憶舊，狀簷際高桐宿霧未散去的模樣，著一「凝」字以顯示霧之濃重，表達心緒的迷惘之感。〈醉花間〉寫閒愁之苦，主人公獨立於嚴霜寒風之中，此二句所寫乃是其所見院中之景，充滿了整飭之美。〈拋球樂〉寫酒闌人散後的落寞情懷，梧葉飄盡，庭院中金井亦顯寒涼，營造出一個極為淒切的環境氛圍，映襯主人公無限悵惘之心緒。

　　　　須臾殘照上梧桐，一時彈淚與東風，恨重重。（〈虞美人〉，678）

　　　　洞房人睡月嬋娟，梧桐雙影上朱軒。立階前。（〈虞美人〉，677）

　　　　獨倚梧桐，閒想閒思到曉鐘。（〈採桑子〉，664）

　　月色清冷，照梧桐所形成的桐影，所表現者往往或是庭院的淒清冷寂，或是面對梧桐樹影所感受到的浸淫其中惆悵之感，而這種畫面中常會出現抒情主人公的身影，或立或倚，如柳永〈傾杯·大石調〉言「又是立盡，梧桐碎影」，極言其愁緒難遣，無可期待卻又若有所待。馮詞言月照梧桐，梧桐影映著朱軒，影為「雙影」者，無知之物尚且成雙成對，更反襯得閨婦獨立獨對之痛苦難耐，此種寫法前所未見，

極為特殊。而人立於庭中，倚靠梧桐，「獨」字言其形單影隻，梧桐一般高大挺拔，人倚梧桐，則以大襯小，更顯其單薄渺小。

五、愁腸學盡丁香結：其他草木特定涵義

正中詞中還有一些草木具有特定的涵義，在景物描寫與季節指示之外，以此種特定涵義發揮著特定的情緒表達作用。

> 霜樹盡空枝，腸斷丁香結。（〈醉花間〉，671）

> 繞砌蛩聲芳草歇，愁腸學盡丁香結。（〈鵲踏枝〉，652）

「丁香結」即丁香花蕊，《本草》：「志曰：丁香生交廣南番。按：《廣州圖》上丁香，樹高丈餘，木類桂，葉似櫟葉。花圓細，黃色，凌冬不凋。其子出枝蕊上如釘，長三、四分，紫色。其中有粗大如山茱萸者，俗呼為母丁香。二月、八月採子及根。一云：盛冬生花、子，至次年春採之。」〔註9〕在古典詩詞作品中，丁香結常常用來比喻愁緒鬱結難解，如李商隱〈代贈〉詩：「芭蕉不展丁香結，同向春風各自愁」、尹鶚〈何滿子〉詞：「欲表傷離情味，丁香結在心頭」等。延巳兩詞皆寫秋意蕭殺的環境氛圍之下的閨中情緒，丁香非秋季開放，自然不是眼前之景，而是以丁香結來形容愁腸百結、肝腸寸斷、固結難解。而「學盡」則帶擬人特點，此種寫法顯得形象生動又宛曲優美。

> 夢過金扉，花謝窗前夜合枝。（〈採桑子〉，660）

> 星移後，月圓時，風搖夜合枝。（〈更漏子〉，688）

「夜合枝」即合歡樹，詞譜云：「夜合花，合歡樹也」〔註10〕，落葉喬木，夏季開紅花，其葉至夜成對相合，故得名「夜合」，竇叔向〈夏夜宿表兄話舊〉詩有「夜合花開香滿庭」、蘇軾〈過高郵寄孫君孚〉詩有「可憐夜合花，青枝散紅茸」等。〈採桑子〉一詞言宮怨，寫秋夜的

〔註9〕李時珍撰，張紹棠重訂，王雲五主編：《本草綱目》卷三十四木部，（臺北：臺灣商務印書館，民國57年版），頁101。

〔註10〕王奕清等編著：《欽定詞譜》卷二十五，（北京：中國書店，2012年5月三刷），頁442。

遠夢醒來之時，便見窗前枝頭的合歡花凋謝，眼前景、心中情，兩兩相應，現實與夢境交織，烘托出難以抑制的悽惻之感，迷離惝恍之極。〈更漏子〉一詞言秋夜懷人，是以夜合枝至夜則成對相合的特徵，寫出在時間的推移之中，樹猶夜合，而與所念之人卻分隔兩地，兩相對比之下，更顯出無限感傷。

　　　　嚴妝欲罷轉黃鸝，飛上<u>萬年枝</u>。（〈鶴沖天〉，693）

　　「萬年枝」，一指冬青，《能改齋漫錄》曰：「萬年枝，江左謂之冬青，惟禁中則否。」〔註11〕《三體唐詩》注曰：「宋徽宗興國學，嘗試諸生，以萬年枝上太平雀為題，無中程者，或密叩中貴，答曰：萬年枝，冬青樹也。」〔註12〕亦泛指年代悠久的樹木。謝朓〈直中書省〉詩有：「風動萬年枝，日華承路掌」、沈約〈行園詩〉有「高梨有繁實，何減萬年枝」等。正中此詞寫宮女的望幸心態，後宮女子拂曉時刻即梳妝打扮，希望能夠得到主上榮寵，黃鸝象徵著宮人，萬年枝在此處則象徵著高位者的庇護。韓偓〈鵲〉詩中「莫怪天涯棲不穩，托身須去萬年枝」與此異曲同工，都是將「萬年枝」象喻為托身之所，庇護之蔭。

　　　　聖明世，獨折一枝<u>丹桂</u>。（〈謁金門〉，675）

　　「丹桂」作為植物意時本指桂樹的一種，《南方草木狀》記載：「桂有三種：葉如柏葉，皮赤者為丹桂。」〔註13〕但常用來比喻優秀的人才，《晉書》載：「武帝於東堂會送，問詵曰：『卿自以為何如？』詵對曰：『臣舉賢良對策，為天下第一，猶桂林之一枝，昆山之片玉。』帝笑。」〔註14〕《宋史》亦有記載：「竇儀學問優博，風度峻整。弟儼、

〔註11〕吳曾著：《能改齋漫錄》卷八，（臺北：木鐸出版社，民國71年5月初版），頁218。

〔註12〕周弼編：《三體唐詩》卷一，（臺北：臺灣商務印書館，民國66年版），頁10。

〔註13〕嵇含撰：《南方草木狀》卷中，（北京：中華書局，1985年北京新一版），頁7。

〔註14〕許嘉璐主編：《晉書》卷五十二列傳第二十二，見《二十四史全譯》（上海：漢語大詞典出版社，2004年1月初版一刷），頁1185。

侃、偁、僖，皆相繼登科。馮道與禹鈞有舊，嘗贈詩，有『靈椿一株老，
丹桂五枝芳』之句，縉紳多諷誦之，當時號為竇氏五龍。」〔註15〕又
因此引申出以丹桂比喻科舉之意，舊時常稱科舉中第為折桂，如崔子
向〈上鮑大夫〉詩：「東堂桂樹何年折，直至如今少一枝」、白居易〈東
都冬日會諸同年宴鄭家林亭〉詩：「桂折因同樹，鶯遷各異年」等。〈謁
金門〉此闋言科舉及第之喜，「獨折丹桂」自然是說明其高中，前程一
片光明。

第二節　鳥　獸

　　正中詞中言及鳥獸，除卻作季節書寫外，還常伴隨著人與動物之
間的互動，甚至用動物來比擬人之狀態與命運，也存在著延續具體意
象的傳統用法之筆。

一、金籠鸚鵡怨長宵：合情的無理之語

　　馮詞中存在著一些明顯與常理不合之言，然而這些用語在詞作當
下的發生背景中，卻是合乎情緒感受的，這種雖不合理但卻合情的表
達，在情與理的差異矛盾中產生了巨大的張力，反而在表意上顯得不
落俗套，能夠傳達出更加濃烈的情感。

　　　雙燕飛來，陌上相逢否。（〈鵲踏枝〉，655）

　　　<u>搴簾燕子低飛去</u>，拂鏡塵鸞舞。（〈虞美人〉，679）

　　　玉人何處去。<u>鵲喜渾無據</u>。雙眉愁幾許。（〈醉花間〉，672）

　　〈鵲踏枝〉與〈虞美人〉兩例皆寫燕，前者言在外遊冶之人遲遲
不歸，獨守空閨之人苦苦等待，含淚倚樓遙望著，當看到雙燕飛來
時，忍不住詢問是否在路上遇到她心中所念之人。「雙燕」本就是對閨
婦形單影隻的反襯，而竟向雙燕發問，明知此問難有回答，卻仍癡心
相問，雖於理未合，但卻符合閨婦守候等待的淒怨之情，將其愛怨交

〔註15〕倪其心分史主編：《宋史》列傳第二十二，見《二十四史全譯》。

加的纏綿情意表達得嘖極癡極。後者寫自白日到月夜的所見所思,而顯出滿腔的幽怨情懷。薄暮時分,本是燕還巢的時候,卻寫出了燕子穿簾飛走的畫面,極不尋常,此反常之筆可視為一種象徵,象徵著團聚的希望如同離去的燕子一般,愈來愈渺茫。

　　〈醉花間〉一例寫鵲,鵲之一物,其性好晴、其聲清亮,故民間多言聞鵲噪則有喜事,如《禽經》:「靈鵲兆喜」,張華注:「鵲噪則喜生」〔註16〕;《開元天寶遺事》稱:「時人之家聞鵲聲,皆為喜兆,故謂靈鵲報喜。」〔註17〕因此鵲在傳統文學中一直與喜慶美好之物相聯繫,如被稱為「喜鵲」「靈鵲」,民間傳說中七夕之日使牛郎織女得以渡銀河相會的,也是「鵲橋」。馮詞中有多處提到鵲,如〈鵲踏枝〉:「只喜牆頭靈鵲語,不知青鳥全相誤」,青鳥、靈鵲一虛一實,靈鵲為實、青鳥為虛,因靈鵲的啼鳴而心生歡喜,卻不料青鳥誤了傳遞信息,虛實結合將閨婦懷人的痛苦情懷展露無遺;〈醉花間〉:「高樹鵲銜巢,斜月明寒草」,是以鵲正銜巢、月照寒草的畫面來寫春日勃勃生機,以狀良辰美景之好;〈謁金門〉:「終日望君君不至,抬頭聞鵲喜」,詞至末尾,以鵲之叫聲,對望君來到生出一絲希望,未言鵲噪之喜兆是否應驗,戛然而止於此處,反而留下想像空間,餘味無窮。而〈醉花間〉此例,所念之人不知蹤跡在何處,閨婦對報喜之鵲,竟生責怪之意,責備其報喜毫無根據,鵲乃無知之物,閨婦卻遷怒於它,世人多喜鵲噪之報喜之意,而此處卻反生責怪,看似極為無理,卻合乎其且怨且怒之心情。此種寫法與敦煌曲子詞〈鵲踏枝〉中「叵耐靈鵲多謾語,送喜何曾有憑據」有異曲同工之妙。

　　敦煌曲子詞〈鵲踏枝〉中除了發鵲喜無據的反常之語外,還以「比擬好心來送喜,誰知鎖我在金籠裏。欲他征夫早歸來,騰身卻放我向青

〔註16〕周師曠著,張華注:《禽經》,見明周復靖編《夷門廣牘》(臺北:臺灣商務印書館,民國60年版),頁24。
〔註17〕王仁裕撰,丁如明校點:《開元天寶遺事》卷四,(上海:上海古籍出版社,2012年8月初版二刷),頁29。

雲裏」建構了籠中之鳥的意象，古時男子因經商、求學、戰亂等原因離家遠行，而女子則於閨閣之內等待其歸來，全心牽繫，一如被縛住的籠中之鳥，在情感與心理上都毫無自由可言。正中詞中用以表達籠中鳥的命運寫照的意象則是鸚鵡。

　　《爾雅翼》：「鸚鵡，能言之鳥，其狀似鴞，青羽、赤喙、足，隴右及南中皆有之。然南鸚鵡小於隴右，飛則千百為群。」〔註18〕鸚鵡意象的書寫最有名的當屬禰衡的〈鸚鵡賦〉，其貌「紺趾丹嘴，綠衣翠衿。采采麗容，咬咬好音」，擁有明麗色澤，燦爛容貌，其性「辯慧而能言兮，才聰明以識機」，聰慧機靈，然而卻因珍奇，聲名遠揚，反而遭到捕捉囚禁，「爾乃歸窮委命，離群喪侶。閉以雕籠，翦其翅羽。流飄萬里，崎嶇重阻」，它的聰慧才性，使它擁有流離他鄉、被剪去雙翅、囚於籠中的悲慘遭遇。對這種遭際的感歎並不少見，其中也夾雜著對自我情志的抒發，如白居易〈紅鸚鵡〉詩：「文章辯慧皆如此，籠檻何年出得身」、徐夤〈古往今來〉詩：「雀兒無角長穿屋，鸚鵡能言卻入籠」等。

　　而使用鸚鵡意象，更常見的表達，則是閨中女性處境的書寫。鸚鵡之毛色鮮豔，正如女子之衣飾光鮮、姿容美麗，而鸚鵡被囚於精緻籠中，一如女子閉鎖於深閨，白居易〈鸚鵡〉詩：「隴西鸚鵡到江東，養得經年觜漸紅。常恐思歸先剪翅，每因餵食暫開籠。人憐巧語情雖重，鳥憶高飛意不同。應似朱門歌舞妓，深藏牢閉後房中」，便是通過寫鸚鵡的悲慘遭遇，來類比被顯貴豢養的歌妓，表達對她們受到壓抑、失去自由的同情。

　　五代詞作中，鸚鵡意象則純粹圍繞著閨中女子展開。《花間集》中對鸚鵡意象的使用不多，有以籠中鸚鵡來象徵女子深閨閉鎖之命運者，如韋莊〈歸國遙〉之「惆悵玉籠鸚鵡，單棲無伴侶」；有以鸚鵡之舌喻女子語言靈巧之風韻者，如和凝〈河滿子〉之「桃李精神鸚鵡舌，

─────────────

〔註18〕羅願撰，洪炎祖釋，宋咸注，王雲仁輯逸：《爾雅翼》卷十四，（北京：中華書局，1985 年北京新一版），頁 156。

可堪虛度良宵」；也有將籠中鸚鵡擬人，借鸚鵡抒發閨中情緒者，如顧敻〈玉樓春〉之「畫堂鸚鵡語雕籠，金粉小屏猶半掩。」

　　正中詞中對鸚鵡意象的使用較為單一，以籠中鸚鵡來喻深閨閉鎖的女性命運，也以鸚鵡為閨婦代言，產生合情的無理之語：

　　　　玉筋雙垂，祇是金籠鸚鵡知。（〈採桑子〉，663）

　　　　玉鈎鸞柱調鸚鵡，宛轉留春語。（〈虞美人〉，679）

　　　　金籠鸚鵡怨長宵，籠畔玉箏絃斷。（〈酒泉子〉，666）

　　　　枕前和淚語，驚覺玉籠鸚鵡。（〈應天長〉，675）

　　　　鸚鵡怨長更，碧籠金鎖橫。（〈菩薩蠻〉，699）

　　延巳筆下，閉鎖鸚鵡之處，非金即玉，足見富貴華麗，與畫堂朱戶中幽居的女子命運相似，姿容美麗、生活優裕，卻鬱鬱難歡，華美之物完全成為精神桎梏。並且時時透露出，其居處寂寥淒清，閨中人形單影隻，唯有鸚鵡陪伴的信息。〈採桑子〉言自己的愁苦心情，只能對鸚鵡傾訴，一方面體現其心事無人傾吐無人理解的痛苦，另一方面，鸚鵡本無知無情，又豈能明曉人所傾吐之心事，言「鸚鵡知」本就是不合理之語，卻更顯得這種失落感力透紙背。〈虞美人〉言閨婦逗弄著精緻鸚鵡架上的鸚鵡，聽其婉轉的想要留住春天的話語，然鸚鵡之語，如何具備留春之意，無非是人之情緒的外化，借鸚鵡之口宣洩，「留春」，既是要留住明媚春光，也是想要留住閨中人的美好青春。〈酒泉子〉〈菩薩蠻〉寫秋夜懷人情緒，言籠中鸚鵡怨夜太過漫長，亦是同理。橫鎖籠中，非止鸚鵡，亦是閨婦。而鸚鵡無情，何以怨夜長，實則是思婦的滿腔心事，借鸚鵡而抒發，移情於物，不言人怨而言鸚鵡怨，這種寫法委實婉曲，盡顯含蓄，又在情理的交錯間更加深表意抒情的力度，極見情感之凝重。

二、雲中誰寄錦書來：鴻雁意象探析

　　雁為候鳥之一類，前章已言其因春秋時序的空間遷徙特徵而進行

的季節指示，除此之外，李時珍《本草綱目》言「雁有四德」：「寒則自北向南，止於衡陽，熱則自南向北，歸於雁門，其信也；飛則有序，而前鳴後和，其禮也；失偶不再配，其節也；夜則群宿，而一奴巡警，晝則銜蘆，以避矰繳，其智也」〔註19〕。這樣的生活習性與品格歷來為文人所尊崇，因而被用以寄託其愛國、思鄉、堅貞等情感。

　　大雁作為邊塞常見風物，其聲形之健壯雄渾，與邊塞文學悲壯開闊的意境相符，故邊塞詩歌中常見鴻雁的身影，為邊塞風光增添蒼涼一筆，如盧綸〈和張僕射塞下曲〉：「月黑雁飛高，單于夜遁逃。欲將輕騎逐，大雪滿弓刀」，描繪了雪夜率兵追敵的畫面，雖未直接描寫激烈的戰鬥場面，卻通過宿雁驚飛，透露敵軍行為，烘托出一觸即發的緊張氣氛，使人產生無窮聯想，金戈鐵馬仿似眼前。無怪乎《詩源辯體》評價：「綸五言絕『月黑雁飛高』一首，氣魄、音調，中唐所無。」〔註20〕而李頎的〈古從軍行〉則是以「胡雁哀鳴夜夜飛，胡兒眼淚雙雙落」寫出塞外戍邊的淒涼景象與悲苦生活。

　　鴻雁隨季節遷徙的特性使文人在其身上看到背井離鄉的漂泊感與回歸故土的寄望，故常有借雁表達思鄉懷人之情者。羅鄴〈雁〉詩言「江南江北多離別，忍報年年兩地愁」，借思婦之口責備雁，以抒發離愁。又，古時有「雁足傳書」之典〔註21〕，因此在閨中等候歸來的思婦又常發盼望鴻雁傳書的感慨，如李清照〈一剪梅〉：「雲中誰寄錦書來。雁字回時，月滿西樓」，書寫與丈夫離別之後的一腔思念柔情，其盼望家書到來，於是遙望雲中，引發雁足傳書的聯想，情思與愁緒縈繞

〔註19〕李時珍撰，張紹堂重訂，王雲五主編：《本草綱目》卷四十七禽部，頁56。

〔註20〕許學夷著，杜維沫校點：《詩源辯體》卷二十一，（北京：人民文學出版社，1998年2月初版一刷），頁233。

〔註21〕此一典故見《漢書》卷五十四：「數年，匈奴與漢和親。漢求武等，匈奴詭言武死。後漢使復至匈奴，常惠請其守者與俱，得夜見漢使，具自陳道。教使者謂單于，言天子射上林中，得雁，足有系帛書，言武等在某澤中。使者大喜，如惠語以讓單于。單于視左右而驚，謝漢使曰：『武等實在。』」

心頭，揮之難去。朱胤杉〈秋雁〉詩：「北來征雁下寒塘，水食沙眠足稻梁。不寄行人一封信，卻因何事到衡陽」，更是因雁回之時沒有收到遠方的傳信而發責怪之語，盡顯相思之意。游子在外亦通過雁這一意象來抒發懷土思鄉的情感，如曹丕〈雜詩〉：「草蟲鳴何悲，孤雁獨南翔。鬱鬱多悲思，綿綿思故鄉」，詩人如離群孤雁一般淒涼無依，抒發對故鄉濃厚的思念之情。而張若虛「孤篇蓋全唐」之作〈春江花月夜〉中寫到「鴻雁長飛光不度，魚龍潛躍水成文」，寫鴻雁飛不出無邊的月光，暗示魚雁無法傳信，抒寫動人離情別緒。

　　《儀禮·士昏禮》：「昏禮。下達，納采用雁」，注曰：「用雁為摯者，取其順陰陽往來」[註22]，《白虎通·嫁娶篇》曰：「贄用雁者，取其隨時而南北，不失其節，明不奪女子之時也。又是隨陽之鳥，妻從夫之義也。又取飛成行，止成列也。明嫁娶之禮，長幼有序，不相踰越也。」[註23] 作為昏禮六禮之一，納采用雁的原因，一是取陰陽往來，婦人從夫之意；二是雁秋去春來的季節遷徙行為，表現出一種不失節、不失時、不失信的品質；三是其遷徙飛行時，老而壯者率隊居於引導之位，幼而弱者緊隨其後，長幼有序，這種秩序性在禮法文化中極為重要。另外為文人所喜用描寫的雁之特性是其從一而終，雌雄相依，失侶之後往往悲壯殉情[註24]，故文學作品中常以雁來歌詠堅貞愛情，最著名的莫過於元好問〈摸魚兒〉一詞，其因雙雁殉情而死之事作詞[註25]，發出「問世間情為何物，直教生死相許」這樣振聾發聵

〔註22〕鄭玄注，賈公彥疏：《儀禮注疏》（北京：北京大學出版社，2000年12月初版一刷），頁68。

〔註23〕陳立撰，吳則虞點校：《白虎通疏證》卷十，（北京：中華書局，1994年版），頁457。

〔註24〕此類記載頗多，如《揚州府志》記載：「有妻生以繒弋為業，一日捕得雙雁，閉之籠中，其雌盤空，叫聲甚苦，久之自投而下，雄自籠伸脰就之交接死。」又江南一寺僧，網得一雁，籠置窗前，秋夜聞月中有孤雁聲與籠雁相隨鳴答，俄而，撲拉簷下，僧亟啟視，則二雁交頸斃死籠旁矣。」

〔註25〕〈摸魚兒〉詞序云：「乙丑歲赴試并州，道逢捕雁者云：『今旦獲一雁，

的感慨與讚歎，通篇塑造生死相隨的雁之形象，歌詠愛情之筆極為淒惋纏綿。

　　五代詞中對鴻雁意象的使用基本不脫離愁意緒的表現與閨中之感的抒發，前者如孫光憲〈浣溪沙〉之「目送征鴻飛杳杳，思隨流水去茫茫，蘭紅波碧憶瀟湘」，後者多以鴻雁之聲來引起感懷，如韋莊〈天仙子〉之「天外鴻聲枕上聞」、顧敻〈浣溪沙〉之「塞鴻驚夢兩牽情」等。比較特殊的是孫光憲〈定西番〉一闋，詞寫邊塞生活，以「一隻鳴髇雲外，曉鴻驚」描寫邊塞士兵射鴻的英武姿態，以邊塞風物來狀邊塞風光。此種筆法在《陽春集》中因邊塞內容詞作的缺失而不見。

　　延巳筆下之雁，或以雁足傳書之典，寄寓期盼，表達未有音信傳來的失落；或以鴻雁與其他人事、物象形成對照，以達致烘托氣氛、渲染環境、抒情表意的效果。

　　　　樓上春山寒四面，過盡征鴻，暮景煙深淺。（〈鵲踏枝〉，649）

　　　　天長煙遠恨重重。消息燕鴻歸去。（〈酒泉子〉，667）

　　　　歸鴻飛，行人去，碧山邊。（〈酒泉子〉，666）

　　　　南去棹，北歸雁。水闊天遙腸欲斷。（〈應天長〉，673）

　　　　月東出，雁南飛，誰家夜擣衣。（〈更漏子〉，687）

　　　　雁孤飛，人獨坐，看卻一秋空過。（〈更漏子〉，688）

〈鵲踏枝〉言詞中主人公在四面寒山、春寒料峭的高樓環境中悵然凝望許久，雁陣北行，卻並未帶來音信，蹤跡無定、節序無常，所感知到的哀傷不言而喻。而一片蒼然暮色，更顯淒迷。整個畫面，暮煙籠罩寒山，雁陣飛過天際，暗示其佇立已久，而所待落空，悵惘哀怨之感，躍然紙上。〈酒泉子〉兩闋，一者言別離場景之中的離情，一者言別後等待的閨情。「歸鴻飛，行人去」一言景物一言人事，以燕鴻的遠

─────────────

　　　　殺之矣。其脫網者悲鳴不能去，竟自投於地而死。』予因買得之，葬
　　　　之汾水之上，壘石為識，號曰『雁丘』。同行者多為賦詩，予亦有〈雁
　　　　丘詞〉。舊所作無宮商，今改定之。」

去比喻行人的離開，以形成對照，天與地兩個焦點的拉長，形成空間上的闊遠，以表達離別之際的不捨情緒。而別後閨情則狀空寂、冷清的閨閣之中，目之所及是長空煙靄濛濛，燕鴻歸去，無人能寄錦書來，暗示所待之人全然杳無音訊，故而恨意重重。〈應天長〉寫離情，「南去棹」暗示離別之時由水路離開，而「南去棹，北歸雁」這整飭的對仗之間，營造了一個極為遼闊的空間，反襯離去的行人在這空間之中的渺小孤寂。〈更漏子〉兩例皆言秋夜懷人，前者以數重引人相思念遠的景物疊加組合，月夜擣衣聲聲，鴻雁南飛，而離人卻未如鴻雁般守信，按時歸來，由視覺而聽覺，懷人情緒層層推進。後者言「雁孤飛，人獨坐」形成人事間的互相呼應對照，以「孤」「獨」二字分別狀雁與人，是以孤雁比喻襯托人之形單影隻，無依無靠，言其在等待中虛度光陰的愁苦與感慨。

　　鴻雁在正中詞中還常以其悲鳴之聲與幽怨樂音形成意象組合，以加深其所要表達愁緒的程度，如〈清平樂〉之「風雁過時魂斷絕，塞管數聲嗚咽」、〈鵲踏枝〉之「回首西南看晚月，孤雁來時，塞管聲嗚咽」、〈芳草渡〉之「燕鴻遠，羌笛怨，渺渺澄江一片」等，這種同向意象的組合疊加，下文將詳述，此處不再贅言。

第三節　風　月

　　自然風物於正中詞中，多進行時間季候指示，但也以其自身的特點屬性，來形成或喻人、或擬人，或渲染環境氣氛，或襯托個人處境，或加強情感表達效果等作用，此一部份分為月、雲、風、雨等。

一、何處相思明月樓：月意象探析

　　從其自然屬性而言，月出於夜晚，雖有光照，卻較為柔和，故常以日屬陽剛，月屬陰柔，而其因潮汐影響導致的陰晴圓缺各種形態的變化，從其光色到其形態，都給千古文人留下了極為廣闊的發揮空間，使月成為了古典文學中最為重要的意象之一。

　　自來寫月者，狀其形，如「缺月」「殘月」「滿月」「圓月」「新月」「月如鉤」「月眉彎」等，以其陰晴圓缺之形，狀悲歡離合之感，見月圓而產生人圓的寄望，見月缺而感歎人離散；寫其光，或皎潔或黯淡，美麗而朦朧，營造或溫馨或淒清的環境氣氛。

　　月，古稱太陰，因其陰柔屬性，故常用以形容描寫女子，多有因缺月之形狀與女子眉型相類，而在這二者之間建立聯繫、互相形容者，如李白〈越女詞五首〉之「長干吳兒女，眉目艷新月」、〈古風〉之「眉目艷皎月，一笑傾城歡」、杜牧〈閨情〉之「娟娟卻月眉，新鬢學鴉飛」等皆是以月之形狀與皎潔之感來狀女子眉目，以顯示女子之娟秀美麗。

　　月既描寫女子之溫柔性情與美麗姿容，也用以表達女子之愛戀情思。月一視同仁地普照大地，自己與所念之人，即使遠隔千里萬里，但至少沐浴在同樣的如水月色之下，而月的圓缺又興起人事的感歎，故思婦閨中懷人時，時常對月興起相思意，如曹植〈七哀詩〉：「明月照高樓，流光正徘徊。上有愁思婦，悲歎有餘哀」，以明月起興，狀思婦獨倚高樓，思念遠方良人的情懷。張九齡〈賦得自君之出矣〉更是以「思君如滿月，日日減清輝」直接將思婦比擬成滿月，在思念中一日日清減，月在此已不是媒介，而成為了本體，這種寫法顯得既含蓄蘊藉，又真摯動人。至歐陽修〈玉樓春〉發「人生自是有情癡，此恨不關風與月」之感慨時，已經由具寫某種情感，上升到關於情之一事的整體思考，從眼前的離別感受，推及整個人世情感的認知。人生有情，而風月本無情，人之愛恨情愁原與風月無關，不過是有情人觀之，才使得風月帶上了情的色彩，成為傳情達意的媒介，反而更顯得情之癡纏。

　　望月抒情者，常抒之情無非相思之情、懷鄉之念、人生之慨。在外者見月思鄉之筆比比皆是，如李白〈靜夜思〉之「舉頭望山月，低頭思故鄉」、杜甫〈月夜憶舍弟〉之「露從今夜白，月是故鄉明」皆是將月作為故鄉的象徵，見月而思及故鄉。杜甫另一〈月夜〉詩：「今夜鄜州月，閨中只獨看」，並不從己著筆，卻反面落筆，猜測妻子望月情

形，此一婉曲之辭，亦同時表達出了他未明言的對家中妻兒的思念，一處明月，兩處相思，更加耐人尋味。杜牧〈寄揚州韓綽判官〉之「二十四橋明月夜，玉人何處教吹簫」，所思所念的，是友人、是江南風光、是風流生活，層次豐富，卻點到即止未曾說破，顯隱之間，意味叢生。

因月所引發的感懷，亦分兩類，一是因月之圓缺形態引發對於人間世事難全之思，最著名的莫過於蘇軾〈水調歌頭〉之「月有陰晴圓缺，人有悲歡離合」，此筆不僅回答其上「何事長向別時圓」，更是將自然現象引到人事，發理性之議論，強調對人事達觀，借缺陷缺憾求得自我安慰，態度變得曠達、灑脫，亦引出下句正視現實、寄託對未來的希望之筆。及至〈前赤壁賦〉中，這種哲理的思考更進一步：「客亦知夫水與月乎。逝者如斯，而未嘗往也；盈虛者如彼，而卒莫消長也。蓋將自其變者而觀之，則天地曾不能以一瞬；自其不變者而觀之，則物與我皆無盡也，而又何羨乎。」其針對人生無常陳述自己的見解，以江水、明月為喻，言變與不變之辯證關係，又以「惟江上之清風，與山間之明月，耳得之而為聲，目遇之而成色，取之無禁，用之不竭」，作為自然之饋贈，任何人可盡享其聲色、自得其樂，由此寬慰開解他人，以此充滿哲理之語盡顯其豁達與超脫。而這一議論也指出了另一類通常見月所發之思考，即因月之永恆無窮而興人生短暫之嘆，引發關乎人生的哲理性思考，如張若虛〈春江花月夜〉之「江畔何人初見月，江月何年初照人。人生代代無窮已，江月年年望相似」，個體的生命短暫，轉瞬即逝，從前望月之人與如今之人已非同一個人，但人類整體的生命卻是如這永恆之月般，代代無窮，永恆綿延，無窮的瞬間組成了能與明月並肩的永恆，讀來並不使人頹喪，在淡淡的個體生命短暫的感傷之中，卻又湧現一種作為當下瞬間，或曾與千百年前的古人共看明月的極致浪漫之感。

詞於初誕之時，抒發人生感慨或哲理思考的內容相對較少，故對月多只狀女子姿容，或抒相思之意。前者如韋莊〈菩薩蠻〉之「壚邊人

似月，皓腕凝雙雪」，言女子面如皎月，膚若霜雪，可以想見其美麗姿
容；閻選〈虞美人〉之「月蛾星眼笑微頻，柳夭桃豔不勝春，晚妝勻」
寫女子眉眼如彎月明星，極為美麗動人。後者如歐陽炯〈三字令〉之
「月分明，花澹薄，惹相思」、顧敻〈獻衷心〉之「人悄悄，月明時。
想昔年歡笑，恨今日分離」、孫光憲〈望梅花〉之「簾外欲三更，吹斷
離愁月正明，空聽隔江聲」等，皆是見月明而興起離愁或相思懷人之
念。唯有鹿虔扆〈臨江仙〉一闋，以「煙月不知人事改，夜闌還照深
宮」，顯示了月之永恆，而世態變遷的對照，雖點到即止，主要闡發懷
古傷今的深沉感歎，但已經觸及了哲理思考的層面。這些使用方向在
《陽春集》中有所縮減，其對女性外貌上的描寫數量銳減，故在月與女
子之眉形成聯繫時，也多以眉形狀月，而非以月狀人。更多的詞作則是
以月引發相思離情，間或有生命感歎。

　　《陽春集》中直接以月抒發思鄉離情者，如〈三臺令〉：

　　　明月。明月。照得離人愁絕。更深影入空牀。不道幃屏夜長。

　　　長夜。長夜。夢到庭花陰下。（702）

　　此闋寫月夜閨思。以月興起感慨，月色正好，卻並沒有帶來溫馨
感受，因人事缺憾，見月色浩蕩，只能產生「愁絕」之感，「愁絕」二
字，極言愁緒程度之深，又帶有埋怨之意，怪月之無情，偏偏皎潔懸
空，使閨婦愈發愁苦，更遑論還「影入空牀」，月光漫灑在寂寞繡床，
完全不理會屏幃中的閨婦面對這景象要如何忍受漫漫長夜的孤淒，此
處發出這樣的怨言，是將無情之月擬人，發有情之語，是無理卻顯極為
深情的癡筆，與「明月不諳離恨苦，斜光到曉穿朱戶」同一機杼。無怪
乎陳廷焯《詞則》論此詞：「『不道』一語，中含無限曲折。」〔註26〕詞
至末尾，漫漫長夜，以夢作結，夢中庭花搖曳生姿，或許是往昔纏綿情
景在夢中的重現，但夢總會醒，醒時便知夢境終是一場空，往昔的歡樂
只能更加深今宵的痛苦，這種殘忍對比，使得感傷色彩更為濃烈。

────────────

〔註26〕參見史雙元編著：《唐五代詞紀事會評》，頁617。

　　正中詞中很多時候並不是單獨以「月」這一意象進行抒情，「月」作為一個高頻意象〔註27〕，經常與其他意象進行組合，以增強表意效果。

　　　　鳳笙何處高樓月，幽怨憑誰說。（〈虞美人〉，678）

　　　　庭下花飛。月照妝樓春事晚。（〈酒泉子〉，664）

　　　　去歲迎春樓上月，正是西窗，夜涼時節。（〈憶江南〉，704）

　　月夜閨婦思念遠行之人時，常於高樓徘徊或倚樓遠眺，故而形成月與樓之間的意象組合，如張若虛〈春江花月夜〉之「誰家今夜扁舟子，何處相思明月樓。可憐樓上月徘徊，應照離人妝鏡臺」、白居易〈長相思〉之「思悠悠，恨悠悠，恨到歸時方始休。月明人倚樓」等。登樓倚欄望月，月夜之靜謐，樓閣的高大孤立，會愈發顯得思婦彷徨無依，形單影隻。馮詞三例皆言閨中相思離情，〈虞美人〉描繪月夜情事，不知何處高樓傳來的鳳笙之聲，他人之歡歌笑語只能盡顯己之孤苦淒涼，煢煢獨立，滿腔幽怨也無人可以傾訴。〈酒泉子〉滿腹相思意，還遇「春事晚」之惆悵感，庭中花謝花飛，已至暮春時節，難免有光陰逝去的失落感，而月照妝樓，又引發離人杳無音訊的相思之情，哀傷更深。事實上，此例構成了「花+月+樓」的意象組合模式。〈憶江南〉以月成為貫穿的線索，去歲於月夜樓臺上共同迎春，而今宵僅餘自己一人看著庭中花影搖曳，在枕上傷心流淚，今昔對比之下情緒表達更加強烈。詞中「人非風月長依舊」指出了風月的永恆不變，議論性的感慨上升到對生命意識的感悟，只是沒有走向哲理性的思考，而是回到了情感的抒發，以風月的恒在與人事的變遷形成對比。

　　　　江上何人吹玉笛……蘆花千里霜月白。（〈歸國遙〉，682）

　　　　梅花吹入誰家笛……雲斷澄霜月。（〈菩薩蠻〉，698）

　　　　月明人自擣寒衣。（〈酒泉子〉，667）

_____

〔註27〕根據數據統計，按張璋、黃畬《陽春集》所編《全唐五代詞》記，其中收錄馮詞111首，月意象出現約41次，數量較多，可謂高頻出現的意象之一。

　　月東出，雁南飛，誰家夜擣衣。（〈更漏子〉，687）

　　月還常與一些淒怨之音構成意象組合，從視覺與聽覺兩個方面，使抒情的感染力加強，如擣衣的寒砧聲，聲聲關情，極言相思意，李白〈子夜吳歌〉有「長安一片月，萬戶擣衣聲」的書寫。再如聲帶悲涼的笛音，引發念遠懷人之思。〈歸國遙〉寫友朋別情，在「扁舟遠送瀟湘客」的場景中，忽而月下江上聞笛，周圍的寒山、蘆花更助淒涼，江上月下飄蕩著悲戚的笛音，茫茫一片淒涼意。〈菩薩蠻〉言秋夜聞笛懷人，以雲與月的狀態形象化地寫笛音，笛音幽遠，不僅「響遏行雲」，甚至使其凝於碧空之中，為之徘徊不去，而笛聲停止之後，行雲散去，澄澈之月才重新顯現出來，曲折描寫笛音之美好與月夜聞笛的幽怨之感。〔註28〕〈酒泉子〉與〈更漏子〉皆言秋夜懷人之情，以月下的擣衣聲，不僅使相思之意、懷人之情加倍呈現，且擣衣聲以動寫靜，更顯夜之淒清，李煜〈搗練子令〉之「深院靜，小庭空。斷續寒砧斷續風」亦是此種用法。

二、千里雲天風雨夕：風、雨、雲意象探析

　　作為一種大氣現象，雲是水汽上升遇冷凝聚成的微小水珠，成團在空中飄浮所形成的，當這種水汽凝聚得足夠多時，便會形成雨，《說文》：「雲，山川氣也。從雨。」段注：「天降時雨，山川出雲。」〔註29〕雲和雨關係極為密切，又雨常伴隨著風，而風吹雲散，故三者常於使用時同時出現。

　　先說雲。雲在古典詩詞中分為兩種，以其自身屬性而言，其多顯示天氣變化，如烏雲、黑雲欲雨，暮雲、碧雲指示傍晚時分暮色蒼茫〔註30〕，且雲高多繞山，形成山中雲霧繚繞之姿，山與雲常常相偕出

〔註28〕此一筆法，使人聯想李賀〈李憑箜篌引〉之「吳絲蜀桐張高秋，空山凝雲頹不流」。

〔註29〕許慎撰，段玉裁注：《說文解字注》，頁580。

〔註30〕按：事實上，此類對雲之物候屬性的描繪在古典詩詞的使用中，也衍生出了特定的涵義，如黑雲從天氣現象而言預示著風雨將至，後用於

現，如張養浩〈雙調‧雁兒落兼得令〉：「雲來山更佳，雲去山如畫；山因雲晦明，雲共山高下。」另有一些自然現象中雲與風、雲與雨、雲與月等組合使用以言環境氣候等，前章已有提及，此處不再詳述。

除了作為普通自然景物運用於環境描寫的雲之外，雲因其屬性衍生出了更多的比喻義：雲於空中緩慢流動，悠然漂浮，極為閒適自在，故有「閒雲」之說，「閒雲野鶴」也常用於指來去自如，無所羈絆掛礙之人，「閒雲」便帶上一層不為世俗紅塵所牽絆，淡泊隱逸、超然出塵之感，如王維〈終南別業〉狀其隱居生活，乃是「行到水窮處，坐看雲起時」，無路可行之時反覺一片開闊，索性坐看風起雲湧，心態極為豁達坦然，生活充滿悠閒自在。陶淵明〈歸去來兮辭〉寫回歸田園的隱逸生活之趣，「雲無心以出岫，鳥倦飛而知還」，既是寫景，也是自我情志之抒發，雲自山峰中冒出，倦鳥知還巢，象徵作者無意功名利祿，對出仕感到厭倦便如倦鳥返巢般回歸田園的理想生活。隱者多居山中，故深山雲霧亦多構成隱者居處環境，如賈島〈尋隱者不遇〉中，隱者所居環境便是「只在此山中，雲深不知處」，行蹤難定，漂浮無跡，神秘莫測。隱逸文學作品中常出現的雲之形態，除了悠然閒適的「閒雲」之外，還有單獨漂浮之「孤雲」，如常建〈宿王昌齡隱居〉：「清溪深不測，隱處唯孤雲」。但「孤雲」常常導向另一種情境，因曲高和寡、孤芳自賞，不隨波逐流，於是無法合群，往往意味著孤獨無依的處境和命運，如陶淵明〈詠貧士〉：「萬族各有托，孤雲獨無依」。

雲在空中蔓延，有時會遮天蔽日，故浮雲常帶有遮蔽之效果，浮雲蔽日常帶貶義，形容為外物所迷惑、蒙蔽，如〈古詩十九首〉之

表達險惡環境，如李賀〈雁門太守行〉：「黑雲壓城城欲摧，甲光向日金鱗開」，以「黑雲壓城」來形容戰爭前的緊張氣氛。烏雲、綠雲則多比喻女子的頭髮，如蘇軾〈歧亭道上見梅花戲贈季常〉：「行當更向釵頭見，病起烏雲正作堆」、杜牧〈阿房宮賦〉：「綠雲擾擾，梳曉鬟也」等。碧雲因江淹〈休上人別怨〉之句「日暮碧雲合，佳人殊未來」而具有了離別相思之意，如秦觀〈千秋歲〉詞：「人不見，碧雲暮合空相對。」

「浮雲蔽白日，遊子不顧返」是以「浮雲」來比喻迷惑游子使其不歸的人或事物。更多的是以浮雲蔽日來形容君主為奸邪所蒙蔽，小人得志而使得忠義之輩無法一展抱負，如孔融〈臨終詩〉：「讒邪害公正，浮雲蔽白日」、李白〈登金陵鳳凰臺〉：「總為浮雲能蔽日，長安不見使人愁」等。

　　浮雲的另一特徵是流動性，其飄忽無定，任意東西，常用於比喻浪跡四方、行蹤不定的游子，如〈與蘇武詩三首〉其一：「仰視浮雲馳，奄忽互相逾。風波一所失，各在天一隅。」李善注：「言浮雲之馳，奄忽相踰，飄颻不定。逮乎因風波蕩，各在天之一隅。以喻人之客游，飛薄亦爾。」〔註31〕歷代詩文之中也多有以浮雲與游子並舉者，如李白〈送友人〉之「浮雲遊子意，落日故人情」、杜甫〈夢李白二首〉之「浮雲終日行，遊子久不至」等。

　　此一意象的發展及至五代詞時，因《花間》對女性容貌的極盡描摹，故最普遍的使用方式是形容女子的鬢髮如雲，如溫庭筠〈菩薩蠻〉之「鬢雲欲度香腮雪」、韋莊〈酒泉子〉之「綠雲傾，金枕膩，畫屏深」等。其餘用法有承續前代而來，以雲指代漂泊在外、行蹤無定之人，如韋莊〈應天長〉之「碧天雲，無定處，空有夢魂來去」；有以此衍伸出「雲雨」喻示分離者，如張泌〈菩薩蠻〉之「雲雨自從分散後，人間無路到仙家，但憑魂夢訪天涯」；有使用〈高唐賦〉襄王之典故，言男女歡會者，如牛嶠〈菩薩蠻〉之「畫屏重疊巫山翠，楚神尚有行雲意」。

　　正中詞中雲之意象使用的數量不算多，細緻描摹女性容貌的詞作數量減少，使得《陽春集》中未見以雲形容女子鬢髮之例。這一意象的使用，除了以表明時間與氣候之外，多取義雲之流動無定狀態，來表現行蹤不定之人：

　　　　幾日行雲何處去。忘卻歸來，不道春將暮。（〈鵲踏枝〉，655）

〔註31〕蕭統選編，李善等注：《六臣注文選》卷二十九，頁525。

魂夢萬重雲<u>水</u>。覺來還不睡。(〈應天長〉，674)

多病，多病，自是<u>行雲</u>無定。(〈如夢令〉，425)

祗知長坐碧窗期，誰信東風吹散<u>綠霞</u>飛。(〈虞美人〉，679)

〔註32〕

　　此類以「行雲」喻蹤跡之作，多言相思之苦。〈鵲踏枝〉首句便詢問「幾日行雲何處去」，以「行雲」指代薄幸之人，行蹤不定，到處漂泊不歸，春光都已逝去，在等待中白白虛度了時間，蹉跎了年歲，語帶淒怨，感慨無限。〈應天長〉寫與戀人遠隔千山萬水，魂牽夢縈的離別心緒，「雲水」既指天地之間，又因行雲或流水都是流動性強，難有定數之物，暗示所思之人的蹤跡杳無，閨婦由思念而入夢，在夢中求索於萬重雲水之間，尋覓戀人蹤跡，卻無所獲，反而徒增了更多的悲傷，醒來之後再難入睡。〈如夢令〉言思婦閨中愁情，兩句「多病」表明其因愁成病，且是多病，說明其愁極為深重，而後指出病因乃是「行雲無定」，即是所思者杳無蹤跡，飄忽不定，而使閨婦因思成愁，因愁成病。〈虞美人〉寫東風吹散綠霞，霞是日出或日落時雲層受到日光斜射而呈現的光彩，故綠霞便是彩雲，輕柔美麗、聚散無定，綠霞散去，一如所念者離去消失無蹤，傷情極深。

　　再言與雲密切相關的風雨意象。風雨作為自然屬性常相伴而生，如前所述，以季節、力度，給人造成的感受等修飾，來塑造情感抒發的環境，無論是「斜風細雨」，還是「風雨淒淒」，皆為表情達意起推波助瀾之效。就風而言，在自然屬性之外，亦作為意象衍生出社會屬性的表意。《論語·顏淵》：「君子之德風，小人之德草。草上之風，必偃。」〔註33〕後便有以風象徵君子之德的用法，如蘇軾有詩曰：「清風定何

〔註32〕此句張編本作「綠霞」，注曰：星鳳閣抄本《陽春集》作「綠雲」，四印齋本《陽春集》校注：「別作『彩雲』。」曾編本作「彩雲」，言據吳本、金本《陽春集》改。按：二者實為同指，故版本之間雖有差異但並不影響理解。

〔註33〕何晏注，刑昺疏：《論語注疏》(北京：北京大學出版社，2000 年 12 月初版一刷)，頁 188。

物，可愛不可名。所至如君子，草木有嘉聲。」

　　雨則更加複雜。其具有明顯的地域時間季候的區別，作者對於雨之情感傾向與寫作手法亦有明顯不同：從地域上描寫的多是江南雨，江南「風酥雨膩」，而這種江南雨，多有舟中聽雨的描寫，如「畫船聽雨眠」；季節性的書寫前章已提及諸多，而由對雨的季節書寫，又常引發詩人對雨之態度的不同，喜雨者，常喜春雨，如杜甫〈春夜喜雨〉：「好雨知時節，當春乃發生」便直接將春雨稱為「好雨」。相較春雨，秋雨則常引發愁緒，如錢起〈宿新里館〉：「愁人待曉雞，秋雨暗淒淒。」常被描寫的時令之雨則有寒食雨、清明雨、黃梅雨等，此皆雨多時節〔註34〕。時間上則雨有晝夜之分，晝雨多從視覺來寫，而夜雨則多訴諸聽覺，以室內人聽窗外雨聲，而滴答雨聲使人輾轉難眠的角度進行書寫，如白居易〈上陽白髮人〉：「耿耿殘燈背壁影，蕭蕭暗雨打窗聲。」

　　風雨常在表達離別場景時出現，以烘托一種離別的淒涼感，如范成大詩〈橫塘〉：「年年送客橫塘路，細雨垂柳繫畫船。」而在風雨的夜晚環境中，無論是閨中人還是遠行之人，都易興起相思之念，尤其是對閨婦來說，深夜雨聲，打在窗上或是庭院之中樹葉、階梯上，滴滴答答，使人輾轉無法入睡，更覺相思愁緒綿長不絕。同樣的境況發生在游子在外時，聽夜裡風雨之聲，心頭鄉情翻滾難去，如張詠〈雨夜〉詩：「無端一夜空階雨，滴破思鄉萬里心」、汪元量〈邳州〉詩：「鄉夢漸生燈影外，客愁多在雨聲中」等。

　　古典詩詞中，常言及風雨的摧折力量，風雨交加之下，掃盡落

〔註34〕按：寒食約在清明前一、二日，故氣候相類，《荊楚歲時記》記載：「去冬節一百五日，即有疾風甚雨，謂之寒食。」可見寒食多雨，清明更是如此，歷來寫清明之詩詞，幾乎少不了雨的描寫，最出名的莫過於杜牧「清明時節雨紛紛」。而所謂「黃梅雨」則是江南四五月間，梅子成熟時的陰雨連綿，《庚溪詩話》云：「江南五月麥熟時，霖雨連旬，謂之黃梅雨。」賀鑄名句：「試問閒愁都幾許？一川煙草，滿城風絮，梅子黃時雨。」便是以黃梅雨之連綿不斷言愁緒久久不絕。

花，這不僅是一種惡劣的自然氣象，還常常象喻著動盪險惡的社會環境、邪惡的社會勢力，如文天祥〈過零丁洋〉：「山河破碎風飄絮，身世浮沉雨打萍」便是從國家和個人兩方面的遭際展開，山河破碎如狂風中的飄絮，岌岌可危，而個人的命運則如飄萍，本就孤苦無依，再加上「雨打」之國破家亡外力侵擾，更言景象淒涼、境遇悲慘。五代詞中同樣有此意的使用，如皇甫松〈摘得新〉：「繁紅一夜經風雨，是空枝」，其隱晦地通過自然現象來表現一種好景難留，歡樂之後深藏著隱痛的悲哀。

　　正中詞中的風雨意象，多數時候還是作為一種氣候現象來使用，言春秋之季候特徵，渲染事件發生的背景環境等。《陽春集》中亦有離別場景中的風雨描寫，如〈酒泉子〉之「風微煙澹雨蕭然」、〈臨江仙〉之「雨晴芳草煙深」、〈應天長〉之「宿雨初收雲未散」等，離別很少發生在晴朗明媚的天氣下，多是煙雨朦朧之中，一方面以環境的蕭瑟來烘托離別這一事件本身具有的黯然銷魂之感，另一方面煙雨淒迷也反映離別者的內心不捨，愁緒依依。這樣的環境描寫往往能夠加強情緒抒發的力量，閨中相思懷人同樣也是如此，如〈醉花間〉之「簾卷蕭蕭雨」、〈應天長〉之「繡被微寒值秋雨」等，無論是夜晚懷人之時恰逢風雨，還是夜裡風雨淒淒令人憐己懷人，風雨在其中所發揮的效用，一是通過帶來體感上的寒涼之意，而使閨婦更加明確自己形單影隻的處境，無人相伴而使這涼意由身體感受進而成為心理感受；二是寫夜晚風雨所產生的聲響：

> 終夜夢魂情脈脈，竹風簷雨寒窗隔。(〈歸國遙〉)

> 風淅淅，夜雨連雲黑。滴滴，窗下芭蕉燈下客。(〈憶秦娥〉，704)

　　夜裡的風雨之聲，常常是通過與他物的接觸而發出，如風搖庭中樹枝之聲，雨落屋簷臺階之聲，雨打在樹葉上的聲音等。〈歸國遙〉寫風雨交加之夜，聽到不知何處傳來的笛聲，引發對離人多年杳無音信的思念。「竹風簷雨」狀風吹庭竹颯颯作響，雨打屋簷之聲，再加上透

過窗滲透而入的寒意，營造出一個冷寂淒清的環境氛圍。〈憶秦娥〉寫
淒風苦雨之夜，遠在異鄉之人的思鄉之情。窗外的環境是，風聲淅淅，
濃雲一片漆黑，雨打芭蕉發出聲音，顯得極為慘澹，而室內燈下客聽此
聲，憶及遠隔千里的故鄉。客中情懷通過風雨之聲所渲染的淒涼環境
盡現。可知閨中之人，念遠傷懷之時，孤燈獨對，室外的風雨之聲，聲
聲擾亂離人心緒，更使人輾轉反側，苦不堪言。

　　風雨在《陽春集》中還時常作為一種外界力量，摧殘花木，有時
也以此暗喻深鎖閨中婦人的命運：

　　　　秋入蠻蕉風半裂。狼籍池塘，<u>雨打疏荷折</u>。（〈鵲踏枝〉，652）

　　　　紅杏開時，一霎清明雨。（〈鵲踏枝〉，658）

　　　　斜月朦朧，<u>雨過殘花落地紅</u>。（〈採桑子〉，664）

　　　　細雨泣秋風，金鳳花殘滿地紅。（〈南鄉子〉，684）

疏荷、殘花都顯示出季節將盡的凋零衰殘氣象，風雨在時間季節
變遷這種看不見的自然力量所導致的殘敗上加上了看得見的自然力量
影響，風雨過處，落紅狼籍，凋敝氣象使人聯想到的是生命的枯萎逝
去，充滿感傷況味。一如閨中女子之命運，青春易逝、年華易老本就易
令人悲戚，更兼有一些事件遭際，如雨打浮萍一般，給人生帶來更多的
傷痛。「細雨泣秋風」以「泣」形容秋風挾帶細雨之狀態，有如灑淚，
不僅是一種視覺感受，更是見此景象之人內心情感的投射。「紅杏開
時，一霎清明雨」比較特殊的是，在風雨的外力侵擾之前，並不是一個
衰殘的景象，紅杏盛放，本是鮮豔熱烈之色，景致極為明媚，然緊隨著
便是一場清明雨落，希望方興，隨後便跟著可能的攪擾，詞中雖未具體
明言一霎清明雨後，是否紅杏依舊，但言語之中已經通過「紅杏開」
「清明雨」「濃睡覺」「鶯亂語」「好夢」「無處尋」等情景的正負情緒轉
換，串聯而起，表達了深重的不安感，所有的美好出現時，都伴隨著稍
縱即逝的可能，因而使人惴惴不安，終其一生也難以逃脫這種生命不
確定性帶來的惶恐。這實際上滲透著一種人類共同的生命體驗，即人

生從來難得圓滿。

> 高唐暮雨，空祇覺相思。(〈臨江仙〉，669)

宋玉〈高唐賦〉記載襄王神女歡會之事〔註35〕，後世則多以「朝雲暮雨」「巫山雲雨」等來喻男女歡會，或以此概括言男女戀情。〈臨江仙〉便是以「高唐暮雨」之典故來喻相會，與舊歡的往日歡樂已經難尋難追，於是相聚再難時，高唐暮雨的歡洽，也只能是一場空，此語帶著濃重的希望破滅之感，悲劇性躍然紙上。

第四節　山　水

中國文人自古就對山水之景懷有特殊情感。先秦時期的山水多是從品格角度進行書寫：《論語》言「知者樂水，仁者樂山」，朱熹釋曰：「知者達於事理而周流無滯，有似於水，故樂水。仁者安於義理而厚重不遷，有似於山，故樂山。」〔註36〕此言知者、仁者的品性情操與山水的自然特徵產生相類的關聯性，故而進一步產生樂山樂水之情。及至魏晉時期，山水在文學中甚至獨成一脈，山水詩繪山水之景，品山水之情，以山水作為審美對象，言及作者在觀山臨水時的審美感受與人生體驗，山水詩的代表詩人謝靈運〈石壁精舍還湖中作〉便言：「山水含清暉，清暉能娛人」。文人寄情山水，回歸田園，作品呈現出一派淡然、不墜紅塵之感，為中國文學留下大量的名篇佳作。

除了以山水作為審美主體的山水詩之外，文學作品還常以山水進

〔註35〕〈高唐賦〉記載：「昔者，楚襄王與宋玉游於雲夢之臺，望高唐之觀，其上獨有雲氣，崪兮直上，忽兮改容；須臾之間變化無窮。王問玉曰：『此何氣也？』玉對曰：『所謂朝雲者也。』王曰：『何謂朝雲？』玉曰：『昔者，先王嘗游高唐，怠而晝寢，夢見一婦人，曰：「妾，巫山之女也，為高唐之客，聞君游高唐，願薦枕席。」王因幸之。去而辭曰：「妾在巫山之陽，高丘之岨，旦為朝雲，暮為行雨。朝朝暮暮，陽臺之下。」旦朝視之，如言。故為立廟，號曰朝雲。』參見蕭統選編，李善等注：《六臣注文選》卷十九，頁 327～328。

〔註36〕朱熹撰，徐德明校點：《四書章句集注》(上海：上海古籍出版社，2001年 12 月初版一刷)，頁 103～104。

行環境描寫，山勢巍峨，水質清澈，在此基礎上，其所呈現之色、其所營造的溫度感受，都隨表意抒情的需要而設置。在普通的環境氛圍描寫之外，山與水意象本身也具備其他書寫方向的可能性，賦予其品格意義的用法並未停滯在先秦。就山而言，山勢高聳，奇山難訪，登臨或許不易，但可憑其雄偉磅礴之景象，想像若有日登臨，定能「一覽眾山小」，飽覽山河壯麗之景。以地理位置而言，山多居於僻野之處，遠離塵囂，故入山常使人產生遺世獨立之感，如〈初入山作〉：「當知勝地遠，於此絕囂塵。」又，前已述及，隱士多隱居深山之中，故時有見山而思歸隱，羨慕幽人道士歸隱樂趣之作，如李白〈落日憶山中〉：「願遊名山去，學道飛丹砂。」更多的情況下，層層青山營造出的是一種阻隔之感，作為一種願望實現的障礙，如王勃〈滕王閣序〉：「關山難越，誰悲失路之人」以「失路之人」自歎身世命運，難越的除了重重關山，更是現實遭際的困難。

　　正中筆下的山，有一些含有廣為人使用的特殊意義：

　　　侍臣舞蹈重拜，聖壽<u>南山</u>永同。（〈壽山曲〉，710）

　　　夢覺<u>巫山</u>春色，醉眼花飛狼籍。（〈謁金門〉，676）

　　　水闊花飛，夢斷<u>巫山</u>路。（〈鵲踏枝〉，653）

　　　歷歷前歡無處說，<u>關山</u>何日休離別。（〈鵲踏枝〉，652）

　　　傷行色，來朝便是<u>關山</u>隔。（〈歸國遙〉，682）

　　　欹枕不成眠，<u>關山</u>人未還。（〈菩薩蠻〉，698）

　　　除非魂夢到鄉國，免被<u>關山</u>隔。（〈憶秦娥〉，704）

　　「南山」釋義頗多〔註37〕，〈壽山曲〉一闋乃是應制之作，寫百官

〔註37〕按《漢語大詞典》釋義：（1）指終南山，屬秦嶺山脈，在今陝西省西安市南。《漢書·東方朔傳》：「夫南山，天下之阻也。南有江、淮，北有河、渭，其地從汧隴以東，商雒以西，厥壤肥饒。」（2）指祁連山。《史記·大宛列傳》：「（張騫）留歲餘，還，並南山，欲從羌中歸，復為匈奴所得。」（3）指南屏山。蘇軾〈病中獨游淨慈謁本長老周長官以詩見寄因次韻答之〉：「臥聞禪老入南山，淨掃清風五百間。」（4）

朝拜的情景，詞至末尾以百官朝拜，禱頌祝壽作結，故其「南山」應與「壽比南山」取義相同，為祝壽詞，語本出自《詩經・天保》：「如月之恒，如日之升，如南山之壽。」《南齊書・豫章文獻王蕭嶷》有：「古來言願陛下壽偕南山，或稱萬歲，此殆近貌言。」〔註38〕「巫山」本為山名，其山位於四川、湖北兩省邊境，長江穿流其中，形成三峽。詩詞作品中也有直接以「巫山」作為地名使用者，如陸游〈三峽歌〉：「十二巫山見九峰，船頭彩翠滿秋空。」但更多的則是使用上言及宋玉〈高唐賦〉中神女襄王之典，即使或真路過巫山，也會由此興用典之念，如李白〈古風〉：「我到巫山渚，尋古登陽臺。」馮詞中兩處「巫山」的使用，亦是用典之筆，〈謁金門〉是夢中相會，「巫山春色」盡顯旖旎柔情，既指眼前季節景致，與「楊柳陌」相呼應，又以襄王神女之相會喻其夢中歡會，夢醒之後尚醉眼朦朧，只見飛花狼藉，淒迷之感未絕，餘情尚且繚繞。〈鵲踏枝〉言別後相隔兩地之人，空間上的阻隔令人相聚無時，時間的流逝又引發新愁，夢裡短暫的片刻相會，又因為夢醒而斷了「巫山路」，連虛幻的夢中歡會都破滅，無怪乎閨婦產生「腸斷魂銷」之感。

關山雖有現實所指，但在古典詩詞中對關山的使用卻鮮指現實山名，而是或指關隘山嶺，如〈木蘭詩〉：「萬里赴戎機，關山度若飛」，或以此比喻路途遙遠與行路之困難，如前所言〈滕王閣序〉之用法。馮詞中言及「關山」時，皆是別後相思之情的表達，或懷人，或思鄉，而

指荊南山，亦名君山、銅官山。三國吳孫皓封為南嶽，在今江蘇宜興縣南，即所謂南山白額虎、長橋蛟、並周處為三害者。(5) 泛指南面的山。《吳越春秋・勾踐入臣外傳》：「今越王放於南山之中，游於不可存之地。」(6)《詩經》詩篇名。《詩・齊風・南山》。序：「〈南山〉，刺襄公也，鳥獸之行，淫乎其妹，大夫遇其惡，作詩而去之。」(7)《詩經》詩篇名。《詩・小雅・南山有臺》之簡稱。序：「〈南山有臺〉，樂得賢也。得賢則能為邦家立太平之基矣。」蘇軾〈鹿鳴宴〉詩：「他日曾陪探禹穴，白頭重見賦〈南山〉。」

〔註38〕許嘉璐主編，楊忠分史主編：《南齊書》卷二十二列傳第三，見《二十四史全譯》(上海：漢語大詞典出版社，2004 年 1 月初版一刷)，頁 298。

關山在其中充當了障礙物的角色，在人與人、人與故土之間形成了難以逾越的阻礙。〈鵲踏枝〉直抒胸臆，因其一人煢煢獨處，往日的歡愉哪怕歷歷在目，記憶猶新，也無人能訴，「關山何日休離別」既是喟歎，是詢問，也是期盼，盼望著有一日關山不再阻隔，離別不再有。〈歸國遙〉是以遠隔關山來指友朋別離，送者與行者兩處皆為離別所傷感，由今宵可想到明朝，到那時已是關山阻隔，不禁使人無限唏噓。〈菩薩蠻〉言閨中之人難以入眠，外因是「梅花吹入誰家笛」，夜半聞笛，興起懷人之感，無限傷心，使人輾轉反側，然根本內因還是「關山人未還」，遠隔關山之人尚未歸還，每每思及便令人心生惆悵，幽怨難平。上三例皆言對人之別情與相思，而〈憶秦娥〉則是游子思鄉，雨夜聽到雨打芭蕉之聲，引發了對故鄉的懷想之情，「除非魂夢到鄉國，免被關山隔」，話未說盡，但情緒不難感知，只有在夢中才能魂歸鄉國，不再為關山阻隔，唯有此，才能擺脫眼前孤寂，暫時緩解思鄉帶來的煎熬，然而連此都難以實現，煩憂無所遁逃。

關山所造成的阻隔之感以外，正中詞中還有一些以山構成闊遠空間之例：

> 醉憶春山獨倚樓，遠山迴合暮雲收，波間隱隱卻歸舟。（〈浣溪沙〉，419）

> 獨立荒池斜日岸，牆外遙山，隱隱連天漢。（〈鵲踏枝〉，654）

> 坐對高樓千萬山，雁飛秋色滿闌干。（〈拋球樂〉，692）

這類用法，多以具有空間感之詞修飾山這一意象，或以山與其他意象共同構成極為遼闊的空間境界，如〈浣溪沙〉是以遠山迴環縈繞，與天邊暮雲、渺渺澄江進行空間建構，天高遼闊，遙山曲水，極為開闊。〈鵲踏枝〉則是以牆外遙山與天漢相接，黃昏時分，山色與天色並不分明，遙山連天，空間向外無限延展，空曠無比。〈拋球樂〉言「千萬山」，乃是「高樓坐對」所見之景，千萬山言山之連綿重疊，以數量言，營造無限阻隔之感。這種空間的塑造再兼時間皆處在傍晚時分，時

空上的闊遠與朦朧共同營造出一種蒼茫淒迷的感受，除了是目睹此景之人的內在情緒的外顯，還以遼遠的空間反襯出處在這空間內的視角主體——或是倚樓之人、獨立荒池之人，或是江上的一葉扁舟——的渺小與孤單。

　　相較於山之巍峨、厚重、陽剛，水則是流動的、陰柔的。《道德經》：「上善若水，水善利萬物而不爭，處眾人之所惡，故幾於道」〔註39〕，言其與世無爭、與人無爭，澤被萬物，容天下之氣度與胸襟可謂至善。其雖為至柔，隨物塑形，無有自我之定性，卻又為至剛，滴水可穿石，其持之以恆、堅持不懈可見一斑。水具有潔淨洗滌的功能，《孟子・離婁上》有孺子歌，《楚辭・漁父》中有漁父鼓枻而歌，皆言滄浪之水，清可濯纓、濁可濯足。〔註40〕滄浪之水由此成為失意者的精神歸宿，或發其孤高之志，或抒其隱逸之情，如皎然〈訪朱放山人〉詩：「應非罍鑠翁，或是滄浪客」、〈訪陸處士羽〉詩：「莫是滄浪子，悠悠一釣船」等。另亦有賦予水其他品性者，如祖孫登〈詠水〉：「請君看皎潔，知有澹然心」言水之皎潔淡然；李沛〈四水合流〉：「入河無晝夜，歸海有謙柔，順物宜投石，逢時可載舟」言水之柔順；白居易〈玩止水〉：「動者樂流水，靜者樂止水，利物不如流，鑒形不如止」等〔註41〕。

　　馮詞中的水，在普通景物描寫所實現的季節性指示、事件發生背景書寫、環境氛圍烘托之外，比較特殊的用法是「以水喻愁」：

　　　　流水，流水，中有傷心雙淚。（〈三臺令〉，702）

　　「以水喻愁」的寫法最出名的莫過於李煜〈虞美人〉之「問君能

〔註39〕王弼注，樓宇烈校釋：《老子道德經注》（北京：中華書局，2011 年 6月初版二刷），頁 22。

〔註40〕見趙岐注、孫奭疏：《孟子注疏》（北京：北京大學出版社，2000 年 12月初版一刷），頁 232。林佳驪譯注：《楚辭》（北京：中華書局，2011年 3 月初版三刷），頁 187～189。

〔註41〕參見林淑貞著：《中國詠物詩「托物言志」析論》（臺北：萬卷樓圖書有限公司，民國 91 年 4 月初版），頁 116。

有幾多愁，恰似一江春水向東流」之句，一江春水與愁之間之所以能構成聯繫，因「愁」之浩大如「春水」之盛，「愁」之綿延不絕如「春水」向東流不止。李煜詞尚且是愁如春水盛大綿長，而馮詞則更進一步，流水泱泱，皆是傷心之淚。由「當時攜手高樓」之追憶，跌入眼前現實之景——「樓前水流」，而由這樓前流水，引發相思之淚，將情景綰合一處，此情此愁都顯得無限綿長。言「雙淚」，或是兼有送者之淚、行者之淚。此語極沉著，情極深摯。俞陛雲評曰：「此調第五句倒用疊字，承上啟下，如溪曲行舟，一折而景色頗異。」〔註42〕唐圭璋言此寫法開後代以水喻愁之寫法：「其後小晏云：『樓下分流水聲中，有當日憑高淚』；李清照云：『惟有樓前流水，應念我終日凝眸』；稼軒云：『鬱孤臺下清江水，中間多少行人淚』，皆與此意相合。」〔註43〕

　　春山拂拂橫秋水，掩映遙相對。（〈虞美人〉，679）

　　春山顛倒釵橫鳳，飛絮入簾春睡重。（〈上行盃〉，703）

　　馮詞中還存在著以山水喻女性眉眼之用法。「春山」一詞，除以字面義指春日之山，還因春色點染的山容，色黛青，用以喻指女子姣好之眉，如《西京雜記》言「文君姣好，眉色如望遠山」〔註44〕、歐陽修詞〈玉樓春〉：「春山斂黛低歌扇，暫解吳鉤登祖宴」等。同樣的，「秋水」一詞，除了表示秋日之水外，還用以形容女子如湖水般清澈美麗的眼波，如白居易〈箏〉詩：「雙眸剪秋水，十指剝春蔥」、趙雍〈人月圓〉：「別時猶記，眸盈秋水，淚濕春羅」等。〈虞美人〉言「春山秋水」，若皆作季節書寫，則不可能同時出現，現代詮釋者，多以「秋水」作女子眼波流轉，而「春山」則兼有自然景物描寫與女子眉目形容兩種說法，因多將「拂拂」釋義為風輕吹貌，如李賀〈章合二年中〉：「雲蕭索，田

〔註42〕俞陛雲撰：《唐五代兩宋詞選釋》（上海：上海古籍出版社，2011年4月初版一刷），頁75。

〔註43〕參見史雙元編著：《唐五代詞紀事會評》，頁618。

〔註44〕曹海東注譯，李振興校閱：《新譯西京雜記》（臺北：三民書局，民國84年8月版），頁68。

風拂拂，麥芒如篲黍如粟」，故「春山拂拂」便被解釋為微風吹拂著春山。〔註45〕但一些選本此處作「澹澹」或「淡淡」〔註46〕，便可將「春山」解作女子之眉，言其眉眼恬靜或眉色淺淡。或可兼而有之，認為「春山」寫景兼寫人，既表明季節已屆美好春日，又讚美女子眉如春山，再兼下言「橫秋水」，言其眼送秋波，顧盼生姿、瀲灩流轉，僅憑眉眼之狀，已可見出一個多情又美麗的女子形象。〔註47〕〈上行盃〉則以「春山顛倒釵橫鳳」表現女子熟睡姿態，她脂粉妝容凌亂，畫眉狼藉，鳳釵斜橫，閨中少女在甜蜜夢境之中的嬌憨之態一覽無餘。

　　總的來說，本章所主要探討的，是《陽春集》意象使用的特殊性，其中涉及自然意象的部份。

　　以草木言，詞作中出現的「以花喻人」的書寫，在情感愛戀主題中，取譬角度多是花之鮮豔美麗與女性姿容上美感的相關，有時還有較為香豔風情的書寫。而抒發人生悲歡與閨中幽怨的主題，則多以花之被外力摧折或季節性凋零的遭遇來喻女性，言其悲劇命運與堅韌品格；楊柳與芳草意象則因折柳送別的習俗與芳草王孫的典故而具有表達離情的功能，芳草還進一步生發出「以草寫恨」的用法。梧桐意象多用於閨中念遠情懷與客中思鄉的詞作，通常以月與梧桐、人與梧桐、建物與梧桐等意象組合出現。另一些具有特定涵義的植物意象的書寫，如丁香結、夜合枝、萬年枝等，比較含蓄簡練地表達了豐富意味。

〔註45〕或有將「拂拂」釋為茂盛貌，與「芾芾」通用，言春山已現出草木茂盛之態，亦可。參見孔范今主編：《全唐五代詞釋注》（西安：陝西人民出版社，1998年版），頁728。

〔註46〕曾昭岷等編著的《全唐五代詞》作「澹澹」，並注：原作「拂拂」，注云：「別作『澹澹』。」按《歷代詩餘》改。俞陛雲所撰《唐五代兩宋詞選釋》及部份近現代詞選作「淡淡」。

〔註47〕另有新解，以為「秋水」指的是鏡面，如鮑溶〈古鑒〉詩：「曾向春窗分綽約，誤回秋水照蹉跎」就是以秋水喻鏡。全句之意便解為：春天到了，山上有春意，春風吹拂，給大地帶來生機。然這一景致是閨中女子屋內鏡中所陳，即春日之景「橫」於鏡內，鏡內外春色遙遙相對。此說較為少見，此處摘錄，以備一說。參見潘慎主編：《唐五代詞鑒賞辭典》（北京：北京燕山出版社，1991年5月初版一刷），頁344。

　　以鳥獸言，正中詞中多有合情的無理之語，或對鳥獸抱怨傾訴，或借鳥獸之口言己情緒，其中言及最多的莫過於鸚鵡，籠中鸚鵡象徵女子深閨閉鎖的命運，而閨婦又常借鸚鵡之口嘆春之將逝，怨夜之漫長。雁意象在《陽春集》中多出現於與相思離情相關的詞作中，或是以雁足傳書之典，表達對音訊之期盼以及期待落空的失意，或是將雁與其他事物形成對照，以發揮渲染環境氛圍，加強表意的作用。

　　以風月言，《陽春集》中有如〈三臺令・明月〉直接以月起興，抒發離情者，也有以月與其他意象組合，從視覺與聽覺諸多方面，或表達相思情意，或以月之陰晴圓缺形成對人事的襯托。雲意象的使用，則多是以其流動的狀態，來指代行蹤不定、音訊不明之人。而與其密切相關的風雨意象，則是作為一種外在力量來使用，其摧花折葉，象徵殘酷命運，而其夜來所製造的聲音，又為輾轉難眠的愁緒推波助瀾。

　　就山水言，詞作中使用頗多含有特定含義之山，如南山、關山、巫山等，使用山之意象時，多強調其重重阻隔之感，或形成闊遠空間，以暗示相聚之難，顯示人之渺小孤單。水意象的使用，則別出心裁地將水與淚融為一體，言無止境奔流之水乃是離人不絕的傷心淚，語極生動，情極深沉。也有以「春山」與「秋水」寫女子眉眼者，言其明眸善睞，顧盼生輝。

第四章 《陽春集》意象使用與表達的特殊性（下）

　　前章從自然意象角度論述《陽春集》中不同情緒主題的詞作對意象的特殊使用與表達，涉及到較為寬泛的以花喻人書寫、合情無理之語，以及較為具體的楊柳、芳草、梧桐、鴻雁、山、水、雲、雨等單一意象。本章則主要從人文意象著手，探討此類意象在不同情緒主題的詞作中的使用與表達。

第一節　樓　閣

　　依前所述，樓閣建物類意象的使用，無論是具體地址或是概念性場所，最普遍的作用便是作為地點空間的指示，明確詞作之中景色描寫、人物出現或居住、事件發生的場所，有時還表明空間變化的軌跡。然在普遍的地點指示功能以外，部份因歷史故事記載或前人多用而形成某種約定俗成特定涵義的建物地點意象，帶來了含蓄卻豐富的表達效果。而在對建物意象的使用中，詞人通過對意象某些方面特徵的塑造與強調，使其與所要傳達的詞意相符，加強表意效果。

一、庭院深深深幾許：居住環境的深靜書寫

　　作為傳統建築的典型代表，亭臺樓閣與人之生活棲息息相關，

其作為居住環境，又兼具觀賞性，故與文學創作結下不解之緣。對於亭臺樓閣的書寫，很多時候並不止於地點環境的描寫，而是借亭臺樓閣來議論感慨，抒發性情。先秦時期，《詩經》中有〈靈臺〉〈新臺〉兩篇，雖皆言統治者築臺，但前者築臺與民同樂，後者築臺劫奪兒媳，故而前詩讚賞文王有德而民願歸附，後詩則對此大加諷刺和挖苦，詩歌的表達重點並不在建物上，而是通過築臺這一事件展開。及至後代，亭臺樓閣開始成為文人遊賞聚會之地，出現諸多登高望遠或歡聚宴飲之篇章，如王羲之〈蘭亭集序〉、范仲淹〈岳陽樓記〉、歐陽修〈醉翁亭記〉等，詩歌如陳子昂〈登幽州臺歌〉、李白〈登金陵鳳凰臺〉、崔顥〈黃鶴樓〉等、詞如蘇軾〈望江南‧超然臺作〉、辛棄疾〈水龍吟‧登建康賞心亭〉〈永遇樂‧京口北固亭懷古〉等，皆是千古名作。且因為一代又一代的文人書寫，這些具體地點被賦予了厚重的文化意涵，成為獨特的文化符號。

　　作為遊賞地點，歷代文人常以登臨高樓亭臺的行為為媒介，描寫登高所見景致，抒發面對此時此景所感。登臨之感，又無外乎以下幾種類型：首先是懷古傷今。古人所登臨之地，或有興建於數代之前，立於其中，不免會憶起前代之事，興懷古之情，或是借古諷今，抒發無限慨歎。如辛棄疾二闋登京口北固亭引起懷想之詞：〈永遇樂‧京口北固亭懷古〉與〈南鄉子‧登京口北固亭有懷〉〔註1〕，前者以詞人登高眺望、懷古憶昔展開，回憶了孫權京口建業、劉裕揮師北伐、劉義隆冒進慘敗等事件，一方面懷古傷今，表達對英雄人物的景仰，感傷當世無人可再建如此功業；另一方面借古諷今，警醒統治者勿要草率冒進，重蹈北伐慘敗覆轍。最後以四十三年前後的鮮明對比，言百姓淡忘侵略之事，安於異族統治，字裡行間充滿沉痛悲壯。後者言詞人眺望北固樓一帶風光，興千古興亡之感，融曹操之語入詞中，讚賞孫

〔註1〕兩詞皆作於開禧元年辛棄疾知鎮江府時。當時韓侂冑執政，籌畫北伐，辛棄疾支持北伐抗金，但認為應做好充分準備，避免草率行事。但此意見並沒有引起當權者的重視。

權「年少萬兜鍪，坐斷東南戰未休」，言其年紀輕輕便統率千軍萬馬，雄踞東南一隅，大破曹軍。而諷刺南宋與其相類佔據一隅，卻苟且偷安、懦弱無能，難再有如孫權之輩，自己滿腔報國壯烈情懷無用武之地，充滿了憤懣之情。

其次，登樓多產生對個人遭際與國家命運的感時傷事。如杜甫〈登樓〉詩，登臨之時的所感卻是「萬方多難」，國家災患重重、自己客居他鄉，故登臨時見繁花燦爛也「傷客心」。目之所見的「錦江」「玉壘」本應引起山河壯麗之感，卻使詩人聯想到了風雲變幻的世事與動盪不安的局勢，在極為壯闊的景致之中，流露出詩人憂國憂民的無限心事。無論是懷古傷今，還是感時傷事，多有鬱鬱不得志之感，想要有所作為卻壯志難酬的境遇。尤其在國家岌岌可危之時，這種悲憤會被無限放大。王勃〈滕王閣序〉中發千古悲歎：「馮唐易老，李廣難封。屈賈誼於長沙，非無聖主；竄梁鴻於海曲，豈乏明時。……孟嘗高潔，空餘報國之情；阮籍猖狂，豈效窮途之哭。」以古代一眾賢者名士如馮唐、李廣、賈誼、梁鴻、孟嘗、阮籍等境遇，表達「時運不齊，命途多舛」的古今同悲命運，懷才不遇的是他們，又何嘗不是自己？正因為自古以來文人登高多生愁緒，故甚至出現了諸多怕登樓、勸誡莫登樓的語句，如柳永〈八聲甘州〉之「不忍登高臨遠，望故鄉渺邈，歸思難收」、范仲淹〈蘇幕遮〉之「明月樓高休獨倚，酒入愁腸，化作相思淚」、何夢桂〈喜遷鶯〉之「怕傷心，休上危樓高處」等。

當然，並非所有的登高遊賞都引發愁情，亭臺樓閣除了獨自登臨外，也常是三五知交好友，相聚宴飲之處，亦有文人登高望遠，賞山河壯麗、氣象萬千。如李白〈登錦城散花樓〉，詩人登上晨光照耀下的散花樓，所見是「金窗夾繡戶，珠箔懸銀鉤」這般富麗堂皇的精美裝飾，所感是「飛梯綠雲中，極目散我憂」，見樓接霄漢，極目雲天，抒懷散憂，登樓極為愉悅快意。再如白居易〈望江樓上作〉，「百尺樓」「千里道」乃是誇張說法，然「憑高望平遠，亦足舒懷抱」，詩人登高望遠，目及一片遼闊，不覺心情舒暢，心曠神怡。在這多事之時，能有此景可

觀，得片刻舒展，於是進一步生發出「尤覺閒人好」「休退誠非早」「歸山未為老」的隱逸嚮往之情。

除以上所言作為遊賞之地的亭臺樓閣之外，古典詩詞中尚有諸多未具具體名稱的建物身影，用以抒發情意。其中常見的便是亭在離別意緒抒發中的使用。古時交通要道上常設亭，作為行旅之人或傳遞文書之人歇息之處，後漸演變成為迎賓送客之場所，與離別情緒、羈旅之愁、思鄉懷人等勾連。如李白〈菩薩蠻〉：「何處是歸程，長亭更短亭」，詞通過立於樓上所見平林、煙靄、寒山、宿鳥等景物，引發了思歸情緒，但所發歸程何處之問卻並沒有答案，回答他的只有路途上無數的長亭短亭。庾信〈哀江南賦〉云：「十里五里，長亭短亭」，所以這「長亭更短亭」只是說明了去鄉極遠，歸鄉無望，是為極哀之結筆。言亭中送別之作亦常有，如柳永〈雨霖鈴〉之「對長亭晚」、晏殊〈踏莎行〉之「長亭別宴」等，長亭之中送人遠去，盡訴離別之痛。

前述文人登樓多是興家國之嘆，慨身世之悲，而歷代文學作品中還存在另一主題，即思婦登樓，思婦多是倚於樓上，眺望離人歸來的方向，所抒發的是對游子歸來的期盼與等待無果的失落。如溫庭筠〈夢江南〉言閨婦「獨倚望江樓」，凝望滔滔江面，癡癡等待著，然而直至餘暉脈脈，千帆過盡，所盼望的人依舊沒有出現，最終希望破滅，柔腸寸斷。短短數字，倚樓之所為，倚樓之所見，倚樓之所感，歷歷分明，看似輕描淡寫，內裡卻埋藏著極其深沉的情感，無怪乎沈際飛《草堂詩餘別集》評此詞：「癡迷，搖盪，驚悸，惑溺，盡此二十餘字。」〔註2〕

《陽春集》中對樓閣建物意象的使用囿於其詞作抒情主體多是女性，少了文人登臨時或悲慨或快意的書寫使用，而多集中於閨中女子一端。這一意象在馮延巳所作的各類主題詞作中皆有出現，但比重有明顯差異，言閨中情緒的詞作如閨怨、相思等詞作的建物意象數量占

〔註2〕參見史雙元編著：《唐五代詞紀事會評》，頁242。

到全集約百分之六十。閨怨詞中的樓閣廳堂、宮怨詞中的諸如「昭陽殿」「披香殿」等宮殿，都可以視為對主題的呼應。而不同主題詞作使用建物類意象時也有不同的側重點：賞春惜春類詞作中出現的建物類意象多不是高樓朱戶，而是園池、秋千等；宴飲類詞作對建物類意象的使用多在於塑造宴飲的環境；人生悲歡類詞作對建物意象的使用主要因主人公多是倚樓、倚欄或立於建物之中思考人生，興發慨歎。傷春悲秋類詞作中出現的建物類意象說明了這種傷春悲秋感觸也多產生於樓閣或庭院之中。

　　《陽春集》在書寫閨中情緒的篇章中，對於樓閣的描寫，側重點往往是「深」。這種意象表達的產生，在詩詞之間因抒情主體的不同而形成分野，狀庭院之深的筆法在前代詩歌中，多是凸顯閒靜、幽深，與愁緒的表達關聯性不大，如李商隱〈訪人不遇留別館〉之「閒倚繡簾吹柳絮，日高深院斷無人」、黃滔〈宿李少府園林〉之「深院月涼留客夜，古杉風細似泉時」等。而至詞中，因抒情主體多為女性，深邃成為其居處的特點，便多用以表達深閨閉鎖的幽寂之感，《花間集》中已有此用法，如韋莊〈更漏子〉之「深院閉，小庭空，落花香露紅」、孫光憲〈臨江仙〉之「暮雨淒淒深院閉，燈前凝坐初更」等。正中詞中此一用法延續詞體的使用經驗而來：

　　庭院深深深幾許，楊柳堆煙，簾幕無重數。（〈鵲踏枝〉，656）

　　小堂深靜無人到，滿院春風。（〈採桑子〉，661）

　　深院空幃，廊下風簾驚宿燕。（〈酒泉子〉，667）

　　月落霜繁深院閉，洞房人正睡。（〈醉花間〉，672）

　　屏掩畫堂深，簾捲蕭蕭雨。（〈醉花間〉，672）

　　洞房人睡月嬋娟，梧桐雙影上朱軒。立階前。（〈虞美人〉，677）

　　洞房深夜笙歌散，簾幕重重。（〈採桑子〉，664）

　　閨中情緒的產生離不開廳堂樓閣的醞釀環境，《陽春集》中塑造這

類意象，多用「深院」「洞房」等形容，「深院」自不必說，「洞房」指的是深邃的內室，王延壽〈魯靈光殿賦〉言「洞房叫窱而幽深」，「叫窱」即深邃、深遠的樣子，類似用法如〈招魂〉：「姱容修態，絚洞房些」、陸機〈君子有所思行〉詩：「甲第崇高闥，洞房結阿閣」等皆是如此。而直言廳堂庭院之深者，如名句「庭院深深深幾許」，以「深」字相疊，疊字起強調作用，從鏡頭感與空間感而言，起到一個深邃感無限延長的效果，而「深幾許」的反詰，其實是在言不知深幾許，以誇張的方式，極言庭院幽深。無論是「畫堂深」「深院」還是「洞房」，強調其廳堂之深，皆是為了渲染環境的岑寂，表明女性閉鎖深院的孤寂心情與悲慘命運。

言房室之深邃，則多是深寂無人到，只空有滿院景致與女子孤單身影，無人來賞，或是多言時間為深夜，即除了「深」以外，還強調居室之「靜」與「空」：

> 寒蟬欲報三秋候，<u>寂靜幽齋</u>。（〈採桑子〉，663）
>
> 小桃寒，垂楊晚，<u>玉樓空</u>。（〈酒泉子〉，667）
>
> 雲屏冷落<u>畫堂空</u>，薄晚春寒無奈落花風。（〈虞美人〉，679）
>
> 燕燕巢時簾幕捲，鶯鶯啼處<u>鳳樓空</u>。（〈舞春風〉，680）
>
> 楊花零落月溶溶，塵掩玉箏絃柱<u>畫堂空</u>。（〈虞美人〉，679）
>
> 畫堂昨夜西風過，繡簾時拂朱門鎖。（〈菩薩蠻〉，698）
>
> 笙歌放散人歸去，<u>獨宿江樓</u>。（〈採桑子〉，661）

〈採桑子〉以「寒蟬欲報三秋候」通過聽覺起筆，以寒蟬之聲以動寫靜，側面暗示此環境的幽靜，而下則直接以「寂靜」「幽」來形容所處之地，環境如此，或是人的感受的外露，又更加劇了這種情緒的渲染，是以「寂靜幽齋」更襯托出居於其中之人的幽獨寂寥。〈酒泉子〉〈虞美人〉〈舞春風〉等闋，則是以「空」言，無論是「玉樓空」「畫堂空」還是「鳳樓空」，皆是富麗堂皇之所，然此華麗之所卻是空寂的，已暗含一種對比之感，而這滿室皆空，無論是以寒風落花、塵掩琴箏的

畫面正襯，還是以春色融融、黃鶯啼鳴之聲反襯，皆塑造出一種寂寥空虛之感，看似只是對居處環境作客觀描寫，但卻隱隱顯露深閨之中自憐自艾的身影。〈菩薩蠻〉與〈採桑子〉二闋，雖未直接言明「靜」或「空」，但卻在描寫之中已然體現，無論是朱門深閉緊鎖，畫堂中西風吹過，輕輕拂動著低垂繡簾，還是歌闌宴罷人歸去之後，主人公獨宿江樓，都呈現出一幅冷清空寂的畫面，淒涼之意頓生。

　　事實上，「深」「靜」「空」之感覺渲染，本是同一機杼。言「深」，乃顯示居所空曠寂靜景象，且因「深」、故而無人到，於是才格外的「空」、格外的「靜」，才顯得閨中之人孤寂空虛，縱有滿腔心事、滿腹閒愁，也無人傾吐。而這其中不少詞作乃是言閨中懷人相思，於是以此類建物意象的使用，加深環境描寫的效果，強化隱含在情緒表達之下的事件所帶來的悲劇感。其後李煜〈喜遷鶯〉之「寂寞畫堂深院」、晏殊〈踏莎行〉之「日高深院靜無人」等亦是此種用法。

　　張惠言《詞選序》中評價溫飛卿詞「深美閎約」，而王國維卻認為此句唯正中足以當之，雖則評價時是從其情感境界而言，認為其詞出於花間而超越花間，形成獨特的閎大氣象，開北宋風氣，但其描寫樓閣建物時著意創造的深邃與重疊難窺的空間，造成的隱幽之感，無疑或多或少增益了此種深美風格的形成。

　　除此之外，《陽春集》言及建物時，多有人倚靠建物的畫面，或倚欄、或倚樓，而這種描寫中，常強調的，一是倚欄之人形單影隻，無人相伴，二是倚欄時間之久，浸淫在悲苦的情緒之中久久無法自拔，極言其愁苦情癡：

> 黃昏獨倚朱闌。（〈清平樂〉，670）
>
> 留連光景惜朱顏，黃昏獨倚闌。（〈醉桃源〉，696）
>
> 笙歌散，魂夢斷，倚高樓。（〈芳草渡〉，686）
>
> 捲朱箔，掛金鉤，暮潮人倚樓。（〈更漏子〉，687）
>
> 搴羅幕，憑朱闌，不獨堪悲寥落。（〈更漏子〉，687）

醉憶春山<u>獨倚樓</u>，遠山迴合暮雲收，波間隱隱仰歸舟。（〈浣溪沙〉，419）

乍<u>倚遍</u>，闌干煙澹薄。（〈思越人〉，705）

無論是「獨倚樓」還是「獨倚闌」，皆言其孤身一人，即使未直接寫起「孤」的語句，也可通過別後相思懷人、追憶往事的主題，詞作中始終只有一人進行的行為動作，知其倚樓之時必定是獨自一人。而言其倚靠建物時間之長，則多是以其倚闌或倚樓時所見景致的變化來體現的，如〈清平樂〉從黃昏時獨自倚闌，到西南新月升起，再到夜深之時，寒意漸漸加強，說明閨婦倚闌時間之久，自黃昏至深夜。再如〈思越人〉的「倚遍闌干」，倚闌尚且不夠，竟是將闌干倚遍，直至淡薄煙靄籠罩著畫閣，可想見其倚闌時間之長。獨自倚靠建物，且倚靠時間漫長，所表現出來的情感無非兩個方向，或是為眺望遠方，苦苦等待離人歸來，時間過而不覺，言其情癡難改；或是無特定等待目的地倚靠，言其無所事事、空虛無聊，皆體現閨中生活的消極面向。

二、樓高不見章臺路：特殊建物意象探析

《陽春集》中存在著一些建物地點意象，因歷史典籍的記載，或前人以相同表意的高頻次使用使其具有了某種約定俗成的含意，此類意象的使用，帶著其自身所承載的語意，常能使詞作中具備不言自明的文化意涵，豐富其文化厚度：

北枝梅蕊犯寒開，<u>南浦</u>波紋如酒綠。（〈玉樓春〉，709）

<u>南浦</u>，南浦，翠鬢離人何處。（〈三臺令〉，702）

〈玉樓春〉一詞通過寫春日芳菲明媚景致，脫出傷春情緒，表達對春景的欣賞愛惜與對春去春來的高曠超逸情懷，故所使用「南浦」，僅是指南邊的池塘，作地點指示與季節指示之用。而寫離情之〈三臺令〉所使用的「南浦」，則具備了送別之地的意涵。以「南浦」作為送別之地的用法，早已有之：〈九歌·河伯〉有「子交手兮東行，送美人兮南浦」之句，王逸注：「願河伯送己南至江之涯，歸楚國也。」

〔註3〕江淹〈別賦〉：「春草碧色，春水淥波，送君南浦，傷如之何。」
張銑注曰：「南浦，送別之處。」〔註4〕進一步使「南浦」具備離別之
地的涵義。詩中亦有此用法，如王勃〈別人四首〉之「送君南浦外，還
望將如何」、王維〈齊州送祖二〉之「送君南浦淚如絲，君向東州使我
悲」等。〈三臺令〉亦是以「南浦」作為送別地點，「南浦」相疊，是出
於詞牌形式的考量，但也起到強調的效果，加深離別之時「傷如之何」
的情緒，下問「離人何處」，現出重遊故地，不勝唏噓之感。

　　昭陽殿裏新翻曲，未有人知。（〈採桑子〉，660）

　　昭陽記得神仙侶，獨自承恩。（〈採桑子〉，662）

　　昭陽舊恨依前在，休說當時。（〈採桑子〉，663）

《陽春集》中此三闋〈採桑子〉皆言宮怨，使用「昭陽宮」首先
呼應了詞作的宮怨主題。昭陽殿為漢代宮殿名，武帝時期便有，成帝時
期，寵妃趙飛燕居於其中，《三輔黃圖》載：「武帝時，後宮八區有昭
陽、飛翔、增成、合歡、蘭林、披香、鳳凰、鴛鴦等殿。」「成帝趙皇
后居昭陽殿，……貴傾後宮。昭陽舍蘭房椒壁，其中庭彤朱，而庭上髹
漆，切皆銅沓，黃金涂，白玉階，壁帶往往為黃金釭，函蘭田壁，明珠
翠羽飾之，自後宮未嘗有焉。」〔註5〕由此記載可見武帝時期後宮八區
便有昭陽殿，另外如「披香殿」馮詞亦有提及，〈清平樂·深冬寒月〉
即有「披衣獨立披香，流蘇亂結愁腸」。昭陽殿富麗精美，後用以泛指
後宮妃嬪所住之所，尤其用以指寵妃之處所，如王昌齡〈長信秋詞〉：
「玉顏不及寒鴉色，猶帶昭陽日影來」寫自己的如玉容顏不如寒鴉之
色，寒鴉能從昭陽殿上飛過，還能帶著昭陽日影、榮寵君恩，而自己深
居長信，無人憐惜。再如白居易〈長恨歌〉詩：「昭陽殿裏恩愛絕，蓬
萊宮中日月長」也是以昭陽殿代指楊貴妃住過的宮殿。馮詞中的「昭陽

〔註3〕王逸：《楚辭章句》（臺北：藝文印書館，民國63年4月再版），頁104
　　　～105。
〔註4〕蕭統選編，李善等注：《六臣注文選》，頁290。
〔註5〕史念海主編，何清谷校注：《三輔黃圖校注》，頁153、155。

殿」亦是作為後妃之居所使用,「昭陽殿裏翻新曲」言昭陽殿中新譜樂曲,尚無人知曉,於是偷偷吹奏,驚起涼秋寒蛩,不覺天已破曉。「昭陽記得神仙侶」今昔對比,以昔日承恩的歡欣得意,與如今失寵的蕭索淚流形成鮮明對比,「昭陽殿」作為盛寵的象徵,「別館」作為失寵的標誌,兩相對比之下,發出極為淒厲的悲歡與控訴。「昭陽舊恨依前在」同樣是以「昭陽殿」象徵得寵,言對奪寵之人的怨恨。

> 春色。春色。依舊<u>青門</u>紫陌。(〈三臺令〉,701)

> 春到<u>青門</u>柳色黃,一梢紅杏出低墻,鶯窗人起未梳妝。(〈浣溪沙〉,700)

> 回廊遠砌生秋草,夢魂千里<u>青門</u>道。(〈菩薩蠻〉,699)

「青門」作為長安城門進行空間地點指示之用前已述及,〈三臺令〉之「青門紫陌」即是指繁盛之都、熱鬧之街市。而前章「折柳送別」時亦曾提及青門常作為送別之地書寫,與灞橋相關,《三輔黃圖》記載,青門應是長安城東霸城門,門外有灞橋,行人送客至此,折柳送別,故無論是「青門」還是「灞橋」,都具備了離別、送別之意,如趙令畤〈清平樂〉之「去年紫陌青門,今宵雨魂雲魂」等。〈浣溪沙〉與〈菩薩蠻〉兩闋言離情、言懷人,前者以「青門」指代離別之處,言及柳則是因離別時或有折柳送別之舉,而今柳又重新發芽,顯示離別已久,更兼紅杏盛放,黃鶯啼鳴,一派熱鬧春光反襯孑然一身,獨對春景的落寞。後者以「青門」言遙遠之地,秋草叢生、通道荒蕪,所念之人久候不至,以致思念入夢,夢魂千里追尋,尋覓蹤影,情極癡纏。

除「南浦」「昭陽殿」「青門」等在《陽春集》中使用較多的典故,正中詞中還有一些具有特殊涵義的建物類意象:

> 簾捲曲房誰共醉,憔悴。惆悵<u>秦樓</u>彈粉淚。(〈南鄉子〉,685)

> 玉勒彫鞍游冶處,樓高不見<u>章臺路</u>。(〈鵲踏枝〉,656)

> 嚴妝才罷怨春風,粉牆畫壁<u>宋家東</u>。(〈舞春風〉,680)

> 蔭綠圍紅,夢瓊家在<u>桃源</u>住。(〈點絳唇〉,702)

　　「秦樓」典出《列仙傳》〔註6〕，為秦穆公為女所建之樓，後多有以「秦樓」與簫聲、蕭史、鳳凰相聯繫之作，如李白〈憶秦娥〉之「簫聲咽，秦娥夢斷秦樓月」、李煜〈謝新恩〉之「秦樓不見吹簫女，空餘上苑風光」等。亦有從樂府詩〈陌上桑〉之「日出東南隅，照我秦氏樓」之例，以「秦樓」代指女子居所者，如長孫佐輔〈關山月〉之「忽憶秦樓婦，流光應共有」、李郢〈蟬〉詩：「若使秦樓美人見，還應一為拔金釵」等。正中此闋〈南鄉子〉亦是以「秦樓」代指主人公居住之地，「秦樓」本是蕭史夫妻之居，然詞中女子只能於居所內獨擁羅衾、玉枕孤倚，發出「寂寞相思知幾許」「簾捲曲房誰共醉」之問，更顯諷刺，增強了情感表達的力度與分量。

　　「章臺」原為春秋時楚國離宮，或指戰國時秦宮內之臺〔註7〕。漢代長安有街名章臺，《漢書》記載：「敞無威儀，時罷朝會，過走馬章臺街，使御史驅，自以便面拊馬。」顏師古注：「孟康曰：『在長安中。』臣瓚曰：『在章臺下街也。』」〔註8〕王勃〈春思賦〉：「白馬新臨玉溝道，青牛近出章臺路」、李賀〈馬〉詩：「空知有善相，不解走章臺」皆是此類用法。又有唐代歌妓柳氏與韓翃有〈寄柳氏〉〈寄韓翃〉的詩歌贈答，詩中有「章臺柳」之語，許堯佐以此為主題有〈章臺柳傳〉，故後人亦有以章臺為妓女聚居之所。〈鵲踏枝〉中「章臺路」便是用此含義，雖未明言閨中女子所待之人究竟去向何處，但以聲色為娛的「游冶」及

〔註6〕《列仙傳》載：「蕭史者，秦穆公時人也。善吹簫，能致孔雀白鶴於庭。穆公有女，字弄玉，好之，公遂以女妻焉。日教弄玉作鳳鳴，居數年，吹似鳳聲，鳳凰來止其屋。公為作鳳臺，夫婦止其上，不下數年。一旦，皆隨鳳凰飛去。故秦人為作鳳女祠於雍宮中，時有簫聲而已。」

〔註7〕作為春秋時楚國離宮的章華臺，《左傳‧昭公七年》：「及即位，為章臺之宮，納亡人以實之。」杜預注：「章臺，南郡華容縣。」另有戰國時秦宮中臺名，《戰國策‧楚策一》：「今乃欲西面而事秦，則諸侯莫不南面而朝於章臺之下矣。」鮑彪注：「秦臺，在咸陽。」

〔註8〕班固撰，顏師古注，王雲五主編：《漢書》（臺北：臺灣商務印書館，2010年7月臺二版一刷），頁955。「便面」乃是用以遮面的扇狀物，顏師古注曰：「便面，所以障面，蓋扇之類也。不欲見人，以此自障面則得其便，故曰便面，亦曰屏面。」

「章臺路」的使用，皆暗示或是事實如此，或是閨婦猜測如此，即男子薄情寡幸，在外尋花問柳不歸。與前述閨閣之深邃對比之下，女性閉鎖深閨，男性尋歡作樂，更顯閨中女性命運的悲慘。

「宋家東」即宋玉之東鄰，〈登徒子好色賦〉言宋玉東鄰有一女子，傾國傾城，「增之一分則太長，減之一分則太短，著粉則太白，施朱則太赤。眉如翠羽，肌如白雪，腰如束素，齒如含貝。嫣然一笑，惑陽城，迷下蔡。」而這極為美麗之女子，登墻窺宋玉三年，宋玉不為所動。後常以此類語詞代指美麗多情的女子。〈舞春風〉中，以「宋家東」為喻，足狀居於「粉牆畫壁」之中的女子的容貌姣好，天生麗質，而這種容貌深閨閉鎖，無人欣賞，更顯悲涼。

「桃源」典出陶淵明〈桃花源記〉，描述桃花源這一地方生活著一群因避亂而與世隔絕的隱居者，其生活之處完全是詩人心中的「理想國」，其後便以「桃花源」「桃源」或「武陵源」來喻世外樂土、避世隱居之處，如孟浩然〈南還舟中寄袁太祝〉：「桃源何處是，游子正迷津」、陸游〈小舟遊近村捨舟步歸〉詩：「寒日欲沉蒼霧合，人間隨處有桃源」等。亦有以此比喻仙境者，如李涉〈贈長安小主人〉：「仙路迷人應有術，桃源不必在深山。」〈點絳唇〉言及阿瓊，乃是對傳說中的西王母侍女許飛瓊的昵稱，《漢武帝內傳》記載：「（王母）又命侍女許飛瓊鼓震靈之簧」〔註9〕，馮詞〈相見歡〉亦有「曉窗夢到韶華，阿瓊家。」是以傳說中的仙子指代美麗女子，故而以「桃源」形容此美麗女子居住之處，為一「蔭綠圍紅」的世外仙境。

第二節　琴　曲

此部份意象又可分為兩類，一類是具體的樂器，如琴、箏、笙、笛等，詞作中常常以樂器的狀態或是人與樂器的互動來傳達情緒感受；另一類是樂器所傳之聲，有具體的樂曲，亦有不具名的樂音如笛

〔註9〕佚名撰，王根林校點：《漢武帝內傳》（上海：上海古籍出版社，2013年7月初版二刷），頁73。

聲、塞管聲、笙歌等，這類意象，或直接以樂曲所含之意傳達情感，或以樂音的特點營造氛圍，進而引發某種感情。而這種書寫通常並非涇渭分明的，有時詞作的詩句中會兼有樂器、樂曲與樂音。

無論是何種情緒方向的詞作中，樂曲出現的頻率總是很高，宴飲類詞作以樂曲助興，體現酒宴上的熱鬧，或以此熱鬧反襯酒闌人散後的蕭索；閨情類詞作中主人公常以彈奏樂器來度過寂寥的閨中生活，或是聞幽怨的曲調而引發念遠傷懷的情緒；離別場景的笛音渲染氣氛，樂器蒙塵的今昔對比寫法更是常見。然而在不同主題中對於此類意象的使用還是有所不同，言宴飲之樂者，所呈現的多是樂曲烘托宴飲的熱鬧氣氛的一面：

> 窈窕人家顏似玉，絃管泠泠，齊奏雲和曲。（〈鵲踏枝〉，654）

> 谷鶯語軟花邊過，水調聲長醉裏聽。（〈拋球樂〉，690）

〈鵲踏枝〉狀春日宴飲的歡悅情景，此一春日宴飲之時，有芳草有盛放之花，有庭竹籠於細雨之中，楊柳嫩葉金黃，碧池波紋微漾，鴛鴦對浴，自然環境極為明媚旖旎，令人賞心悅目。除此之外，還有窈窕少女，容顏如玉，青春美好，奏著〈雲和曲〉。「雲和」有兩釋，皆與琴瑟相關，其一為山名，多取其所產之材製作琴瑟，《周禮·大司樂》記載：「雲和之琴瑟……空桑之琴瑟……龍門之琴瑟。」鄭玄注：「雲和、空桑、龍門皆山名。」〔註10〕雲和所出琴材，製為琴瑟，用以奏樂，曲極悅耳，鮑照〈拜侍郎上疏〉有「不悟乾羅廣收，圓明兼覽，雕瓠飾笙，備雲和之品」句、庾信〈周祀圜丘歌〉有「孤竹之管雲和弦，神光未下風蕭然」句，皆是此用。另一釋義則是以「雲和」作為琴瑟等弦樂器的統稱。張協〈七命〉詩：「吹孤竹，拊雲和」，李周翰注：「雲和，瑟也。」〔註11〕李白〈寄遠〉詩之「遙知玉窗裏，纖手弄雲和」即是此意。〈鵲踏枝〉此闋所使用之「雲和曲」無論是採用哪一種釋義，都是

〔註10〕鄭玄注，賈公彥疏：《周禮注疏》（北京：北京大學出版社，2000年12月初版一刷），頁689～691。

〔註11〕蕭統選編，李善等注：《六臣注文選》卷三十五，頁636。

為了強調樂音美妙動聽，與此種明媚的自然環境融為一體，顯示酒宴的熱鬧氛圍，興起令人心醉神迷之感。

〈拋球樂〉此闋言逐勝歸來之宴飲之樂。此時的環境是霏霏細雨、陣陣鶯啼、煙靄漸輕、樂曲悠揚，洋溢著一種美好和諧的氣氛。「水調」為曲調名，《碧雞漫志》言唐人所記載的水調多有不同，「因疑水調非曲名，乃俗呼音調之異名」，總匯諸多典籍不同的說法，如《隋唐嘉話》《脞說》《明皇雜錄》《南唐近事》等，詳細地分辨了典籍之中所記載的「水調」的創製、形式、風格等不同。〔註12〕《唐音癸籤》記載：「按，水調及新水調，並商調曲也。唐曲凡十一疊，前五疊為歌，後六疊為入破，其歌第五疊五言，調聲最為怨切。」〔註13〕故

<hr>

〔註12〕《碧雞漫志》：「按隋唐嘉話，煬帝鑿汴河，自製水調歌，即是水調中製歌也。世以今曲水調歌為煬帝自製，今曲乃中呂調，而唐所謂南呂商，則今俗呼中管林鐘商也。脞說云：『水調、河傳，煬帝將幸江都時舊，聲韻悲切，帝喜之。樂工王令言謂其弟子曰，不返矣。水調、河傳，但有去聲。』此說與安公子事相類，蓋水調中河傳也。明皇雜錄云：『祿山犯順，議欲遷幸。帝置酒樓上，命作樂，有進水調歌者曰：「山川滿目淚沾衣。富貴榮華能幾時。不見只今汾水上，唯有年年秋雁飛。」上問誰為此曲，曰李嶠。上曰真才子。不終飲而罷。』此水調中一句七字曲也。白樂天聽水調詩云：『五言一遍最殷勤。調少情多似有因。不會當時翻曲意，此聲腸斷為何人。』脞說亦云：『水調第五遍最殷勤五言調，聲最愁苦。』此水調中一句一字曲，又有多遍，似是大麴也。樂天詩又云：『時唱一聲新水調，謾人道是采鞭歌。』此水調中新腔也。南唐近事云：『元宗留心內寵，宴私擊鞠無虛日。嘗命樂工楊花飛奏水調詞進酒，花飛惟唱南朝天子好風流一句，如是數四，上悟，覆□否賜金帛。』此又一句七字。然既曰命奏水調詞，則是令楊花飛水調中撰詞也。外史□杌云：『王衍泛舟巡閬中，舟子皆衣錦繡，自製水調銀漢曲。』此水調中製銀漢曲也。今世所唱中呂調水調歌，乃是以俗呼音調異名者名曲，雖首尾亦各有五言兩句，決非樂天所聞之曲。河傳，唐詞存者二，其一屬南呂宮，凡前段平韻，後仄韻。其一乃今怨王孫曲，屬無肘宮。以此知煬帝所製河傳，不傳已久。然歐陽永叔所集詞內河傳，附越調，亦怨五孫曲。今世河傳，乃仙侶調，皆令也。」

〔註13〕胡震亨著：《唐音癸籤》卷十三，頁132。「入破」為唐宋大曲的專用詞，大曲每套都有十餘遍，歸入散序、中序、破三大段，入破即為破這一段的第一遍。入破後，節奏變為翻急，此時舞者入場，因而晏殊

知此調多說為隋煬帝幸江都時所製，多言其「聲韻怨切」「聲最愁苦」等，詩詞中的使用如杜牧〈揚州〉詩：「誰家唱水調，明月滿揚州」、賀鑄〈羅敷歌〉：「誰家水調聲聲怨，黃葉秋風」等。雖則多言「水調」情帶淒怨，但〈拋球樂〉寫宴飲之樂，故並不強調「水調」為淒怨之音，而是強調其聲韻悠長，不絕如縷，聞之令人心神搖盪，飲酒之時聞此音難免沉醉其中。

　　歡樂宴飲之時的樂曲樂音與熱鬧的宴飲環境相得益彰，而更多時候，則是以笙歌鼎沸的熱鬧來反襯寂寥離索的心情：

　　　　林花狼藉酒闌珊，<u>笙歌</u>醉夢間。（〈醉桃源〉，696）

　　　　獨立花前，更聽<u>笙歌</u>滿畫船。（〈採桑子〉，660）

　　　　<u>笙歌</u>放散人歸去，獨宿江樓。（〈採桑子〉，661）

　　　　洞房深夜<u>笙歌</u>散，簾幕重重。（〈採桑子〉，664）

　　「笙歌」或可分而言之為吹笙唱歌、合笙之歌，如《禮記·檀弓》：「孔子既祥，五日彈琴而不成聲，十日而成笙歌。」[註14]亦泛指奏樂唱歌，通常以笙歌言音樂歌舞熱鬧非凡之景象。以上四例所言皆為熱鬧酒宴散去之後的閨中寂寥之情。〈醉桃源〉言笙歌消散，更兼林中落花滿地狼藉，歡樂的時刻猶如在醉夢之間，夢醒之後，只能徒增蕭索之感。〈採桑子〉三闋，笙歌散去之後，都只剩一人形單影隻，無論是「獨立」「獨宿」還是閉鎖重重簾幕之中，都與熱鬧的場景形成強烈對比，塑造了極為孤獨的人物形象，並流露出美好終將逝去，繁華散落，唯有寂寥永恆常在之感。

　　在各類樂器樂音意象的使用中，笛是一種使用較多的意象。作為一種古老的樂器，通常在文學作品中有橫笛、玉笛、羌笛等幾種情況。橫笛是笛的吹奏形態之一，《夢溪筆談》載：「後漢馬融所賦長笛，空洞無底，剡其上孔五孔，一孔出其背，正似今之『尺八』。李善為之

　　　〈木蘭花〉有「入破舞腰紅亂旋」之句。
〔註14〕鄭玄注，孔穎達疏：《禮記正義》，頁223。

注云：『七孔，長一尺四寸。』此乃今之橫笛耳。太常鼓吹部中謂之『橫吹』，非融之所賦者。」〔註15〕詩詞之中的使用如張巡〈聞笛〉詩：「旦夕更樓上，遙聞橫笛音」、李清照〈滿庭霜〉：「難堪雨藉，不耐風柔。更誰家橫笛，吹動濃愁」等。

　　羌笛多認為是羌族人羌中所製，上言〈長笛賦〉亦提及：「近世雙笛從羌起，羌人伐竹未及已。龍鳴水中不見己，截竹吹之聲相似。剡其上孔通洞之，裁以當籥便易持。易京君明識音律，故本四孔加以一。君明所加孔後出，是謂商聲五音畢。」可知其最初為四音孔，後改為五音孔。因羌笛出於外族，故多作為外族文化的代表出現在詩歌中，又多用於寫邊塞生活、戰爭，這種較為穩定的意象使用方向的形成主要與當時的社會背景相關：一方面，唐時的民族大融合使得少數民族文化傳入中原，其中當然也包括樂器與樂曲；另一方面，與邊關的少數民族多有戰事發生，促使了邊塞詩的繁盛發展，而羌笛作為興於邊塞之地的樂器，自然歷來被用於表現邊塞主題的作品中，以表達征戰之苦、思鄉之悲，如王之渙〈涼州詞〉之「羌笛何須怨楊柳，春風不度玉門關」、岑參〈白雪歌送武判官歸京〉之「中軍置酒飲歸客，胡琴琵琶與羌笛」等。

　　玉笛則是從笛之材質而言，為玉製之笛，《西京雜記》載：「（秦咸陽宮）玉管長二尺三寸，二十六孔，吹之則見車馬山林，隱轔相次，吹息亦不復見，銘曰『昭華之琯』。」〔註16〕但更多的時候，則是以「玉笛」作為笛之美稱，相較於羌笛背後蘊藏著大漠邊塞的荒涼感與粗糲感，玉笛則帶著溫柔細膩，在唐人的詩篇中，它成為富貴華麗的表現，帶來一絲浪漫風流的氣息，如李白〈金陵聽韓侍御吹笛〉詩之「韓公吹玉笛，倜儻流英音」、于鵠〈長安游〉詩之「何處少年吹玉笛，誰家鸚鵡語紅樓」等，即使是寫愁緒，也是凄惋哀怨的，如李白〈春夜洛城聞

〔註15〕沈括撰：《夢溪筆談》（臺北：世界書局，民國50年2月初版），頁264。
〔註16〕劉歆撰，葛洪集，王根林校點：《西京雜記》（上海：上海古籍出版社，2013年7月初版二刷），頁26。

笛〉之「誰家玉笛暗飛聲，散入春風滿洛城」、錢起〈送張將軍西征〉之「玉笛聲悲離酌晚，金方路極行人遠」等。除此之外，唐人詩中還有一些牧童、採蓮女、田家翁吹笛以寫閒情逸致，或是一些特定場合如迎神、賽神等所使用的笛。

　　笛之所以能與愁緒密切相聯，產生使人歐悅之感，勾起無限愁思，主要是與其聲相關。〈笛賦〉云：「其為幽也，甚乎。懷永抱絕，喪夫天，亡稚子。纖悲微痛，毒離肌腸腠理。激叫入青雲，慷慨切窮士，度曲羊腸坂，揆殃振奔逸。游洙志，列弦節，武毅發，沉憂結，呵鷹揚，叱太一，聲淫淫以黯黮，氣旁合而爭出。」言笛聲幽怨之時，有如喪夫亡子，痛苦無窮無盡。笛聲舒緩之時，情緒絲絲入扣。笛聲激越之時，如壯志難酬，高入雲天，激憤難平。曲折時如羊腸小徑，奔放時又如駿馬奔騰，激烈時如呵斥猛將，婉轉時又如流水潺潺，雖則風格多變，但都易引人愁思，發人感慨。唐人聞笛，多見邊塞聞笛、江上聞笛、高樓聞笛，如王維〈隴頭吟〉之「隴頭明月迴臨關，隴上行人夜吹笛。關西老將不勝愁，駐馬聽之雙淚流」，言沉淪邊關的老將，聞笛聲而思鄉；王昌齡〈江上聞笛〉之「橫笛怨江月，扁舟何處尋」，言江上聞笛音，引發纏綿而深沉的故土之悲；施肩吾〈夜笛詞〉之「皎潔西樓月未斜，笛聲寥亮入東家」，言裁衣婦聞笛聲，興起相思之念，失手剪掉燭花之態，從一個極其微小的動作見其情緒，頗為動人。

　　除此之外，唐人還多用具體笛曲如〈梅花落〉〈折楊柳〉〈關山月〉等，或與笛相關之典故如柯亭笛、山陽笛等，以笛曲或典故自身所擁有的內涵豐富詩意。

　　《陽春集》中笛意象的使用，在表達模式上與唐人相類，多有月夜聞笛、江上聞笛、高樓聞笛等，相異之處在於未見邊塞聞笛之描寫，這是由於集中並無書寫邊塞內容的詞作，五代十國時期，各地分裂割據，南唐於江南偏安一隅，雖戰爭頻仍，戰亂不止，但多不發生在邊塞地區，故鮮有狀寫邊塞生活的作品。馮詞這一時期所延續的，是唐時由邊塞作品延伸出的另一脈絡，即將詩歌的表現重點轉移到離愁別緒與

思鄉之感，而引發這種思鄉之感的戰亂、戍邊等原因卻被模糊處理了。事實上，雖然數量極少，但唐人言及玉笛時所營造的風流俊雅之感，於馮詞中亦有所見，如〈謁金門・楊柳陌〉中塑造了一個身騎白馬、衣著芳潔、浪跡江湖之人，「吹玉笛」顯示出其才華與品位不俗，而「起舞不辭無氣力」，即使沒有氣力，也願意伴隨玉笛之聲為君起舞，則見主人公對其一往情深、癡心不改。但更多言及笛的詞作，則是直接以樂音或樂聲抒情，或狀離情，或因樂音凄切而引發傷懷念遠之感：

> 蠟燭淚流羌笛怨，……陽關一曲腸千斷。（〈鵲踏枝〉，654）

> 隔江何處吹橫笛。沙頭驚起雙禽。（〈臨江仙〉，668）

> 寒山碧，江上何人吹玉笛。（〈歸國遙〉，682）

> 何處笛。終夜夢魂情脈脈。（〈歸國遙〉，681）

> 燕鴻遠，羌笛怨。（〈芳草渡〉，686）

> 不語含情，水調何人吹笛聲。（〈採桑子〉，661）

> 玉笛纔吹，滿袖猩猩血又垂。（〈採桑子〉，663）

> 梅花吹入誰家笛，行雲半夜凝空碧。（〈菩薩蠻〉，698）

> 髣髴梁州曲，吹在誰家玉笛中。（〈拋球樂〉，691）

〈鵲踏枝〉〈臨江仙〉〈歸國遙〉三例皆是離別場景中聞笛而引發離情之悲，〈鵲踏枝〉言離別之際，蠟燭仿佛垂淚，羌笛之音幽怨低訴，又何嘗不是面對離別的女子的內心寫照。下言及〈陽關〉一曲，此又稱〈渭城曲〉，因王維〈渭城曲〉詩「渭城朝雨浥輕塵，客舍青青楊柳春。勸君更盡一杯酒，西出陽關無故人」〔註17〕而得名。後歌入樂府，作為送別之曲，詩句反覆歌之，故也稱為「陽關三疊」。蘇軾對此有論：「舊傳陽關三疊，今歌者每句再疊而已，若通一首，又是四疊，皆非是。每句三唱以應三疊，則叢然無復節奏。有文勳者，得古本陽

〔註17〕按《全唐詩》中所載，客舍「青青」一作「依依」，「楊柳春」一作「柳色新」。

關，每句皆再唱，而第一句不疊。乃知唐本三疊如此。」且下舉白居易〈對酒〉詩佐證。〔註18〕〈陽關〉曲脫胎於〈渭城曲〉，本就含送別之意，離別宴飲，樂音曲調極悲，聲情幽怨，一片悽愴，極言離懷別苦。〈臨江仙〉與〈歸國遙〉皆營造了一個江上聞笛的環境，江上聞笛者，廣闊江面上飄蕩著淒清笛聲，常常令離人心生悲戚，更易使人有所觸動，《唐國史補》載：「李牟，秋夜吹笛於瓜洲，舟楫甚隘。初發調，群動皆息。及數奏，微風颯然而至。又俄頃，舟人賈客，皆有怨歎悲泣之聲。」〔註19〕離別之際不知何人吹奏，笛聲傳來，更添淒切，無論是驚起渡頭的雙禽，以顯示人心之悽惶，還是同秋日寒山一同構成離別之境的蒼涼悲戚，悠長的笛音聽來仿佛人之鳴咽之聲，如泣如訴，更助情感基調的建構、環境氛圍的渲染，以及情緒的抒發與傳達。

　　〈歸國遙〉〈芳草渡〉〈採桑子〉〈菩薩蠻〉等五闋所言乃是別後相思懷人或是深閨中淒怨之情。〈歸國遙〉抒發閨中懷人之思，言閨婦夢魂之中脈脈情深，卻被不知何處的笛聲驚擾，夢醒時分只聽窗外竹風簷雨，此處笛聲不僅與風雨之聲營造冷寂淒清氛圍，還直接成為「夢斷」之因，不絕更添愁悶之感。〈芳草渡〉抒發秋日相思之苦，一片蕭條風物景象之中，已是堪愁，倚高樓遠望，燕鴻遠去，江上一片浩渺澄澈，此時羌笛之音悠悠傳來，更添淒怨。此處之「羌笛怨」，既是羌笛之音充滿淒涼哀怨之感，也是樓上思婦主觀情緒感受的外現，「羌笛之怨」其實也是心中之怨。〈採桑子〉兩闋一言閨情，一言宮怨。前者寫夜裡寒氣驟升、侵入西窗，令人難以成眠，此時聽聞不知何處傳來笛聲，吹奏〈水調〉，此處用〈水調〉則與上文不同，強調其「聲韻怨切」，是為愁苦之音。思婦不語，只是聽笛聲淒切，無眠之時聞此音，更增添哀傷之情。後者相較之下，則顯得濃墨重彩，怨恨極深，笛聲過處，垂

〔註18〕蘇軾撰，孔凡禮整理：《仇池筆記》（鄭州：大象出版社，2003 年 10 月
　　　　初版一刷），頁 194。
〔註19〕李肇撰：《唐國史補》（臺北：世界書局，民國 51 年月初版），頁 58。

下猩猩血淚，觸目驚心，以醒豁鮮明之筆言愁言恨，極為刻骨。

　　〈菩薩蠻〉一闋所言乃是秋夜聞笛懷人念遠，所聞的笛曲為〈梅花〉。《樂府詩集》載：「〈梅花落〉，本笛中曲也。按唐大角曲亦有〈大單于〉〈小單于〉〈大梅花〉〈小梅花〉等曲，今其聲猶有存者。」〔註20〕文學作品中的使用如江總〈梅花落〉：「長安少年多輕薄，兩兩常唱梅花落」、李白〈與史郎中欽聽黃鶴樓上吹笛〉：「黃鶴樓中吹玉笛，江城五月落梅花」等。江總在〈梅花落〉一詩中形容其音「淒復切」，李白以此曲來言遷謫途中的淒涼心境，皆可知此曲幽怨淒切，聞之引人觸發感傷情緒。此闋以「梅花吹入誰家笛」問句開篇，似含慍怒責怪之意，不知何處傳來的〈梅花〉曲，打破夜之寧靜，使人欹枕難眠，且句式將曲名先置於前，是對曲調的特別強調。下句如上章所述，乃是用誇張的筆法，言行雲為這樂音凝固於空中，語極形象。

　　〈拋球樂〉言宴後的離索情緒，詞中提及的〈梁州曲〉實為〈涼州曲〉，五代之後常將「涼州」稱為「梁州」，《新唐書》載：「大曆元年，又有〈廣平太一樂〉。〈涼州曲〉，本西涼所獻也，其聲本宮調，有大遍、小遍。貞元初，樂工康昆侖寓其聲於琵琶，奏於玉宸殿，因號〈玉宸宮調〉，合諸樂，則用黃鐘宮。」又言「而天寶樂曲，皆以邊地名，若〈涼州〉，〈甘州〉，〈伊州〉之類。」〔註21〕此句之妙在於，並非真的聽到〈梁州曲〉，而是因「白雲天遠重重恨，黃草煙深淅淅風」的景象，令人仿佛聽到宴席之上還未散去的〈梁州曲〉，此種景象，與白居易詩〈秋夜聽高調涼州〉言「樓上金風聲漸緊，月中銀字韻初調。促張弦柱吹高管，一曲涼州入沇寥」頗為相類，皆是秋風淒緊，而〈梁州曲〉笛音高曠、清朗仿佛入遼闊雲天，只是白詩中的〈梁州曲〉是真實聽見的，而〈拋球樂〉只是虛筆，只是這種「仿佛梁州曲」，令人回想起眾

〔註20〕郭茂倩編撰，聶世美、倉陽卿校點：《樂府詩集》卷二十四，（上海：上海古籍出版社，1998年11月初版一刷），頁290。

〔註21〕許嘉璐主編，黃永年分史主編：《新唐書》卷二十二，志第十二，禮樂十二，（上海：漢語大詞典出版社，2004年1月初版一刷），頁380～381。

人歡聚時的場景，卻也更襯托出眼前的寂寥。

> 回首西南看晚月，孤雁來時，塞管聲嗚咽。（〈鵲踏枝〉，652）

> 風雁過時魂斷絕，塞管數聲嗚咽。（〈清平樂〉，670）

> 高樓何處連宵宴，塞管吹幽怨。（〈虞美人〉，677）

塞管是一種塞外的胡樂器，以蘆為首，竹為管，聲音悲切。杜牧〈張好好詩〉有「繁弦迸關紐，塞管裂圓蘆」句，馮集梧注：「北人吹角以驚馬，一名觱管，以蘆為首，竹為管。」〔註22〕晏殊〈清商怨〉詞有「夜又永，枕孤人遠，夢未成歸，梅花聞塞管。」塞管聲情幽咽，常與大雁組合，以言離情別緒。〈鵲踏枝〉此闋狀寫月夜之時，寒涼之意肆虐，南飛孤雁劃過天際，夜晚可視程度較低，故能夠感知到雁飛，可能是從聽覺上聽聞雁鳴之聲，而耳之所聞，除卻雁回時的淒厲鳴聲，還傳來如泣如訴的塞管之聲，幽怨不絕，兩種聲音的交織，打破了夜空的靜謐，也營造了悽愴的環境氛圍，使得聽聞此聲的閨婦，更加引起傷懷念遠之情。〈清平樂〉一闋也與此相類，以風雁與塞管之音組合造境抒情。〈虞美人〉此闋則是以「塞管吹幽怨」與「高樓連宵宴」形成對比，不知何處高樓上通宵達旦的宴飲相聚，傳來的歡笑聲、喧鬧聲、歌唱聲，顯得獨自一人立階前的閨婦愈發寂寥淒涼，而塞管吹出的幽怨之聲，則是正襯，烘托出蕭索之感。兩種聲音一正一反，使愁緒愈加滿溢。

當然，正中詞中除了直接言樂曲樂音外，還有部份詞作，通過描寫樂器的狀態或人與樂器之間的互動來傳情達意，前者包括樂器蒙塵、琴箏弦斷等，後者主要是彈琴之行為動作。

> 人非風月長依舊，破鏡塵箏，一夢經年瘦。（〈憶江南〉，704）

> 金龍鸚鵡怨長宵，籠畔玉箏絃斷。（〈酒泉子〉，666）

> 玉露不成圓，寶箏悲斷弦。（〈菩薩蠻〉，699）

〔註22〕杜牧著，馮集梧注：《樊川詩集注》（上海：上海古籍出版社，1998年12月新版三刷），頁55。

管咽弦哀。慢引蕭娘舞袖迴。(〈採桑子〉,380)

〈憶江南〉敘寫別後離情,如上章所言「人非風月長依舊」抒發哲理性的時間流逝之感,風月永恆,但在這年復一年、日復一日的時間流逝過程之中,人事已非,「破鏡塵箏」是物之狀態,但也暗示人之狀態,是無心梳妝亦無心彈奏琴箏而致物變化至此,而其後直接寫人之狀態,是「一夢經年瘦」,為經年相思折磨得日漸消瘦,物之蕭索,人之消瘦,相互映襯,以言相思之苦。〈酒泉子〉抒寫秋夜懷人,閨婦借籠中鸚鵡之口怨長宵漫漫,為捱過無眠長夜,她起坐彈箏,卻驟然弦斷,或可從這一畫面的書寫中見出其情緒激越,滿腔怨憤。同樣書寫秋夜懷人,而同樣彈箏弦斷的〈菩薩蠻〉,則著一「悲」字,玉露難成圓,象徵的正是人事難圓,而彈箏並未排遣內心之愁苦,反而使得其悲其恨通過弦斷之力量流露出來,使人體會到其悲不自勝。如果說前例都還是間接表現的話,〈採桑子〉之傷春,則是直接賦予管弦人之情緒,樂音之淒咽哀怨,實際上是人聽聞此音被觸發的心理感受,如聞泣訴之聲,為時光流逝、樂事無多之人生感歎蒙上了一層悲哀之色。

殘月尚彎環,玉箏和淚彈。(〈菩薩蠻〉,698)

玉箏彈未徹,鳳髻鸞釵脫。(〈菩薩蠻〉,697)

誰把鈿箏移玉柱,穿簾海燕驚飛去。(〈鵲踏枝〉,658)[註23]

此三闋詞皆寫女子彈箏之行為動作,但所強調的重點卻有不同:〈菩薩蠻〉前例寫秋夜閨情,所取之角度乃是彈奏的神情,「和淚彈」描寫出女子流淚彈箏之景象,滿腔哀怨情思此一畫面盡顯。後例寫秋夜懷人,所強調的是一種悲憤之感,但與上文以弦斷而示激越不同,此處是以鳳髻鸞釵的斜墜脫落來表現的,一曲未了,即有此結果,側面曲折暗示了心中情緒的波動。〈鵲踏枝〉此例書寫一種春閨寂寥之情,強調的重點是琴箏之聲,驚起燕子穿簾飛去,「玉柱」是箏上定弦的玉製

[註23] 張編本、曾編本此處均作「穿簾海燕驚飛去」,但皆注明,《樂府雅詞》《花庵詞選》《珠玉詞》《唐宋諸賢絕妙詞選》等均作「海燕雙飛去」,《詞綜》《詞律》《詞選》《詞辨》《詞潔》均作「燕子雙飛去」。

小柱，江淹〈別賦〉有「掩金觴而誰御，橫玉柱而霑軾」句，呂延濟注：「瑟有柱，以玉為之。」〔註24〕亦可指代琴、瑟、箏等弦樂器，故而「鈿箏移玉柱」即暗示了彈奏行為，而琴音響處，燕子驚飛，以動寫靜，渲染寂寥的氛圍，顯示人之孤獨感，表達一份幽微的心緒。

第三節　衣　飾

　　衣作為衣食住行的一端，與人之生活密切相關，它的存在，首先滿足人之基礎生存需要，而後才構成裝飾效果，為姿容增色。故而其能夠形成言情表意之功能，在於製衣寄衣背後對於遠方之人生活溫飽的關懷，以及盼望歸來之心，如姚燧〈憑欄人〉所言：「欲寄君衣君不還，不寄君衣君又寒。寄與不寄間，妾身千萬難」，想要離人因寒冬冷冽念及家中禦寒衣物而歸來，卻又擔心不寄衣物他會因此受凍，這種矛盾為難的想法中，見出閨婦柔情百轉，思緒萬千。

　　前代詩歌之中，言及衣者，除最普遍的寫人物之穿著以外，男性多寫征衣，女性多寫羅衣。征衣之使用早已有之，《詩經·無衣》中以「豈曰無衣，與子同袍」「豈曰無衣，與子同澤」「豈曰無衣，與子同裳」的呼告，誇張的手法表現軍情緊急，以及出征前捨生忘死、同仇敵愾的誓師，極為壯懷激烈。唐時兵制特點，要求士兵衣裝自備，後即使有政府供給，但常有供給不足或不及時之狀況，故需要家人送衣。因此，在唐詩中出現了大量與此相關的製衣、擣衣、縫衣、寄衣等篇章，雖征衣的穿著主體是男性，但篇章的主體多是女性，由女性製衣、寄衣的行為與心聲，表達思念征人、渴望團圓及對戰爭的控訴等，如劉希夷〈擣衣篇〉：「莫言衣上有斑斑，只為思君淚相續」、張籍〈寄衣曲〉：「織素縫衣獨苦辛，遠因回使寄征人。官家亦自寄衣去，貴從妾手著君身」等。而從男性的角度言，或是建功立業的壯懷情志，如高駢〈南征敘懷〉詩：「萬里驅兵過海門，此生今日報君恩。回期直待烽煙靜，不遣

〔註24〕蕭統選編，李善等注：《六臣注文選》卷十六，頁287～288。

征衣有淚痕。」或是征戰環境艱苦，渴望歸鄉，如薛逢〈獵騎〉詩：「豈知萬里黃雲戍，血迸金瘡臥鐵衣」、高駢〈塞上寄家兄〉：「楱莩分張信使希，幾多鄉淚濕征衣」等。

　　當然，詩篇中也常有純粹從女性角度的衣飾意象的使用，用以形容女性嬌柔纖麗之美，形成華麗之感，如樂府詩〈陌上桑〉：「頭上倭墮髻，耳中明月珠。緗綺為下裙，紫綺為上襦」，雖未直接寫羅敷之美貌，卻以其衣飾的描寫讓讀者對其容貌產生想像。亦有以絲織羅衣之輕薄、飄逸寫閨中情緒者，如許景先〈折柳篇〉：「芳樹朝催玉管新，春風夜染羅衣薄」，以衣物之單薄，寫心理上的孤獨所引發不勝風寒感受的外露。

　　如上所言，五代時期征戰不止，但因戰爭性質的緣故，《陽春集》中並未出現邊塞內容的詞作，故並未有唐詩中比重較大的思婦征夫以征衣寄意的部份，又因其詞作敘事抒情的主體多為女性，因此衣飾類意象的使用基本針對女性而言，數量雖然不少，但表意作用較為單一，基本上作為女性飾物來表現女性容姿的美麗與生活物質的優越，在詞作中形成含金帶玉的富貴氣象。特殊筆法唯有以衣寫寒，以及一些特定涵義的衣飾意象，基本遵循前代而來。

　　相較而言，《花間集》中由於偶有邊塞詞作，反而繼承了唐人邊塞詩中的征衣用法，但整體而言仍舊以女性作為篇章主體，多寫衣飾襯托女性的富麗，或是以「淚濕羅衣」的模式來表現女性閨中之怨，前者如韋莊〈河傳〉：「錦浦，春女，繡衣金縷」，後者如薛昭蘊〈小重山〉：「昏思陳事暗消魂，羅衣濕，紅袂有啼痕」等。此兩條路徑於《陽春集》中皆有所見：以衣飾寫女性容姿，體現富貴氣象者，前章已論及；「淚濕羅衣」模式則見〈鵲踏枝〉詞：「一點春心無限恨，羅衣印滿啼妝粉」，以羅衣印滿美人之淚來具象化「無限恨」的表現與程度。而《陽春集》中常有以衣寫寒之手法，前詞鮮見，可推測其將詩中此類筆法引入詞體。

　　　尊酒留歡，添盡羅衣怯夜寒。（〈採桑子〉，662）

寒風生，<u>羅衣薄</u>，萬般心。（〈酒泉子〉，665）

砌下落花風起，<u>羅衣特地春寒</u>。（〈清平樂〉，670）

憶夢翠娥低，<u>微風涼繡衣</u>。（〈菩薩蠻〉，697）

波搖梅蕊當心白，<u>風入羅衣貼體寒</u>。（〈拋球樂〉，689）

　　一般而言，此類書寫中的服飾多是羅衣，如前所說，羅衣是絲織、輕軟而有疏孔之衣，古詩詞中言及羅衣時多狀其飄颻之態，可見其非常輕薄，極難擋風禦寒。故而夜裡降溫之後，風一起，便有寒涼之意頓生。繡衣亦是如此。但往往這種寒涼除了是溫度變化與衣著單薄引起的身體感受之外，還是人物心理感受的外化。〈採桑子〉言離愁，在離別場景中，想要通過飲酒留歡，延緩離別時刻的到來，以致於夜越來越深，寒意漸重，只能不斷添加衣裳，此處「添盡羅衣」為敘事之筆，這一動作背後，暗示著夜涼寒生，也暗示著時間的推移，表現離別在即心中的掙扎與不捨。〈酒泉子〉〈清平樂〉皆言閨中孤獨情懷，風起方覺羅衣薄，寒意由體感變為心理感受，無論是見落花傷青春逝去，還是孤燈對月，寂寥無人言，在此刻皆生出萬般感受，湧入心頭。〈菩薩蠻〉一則言秋夜懷人心緒，「憶夢翠娥低」是女子低眉憶夢，無限心事之模樣，而後以「微風涼繡衣」作結，以景開篇，以景結情，言風涼繡衣，暗示內心感受，相思極深，含宛曲不盡之意。〈拋球樂〉一闋寫宴後心理，宴會結束之後興致未闌，徘徊於小橋秋水之間，目之所見其實清新，水中波光粼粼，如梅花搖曳，所感卻是風入羅衣，帶來寒涼，亦暗示夜已深，但卻不肯歸去，發出了此夕歡樂須盡興的感歎，看似豪宕，卻又因了這份「貼體之寒」而染上了幾分淺淡的感傷，字裡行間有種幽微隱約之感。

　　月明人自擣寒衣。（〈酒泉子〉，667）

　　以風吹體寒之筆所寫的，皆是羅衣等輕薄衣物，而真正所謂「寒衣」則是冬日禦寒時所穿衣物，一般較厚，具有保暖過冬之功效。如陶潛〈擬古〉詩：「春蠶既無食，寒衣欲誰待」、梁洽〈金剪刀賦〉：「及其

春服既成，寒衣欲替」等句。「搗寒衣」即是準備過冬衣物，而如前所述，這種月下搗寒衣之聲，常常會引發念遠思鄉之情，自來記載亦有不少，如宋之問〈明河篇〉：「南陌征人去不歸，誰家今夜搗寒衣」、劉長卿〈餘干旅舍〉：「鄉心正欲絕，何處搗寒衣」等。正中詞此闋言秋日閨情，在寂靜深夜，孤單空幃之中，聽到陣陣寒砧搗衣之聲，難免興起淒涼蕭瑟之感，聲以襯靜，愈發顯得所處之所寒冷孤寂，因而心生惆悵，引發莫可名狀卻消解無門的煩憂。

　　《陽春集》中的衣飾物品，尚有一些具有特殊意義者，除前言「荷衣」既可喻示隱士之服，也可指舊時進士及第之後所著綠袍，以此來進行詞作中主人公之性別身份指示之外，還有一些此類意象亦不同角度有所喻示：

> 不知今夜月眉彎，誰佩同心雙結倚闌干。(〈虞美人〉，679)

> 紅綃三尺淚，雙結解時心醉。(〈應天長〉，674)

　　「同心雙結」是古人在束身錦緞衣帶的樣式上的設計，即將錦帶結成連環迴文的花樣，以表示兩情相繫，堅貞愛情，梁武帝〈有所思〉詩「腰中雙綺帶，夢為同心結」便是此意，言腰上所繫綺羅衣帶，即使夢中也想要繫為同心結，以言其萬般恩愛，忠貞不渝。劉禹錫〈楊柳枝詞九首〉有「如今綰作同心結，將贈行人知不知」之句，言將柳條結成同心結，送給遠行之人，以楊柳寄託離人相思。正中此二闋詞，一言佩結，一言解結，卻皆是令人心碎之筆：〈虞美人〉寫閨怨，在殘月彎環之夜色裡，思婦發猜疑之問：同樣月夜裡，所念之人同何人一起佩戴著同心雙結，共倚闌干、同享月色呢。或可理解為其孤身一人，形單影隻，誰能同她佩雙結，於月色中倚闌呢。無論是已逝去，還是未發生，「同心結」所喻示並非當下的愛戀，而是或作為負心背叛標誌的他者的愛戀，或作為無處尋覓之美好，皆是傷懷之筆。〈應天長〉則反其道而行之，寫雙結解開的狀態，以喻相愛之人的分離，這種分離所帶來的感受是「心醉」，此處之心醉，並非心中陶醉或沉醉，而是指離別帶來的悲傷以至昏醉，其痛苦使得三尺紅綃手帕盡透淚水，使得不惜入夢

追尋離人蹤跡，甚為濃重細膩。

　　舊約猶存，忍把金環別與人。（〈採桑子〉，662）

　　〈採桑子〉此闋言宮怨，表達曾經深受寵愛，如今被委棄冷落之宮人的悲怨心聲，詞至末尾，宮人發出質問之聲，舊日約定尚存，怎麼忍心將金環就交予他人。「金環」本只是普通金製手鐲〔註25〕，如曹植〈美女篇〉之「攘袖見素手，皓腕約金環」。但在此，卻有了信物的象徵含義，《詩經‧靜女》曰：「靜女其孌，貽我彤管」，毛傳曰：「後妃群妾以禮御於君所，女史書其日月，授之以環，以進退之。生子月辰，則以金環退之。當御者，以銀環進之，著於左手；既御，著於右手。事無大小，記以成法。」〔註26〕可見金環作為進退受幸之所的信物，亦是獲得榮寵的憑證，宮人責問之語，實際上是言昔日承恩，今朝失寵，舊約猶在耳旁，寵愛卻已轉予他人，既帶幽怨悲戚，又帶憤恨不平。〔註27〕

第四節　閨　物

　　閨閣物品類意象在《陽春集》中的數量頗豐，正中詞承續《花間》溫、韋之風，寫閨中情、言閨中事之作較多，因此對於閨閣之物的使用書寫自然不在少數，其所喜用之金雕玉飾之詞，所營造的穠艷綺靡華貴之象前已述及，本章所言乃是在此之外的閨物類意象的使用與表達。

〔註25〕「金環」之釋義，除此之外還作：金製耳墜，如歐陽炯〈南鄉子〉詞：「耳墜金環穿瑟瑟，霞衣窄」；馬匹上的裝飾品，如李賀〈高軒過〉詩：「華裾織翠青如蔥，金環壓轡搖玲瓏」；金屬門環，如孫光憲〈菩薩蠻〉詞：「月華如水籠香砌，金環碎撼門初閉」等。

〔註26〕毛亨傳，鄭玄箋，孔穎達疏：《毛詩正義》（北京：北京大學出版社，2000 年 12 月初版一刷），頁 205。

〔註27〕或有言此闋暗含寄託之語。如劉永濟《唐五代兩宋詞簡析》：「此託宮怨之詞也。前半闋言昔日之恩情，後半闋言今日之幽怨，末句猜疑嫉妒之語也。」認為此詞表面寫宮怨實際另有所託，但並未明言所託為何，無論此詞有無寄託，本文僅從字面意的呈現上來討論其意象的使用，對於是否存在寄託不另作討論，在此錄入，可備一說。

一、人家簾幕垂：簾幕意象探析

　　「簾」是在唐五代閨閣詞中出現較多的物品，狹義上的簾僅是簾幕，用於門窗處，進行空間的遮擋與隔絕，但廣義上使用的「簾」作為一類意象的統稱，它可表達為「簾幕」「繡幃」「羅幕」「珠簾」「繡幌」「珠箔」等所有在閨閣內形成屏障作用的幕布或形似幕布之物。《中國風俗通史》中指出在隋唐五代時的建築與居住處所中，屏風、簾幕等是極為重要的室內陳設之物，「作為張設物，簾、帷、帳主要起遮蔽作用。孟浩然詩『佳人能畫眉，妝罷出簾帷』，萬楚〈詠簾〉更是清楚地說簾的作用是：『自當隔內外，非是為驕奢』。」〔註28〕閨閣之中的簾幕起到阻隔、遮擋的作用，使得閨中景象不會一覽無餘，但此之隔，又不似屋墻，使其完全無法聯通，無法目見，而是在隔與不隔之間，視線上隱約可見，要跨越此阻隔也並非難事，故而造成一種朦朧、婉曲的感受。這種空間的搭配設置，形成了虛實結合的美感和諧，也易於形成表達所需的情感氛圍。

　　唐人使用簾幕意象時，也多強調其阻隔作用，如元稹〈夜飲〉詩：「燈火隔簾明，竹梢風雨聲」是簾幕分隔了室內燈火通明的酒宴與室外風雨動竹之聲，顧況〈宮詞〉：「樓上美人相倚看，紅妝透出水晶簾」則是以簾幕遮掩，使簾幕裏的佳人之影若隱若現。除卻此類真實場景中的簾幕隔絕之外，其亦可作為虛筆，或是由實而虛，以表達諸如時空的隔絕、心理的逃避或是生死兩端等，如李商隱〈早起〉詩：「風露澹清晨，簾間獨起人。鶯花啼又笑，畢竟是誰春」，所謂簾間之人，見簾外姹紫嫣紅、鶯花啼笑之春，卻只興起美好景致無人可佔有之感，簾內的寂寞、孤獨，才是其所有。一道簾幕，看似是真實景致，卻也是心理上阻隔聯繫，逃避現實的象徵。當然，唐人作品中亦不乏捲簾而見簾外之景的用法，如「青鳥銜葡萄，飛上金井欄。美人恐驚去，不敢捲簾看」兩句，便以極為生動的筆法寫出了美人見此活潑動人的場面，靜靜

〔註28〕吳玉貴著：《中國風俗通史》隋唐五代卷，（上海：上海文藝出版社，2001年11月初版一刷），頁218。

躲於簾後，不敢捲簾欣賞的姿態，顯得細緻入微，真實而生動。

正中詞中所用的簾幕意象較多，但並未溢出唐人的使用範圍，甚至比之《花間》少了諸如「美人隔簾」的香豔之筆，只是基本以垂簾造成阻隔之感，以捲簾形成內外的交流互動，且多用於閨中情緒的書寫。

（一）垂簾

簾幕低垂是簾幕的一種極為日常的放置狀態，甚至有時不會刻意強調其垂放，造成的效果首先是內外的隔絕，簾幕低垂，多是無人在時，或是室中人在休息之時，故而又暗示了環境的靜謐與寂寥：

> 花露重，草煙低，人家<u>簾幕垂</u>。（〈醉桃源〉，694）
>
> 夕陽樓上<u>繡簾垂</u>。（〈臨江仙〉，669）
>
> 碧波<u>簾幕垂</u>朱戶，簾下鶯鶯語。（〈虞美人〉，678）
>
> 畫堂新霽情蕭索，深夜<u>垂珠箔</u>。（〈虞美人〉，677）

〈醉桃源〉書寫的是南園春半的踏青之樂，風和日麗，景色如畫，明媚春光如許，及至「花露重，草煙低」之時，已是遊賞歸來，因其慵困欲睡，故而「簾幕」垂下，隔絕外物，此時雙燕歸棲畫梁，整個景致透露著一種寧靜雋永之感。花上露珠成滴，草煙低伏，都是極為微小細緻之景象，以此入詞，細膩之感頓生。再兼簾幕低垂的隔絕之感，所隔絕出的並非是深閨寂寥鬱鬱，而是慵困小睡的安寧閒適，在文字上像是用淡墨點染出遊春歸來的愜意愉快。〈臨江仙〉與兩闋〈虞美人〉則是在書寫閨中的自憐自傷情緒，簾幕低垂所營造的靜謐環境多指向孤獨寂寥之感。〈臨江仙〉寫閨怨，以落花紛亂與夕陽西下，從季節與時間上塑造衰殘之象與頹傷之感，而在這種容易引發感傷的時刻，繡簾隔絕外界環境，創造出一個靜謐的空間，卻也帶來一種無可傾訴的孤寂冷清之感。〈虞美人〉兩闋寫棄婦失意情懷，前者狀如碧波之簾幕垂於朱門，色彩華美，簾下黃鶯啼鳴，似飽含生機，然白日便簾幕垂放，說明庭院無人問津，黃鶯之語反而以動襯靜，愈發顯得悄無人聲，以顯

寂寞。後者明言深夜時分，夜雨初歇，閨婦晝堂獨坐，情緒同周遭景致一般蕭索，簾為珠簾，見其物質生活優裕，居處富麗，垂放珠簾，或是情與景同悲，不忍貪看，顯得頗為淒涼。

　　一些閨情詞中，因簾幕的垂放造成的隔絕，會加強為一種深閨閉鎖之感，即強調簾幕的數量，通過層層的簾幕，營造出令人壓抑的封閉感受：

　　　　庭院深深深幾許，楊柳堆煙，<u>簾幕無重數</u>。（〈鵲踏枝〉，656）

　　　　洞房深夜笙歌散，<u>簾幕重重</u>。（〈採桑子〉，664）

　　〈鵲踏枝〉此一句前已引用數次，因其從庭院到楊柳再到簾幕，深邃之感層層疊加，庭院「深」字相疊並且反詰不知深幾許，已從空間角度強調其深，楊柳濃密、煙霧籠罩，令人難視，又更進一層言深，卻還有無數重簾幕堆疊遮蔽，深深隔絕外界，三層推進，用極為誇張之筆寫深閨環境，言閨中女子牢鎖其中，毫無自由，讀之令人產生難以喘息之絕望。〈採桑子〉敘述深夜酒闌宴罷笙歌散之後，重重低垂的簾幕，或許在宴飲之中閨婦能暫時忘卻不幸的命運，然而結束之時，她終究還是要回到重重簾幕阻隔出的牢籠之中，去感受沉重的封閉，在無盡的靜謐中去品嘗「昔年無限傷心事」的苦澀與悲情。

（二）捲簾

　　簾幕捲時，使得阻隔遮擋之感暫時消失，帶來對人事互動的期待，視線不再受到影響，因而可以通過捲起的簾幕看到簾外之物之景，甚或產生互動：

　　　　<u>捲簾</u>雙鵲驚飛去。（〈鵲踏枝〉，652）

　　　　<u>搴簾</u>燕子低飛去。（〈虞美人〉，679）

　　　　<u>穿簾</u>海燕驚飛去。（〈鵲踏枝〉，658）

　　　　玉堂香煖<u>珠簾捲</u>，雙燕來歸。（〈採桑子〉，659）

　　　　雙燕飛來垂柳院，小閣<u>畫簾高捲</u>。（〈清平樂〉，670）

　　　　<u>燕燕巢時簾幕捲</u>，鶯鶯啼處鳳樓空。（〈舞春風〉，680）

　　正中詞中，燕鵲等意象常與捲簾形成空間或者鏡頭上的銜接、互動。前三闋寫燕子飛離之畫面：〈鵲踏枝〉寫晨起捲簾之時，驚起雙鵲飛去，聞寒雞啼鳴醒來之時，全無情緒，而捲簾驚動雙鵲惶惑飛離，見簾外之景致乃是整夜的霧延續到今晨，依然濃重，凝滯不散，整個畫面帶來一種濃濃的迷惘與悲涼。〈虞美人〉以薄暮時分燕子離去的反常現象呼應「畫堂空」，帶來希望漸遠之感受。〈鵲踏枝〉雖言「穿簾」，但若簾幕垂放，海燕則難以穿簾而過，況且前句鏡頭由春日充滿風姿之景轉入室內女子彈琴之狀，亦不應垂簾，故此處可理解為簾幕高捲，而海燕穿簾而過。由琴音驚飛海燕，又顯示環境清幽寧靜。〈採桑子〉與〈清平樂〉則是雙燕飛來，前者是傷春懷人之詞，所居之華美玉堂，室內暖香融融，高捲珠簾而後見到雙燕歸來，暖香畫堂、珠簾高捲但只有燕歸來，人卻未歸，更兼周圍暮春之景，難免觸發韶光流逝，後期難約之歡惋。後者言閨中蕭索情緒，如果說〈採桑子〉的鏡頭是自室內向外，〈清平樂〉則是自外向內、自遠向近，目光所及，從遠處山嵐，到近處綠池，再到垂柳庭院，隨著雙燕飛來進入垂柳庭院，最後停留於高捲畫簾的小閣一點，而畫簾高捲透露出內心有所期待，又引出下文主人公的身影。〈舞春風〉言因「燕燕巢時」而捲簾，「巢時」可理解為歸巢之時，亦可理解為築巢之時，為雙燕捲簾，因羨其能雙宿雙飛，而自身則獨守空閨，這是對物之情意，也是對己之自憐自傷。

　　屏掩畫堂深，<u>簾捲蕭蕭雨</u>。（〈醉花間〉，672）

　　畫堂燈暖簾櫳捲，禁漏丁丁。<u>雨罷寒生</u>，一夜西窗夢不成。
　　（〈採桑子〉，661）

　　<u>畫樓簾幕捲輕寒</u>。（〈臨江仙〉，668）

　　這一組言或是因為季節，或是因為天氣，捲簾之後帶來寒意的侵入。〈醉花間〉是黃昏時分簾外的暮雨蕭蕭，涼意頓生，深深畫堂之中女子愁眉不展，愁緒難已，可想見其寂靜孤獨之狀。〈採桑子〉則是深夜時分，畫堂內燃燈帶來暖意，但簾櫳高捲，一場急雨過後寒涼

之意侵入，更兼禁漏之聲不斷，於聽覺、於體感使得閨婦一夜難以成眠。以上兩則皆言雨所帶來的涼意入簾，〈臨江仙〉則是以春日尚餘之寒意來助淒涼，百花飄零，春意闌珊，自然之景致已令人產生感傷，而酒闌人散，歡聚的時刻亦遠去，留下獨自一人憑欄，此時透過簾幕而入的殘春寒意，使其更清晰地意識到自然人事兩處衰歇，倍感淒涼。

> 捲朱箔，掛金鉤，暮潮人倚樓。（〈更漏子〉，687）

> 搴羅幕，憑朱閣，不獨堪悲寥落。（〈更漏子〉，687）

> 搴繡幌，倚瑤琴，前歡淚滿襟。（〈更漏子〉，689）

> 月上雲收，一半珠簾掛玉鉤。（〈採桑子〉，661）

> 銀屏夢與飛鸞遠，祇有珠簾捲。（〈虞美人〉，679）

前四例皆言人捲珠簾之動作，三闋〈更漏子〉都是兩個動作相連，或是寫珠簾捲起掛鉤之動作，以精美物件襯人之美貌，以「捲」「掛」兩個動作將詞作由景遞至人，鋪墊人物的出場；或是捲起羅幕、倚靠樓閣，所見所感觸發寥落獨悲的情緒；或是揭開繡帳、依倚瑤琴，憶起前歡歷歷在目，見現下淒涼之景，不覺淚濕滿襟。〈採桑子〉是熱鬧宴飲過後獨宿紅樓時所發生之事，以玉鉤掛起珠簾，看到窗外月亮東升雲漸收的景致，實際上「一半珠簾掛玉鉤」在前，而「月上雲收」在後，見月又順理成章引發念遠懷人之感，層層相接，筆致中既有宛曲，又顯順暢。〈虞美人〉中以「碧窗期」「銀屏夢」寫想像中的相會，而「珠簾捲」則代表了現實中的場景，幻夢散去，珠簾高捲一方面引出其下對於室外楊花零落、月色溶溶的景象的描寫，另一方面也表明了其仍有所期待，癡心不悔。

（三）其他

《陽春集》中尚有以其他意象擾動簾幕而形成穿簾之動態效果之作，此類作品中沒有明確提及簾幕的狀態是垂放或高捲，只是書寫風、燕等物與簾幕之間的互動，以達表意之效：

微風<u>簾幕</u>清明近，花落春殘。（〈採桑子〉，662）

<u>西風</u>半夜<u>簾櫳</u>冷，遠夢初歸。（〈採桑子〉，660）

畫堂昨夜<u>西風</u>過。<u>繡簾</u>時拂朱門鎖。（〈菩薩蠻〉，698）

月影下重簾，<u>輕風</u>花滿櫊。（〈菩薩蠻〉，698）

<u>珠簾風</u>，蘭燭爐，怨空閨。（〈酒泉子〉，664）

<u>繡幃風</u>，蘭燭焰，夢遙遙。（〈酒泉子〉，666）

這一組是風動簾幕之態，〈採桑子〉兩闋，前者言發生在暮春時節的離別，以景開篇，寫微風吹動簾幕暗示下文設宴道別、尊酒留歡之處；後者寫宮怨，以風入簾櫳，寒氣逼人的環境營造出一種冷清、蕭索的氛圍，為其下幽怨之聲的抒發進行鋪墊。〈菩薩蠻〉前例同樣也是以西風拂繡簾、朱門深閉之場景開篇，再將視線由外轉向室內，主人公夢中驚醒，雙眉緊蹙，微風動繡簾實際上是女子醒來後所感，置於前先渲染環境之寂寥，映襯其心靈之落寞。後例則是以景結情，前抒因笛聲幽怨引起的懷人之念，情緒如笛音悠悠散開之後，笛聲消失，雲層飄散，重新露出澄明霜月，最後承上而言，言月影照拂重重簾幕，輕風徐來，也拂起落花，以此景作結，對愁緒只點到即止，卻有了「欲說還休」的味道。俞陛雲評此詞時便說：「末二句以輕筆寫幽情，便覺情思悠然。」〔註29〕〈酒泉子〉兩闋頗為相似，皆寫相思意緒，皆寫風穿簾幕，吹動蘭燭的畫面。前者以風動珠簾承上「月照妝樓」之描寫，因風動珠簾而見月，後者以風吹繡幃呼應其上「庭樹霜凋」之描寫，秋夜涼風侵擾，使得庭院內落葉之聲，室內繡幃晃動、燭焰搖曳之景，共同營造出清寂衰歇的環境氛圍。

林間戲蝶<u>簾間燕</u>，各自雙雙。（〈採桑子〉，664）

廊下<u>風簾</u>驚宿燕，香印灰，蘭燭小，覺來時。（〈酒泉子〉，667）

〔註29〕俞陛雲撰：《唐五代兩宋詞選釋》，頁83。

上已提及捲起簾幕而燕子來去的互動景象，此處則是簾與燕的另一種互動：〈採桑子〉是燕戲於簾幕內外之狀，然此句重點不在於林間或是簾間，而在於雙雙成對的蝴蝶與燕在繁花似錦的明媚春光之中歡快嬉戲，而主人公則是「花前失卻遊春侶」，對比之下，愈是明豔之景愈使其「滿目悲涼」。〈酒泉子〉是風吹動簾幕驚飛宿燕之狀，詞作上片，鏡頭由遠及近，從深邃庭院，至風吹簾動驚飛燕，再至室內香印成灰、蠟燭燃盡，最後才出現主人公睡夢初醒之身影，而風聲、簾動之聲、燕驚飛之聲，或許就是其「覺來時」之因，香印與蘭燭是其「覺來時」所見，以下再抒「覺來時」之感，結構十分流暢。

二、共此燈燭光：燈燭意象探析

燈燭是用於夜晚照明之物，其在詩詞作品中頻繁出現，文人對於這一意象的使用，從最初用於某些場合的陳設描寫、氛圍渲染，到情緒抒發推助，直至使其具有人格化特徵，以蠟燭燃燒滴落蠟油之狀聯想人之淚流，或是直接以燭來象徵人的命運，逐漸增加其文學意涵的厚度。

蠟燭的描寫常出現在宴飲歡聚時刻，雕樑畫棟、華屋錦屏之所，夜宴笙歌，紅燭燃燒，有時兼有精美燭臺，渲染出宴飲場合歡樂熱鬧的氣氛，將縱情享樂之感推向高潮。如王建〈田侍中宴席〉詩：「香薰羅幕暖成煙，火照中庭燭滿筵」寫歌舞酒宴之熱鬧場面，絲羅帳幕，燻香嫋嫋成煙，滿筵紅燭搖曳，笙歌樂舞，佳人盈盈，襯得場面熱烈，渲染出一幅極為奢華的縱情享樂圖。當然，除卻富貴氣息濃郁的豪門宴飲之外，亦有普通友朋故舊相聚的溫情時刻，如杜甫〈贈衛八處士〉詩：「今夕復何夕，共此燈燭光」所言，年少知交如今垂垂老矣的舊友久別重逢，在燈燭的悠悠之光前，主客暢飲，感歎時光變遷，在相逢的喜悅中又透出淡淡的世事渺茫的悲涼，相較王詩的穠麗之風，杜詩則帶著平和之中的溫情，以及一絲暗含人生悲慨的沉鬱。

除了宴飲，燭這一意象還時常出現在年節慶典或人生重要的喜慶

時刻，前者如杜審言〈除夜有懷〉詩：「故節當歌守，新年把燭迎」寫除夕之夜的迎新活動，據《唐國史補》記載：「每元日、冬至立仗，大官皆備珂傘、列燭，有至五六百炬者，謂之『火城』。」〔註30〕燃燈守歲之習並不少見，以此對即將來臨的新歲寄予美好希望，表達對年華的珍惜，而其燃燈守歲之規模通常也見富貴氣象於其中。良辰美景、喜慶時刻當然也不可缺少燭之身影，「洞房花燭」一詞便是指深室中點燃的彩飾蠟燭，後又指新房中點的彩燭，營造出喜氣洋洋的景象，引申出新婚之意。佳人與紅燭也多相互映襯，紅燭搖曳，更襯美人嬌美多情，〈雜曲歌辭・宮中行樂詞〉有「笑出花間語，嬌來燭下歌」之句，以花、燭、女子並舉，充滿了穠麗的色澤與嬌豔之感。

　　燭意象在與女性產生的聯繫中，除了襯托女子的嬌豔之外，更多的則是閨閣女子在深夜對燭產生念遠懷人之思或發寂寞幽怨之辭，如王諲〈閨情〉詩：「怨坐空然燭，愁眠不解衣」，深夜之時的愁腸百結，醒來之後的憂思無限，寂寞空幃唯有蠟燭的燃燒陪伴著閨中人度過漫漫長夜。而這種時候，蠟燭往往具備了擬人化的意義，其燃燒時所淌下的蠟油與人的眼淚之間所具有的相似性，使蠟淚成為人之心理情緒外化的隱晦之筆。陳叔達〈自君之出矣〉詩：「思君如明燭，煎心且銜淚」「思君如夜燭，煎淚幾千行」言閨人思念之態與燃燭相似，與蠟燭同淌淚，杜牧〈贈別〉詩：「蠟燭有心還惜別，替人垂淚到天明」不說人之情狀，反而說蠟燭「有心」，替人垂離別之淚，此種宛曲而又形象之筆，使分別的痛苦如在目前。如果說此二例尚且出現人的身影，以蠟燭垂淚比擬思念或不捨分離之狀，那麼李商隱〈無題〉詩：「春蠶到死絲方盡，蠟炬成灰淚始乾」則全以意象表情，看似在寫春蠶絲盡、蠟炬成灰的物之自然現象，實際上卻是以「思」與「淚」寫情人間的忠貞不渝、山盟海誓。

　　有時蠟燭還用以象徵個人身世命運遭際。「風燭殘年」便是以風中

〔註30〕李肇撰：《唐國史補》，頁49。

之燭易被吹滅，來喻指不久於世的老者；詩詞中常見「轉燭」，則是以風搖燭火之姿態比喻歲月遷流迅速，世事變幻莫測，如杜甫〈佳人〉詩：「世情惡衰歇，萬事隨轉燭」感歎世情變化無常、飄搖不定。《陽春集》中亦有〈浣溪沙〉詞：「轉燭飄蓬一夢歸」，以「轉燭」「飄蓬」言世事無常、抒發人生感慨。這在尚處於詞這一文體發展初期的唐五代甚為罕見，在此之前，並沒有詞人嘗試過在詞的創作中這樣使用，故雖在《陽春集》中僅見一例，但也意義非凡。

　　《陽春集》中的蠟燭意象的其他用法，亦多不出詩詞的傳統筆法，寫宴飲場合，寫閨中情緒，也有以「蠟燭泣淚」來表達人的心理感受者。

　　　　重待燒紅燭，留取笙歌莫放回。（〈抛球樂〉，691）

　　　　歌宛轉，醉模糊，高燒銀燭臥流蘇。（〈金錯刀〉，708）

　　此為宴飲場合之燭，〈抛球樂〉寫宴飲留客情緒，重九登高宴飲，室外秋光無限，室內氣氛正酣，主人公興致高漲，既有「重待燒紅燭」，則說明紅燭已燒完，宴飲歡聚已進行許久，暗藏著時間變化過程，而紅燭重燃，代表著宴飲歡聚時刻的延續，笙歌繼續不止、筵席不散，只怕是要徹夜酣飲，此夕盡歡，此筆將熱鬧的氣氛再一次推向高潮。〈金錯刀〉寫因無機會建功立業，又遭人猜忌，煩憂無法排遣只能縱情歌舞享樂以求解脫，紅燭、銀臺、流蘇，所寫之物件精美名貴，烘托場面熱鬧非凡。笙歌婉轉，酒酣耳熱，醉臥流蘇帳中，塑造了灑脫放曠的人物形象，極力渲染歌酒之樂。

　　　　廊下風簾驚宿燕，香印灰，蘭燭小，覺來時。（〈酒泉子〉，667）

　　　　珠簾風，蘭燭爐，怨空閨。（〈酒泉子〉，664）

　　　　繡幃風，蘭燭焰，夢遙遙。（〈酒泉子〉，666）

　　　　金爐煙裊裊，燭暗紗窗曉。（〈菩薩蠻〉，698）

　　　　紅蠟燭，半棋局，牀上畫屏山綠。（〈更漏子〉，689）

　　三闋〈酒泉子〉形式相類，皆寫月夜，前兩闋在將蘭燭作為閨閣所陳物品的描寫之外，還暗含了時間的變化過程：「蘭燭」以蘭膏製成，〈招魂〉篇有「蘭膏明燭，華容備些」之句，王逸注：「蘭膏，以蘭香煉膏也。」〔註31〕故「蘭燭」首先體現其精美貴重，其次蠟燭的燃燒需要時間，故無論是蠟燭燃燒得越來越短的「蘭燭小」，還是蠟燭徹底燃盡，只餘下灰燼的「蘭燭燼」，都顯示了夜晚時間的推移過程。第三闋則描繪了一幅室外落葉蕭瑟、繡幌微動、蘭燭搖曳的清冷之境。而無論是相思懷人之念，還是獨居深閨的孤獨惆悵之感，都在這風搖簾幕、蘭燭燃燒夜晚慢慢生發，氤氳不散。〈菩薩蠻〉之「燭暗」則是以物暗示時間的推移，蠟燭將要燃盡，故燭光逐漸黯淡，臨窗曙色漸起，表明天已破曉，一夜將盡。〈更漏子〉是別離後的幽怨情緒，「紅蠟燭，半棋局」為眼前景，閨婦在燭光下凝望下了一半的棋局，棋局僅有一半，說明離別之匆忙，而未將其收起，說明睹物思人的用情之深，於燭光中緬懷，更顯哀怨深長。

　　　愁顏恰似燒殘燭，珠淚闌干。（〈採桑子〉，662）

　　　蠟燭淚流羌笛怨，偷整羅衣，欲唱情猶懶。（〈鵲踏枝〉，654）

　　　燭淚欲闌干，落梅生晚寒。（〈菩薩蠻〉，700）

　　　紅燭淚闌干，翠屏煙浪寒。（〈菩薩蠻〉，699）

　　此為「蠟燭泣淚」的擬人手法的運用。四例之中，前二例寫離別場景，後二例寫別後懷人，故可知馮詞此種取譬手法多用於寫別情。「闌干」為縱橫交錯散亂貌，「燭淚」縱橫，實際上是女子或因離別或因相思所引發的淚流滿面的面部描寫。「燭淚闌干」語帶雙關，既是室內物品所見之模樣，也是自我形象寫照，其中所蘊含的無限哀愁，由此表意方式帶出，極為形象，自可不必多言。

　　燈意象與燭意象在使用場景上有所相似，既有閨婦懷人之時，也有節序慶典時刻，所產生的烘托氣氛之效果，亦大同小異。閨怨之例如

〔註31〕王逸：《楚辭章句》，頁280。

崔公遠〈獨夜詞〉詩：「秦箏不復續斷弦，回身掩淚挑燈立」，以女子深夜獨坐、無心彈箏、對燈而泣之姿態盡寫其低迴哀怨之感。閨閣之中的「燈」多以「孤」「殘」「寒」「清」等形容，以顯示閨婦懷人的淒怨之情，雖未有燭意象擬人泣淚的用法，但意象使用的目的與效果卻是相類的。至於節序慶典場景，上言紅燭常出現在辭舊迎新與新婚時，而燈意象在節日中最經典的使用場景則是上元佳節，上元之時，金吾不禁，整個都城張燈結彩，歌舞喧天，處處花燈齊燃，萬民同歡，一片熱鬧紅火的歡樂氣氛。〔註32〕唐人張祜便有〈正月十五夜燈〉詩云：「千門開鎖萬燈明，正月中旬動帝京。三百內人連袖舞，一時天上著詞聲。」通常此類作品，極言燈之數量眾多、光彩耀目，來顯示節日的場面宏大、熱鬧非凡。

燈意象還常用於游子在外羈旅行役之時引發鄉情，因驛館旅店簡陋，多用燈而非燭，故而詩篇中常有游子客居他鄉，寒燈照影之筆，如崔湜〈同李員外春閨〉詩：「落日啼連夜，孤燈坐徹明」、賈島〈宿懸泉驛〉詩：「林月值雲遮，山燈照愁寂」、杜荀鶴〈館舍秋夕〉詩：「寒雨蕭蕭燈焰青，燈前孤客難為情」皆是如此。

另有較為特殊的意象用法，多是在玄言詩與佛理詩中出現的。在佛家經典的釋義中，燈與燭多是作為光明潔淨的象徵，佛法如燈如燭，照亮世間一切黑暗，掃除人心智上的迷惘與愚鈍，使得智慧與真理顯現。而又因此帶來摒棄凡塵執迷之念，超脫物外的領悟。前者如劉長卿〈齊一和尚影堂〉詩：「一燈長照恒河沙，雙樹猶落諸天花」，後者如杜荀鶴〈贈僧〉詩：「利門名路兩何憑，百歲風前短焰燈」等。

《陽春集》中並未出現書寫上元燈會這一主題的詞作，也未有以

〔註32〕上元燈會場面，典籍多有記載，如《朝野僉載》卷三記載：「睿宗先天二年正月十五、十六夜，於京師安福門外作燈輪，高二十丈，衣以錦綺，飾以金玉，燃五萬盞燈，簇之如花樹。宮女千數，衣羅綺，曳錦繡，耀珠翠，施香粉。一花冠、一巾帔皆萬錢，裝束一妓女皆至三百貫。妙簡長安、萬年少婦千餘人，衣服、花釵、媚子亦稱是，於燈輪下踏歌三日夜，歡樂之極，未始有之。」

佛理入詞，故其對於燈意象的使用，僅集中於閨婦之思與游子之情。書寫游子之情的篇幅較少，見〈憶秦娥〉：「滴滴，窗下芭蕉燈下客」，游子於旅社之中孤燈獨對，聽窗外夜風淅淅，雨打芭蕉，見濃雲密佈，從眼前蕭瑟之景引發對故土的思念。閨怨之思的數量較多，筆法與燭意象寫閨中情緒頗有相似，亦有以燈盡寫時間變遷者，如〈喜遷鶯〉之「殘燈和燼閉朱櫳」「香已寒，燈已絕，忽憶去年離別」等句。除此之外，多有以「燈」與「月」形成意象組合者：

朦朧卻向燈前臥，窗月徘徊。（〈採桑子〉，660）

雲散更深，堂上孤燈階下月。（〈酒泉子〉，665）

枕前燈，窗外月，閉朱櫳。（〈酒泉子〉，667）

燈與月作為兩種光源，在形成意象組合時，通常所具備的特點都是朦朧、清冷的，室內孤燈，窗外殘月，內外環境皆營造出淒涼之感，光線朦朧襯托出主人公心緒黯淡，中有無限愁思，低迴不盡。

三、漏盡天終曉：更漏意象探析

漏為古代計時器，其壺身銅質，故又稱「銅壺」「銅漏」，底穿孔，可滴水或漏沙，壺中立有箭形浮標，上有刻度，隨著水滴漏減少，箭上度數即漸次顯露，方可知時刻，故又稱「刻漏」，《漢書・哀帝記》作「刻漏以百二十為度」，顏師古注曰：「舊漏晝夜共百刻，今增其二十。」〔註33〕晝夜皆有漏壺計時，故夜間時刻為「夜漏」，憑漏聲傳更，因此也稱「更漏」〔註34〕刻漏盡時，則是一個時段結束之時，通常為夜深或天將曉，如蔡邕〈獨斷〉卷下：「夜漏盡，鼓鳴則起；晝漏盡，鐘鳴則息也。」〔註35〕宮中所用，則稱為「宮漏」。

〔註33〕班固撰，顏師古注，王雲五主編：《漢書》，頁323。

〔註34〕《唐國史補》卷中載：「惠遠以山中不知更漏，乃取銅葉製器，狀如蓮花，置盆水之上，底孔漏水，半之則沉，每晝夜十二沉，為行道之節，雖冬夏短長，雲陰月黑，亦無差也。」

〔註35〕蔡邕撰，何粲注，陳蓋注詩，米崇吉評注：《獨斷》（臺北：臺灣商務印書館，民國70年版），頁14。

　　更漏別名雖多，但因其功能作用，意象的使用多與時間相關，如鮑照〈觀漏賦〉以更漏起興，歎人生短促，難以捉摸把握，對死之將至表達茫然不安，末句「漏盈兮漏虛，長無絕兮芬芳」以銅壺盈虛的周而復始，比喻時間的綿綿不絕，在四季與自然天地的永恆循環之中，死亡的恐懼似乎被消解掉了。但這種用法畢竟少數，多數例子中還是以更漏作為閨怨之作的意象，雖晝夜皆有，但多寫夜間滴漏，一是因夜靜，滴漏之聲更加明顯，而滴漏之聲愈清晰，則更襯夜之寂靜。二是夜間漏聲不斷，常用於表達閨婦或宮人無眠之夜漫長難捱，盼望天明時分的痛苦心理。如戴叔倫〈宮詞〉：「紫禁迢迢宮漏鳴，夜深無語獨含情」、李益〈宮怨〉：「似將海水添宮漏，共滴長門一夜長」等。

　　《花間集》中對更漏意象的使用數量頗豐，更出現了「更漏子」這一調名，用以詠唱深夜滴漏報更〔註36〕，對更漏意象的使用幾乎都是描寫閨中女子深夜懷人，且運用更漏意象的詞牌也以「更漏子」為多〔註37〕，如溫庭筠〈更漏子‧柳絲長〉、韋莊〈更漏子‧鐘鼓寒〉等詞，可見這一時期詞作主題內容與基礎情感基調還基本與詞牌原意相符。然而在《陽春集》中，七處使用更漏意象的詞作，使用了六種不同的詞牌，卻沒有「更漏子」，而五闋〈更漏子〉詞作，雖也言閨中懷人離索情緒，但並無過多深宵夜永難捱的書寫。可知至正中時，詞牌原意與詞作主題已經出現了某種程度的鬆動，並不再完全相符。除此之外，相較於全為閨怨之音的花間的使用，《陽春集》中對於銅漏意象的使用亦有單純時間指示，在情感基調的導向上也發生了變化。

　　銅壺滴漏初盡，高閣雞鳴半空。(〈壽山曲〉，710)

〔註36〕《詞譜》卷六云：「此調有兩體。四十六字者，始於溫庭筠，唐宋詞最多。《尊前集》注大石調，又屬商調。一百四字者，止杜安世詞，無別首可錄。」溫庭筠「秋思詞」中詠更漏，後即以名詞。參見潘慎主編：《詞律辭典》(太原：山西人民出版社，1991 年 9 月初版一刷)，頁325。

〔註37〕據統計，《花間集》中直接運用更漏意象或使用「更漏子」這一詞牌的詞作共有 42 首，囊括 14 位詞人的創作，使用了 20 個不同的詞牌，而其中「更漏子」這一詞牌的創作數量達到 16 首。

建章鐘動玉繩低，宮漏出花遲。（〈鶴沖天〉，693）

此二闋詞是純粹以宮漏指示時間，不含過於明顯的情感傾向，且突破了花間僅在閨怨或宮怨類詞作中使用此意象，並以此來渲染環境表達情緒的用法。〈壽山曲〉寫百官朝拜的情景，〈喜遷鶯〉表達宮女望幸的心態，都與幽怨情緒無關。前者以銅壺漏盡說明天剛破曉，且與其後「雞鳴」「啟五門」等形成了一個時間變化過程。後者同樣指示時間為黎明將至，此時玉繩低轉，宮中鐘聲敲響，悠悠傳來，漏聲緩慢，皆是作為時間訊號傳遞。

當然，正中詞中更多的使用更漏意象的詞作依然還是在抒發閨情，但層次與重點亦有所不同：

畫堂燈暖簾櫳卷，禁漏丁丁。（〈採桑子〉，661）

翠被已消香，夢隨寒漏長。（〈菩薩蠻〉，699）

宮漏長時，酒醒人猶困。（〈鵲踏枝〉，657）

屏幃深，更漏永，夢魂迷。（〈酒泉子〉，664）

錦壺催畫箭，玉佩天涯遠。（〈菩薩蠻〉，699）

〈採桑子〉所強調的是漏聲，整闋詞作側重通過聽覺來形容主人公的孤淒之感，故從禁漏之聲到雨聲，再到笛聲，由聽覺感受串聯起時間變化過程，也由此烘托閨人情緒。強調夜漏之聲，以動寫靜，反襯出夜晚的靜謐，暗示閨中之人獨臥無眠的寂寥情緒。〔註38〕〈菩薩蠻〉〈鵲踏枝〉〈酒泉子〉則是強調漏聲之不絕，以顯示出夜之漫長難耐。〈菩薩蠻〉寫行人旅愁，下闋是在外游子對閨中人思念遠人姿態的想像，她孤衾獨眠，寒漏長實際上言寒夜漫漫，長夜之中，她於夢裡苦苦追尋，以求相會。〈鵲踏枝〉寫春日閨情，宮漏之長，是對夜的感覺，言因愁緒而借酒遣懷，卻「舉杯消愁愁更愁」，以至夜裡輾轉，才覺漏

〔註38〕〈採桑子〉所言「禁漏」即是宮漏，〈獨斷〉云：「漢制，天子所居門闕有禁，非侍御之臣不得妄入，稱禁中。」可知禁漏本指禁中滴漏，此處指閨中所聞夜漏。

聲之長。〈酒泉子〉亦是如此,只是程度更甚,以「更漏永」極言漏聲之長久,仿佛黑夜沒有盡頭,夢魂淒迷,極力渲染其苦悶與壓抑。最後一闋〈菩薩蠻〉用筆則比較特別,其書寫閨婦懷人心緒,與上述幾例寫更漏長以顯示長夜難捱之煎熬不同,此闋卻說「錦壺催畫箭」,滴漏之聲催促著時間迅速流逝,當中的緊迫之感,是時光匆匆、時不我待的焦慮,而所思之人遠在天涯,相隔萬里,使人在等待中蹉跎歲月,因而產生濃濃的哀傷之意。

四、拂鏡塵鸞舞:其他閨閣意象

《陽春集》中還存在著一些常用閨閣意象,多是通過這些意象的狀態描寫來達到傳達主旨的目的,然因此類意象的狀態描寫較為單一,故不單獨分點論述。

(一)香

女子閨閣之中常備香爐,以燃燻香安神助眠,亦常以香燻染衣物衾枕,故而在書寫女性閨情篇章時,香往往不可忽略。燃香這一習俗,早在殷商時期便有,作為祭祀的步驟,後有以芳香植物用以沐浴、醫藥、除穢、驅蟲等,亦以香囊、香包等佩戴於身,又逐漸發展成詩詞中多出現的居室內的燻香。〔註39〕過往作品中,有直接描寫香爐者,如溫庭筠〈博山〉詩,描寫博山爐散發的縷縷香氣、香爐上所鏤刻的自然景物與人事景物等,最後言及從博山爐上的圖景所引發的聯想,將物的外形特點與文化內涵結合為一體。但更多的詩詞則是安排這一意象出現在言閨中情思的場景中,如韓偓〈懶起〉詩:「籠繡香煙歇,屏山燭焰殘」、溫庭筠〈更漏子〉詞:「玉爐香,紅蠟淚,偏照畫堂秋思」等。

延巳寫香,同樣不出閨閣之限,但亦有以香印成灰指示時間過

〔註39〕如《禮記・內則》載:「男女未冠笄者,雞初鳴,咸盥、漱、櫛、縰;總角、衿纓,皆佩容臭。」《禮記正義》釋:「容臭,香物也,以纓佩之,為迫尊者,給小使也。」

程、以燻香寫閨中寂寥或內室暖融等區別：

> 玉堂<u>香燄</u>珠簾卷，雙燕來歸。（〈採桑子〉，659）

> <u>羅幕遮香</u>，柳外秋千出畫墻。（〈上行盃〉，703）

> 酒闌睡覺<u>天香燄</u>，繡戶慵開，<u>香印成灰</u>，獨背寒屏理舊眉。（〈採桑子〉，660）

> 花外寒雞天欲曙，<u>香印成灰</u>，起坐渾無緒。（〈鵲踏枝〉，652）

> <u>香印灰</u>，蘭燭小，覺來時。（〈酒泉子〉，667）

> <u>香已寒</u>，燈已絕，忽憶去年離別。（〈喜遷鶯〉，685）

> <u>玉娥重起添香印</u>，回倚孤屏。（〈採桑子〉，661）

> 繡帳已闌離別夢，<u>玉鑪空裊寂寞香</u>。（〈浣溪沙〉，700）

　　首三闋言室內燃香帶來暖意，〈採桑子〉言室內香氣氳氳，暖意襲人，簾幕高捲，因而雙燕歸來。〈上行盃〉言「羅幕遮香」，實際上羅幕所遮的是燃香的內室，內室燃香，又有羅幕阻隔外界，故可知其迷濛暖意。第三闋〈採桑子〉則描述了兩個狀態，燃香時所散發的暖洋洋的氣息，以及燃盡之後溫度降低，透出涼意之狀態。這一闋同以下三闋一樣，都以燃香指示時間，「香印」亦稱為「印香」，香上印有圖紋或文字，燃燒後的灰燼仍留存著圖紋、字跡。〔註40〕「香印成灰」說明經時之久，常用於指示深夜或拂曉時分，而香燃盡之後室內的寒涼也襯托出閨人心境的淒涼。在這種環境中，無論是起坐無緒、背對屏風修飾雙眉，還是憶起去歲離別時的境況，都帶著懨懨終日，鬱鬱寡歡之感。〈採桑子〉言「玉娥重起添香印」，重起添香之行為，既承接其上「一夜西窗夢不成」而來，因難以入眠，故起來添香，而薰爐需要添香，則說明香已燃盡，又見時間之長，如此輾轉難眠，可見愁緒深重。而此刻香盡，則方才燃香，又暗合前「畫堂燈暖」之筆，畫堂的暖意，當也包括燃香而起的暖融之感。燃香之後，又引出下「倚孤屏」之動作，繼續

〔註40〕按：古焚香法之一，即是先以中空模型置香爐之上，灑香屑於空處，以蓋壓之，使凝成一定形狀，謂之香印，然後取其模型，點火焚之。

展示其孤淒哀怨的感受。〈浣溪沙〉此闋雖未言香燃盡之狀，但以在閨閣之內玉製香爐中嫋嫋升騰起輕煙細霧，來渲染寂寞冷落的環境，表達百無聊賴的相思閒愁。

（二）鏡

鏡是女性閨閣之中的必備之物，閨中女子對鏡梳妝，攬鏡自照，見其姣好容顏與青春意緒，而閨怨類詞作中，往往以鏡中衰容，寫時光逝去青春不再的惆悵之感，甚或因離人未歸，眷侶兩地分隔而懶於梳妝，以至鏡匣蒙塵，此種筆法頗多，如李頻〈古意〉詩：「鳳簫拋舊曲，鸞鏡懶新妝」、杜荀鶴〈春宮怨〉詩：「早被嬋娟誤，欲妝臨鏡慵」等。

但鏡這一意象的使用並不限於閨閣。先秦各家思想之中，鏡可正己身，鑒得失，亦可順應本性、包容萬物。〔註41〕於宗教思想之中，鏡清靜、明亮，無有塵埃遮蔽，又可照見萬物、明鑒鬼神，故常用於求福納吉、消災辟邪。〔註42〕即使在文學領域，於詩之中，它也有其他用法：詩這一文體，其天地廣闊而不拘於閨閣，自然照鏡者不唯女子，亦有文人。文人照鏡，抒發歲月蹉跎、功業未竟的慨歎，李白〈將進酒〉便有「君不見高堂明鏡悲白髮，朝如青絲暮成雪」句，鏡中見白髮，悲歎人生短促，仿佛青春至衰老不過「朝」「暮」之間，以誇張之筆寫來，極為觸目驚心。

《陽春集》的鏡意象，尚未脫出閨閣藩籬，循《花間》之用法而

〔註41〕前者可見《韓非子》：「古之人目短於自見，故以鏡觀面。智短於自知，故以道正己。故鏡無見疵之罪，道無明過之怨。目失鏡則無以正鬚眉，身失道無以知迷惑。」《呂氏春秋》：「萬乘之主，人之阿亦甚矣。而無所鏡，其殘亡無日矣。孰可當鏡，其唯士人乎。鏡明己也功細，士明己也功大。」後者可見《莊子》：「至人之用心若鏡，不將不逆，應而不藏，故能勝物而不傷。」

〔註42〕葛洪《抱朴子》記載：「萬物之老者，其精悉能托形惑人，唯不能易鏡中真形。故道士入山以明鏡徑九寸以上者背之，則邪魅不敢近，自見其形，必卻走之。」言明鏡能使妖魔邪魅現行，《太平廣記》中亦記載了揚州每年端午時節鑄造盤龍寶鏡，以消災辟邪之事。

來，鏡這一意象，在花間詞人筆下，或是直接作為閨閣物件使用，以照鏡之行為表現女子的姿容嬌豔，或是以寶鏡蒙塵間接暗示離索心境，馮詞則捨棄前種用法，對於鏡意象的使用，多圍繞後者展開，寫女子因懷人或閨中寂寥而懶於照鏡梳妝，以至鸞鏡蒙塵。這或與《陽春集》多數詞為「男子作閨音」的現象相關，詞人雖為男性，但大多假託女子身份、口吻來書寫女性心事感情，進行作品創作，雖也有男性視角或是性別未明視角，但畢竟為少數，譬如〈鵲踏枝〉便有「日日花前常病酒，不辭鏡裡朱顏瘦」之句，詞中主人公性別未明，以其「獨立小橋風滿袖」之態多認為是男子，亦有解為詞人自況之作，總之可視為與閨婦照鏡不同之例，其因無可避免、無可消解、年年生長之「閒愁」而痛苦不堪，於花前痛飲以至容顏消瘦，照鏡見憔悴，卻在所不惜，見出深沉的執著不悔。將其解為詞人自身心跡剖白者，於此筆中見矢志不渝之意，故陳廷焯曰：「始終不逾其志，亦可謂自信而不疑，果毅而有守矣。」〔註43〕

　　寒簾燕子低飛去，拂鏡塵鸞舞。（〈虞美人〉，679）

　　塵拂玉臺鸞鏡，鳳髻不堪重整。（〈如夢令〉，425）

　　垂蓬鬢，塵青鏡，已分今生薄命。（〈更漏子〉，687）

　　人非風月長依舊，破鏡塵箏，一夢經年瘦。（〈憶江南〉，704）

　　此數例皆以鏡的狀態表達無心梳妝之意，然寫法卻有略微不同。閨中寫鏡，多用「鸞鏡」，即有鸞鳥圖紋之鏡，言其精美。〈虞美人〉寫閨怨，「拂鏡塵鸞舞」短短五字，頗為婉曲，不言因閨中寂寥無心梳妝，也不言因此鸞鏡蒙塵，而要拂去塵埃，才見鏡上鸞鳥飛舞之圖紋，但以此筆又可推知鸞鏡蒙塵、懶於梳妝，蘊藉之中暗含不言自明之意。〈如夢令〉〈更漏子〉兩闋則是直接言明青鏡佈滿塵埃，表達「悅己者」不在身邊時的寂寞淒怨之感。〈憶江南〉則更進一步，妝鏡並非蒙塵而已，已是破損，可見別後已久。實際上，「鸞鏡蒙塵」之寫法暗含著「女

為悅己者容」的內在邏輯，只是逆用其意，以器物蕭索表現人為離散所折磨得痛苦不堪之狀。

（三）衾枕

《說文》釋「衾」為「大被」，段注曰：「釋名曰：衾，廣也。其下廣大如廣受人也。寢衣為小被，則衾是大被。」〔註44〕可知「衾」這一概念，與今所謂「被」相類，皆是用以指示睡覺時覆蓋於身的物品。「枕」即與今枕頭意同，為躺下時墊在頭部的物品。衾枕意象出現時，多不是單獨指被褥或枕頭，而是泛指床上的臥具。作為安頓休息時的必要之物，早在先秦時期便進入文學作品中，《詩經·小星》有「肅肅宵征，抱衾與裯」之句，以衾裯作為家室之樂的象徵，言征人悲慘命運。至《古詩十九首》時，「錦衾遺洛浦，同袍與我違」是用洛水宓妃之典，以「錦衾」「同袍」作為定情、婚姻的象徵。及至唐時，除了一些筆記小說中紀錄的功能特殊的奇枕、仙枕之外，詩歌中多以此來寫羈旅情懷、鄉愁難消，如孟郊〈吳安西館贈從弟楚客〉詩：「孤枕楚水夢，獨帆楚江程」、杜牧〈旅情〉詩：「窗虛枕簟涼，寢倦憶瀟湘」等。亦有以衾枕寫閒情者，如白居易〈病假中南亭閒望〉詩：「欹枕不視事，兩日門掩關」、〈春眠〉詩：「枕低被暖身安穩，日照房門帳未開」等。當然，亦不乏閨怨之詩，如李元紘〈相思怨〉詩：「望月思氛氳，朱衾懶更薰」、李商隱〈為有〉詩：「無端嫁得金龜婿，辜負香衾事早朝」等。

唐代詩歌中運用到衾枕意象時，雖有以女子角度言及閨怨者，但仍是少數，多數則是以詩人自身角度出發，通過衾枕寫季節寒涼、羈旅情思、閒暇生活、友朋之情等。但到了五代詞中，由於詞最初使用於宴樂場所，由歌女演唱，故多從女性著筆，閨怨作品數量頗豐。《陽春集》中亦是如此，使用衾枕意象時，多以其狀態來寫女性空閨獨守的寂寥與淒涼：

〔註44〕許慎撰，段玉裁注：《說文解字注》，頁399。

翠被已消香，夢隨寒漏長。（〈菩薩蠻〉，699）

煙鎖鳳樓無限事，茫茫，鸞鏡鴛衾兩斷腸。（〈南鄉子〉，683）

玉枕擁孤衾，抱恨還同歲月深。（〈南鄉子〉，685）

挑銀燈，扃珠戶，繡被微寒值秋雨。（〈應天長〉，675）

蕭索清秋珠淚墜，枕簟微涼，展轉渾無寐。（〈鵲踏枝〉，653）

〈菩薩蠻〉寫行人旅愁，舊時閨閣女子常以香燻染衣物衾被，使其帶有香氣，馮詞〈莫思歸〉有「綺陌春深翠袖香」句，言少女所過之處飄揚陣陣幽香，便是如此。然此處言翠被消香，即暗示自離人遠行之後，閨中人獨枕孤衾，無心再燻染衾被，當時溫馨早已散去，只餘獨自一人，淒涼無限。這種情景是在外離人的想像，設想對方的相思，恰是體現自己的離愁。〈南鄉子〉兩闋皆言閨怨，前者是見鸞鏡、鴛衾而斷腸，「『鸞鏡』指朝朝，『鴛衾』指夜夜，此言朝朝夜夜思之斷腸也。」〔註45〕況衾被之上所繡鴛鴦，更讓人平添煢煢獨處的孤淒之感。後者則是直言「玉枕孤衾」，以「孤」形容的並不是衾枕的狀態，而是人之淒涼境況，就連怨恨之意也與歲月一樣深長。末兩闋則是從衾被枕簟寒涼的角度，來寫獨自一人形單影隻心理上的淒涼之感，〈應天長〉通過其一系列的動作，挑銀燈，閉門戶，躲進繡被，言其無奈心境，而窗外秋雨引致的寒意，侵入床榻被褥，也使人倍感心境淒涼。〈鵲踏枝〉寫秋夜懷人，「蕭索清秋」言季節景物之感，因此產生「枕簟微涼」的真實感受，「珠淚墜」是心理痛苦的外現，使得「枕簟微涼」也成為心理狀態上的感受，無論是由於溫度所引發的真實寒意，還是懷人的痛苦引發的心理寒意，都共同導致了其輾轉反側，難以入眠的憔悴悲戚。

還有部份詞作則是以衾枕作為位置地點，寫人在枕前因情緒而導致的狀態與行為：

〔註45〕語出劉永濟著：《唐五代兩宋詞簡析》，參見史雙元：《唐五代詞紀事會評》，頁609。

憶憶，一句枕前爭忘得。（〈憶秦娥〉，704）

枕前語，記得否，說盡從來兩心素。（〈應天長〉，675）

枕前和淚語。（〈應天長〉，675）

今宵簾幕颺花陰，空餘枕淚獨傷心。（〈憶江南〉，704）

驚夢不成雲，雙蛾枕上顰。（〈菩薩蠻〉，698）

欹枕不成眠，關山人未還。（〈菩薩蠻〉，698）

人事改，空追悔，枕上夜長秖如歲。（〈應天長〉，674）

嬌鬟堆枕釵橫鳳，溶溶春水楊花夢。（〈菩薩蠻〉，699）

前兩闋寫枕前誓言，〈憶秦娥〉是以在外游子的角度言，回味昔日離別之時的枕前囑託，「憶憶」雖是出於詞牌形式的需要，但通過短截的疊字，表現出反復回憶的姿態，更兼其後「爭忘得」的反詰，極顯其銘記誓言的癡心不改，與對家鄉與妻子的思念之情。〈應天長〉則是從女子的角度，殷勤叮嚀，希望對方記住枕前所說的山盟海誓，所提及的從過去到現在的兩心相印。全詞幾乎全使用口語，卻展示出一片癡情。枕前之語，除卻叮嚀恩愛莫忘，亦可以是閨婦如今一人獨處時的含淚自語，以下兩闋便言枕前落淚，〈應天長〉所寫的是萬般愁怨，齊聚心頭，以致在枕前難以自持地流淚自語，情極悽怨。〈憶江南〉則是在回憶去歲相聚之景後，回到現實之中，今宵依舊是月懸樓頭，風揚花陰，卻只能獨自一人在枕上傷心流淚，以此盡顯別後相思情懷。以下三闋則寫枕上無眠之狀，兩則〈菩薩蠻〉，前者描寫閨婦無眠之後，於枕上蹙眉的特寫鏡頭，表現其內心的失望與悵恨；後者寫閨婦無眠，斜倚枕上的姿態，並點明其欹枕無眠的原因乃是離人遠隔關山未歸。〈應天長〉一闋雖未如前直接言明難以成眠，但以枕上的夜如歲漫長，來體現其思量不止，度夜如年。最末一闋〈菩薩蠻〉雖寫思婦懷人，然開篇卻先寫其沉浸於美夢中的嬌憨睡姿，其柔髮散亂堆枕、鳳釵橫斜，側面顯示夢境酣甜美好，而與醒來之後現實的人事形成落差，以此狀其哀傷。

　　綜上而言，本章所處理的問題是《陽春集》意象使用與表達的特殊性中人文意象的部份，包括樓閣、琴曲、衣飾、閨物。其中樓閣意象多強調居住環境的深靜，以及多有具備典故意的建物地點；琴曲意象主要是通過樂器的狀態、樂曲的含義與樂音帶來的聽覺感受來傳達情緒；衣飾意象則是通過衣寒來表達心理寒涼感；閨物涵蓋較多，又依其數量與使用手法的多元而大致分為簾幕、燈燭、更漏、其他意象幾類：簾幕意象以垂簾塑造環境的靜謐與封閉之感，以捲簾視簾外之景並可能帶來互動；燈燭意象出現於宴飲、閨怨等場合，常與月相伴，並有「蠟燭泣淚」的擬人化寫法；更漏意象用於指示時間，並且多言閨中以此感受夜晚漫長難捱；其他意象諸如香、鏡、衾枕，皆以物品的狀態敘閨情愁緒。

　　通過前數章意象使用普遍性與特殊性的分析，不難發現，《陽春集》中意象的使用，往往受到前代的影響。因歷朝歷代文人的不斷累積，意象使用的方向與層次已經頗具規模，且詩在題材與抒情主體上，本就寬於初誕之詞，故《陽春集》中幾乎所有數量較多的意象使用方式，都可見於前代詩歌。僅就詞而言，與《花間集》的相較，也可見出承繼前代的身影，無論是唐人詩歌還是《花間》，因其創作者與作品數量的豐富，都使其具有部份正中詞中未能承續的意象使用方式。

　　但正中詞在意象的使用上對前作亦有拓展，這種拓展多集中於個人情性的抒發與悲劇意識的書寫，將前代詩歌中的使用引入詞體，而剔除了《花間集》中對於姿容外貌的細緻描寫與香豔之風營造。一方面形成了正中詞獨特的風格與詞境，另一方面使詞的意象使用更加多元與豐富，增強詞之文學性，對其後宋代詞作亦產生影響，其引入詞體的意象使用在後代詞作中常能見其身影。

　　除此之外，詞之初誕，詞牌原意與詞作主題還聯繫較為緊密，如《花間》中多於詠唱深夜滴漏報更的〈更漏子〉這一詞牌中使用更漏意象，並用以描寫閨婦深夜懷人，其他如歐陽炯〈南鄉子〉八闋寫南方風光，溫庭筠〈採蓮子〉寫採蓮女子的生活情態，薛昭蘊〈離別難〉寫別

情，多闋〈漁父〉〈漁歌子〉寫漁父生活，〈醉公子〉寫貴族公子醉生夢死等，相對而言，詞牌與詞作在內容上相符的比例較大。而至《陽春集》時，除更漏意象與「更漏子」詞牌的脫節之外，以〈賀聖朝〉寫男女情事、以〈南鄉子〉寫閨情、以〈喜遷鶯〉寫游子思鄉與及時行樂的人生感慨等〔註46〕，比起《花間》，其詞牌意與詞作意已經出現了更大程度的裂痕，而這種趨勢在《陽春》之後繼續發展，及至宋時因為諸多詞牌曲調的遺失、詞題的拓寬等原因，文字與音樂進一步分離，詞人多根據前人填詞的文字形式、用韻規律等進行創作，也就在詞牌原意之外創造了更多的可能，使詞牌意與詞作意的分化更加嚴重。

〔註46〕「遷鶯」一詞猶「遷喬出谷」，出自《詩經·伐木》的「伐木丁丁，鳥鳴嚶嚶；出自幽谷，遷於喬木」之句。與《禽經》「鶯鳴嚶嚶」之語同，後人遂以〈伐木〉篇的「鳥遷喬木」為「鶯遷喬木」。出自幽谷的鶯遷於喬木，比喻人的地位上升，用於形容寒士通過科舉考試躋身青雲之心情。任半塘認為：「五代之〈喜遷鶯〉，專作進士及第之賀辭用。」毛先舒《填詞名解》認為，其調名取自韋莊同調詞的「鶯已遷，龍已化」句。韋詞亦為賀進士及第詞。故〈喜遷鶯〉調名本意便被認為是寫進士及第後的喜悅心情。

第五章 　《陽春集》意象使用的
　　　　　表達技巧

　　前述章節主要是從內容上分析了《陽春集》中具體意象的普遍與
特殊的使用方法，多是從個別意象的角度來進行研究，本章則將從
其修辭手法與意象組合角度分析其意象使用特點、創作的手法與技
巧等。

第一節　修辭手法

　　《說文解字》中論及「修」「辭」時，分別釋義為：「修，飾也。」
「辭，說也。從𤔲辛。𤔲辛，猶理辜也。」「辜」也就是後來的「罪」
字，「理辜」即是處理訴訟的說辭，可引申為一般的文辭和語辭。依照
此釋義，修辭即是修飾處理語辭和文辭的方法。現代修辭學對修辭的
定義也多是在此基礎上進行發揮。〔註1〕文學作品皆或多或少運用了

〔註1〕例如，陳望道《修辭學發凡》中說：「修辭原是達意傳情的手段，主要
　　　的為意與情，修辭不過是調整語辭使達意傳情能夠適切的一種努力。」
　　　陳介白《修辭學講話》中說：「修辭學是研究文辭之間如何精美的表出
　　　作者豐富的情思，以激動讀者情思的一種學術。」黎運漢、張維耿《現
　　　代漢語修辭學》中說：「修辭，就是在特定的語言環境下，選取適當的
　　　語言形式，表達一定的思想內容，以增強表達效果的言語活動。」姚
　　　殿芳、潘兆明《實用漢語修辭》中說：「修辭學就是研究提高語言表達
　　　效果的方法和技巧的一門學科。」黃慶萱《修辭學》中說：「修辭學是
　　　研究如何調整語文表意的方法，設計語文優美的形式，使精確而生動

某些修辭手法，因其能夠將語意表達得精確而生動，以增強作品的表現力與藝術性。故而即使是作為作品構成部份的意象，在進行組合和安排時亦離不開各種修辭手法的運用，以使作品以巧妙、生動、鮮明的方式傳達作者之意。

《陽春集》之中，在意象的使用與表達時，自然運用了大量的修辭手法，使意象組合而成的作品整體，呈現出別樣的意境。這其中，既有使用數量相當豐富的修辭手法，也有雖數量稀少但因作者巧思而使其效果出眾之作，甚至一些現代修辭學的具體分類，也都能在《陽春集》中找到對應之例。

一、映襯

「映襯」這一手法從字面而言，「映」即映照，「襯」即襯托，作為一種理論其常常使用在繪畫之中，中國畫中有「烘雲托月」之說，即是指繪畫之時渲染彩雲以烘托月亮，後用於作畫、作文時從側面點染描寫，以烘托所欲表現之重點的手法，如宋代畫家郭熙言：「山欲高，盡出之則不高；煙霞鎖其腰則高矣。水欲遠，盡出之則不遠；掩映斷其脈則遠矣。」清代笪重光曰：「密葉偶間枯槎，頓添生致；紐幹或生剝蠹，愈見蒼顏」〔註2〕皆是此意。現代修辭學家則多從文本修辭的角度對其進行定義：吳禮權《現代漢語修辭學》中認為，映襯是基於「對比聯想的心理機制的」，是「說寫中將相反、相對兩種事象組合於一處，從而互相映照、互相襯托的修辭文本模式」〔註3〕黃慶萱認

地表現出說者或作者的意象，期能引起讀者之共鳴的一種藝術。」參見陳正治著：《修辭學》（臺北：五南圖書出版公司，2009年3月二版五刷），頁2～3。

〔註2〕 楊春霖、劉帆主編：《漢語修辭藝術大辭典》（西安：陝西人民出版社，1996年8月初版二刷），頁1084。

〔註3〕 吳禮權認為，表達者在表情達意或敘事寫景時之所以會將相反、相對的兩種事象組合到一處，是因為修辭者在經驗中和觀念上把握了以往經驗過的事物和當前事物的差異性、對立性而產生了聯想。見吳禮權著：《現代漢語修辭學》（上海：復旦大學出版社，2012年6月二版一刷），頁255。

為，映襯是「在語文中，把兩種不同的，特別是相反的觀念或事實，對列起來，兩相比較，從而使語氣增強，使意義顯明的修辭方法。」周振甫認為，「映襯是指用相對的事物來互相映照和陪襯，或用賓來陪襯主。」〔註4〕陳望道在《修辭學發凡》中將這種「揭出互相反對的事物來相映相襯的辭格」分為兩類：「一是一件事物上的兩種辭格兩個觀點的映襯，稱為反映。二是一種辭格一個觀點上兩件事物的映襯，稱為對襯。」〔註5〕

　　由以上定義，不難看出，映襯即是使兩種相對的觀念、事物等相互對照或襯托，以凸出其中某一個的修辭手法。映襯使得所要凸出的一面更加鮮明，增強了表情達意的力度，也給讀者留下更多的感受、思索空間。乍看之下似乎映襯與對比相似，實際上二者具有明顯差異：對比的雙方通常具有鮮明的矛盾與相對，而映襯的雙方則可以是相反的，也可以是近似的。對比是為了表現雙方的對立，故而兩種對立事物的比重相似，無主次之分，且要達到的效果是使對立雙方所塑造的印象都更加深刻，而映襯是以一物襯一物，故有主、賓之分，陪襯事物要凸出被陪襯事物，為被陪襯事物服務，故居於次要地位，且表達效果的預設是凸出其中一面，如「眾星拱月」目的是為了凸出月，「紅花還須綠葉扶」目的是為了凸出紅花等。

　　《陽春集》中對於映襯手法的運用相當豐富，以映襯雙方的關係言可分為正襯與反襯，以映襯雙方的內容言則多是「一種辭格一個觀點上兩件事物映襯」的對襯，這一類型的映襯手法大量運用於情與景、情與物、動與靜之間：

（一）以景襯情

詞之於詩，要眇婉曲，在言情表意時往往難直抒胸臆，多言他物

〔註4〕參見陳正治著：《修辭學》（臺北：五南圖書出版公司，2009年3月二版五刷），頁59。

〔註5〕陳望道著：《修辭學發凡》（上海：復旦大學出版社，2012年8月初版五刷），頁74。

以渲染、引起情感的抒發,《陽春集》中存在諸多寓情於景、借景烘托渲染情感表達之例,樂景樂情、哀景哀情的正襯,樂景哀情、哀景樂情的反襯,皆有涉及:

> 南園春半踏青時,風和聞馬嘶。青梅如豆柳如眉,日長蝴蝶飛。(〈醉桃源〉,694)

> 日融融,草芊芊,黃鶯求友啼林前。柳條嫋嫋挖金線,花蕊茸茸簇錦氈。鳩逐婦,燕穿簾,狂蜂浪蝶相翩翩。春光堪賞還堪玩,惱煞東風誤少年。(〈金錯刀〉,708)

> 雪雲乍變春雲簇。漸覺年華堪縱目。北枝梅蕊犯寒開,南浦波紋如酒綠。芳菲次第長相續。自是情多無處足。尊前百計得春歸,莫為傷春眉黛蹙。(〈玉樓春〉,709)

> 花滿名園酒滿觴。且開笑口對穠芳。秋千風煖鶯釵鬌,綺陌春深翠袖香。(〈莫思歸〉,707)

> 芳草滿園花滿目。簾外微微,細雨籠庭竹。楊柳千條珠簏簌。碧池波縐鴛鴦浴。　　窈窕人家顏似玉。絃管泠泠,齊奏雲和曲。公子歡筵猶未足。斜陽不用相催促。(〈鵲踏枝〉,654)

此為樂景襯樂情之例。樂景襯樂情為正襯,即用與中心事物相類相近的事物作為陪襯事物,筆墨雖多著於陪襯事物,但目的卻是凸出中心事物。這種樂景襯托樂情的手法,在《陽春集》表達賞春惜春與宴飲之樂的詞作中大量運用。前三例為惜春心情的書寫,〈醉桃源〉狀南園春半的踏青之樂,通過描寫踏青之日清新美麗之景,如和煦薰風、寶馬嘶鳴、青梅如豆、柳葉如眉、白日悠長、蝴蝶翻飛等,顯示盎然生機與美好春意,從而映襯出遊賞踏青的愉快心情。〈金錯刀〉一闋狀景是春日融融、青草繁茂、黃鶯啼鳴、柳條搖盪、花蕊叢生、鳩鳥逐偶、飛燕穿簾、蜂蝶翩翩飛舞,此一派生機勃勃的熱鬧場面,而所襯的情則是「春光堪賞還堪玩」的熱愛與讚歎,以及「惱煞東風誤少年」的時光流

逝的淡淡哀愁。其景從動物、植物兩方面鋪寫，聲色兼具、動靜皆宜，
盡顯春回大地、姹紫嫣紅，與所要表達之情緒同向，雖則流露出一絲傷
感，但主要映襯出的仍是對春日活躍生命的禮贊。〈玉樓春〉則更加明
顯，由天空之雲變化、花漸次開放、南浦水波碧綠，見出春光逐漸悅人
眼目，而因春光難以持久，「無計留春住」常常使人感到不滿足，但詞
人最終的情緒落腳點在於「莫為傷春眉黛蹙」，無需因為這種自然的規
則而感到愁眉不展。全詞狀景是春日美麗風光，其中暗含的時間變化，
也與所要表達之感慨相合，以景帶情，即景生發議論，轉折中帶著情緒
的高低變化，盡顯頓挫之妙。後二例狀宴飲之樂，〈莫思歸〉寫花滿名
園、美酒盈樽，女子縱情嬉戲於其中，秋千擺蕩、鸞釵斜墜，所過之處
衣裳飄颺起陣陣幽香，從視覺與嗅覺兩個層面描寫縱意歡聚的快樂，
洋溢著歡欣熱鬧之感。而詞作中明確流露出來的情緒與感受，則是且
開笑口享受著濃郁芬芳的盡情享樂，以及黃金換酒的豪邁與瀟灑。情
景相稱，在表現上可謂相得益彰。〈鵲踏枝〉寫春日宴飲的歡悅，所面
對的是良辰美景：芳草滿園、鮮花滿目、微雨籠竹、楊柳垂珠、鴛鴦對
浴、池波碧綠、佳人顏如玉，弦管奏出悅耳之音，自然之景是春光明媚
旖旎，勃勃生機；人事之景又是佳人在側，風姿美妙，無論是樂景還是
樂事，都將樂情的表達鋪墊得呼之欲出，而結句則表現了宴飲之人意
猶未盡之心態。

　　同為正襯，在樂景樂情以外，還有哀景哀情，狀消極情緒的詞作
在《陽春集》中占大多數，無論是樂景還是哀景襯哀情的詞作數量都較
多，故只取部份進行例證：

> 梧桐落，蓼花秋。煙初冷，雨才收，蕭條風物正堪愁。人去
> 後，多少恨，在心頭。（〈芳草渡〉，686）

> 西風半夜簾櫳冷，遠夢初歸。夢過金扉，花謝窗前夜合枝。
> （〈採桑子〉，660）

> 白雲天遠重重恨，黃草煙深淅淅風。（〈拋球樂〉，691）

冷紅飄起桃花片。……夕陽千里連芳草。……（〈臨江仙〉，
668）

　　此為哀景襯哀情之例。《陽春集》中寫哀情之詞作頗多，情感內容
遍及離情相思、懷人念遠、閨中寂寥、人生悲歡、宴後惆悵等等，而在
這類詞作的情感表達，往往離不開蕭索環境氛圍的渲染鋪墊，使悲情
在這種哀景的襯托之下更為凸出。〈芳草渡〉寫秋日相思之情，是非常
工整的「景+情」的模式，以景引導情之抒發，也以景襯托情之深刻：
梧桐葉落、蓼花正開，是季節性景物的描寫，而之所以產生了「蕭條風
物」的感受，則是疊加上了當下氣候導致的雨滴梧桐、煙籠寒草之景，
而此「蕭條風物」的書寫，營造出冷落、淒迷之境，引發了「正堪愁」
的感慨，也凸出其下「多少恨，在心頭」的直抒胸臆。〈採桑子〉寫宮
怨，其未有直接指明宮怨之情感，但環境描寫與行為敘事，卻無不襯托
出其情感上的哀怨與悲涼：西風冷、寒蛩鳴、合歡花謝等描寫，烘托
出淒涼之境，映襯出主人公的悲苦之情。如果說以上幾例皆是著重於
眼前意象的描寫，所形成的景也多是眼前之景，以下二例則是突破了
空間的局限，從更為深廣的層面去狀物寫景，所呈現之景也更為遼闊，
甚至並未限於實景，而有了虛實結合的用法：〈拋球樂〉寫秋日宴會後
的離索情思，霜露久積、秋山紅樹、白雲天遠、黃草煙深、秋風淅淅，
在這種遼闊但卻蕭瑟衰殘之景的描寫中，夾帶著「恨重重」的情感表
達，恨意重重，如白雲佈滿天際，在情與景之間形成聯想，更兼「淅
淅風」引起「髣髴梁州曲」的想像，虛實結合，為宴飲結束之後面對遼
闊無際之景象，產生的酒闌人靜的空虛與孤單感更增淒切之情。〈臨江
仙〉言春暮懷人情緒，「冷紅」為天尚餘微寒時的花，「飄起桃花片」
是以桃花代表百花凋零命運，其可以是眼前之景，也可以是從眼前的
桃花凋零聯想到暮春時節百花凋零的特點，而「夕陽千里連芳草」之
大景，則是由已見推知未見的誇飾之辭，想像萋萋芳草綿延千里，含
不盡懷人之意，又虛實結合，顯示出暮春衰殘之象無處不在，亦隱然
映襯出惜春之情。

春到青門柳色黃，一梢紅杏出低牆，鶯窗人起未梳妝。(〈浣溪沙〉，700)

春色融融，飛燕乍來鶯未語。小桃寒，垂楊晚，玉樓空。(〈酒泉子〉，667)

春豔豔，江上晚山三四點，柳絲如剪花如染。香閨寂寂門半掩，愁眉斂，淚珠滴破胭脂臉。(〈歸國遙〉，682)

馬嘶人語春風岸，芳草綿綿。楊柳橋邊，落日高樓酒旆懸。
　　舊愁新恨知多少，目斷遙天。獨立花前，更聽笙歌滿畫船。(〈採桑子〉，660)

櫻桃謝了梨花發，紅白相催。燕子歸來。幾處香風綠戶開。
　　人生樂事知多少，且酹金杯。管咽弦哀。慢引蕭娘舞袖回。(〈採桑子〉，380)

　　此為樂景襯哀情之例。樂景襯哀，是為反襯。即是以「相異、相反的事物作背景，烘托主體。這種襯托可以形成兩事物間的極大反差，濃化藝術形象，凸出事物特徵，開拓和創造出優美的意境。」〔註6〕〈浣溪沙〉寫閨婦離情，全詞先以樂景反襯愁情，又以物的寂寥之態渲染空寂氛圍，正襯閨婦情之蕭索。僅就反襯而言，詞中展示了一派明媚春光：柳樹嫩葉轉為鵝黃、紅杏豔麗綻放，黃鶯在窗前婉轉啼唱，顯示出春回大地生機勃勃之景，然而這種景的熱鬧反而襯托出庭院的寂寞冷清，此熱鬧的景致無人欣賞、自開自敗，又反襯出離別之後，閨婦孑然獨對此景的淒涼。同樣的閨中寂寞情緒還有〈酒泉子〉，「春色融融」是時令景象的概寫，其下具體描寫，海燕南歸、鶯雛初生、桃花含苞、垂楊轉綠，一片生機勃勃之態，佳景良辰，本是樂事，但其下陡然轉折「玉樓空」，帶來自然與人事的極大反差，渲染環境的空寂、冷清，而所有美景的書寫只能反襯無人共度良辰的悵恨。〈歸國遙〉一詞，狀「春」以「艷」，遠景是江流宛轉，遙岑數點，近景則是柳翠花紅、春

〔註6〕楊春霖、劉帆主編：《漢語修辭藝術大辭典》，頁1084。

色絢爛，在寫景上形成了深淺濃淡之分，遠景淡而近景濃，本已形成了色彩、運筆上的對照，又以此明豔之樂景，反襯空閨獨守之哀情，香閨寂寂，愁眉不展，珠淚闌干，這種哀怨之情在春日豔麗之景的反襯之下，更顯悲戚。以上之例多是閨怨情緒的抒發，以美麗景色無人欣賞來表達閉鎖深閨的寂寥，而在傷春的表達中，亦常常有繁盛之景的描寫，表達的卻是與熱鬧格格不入的孤獨感，或是美好終將逝去的憂患與悲傷：〈採桑子〉前例取境於沿河兩岸，其時正值春日，楊柳依依、芳草綿綿，而人事方面，嘈雜的「馬嘶人語」，落日之時卻依然高懸的酒旂，都可知來往人頭攢動、熙熙攘攘，但處在這種熱鬧氛圍之中的主人公，所產生的卻是「舊愁新恨知多少」的沉痛哀歎，於熱鬧中他僅是極目遠眺、獨立花前，充滿了與這般生動景象格格不入的強烈孤寂，不僅這種景象對情緒形成反襯，詞至末尾，還以「笙歌滿畫船」補寫沿河風物，以笙歌鼎沸進一步反襯、強化自己的孤獨離索之感。後例則是書寫時光流逝的惶惑與哀傷。其景色的描寫之中，以櫻桃與梨花的接續開放、相互催趕，暗含著春光流逝的必然性，但此謝彼開，雖有流逝，卻也有新的美麗誕生，整個景象仍然充滿著活力，更兼燕子歸來，穿梭於門室內外，風送花香，靜態、動態，視覺、嗅覺等諸多方面，皆顯示著清新活躍的生命之美。然而詞人卻發「人間樂事知多少」之歎，甚至於將暢飲宴樂的金杯，佐酒助興的管弦都塗上了傷感色彩，春光極美，但反襯出春光流逝之時所喻示的人生苦短亦是極悲。

> 霧濛濛，風淅淅，楊柳帶疏煙。飄飄輕絮滿南園，牆下草芊
> 綿。　　燕初飛，鶯已老，拂面春風長好。相逢攜酒且高歌，
> 人生得幾何。（〈喜遷鶯〉，679）

　　哀景樂情的表達方式數量鮮少，《陽春集》中僅見一闋，事實上，〈喜遷鶯〉所描寫的景象也並不是完全的衰殘蕭瑟之景，只是相較於明媚而充滿生機的樂景之寫，這種朝霧濛濛、春風淅淅、楊柳帶煙、風絮滿園、芳草萋萋、燕飛鶯老之景，多了一層暮春景物特有的淒迷，並不能算作積極向的狀景，但面對此景，詞人的感受依舊是「拂面春風長

好」，並不以此觸發傷春悲戚之情，反而產生人生苦短，當攜酒高歌、及時行樂的曠放豪情。景愈蕭疏，才愈反襯出其情緒高昂的樂觀積極，而這份難得的慷慨之氣，也因面對哀景未有傷春悲秋之感，而顯得別具一格。

（二）以物襯情

詞作中除卻以景襯情外，還常常以物之狀態來襯人之狀態，以相近狀態形成正襯，以相反狀態形成反襯，通過自然來襯托人事之圓滿或缺憾，進行情感之傳達。這一部份運用得較多的是以動物之成雙或落單之狀態映襯人之形單影隻：

> 沙頭驚起雙禽。（〈臨江仙〉，668）

> 簷際高桐凝宿霧，捲簾雙鵲驚飛去。（〈鵲踏枝〉，652）

> 雙燕飛來，陌上相逢否。（〈鵲踏枝〉，655）

> 林間戲蝶簾間燕，各自雙雙。（〈採桑子〉，664）

此類詞作是以飛禽的成雙成對來反襯人的形單影隻，如此使用的動物以燕為主，前述動物意象時略有提及，但未做詳盡分析。〈臨江仙〉言離別之情，通過環境渲染離別氣氛，人去後，唯留下送別之人，隔江興起的笛聲悠長哀怨，烘托其離別之悲，而為此笛聲擾動的雙禽，驚飛亦成雙，是對自身處境的一種反襯，以此鋪墊映襯，使末句「凝恨淚沾襟」的情感聚焦點顯得更加深刻與凸出。除〈臨江仙〉外，此類用法多出現在閨怨類詞作中，無論是閨中寂寥、相思懷人還是傷春悲秋，於空閨獨守之時見雙禽，難免與自我境況產生對照，形成自憐自傷的情緒。〈鵲踏枝〉兩闋，前者言清晨時分，於淒迷環境、索寞的情緒中，閨婦捲簾而雙鵲驚飛離去，鵲尚可雙宿雙飛，人卻只能孤眠獨宿，這種映襯使人之境遇又更添幾分傷感。後者是對所念之人的不歸之怨、獨自等待之悲。所念之人在外久久不歸，不知去向何處，雙燕翩翩飛舞來歸，是對女主人公獨處無儔的一種反襯，且雙燕之歸，亦是對人之不歸的反襯。閨婦詢問雙燕，更是極為癡心的不合理之語，見其用情至深，愁

緒一片。〈採桑子〉所呈現的這種反襯極為明顯,「林間戲蝶」「簾間飛燕」的狀態是「各自雙雙」、成雙成對,而主人公則是「花前失卻遊春侶」「獨自尋芳」,是僅剩自己一人去面對春日的芬芳的強烈孤獨感,這種對照,極顯其孤獨者的形象與難以掩抑的痛苦心情。

> 林雀<u>單</u>棲,落盡燈花雞未啼。(〈採桑子〉,663) 〔註7〕

以禽鳥之狀態襯人之狀態的用法,以反襯居多,但亦有正襯之例,如此例〈採桑子〉,寫因愁緒無法入眠的閨中之怨,「林鵲單棲」看似是自然景物的描寫,實則是對閨中人長夜孤眠獨宿的襯托,顯示其愁苦況味。

事實上,這種以物襯情與以景襯情在某種程度上是相似的,物可作為景中的一個構成部份,區別在於上點言以景襯情時,所說的景是多個意象構成的整體畫面,而此點言以物襯情則是景中具體的物。因此,諸多詞作中常存在著兩者兼而有之的情況:

> 中庭雨過春將盡,片片花飛。獨折殘枝,無語憑闌祇自知。
>
> 玉堂香煖珠簾捲,雙燕來歸。(〈採桑子〉,659)

此例為正襯與反襯的結合。其言傷春念遠之情,開篇先寫「春將盡」之景:雨過風吹,落花紛飛,花飛花謝之後,枝也已是殘枝,處處充滿著衰殘的氣息,襯托其感傷春逝去之心情。而「獨折殘枝」此一行為,又體現其對春意的無限挽留。其後寫「雙燕來歸」,則又是以雙燕反襯閨中人的孤獨,以燕之歸反襯人之未歸,予閨中之情更增幾許惆悵。

除卻以飛禽狀態襯托人之狀態外,《陽春集》中還常見以月之圓缺襯托人事之例:

> 洞房人睡<u>月</u>嬋娟,梧桐雙影上朱軒。立階前。(〈虞美人〉,
> 677)

〔註7〕曾編本作「林雀爭棲」,言原本作「單」,注云:「別本作『爭』。」據吳本《陽春集》改。張編本作「單棲」。此處採用張編本說法,按原作「單棲」。

　　此是以月圓反襯人缺之例。其言棄婦情懷，「嬋娟」形容月色明媚美好，月光明亮、皎潔，可推知或為圓月，而這美好月色，卻反襯人事難圓的憾恨，更襯其處境與心情的蕭索。其後言「梧桐雙影」，寫月下梧桐之影成雙，反襯其孤立獨對的寂寥情狀。

> 不知今夜<u>月眉彎</u>，誰佩同心雙結倚闌干。（〈虞美人〉，679）

> <u>殘月</u>尚彎環，玉箏和淚彈。（〈菩薩蠻〉，698）

> 花葉脫霜紅，流螢<u>殘月</u>中。（〈菩薩蠻〉，699）

　　此是以殘月正襯閨中情緒。〈虞美人〉書寫閨怨，於句末發問，不知今夜月如眉彎，誰佩戴著同心雙結正倚著闌干，只是此刻處於空寂畫堂之中的閨婦，顯然情愛未得圓滿，殘月也正襯出其一腔落寞幽怨之情。〈菩薩蠻〉兩闋，前者寫天邊之景，是為一鉤殘月高掛，而人面對此景，淚流彈箏，殘月象徵著生活的不圓滿，襯托其哀怨情思。後者寫行人旅愁，花葉經霜而紅，已經逐漸脫落，西沉的月光下，流螢明滅，一為長期累積產生的景象，一為當下眼前的景象，而天邊殘月，與游子在外漂泊難以團聚之情況相類，更襯出其相思愁苦。

　　在月之意象的映襯作用中，同樣有幾種映襯內容兼具之例：

> 雨晴煙晚，綠水新池滿。雙燕飛來垂柳院，小閣畫簾高捲。
> 　黃昏獨倚朱闌，西南新月眉彎。砌下落花風起，羅衣特
> 地春寒。（〈清平樂〉，670）

　　此闋寫閨中寂寥，晚來雨過天晴，傍晚時分嵐煙夕照籠罩，池塘之中綠水新漲，波光瀲灩，所狀之景為遠景，透著清新與生機盎然之感，而捲簾以待，雙燕歸來則是近景描寫，由以下「獨倚朱闌」可知，這些景致皆是獨倚之時所見所感，因而前述春景無人共賞，唯有雙燕相伴，繁盛樂景反而襯出閨中寂寞，又以燕之雙宿雙飛，更襯出人之孤單，情緒的愁寂一步一步愈發明顯。而後隨著時間推移，一鉤如眉新月升起，缺月不圓，襯托出眼前情愛的殘缺、生活的不圓滿，或還有對月圓時刻人事圓滿的期待之意。

雁孤飛，人獨坐，看卻一秋空過。瑤草短，菊花殘，蕭條漸

向寒。　　　簾幕裏，青苔地，誰信閒愁如醉。星移後，月圓

時，風搖夜合枝。（〈更漏子〉，688）

　　此闋〈更漏子〉寫秋夜懷人，開篇「雁孤飛，人獨坐」，看似兩件
平行的事，實際是以雁之孤飛襯托人之獨坐，凸顯人之內心感受。而
後展開對蕭條景致的描寫：花草凋殘、天氣轉寒，此種深秋景色的蕭
條，正襯其面對此種景色「閒愁如醉」的心情，更顯其心緒低沉。而
「星移後，月圓時，風搖夜合枝」不僅寫出夜景的變化、時間的推移，
還連用反襯，以月圓反襯人難圓，以樹猶「夜合」反襯人兩地分離的境
況，極顯示其情深而悲。也就是說，此一首詞，同時使用了以哀景襯哀
情，以雁之孤飛襯人之獨坐，以月圓襯人缺，以夜合枝襯人分隔兩地等
映襯手法，正襯反襯兼具，手法雖有變化，但貫穿於其中的情緒卻是一
致的，即懷人的愁情與悵恨，其被襯托表現得極為鮮明濃烈。

（三）以動襯靜

　　從聽覺效果而言，《陽春集》中對於以動襯靜這一類映襯手法的
使用也較為頻繁，其多發生在深夜時刻，以各種聲音來反襯環境的清
幽寂靜，以凸顯一種強烈的孤寂之感。

　　前文在單獨述及各類具體意象時，也多有提及以動襯靜手法的作
用，故此處僅略談。夜晚之聲反襯出環境冷寂，體現輾轉難眠的淒惻之
情的模式中，常出現的聲音有蟲鳴之聲、禁漏之聲、樂器之聲、擣衣之
聲等：如〈採桑子〉之「寒蟬欲報三秋候，寂靜幽齋」以寒蟬之聲來襯
「幽齋」之寂靜，以凸出主人公的幽獨寂寥。〈酒泉子〉之「明月人自
擣寒衣」、〈更漏子〉之「月東出，雁南飛，誰家夜擣衣」是以擣衣聲體
現夜之寂靜，前者寫閨情，後者寫相思，皆是以月下擣衣之聲造成以動
寫靜的效果，反襯其「深院」「朱閣」之空寂，引發念遠之情，體現惆
悵之感。〈菩薩蠻〉之「錦壺催畫箭，玉佩天涯遠」是以滴漏之聲渲染
夜之沉寂，襯托人因思念懷人難以成眠的孤單心緒。〈鵲踏枝〉之「誰

把鈿箏移玉柱，穿簾海燕驚飛去」所狀雖非夜晚，但同樣是以動襯靜之筆，其抒春閨寂寥之情，以箏聲驚動海燕離去，來反襯環境的寂靜，而這寂寥氛圍恰又是閨人內心情緒的書寫。

　　當然，更多的詞作中，不會僅使用一個聲音意象，而是以多種聲音的疊加共同形成以動襯靜的效果，如〈採桑子〉之「畫堂燈煖簾櫳卷，禁漏丁丁」「不語含情，水調何人吹笛聲」言及禁漏聲與笛聲，以禁漏之聲反襯夜之靜謐，以笛聲襯其沉默不語，夜來輾轉難眠之時，無論是聽到令人倍感時間漫長之漏聲，還是情帶淒怨的〈水調〉，皆倍增其哀傷之情、孤淒之感。〈醉花間〉之「林雀歸棲撩亂語」「簾卷瀟瀟雨」「漏聲看卻夜將闌」是以林雀歸棲時的雜亂之聲、瀟瀟暮雨之聲、夜將盡之時的滴漏之聲等聲音，構成時間變化過程，且通過聽覺襯托畫堂深靜，烘托人之孤獨情緒。〈鵲踏枝〉之「階下寒聲啼絡緯，庭樹金風，悄悄重門閉」是以秋夜之絡緯啼鳴、風搖庭樹之聲襯托夜的淒清，重門閉鎖之下的寂寥，渲染出閨閣靜謐與閨中之人哀怨的心情。〈歸國遙〉之「何處笛。深夜夢回情脈脈，竹風檐雨寒窗隔」是以笛聲為夢醒之緣由，耳邊所聞之笛聲、風吹竹林聲、雨滴房檐聲，共同襯托出夜之靜寂，且營造出一種冷寂淒清的環境氛圍。

　　除不同聲音意象的疊加使用之外，這一部份同樣也有不同映襯內容兼具：

> 夜初長，人近別，夢斷一窗殘月。鸚鵡睡，蟋蛄鳴，西風寒
> 未成。（〈更漏子〉，689）

　　詞寫別後情緒，夢醒之後見「一窗殘月」，殘月與人別恰是自然與人事上的缺憾，形成對照，以體現其別後的惆悵。「鸚鵡睡，蟋蛄鳴」由聽覺寫，前者以其無聲來判斷，一動一靜，正反兩個方面以聲來寫靜，又形成對比，體現於夜中幽靜室內所感受到的形單影隻的寂寥與別後的煎熬。

> 小堂深靜無人到，滿院春風。惆悵牆東，一樹櫻桃帶雨紅。
> 　愁心似醉兼如病，欲語還慵。日暮疏鐘，雙燕歸棲畫閣

中。(〈採桑子〉，661)

　　此為兩種反襯的結合。〈採桑子〉言閨情，狀景為滿院春風、一樹櫻桃帶雨，分外亮眼，此種明豔之景中，夾帶的卻是「惆悵」之感，其下所引發的卻是「愁心似醉兼如病」的痛苦，對比極為鮮明，亮麗景致無人來賞，反襯出閨中的寂寥情緒分外深濃。而末句寫日暮時分，遠處傳來稀疏鐘聲，雙燕歸來，棲宿於畫閣之中，悠遠鐘聲打破周遭的沉寂，以聲襯靜更顯小院幽寂，而雙燕的歸棲反襯人的獨宿孤眠，倍顯其「愁心」。

> 秋入蠻蕉風半裂，狼藉池塘，雨打疏荷折。繞砌蛩聲芳草歇，愁腸學盡丁香結。　　回首西南看晚月，孤雁來時，塞管聲嗚咽。歷歷前歡無處說，關山何日休離別。(〈鵲踏枝〉，652)

　　此闋寫離情，因關山遠隔，人在兩處，於是前歡舊情，無處抒發傾吐，詞至末尾才將此種悲戚之意點明，而前全以秋日蕭殺風景鋪墊：秋風秋雨凌厲，吹裂蕉葉、摧折疏荷，使得本就殘枝敗葉的池塘一片狼藉，蟋蟀鳴叫、芳草衰歇、孤雁南飛、羌笛嗚咽，空間自陸地至池塘再至天邊，視覺與聽覺共同構成一幅衰殘蕭殺景象，襯托出一股蕭瑟淒涼的氣氛，如此深秋衰象，更襯得分隔兩地的離情濃重而悲涼。「回首西南看晚月」與〈清平樂〉之「西南新月眉彎」類似，即是形容月之殘缺，而這殘月正襯離情，顯示出人無法團圓的憾恨。「孤雁來時，塞管聲嗚咽」不僅以悲涼雁鳴之聲、如泣如訴的塞管之聲，構成悽愴的環境氛圍，還以聲襯夜之靜謐，使其傷離念遠之情在此孤寂之夜中更加深刻。故而此為以哀景襯哀情，殘月襯不圓滿與雁鳴、塞管聲襯靜謐的多種襯托內容運用之例。

二、借代

　　「借代」自字面理解而言，是借此物代彼物，兩物之間必然存在著某方面的聯繫，因此這是一種基於「關係聯想」心理機制的修辭手

法。陳望道《修辭學發凡》中認為：「所說事物縱與其他事物沒有類似點，假使中間還有不可分離的關係時，作者也可借那關係事物的名稱，來代替所說的事物。如此借代的，名叫借代辭。」黃慶萱認為：「所謂借代，就是指在談話或行文中，放棄通常使用的本名或語句，而另找其他名稱或語句來代替。」曹毓生說：「在講話或文章中，有時候不把要說的事物名稱直接說出來，而拿與它有密切關係的事物名稱或它本身最凸出、最具有特徵性的一部份來代替它，也就是換一個稱呼，叫做借代。」〔註8〕可見借代就是在談話或寫作的過程中，以相關的其他事物或事物的相關部份來代替事物的本來名稱的修辭手法。

　　借代能夠產生一種新穎而婉曲的閱讀體驗，所選取的替代之物往往能見出創作者所要凸出的部份，收到鮮明、具體的效果。依照陳正道於《修辭學發凡》中的分類，借代可分為「旁借」與「對待」兩部份，前者是伴隨事物與主幹事物的關係，後者是與被借代事物相對待的事物充當借代事物的用法。進一步細分，則旁借又可分為事物和事物的特徵或標記相代、事物和事物的所在或所屬相代、事物和事物的作家或產地相代、事物和事物的資料或工具相代；對待可分為部份和全體相代、特定和普通相代、具體和抽象相代、原因和結果相代。〔註9〕這八小類較為具體而詳細地囊括了借代中可能出現的各種情況，但完全是從現代修辭學的理論層面歸納，因此在《陽春集》中顯然不可能與這兩大類、八小類的借代類型一一對應，只出現了其中部份情況：

　　薄羅依舊泣青春，野花芳草逐年新，事難論。（〈虞美人〉，678）

　　紅滿枝，綠滿枝，宿雨厭厭睡起遲，閑庭花影移。（〈長相思〉，706）

　　軟鬟墮髻搖雙槳，採蓮晚出清江上。（〈菩薩蠻〉，700）

〔註8〕　參見陳正治著：《修辭學》，頁90。
〔註9〕　參見陳望道著：《修辭學發凡》，頁65～73。

　　此是事物和事物的特徵或標記相代之例。〈虞美人〉寫離懷別怨，「薄羅」是單薄之羅衣，衣物自然不會「泣青春」，是借衣物以代穿著羅衣之女子，其在為青春易逝而悲傷。用單薄的衣物代指女子，營造出一種脆弱、憔悴卻又美麗的形象感受。青春年年逝去，而野花芳草卻年年新生，這其中又暗含著自然與人事之對比。〈長相思〉抒發念遠之情，開篇寫繁盛春光，「紅滿枝，綠滿枝」是以「紅」「綠」這種花葉的顏色特徵來指代花與葉，凸出強調其色彩感，在視覺上形成燦爛的感受，以滿枝紅花綠葉的繁茂來體現明媚春光，而在這種春光中，主人公是慵懶疲倦晚起的，其盼望著所念之人的歸期，但「夢多見稀」，不知相見何時。春景明麗只能反襯出其閨中獨守、等待歸來的惶惶不安。故此例同時使用了借代與映襯的手法。〈菩薩蠻〉寫情竇初開的採蓮少女，「欹鬟墮髻」乃是以髮鬟姿態指代採蓮少女，其因搖著雙槳，使得梳妝整齊的髮髻斜墜。

　　　秋千風煖鶯釵颭，綺陌春深翠袖香。(〈莫思歸〉，707)

　　　玉勒琱鞍游冶處，樓高不見章臺路。(〈鵲踏枝〉，656)

　　此是部份和整體相代之例，兩例皆是由部份代整體。〈莫思歸〉寫春景芳菲縱酒之樂，「翠袖」為衣著的一部份，在此處指代女子的裝束，凸出少女青春美好的樣子，從嗅覺角度構成一幅充滿生氣與歡欣的遊春圖。〈鵲踏枝〉寫閨怨，「玉勒」是以玉為飾之馬銜，「雕鞍」是以玉為飾之馬鞍，皆是車馬的部份，以此來代交通工具，而遊冶的並非車馬，因此是以人所在的車馬來指代四處遊蕩之人，言其薄情寡倖，顯示出閨中女子的悲劇命運。

三、譬喻

　　「譬喻」由字面而言，或可理解為「取譬為喻」，是一種借他物來明瞭此物的用法，黃慶萱認為：「譬喻是一種『借彼喻此』的修辭法，凡兩件或兩件以上的事物終有類似之點，說話、作文時運用『那』有類似點的事物，來比方說明『這』件事物的，就叫譬喻。它的理論架構是

建立在心理學『類比作用』的基礎上──利用舊經驗引起新經驗。通常是以易知說明難知；以具體說明抽象。使人在恍然大悟中驚佩作者設喻之巧妙，從而產生滿足與信服的快感。」〔註10〕陳望道說：「思想的對象同另外的事物有了類似點，文章上就用那另外的事物來比擬這思想的對象的，名叫譬喻。」〔註11〕吳禮權認為：「譬喻（或稱比喻），是一種通過聯想將兩個在本質上根本不同的事物由某一相似性特點而直接聯繫搭掛於一起的修辭文本模式。」〔註12〕也就是說，譬喻是建立在事物的相似性上的，但兩者又不能相同。通過譬喻，能夠在文章的表達上增強其書寫對象的生動性與形象性。

譬喻的完整構成需要本體、喻詞、喻體三個部份，而依照這些部份的異同及顯隱，可將譬喻進行分類：本體、喻詞、喻體皆完整具備的為「明喻」；雖三者齊備，但喻詞以「是」代替「如」「若」等為「暗喻」，有時也會省略喻詞，只呈現主體和喻體；本體與喻詞一併省略，只留下喻體，這種譬喻修辭稱為「借喻」。在此基礎的三種類型之外，還存在著一些變體形式，如引喻、提喻、教喻、反喻、交喻、回喻、博喻、連喻、類喻、進喻、互喻、縮喻、約喻、兼喻、合喻等。同上述手法相似，《陽春集》中雖有諸多詞作運用譬喻的修辭手法，但亦只使用了其中部份種類：

青梅如豆柳如眉，日長蝴蝶飛。（〈醉桃源〉，694）

北枝梅蕊犯寒開，南浦波紋如酒綠。（〈玉樓春〉，709）

殘酒欲醒中夜起，月明如練天如水。（〈鵲踏枝〉，653）

山如黛，月如鈎。（〈芳草渡〉，686）

此為「明喻」之例，詞句中明白指出本體、喻體為何，並且以喻詞串聯。〈醉桃源〉表現南園春日踏青之樂，寫景狀物之時連用兩個明

〔註10〕參見陳正治著：《修辭學》，頁11～12。
〔註11〕陳望道著：《修辭學發凡》，頁59。
〔註12〕吳禮權著：《現代漢語修辭學》，頁74。

喻，將樹上初結的梅子喻為豆，將柔嫩柳葉喻為眉，本體與喻體之間取譬的角度是其形狀的相似性。〈玉樓春〉狀春日來去的自然變化過程，將池塘之水比喻成綠酒，取譬角度是二者顏色上的相似性，這一比喻不僅描繪出其色彩，狀春日燦爛之景，也造成一種怡然醉人的感受。〈鵲踏枝〉寫秋夜懷人，此句描寫夜半酒醒時，披衣而起所見之景，以柔軟潔白之絹比喻月，以水喻天，取譬的角度是更為抽象的感覺上的相似性，「月明如練」帶來輕柔朦朧之感，而「天如水」則帶來明澈清涼之感，塑造出夜景的淒冷空明，來襯托面對此景之人的孤獨情懷。〈芳草渡〉狀秋日相思之情，景物描寫為獨倚高樓時所見，其中「山如黛」以顏色為喻，「月如鉤」以形狀為喻，眺望遠山、仰看殘月，與前所見澄江浩淼，形成廣闊的空間與無邊的寂靜之感，襯托出人之孤單、渺小。

> 柳條千條珠簁簁，碧池波綠鴛鴦浴。（〈鵲踏枝〉，654）

> 柳條裊裊拖金線，花蕊茸茸簇錦氈。（〈金錯刀〉，708）

> 波搖梅蕊當心白，風入羅衣貼體寒。（〈拋球樂〉，689）

> 燒殘紅燭暮雲合，飄盡碧梧金井寒。（〈拋球樂〉，692）

此為「暗喻」之例，古漢語中的暗喻常常是略去喻詞，直接呈現本體與喻體，在節奏上造成靈活跳脫之感。〈鵲踏枝〉寫歡樂的春日宴飲場景，為狀繁盛春景，將楊柳喻為串珠下垂，取譬二者姿態上的相似性，體現春光明媚旖旎，襯托遊賞宴飲之樂。〈金錯刀〉狀春日之生機，表達賞春惜春之情，柳條嫩葉金黃，狀若金線，而花蕊叢生，萬紫千紅，鋪滿大地，仿佛錦製地毯，取譬其色彩與形狀相似的角度，營造出絢麗之感。〈拋球樂〉兩闋，皆言宴飲過後的離索之情，「波搖梅蕊當心白」是以梅花比喻月光照耀下的水波，月光之下，水之當心波光粼粼，如梅花朵朵，此種比喻較為少見，帶來雅致高潔的感受。「燒殘紅燭暮雲合」為妙喻，取譬於夜宴燃燒的紅燭，來喻暮色降臨時分燦爛晚霞，與主題相符，暗含歌酒宴會之意，既形象鮮明，又使人倍

感新鮮。

> 欹枕殘妝一朵臥枝花。(〈相見歡〉，701)

> 春山拂拂橫秋水，掩映遙相對。(〈虞美人〉，679)

此為「借喻」之例，即詞句中省略了本體與喻詞，直接呈現喻體，造成更加含蓄婉曲的表達效果。〈相見歡〉的用法，前文論述「以花喻人」手法時已提及，直接以「臥枝花」來比喻斜倚枕上的女子姿態，以「臥枝花」代稱，凸顯其嬌美慵懶之態，極為形象地帶來整體的美感。〈虞美人〉中「春山」「秋水」的用法前亦有論，雖存在描寫自然或是喻人的不同解讀，但此句若作譬喻理解時，即是借喻，直接以「春山」譬喻且代替黛眉出現，而「秋水」同樣指代了眼波流盼之態，前者由色之相似，後者由感覺相似取譬，表現出女子顧盼生姿之美麗。

> 人非風月長依舊，破鏡塵箏，一夢經年瘦。(〈憶江南〉，704)

此為「反喻」之例，所謂「反喻」，即是從否定角度設喻，通常出現「並非」「不像」「不是」等喻詞，如《詩經》有「我心匪石，不可轉也。我心匪席，不可捲也」之句，便是如此。此處〈憶江南〉「人非風月長依舊」抒發關於人事的感慨議論，取譬角度為存在的時間，人生短暫，與風月之永恆常在不同，從否定的角度強調了年華易逝，抒發對於生命意識的感悟。

> 幾日行雲何處去。忘卻歸來，不道春將暮。百草千花寒食
> 路，香車繫在誰家樹。　　淚眼倚樓頻獨語。雙燕飛來，
> 陌上相逢否。撩亂春愁如柳絮，悠悠夢裡無尋處。(〈鵲踏
> 枝〉，655)

此為兩種不同的譬喻組合使用。「幾日行雲何處去」是以「行雲」借喻在外遊蕩的人，取譬於流動不定的共同特點，以此為喻，極為生動，且直接凸出了其四處遊治，行蹤無定而遲遲不歸的令人悵恨的形象。「撩亂春愁如柳絮」則以「柳絮」喻「春愁」，是為明喻，柳絮飛舞為暮春景象，用以形容春愁，在季節上形成呼應，且其四處飛舞之狀，盡顯愁情綿綿不絕，紛亂繁多，將抽象的感情具象化為便於理解之物，

即春日之景取譬，頗為形象。

四、比擬

　　關於「比擬」的定義，吳禮權認為：「比擬，是語言活動中將人之生命情狀移注於物或將物之情狀移植於人以達到物我情趣的往復迴流，從而彰顯表達者特定情境下物我同一的情感狀態，使語言表達更具生動性和形象性，以之感染受交際者（接受者）來達成與之共鳴的思想情感狀態的修辭文本模式。」〔註13〕由此可明顯看出，比擬分為兩類，一類是以物擬人，一類是以人擬物，相對而言，以物擬人的例子較多，而以人擬物與譬喻的界限並不分明，通常可視為譬喻的一種。比擬所達致的修辭效果與譬喻相類，可增加表達的形象性與生動性。

　　《陽春集》中也有不少運用比擬的詞作，以擬人為主。前言蠟燭意象時曾論及歷代詩人慣用之「蠟燭泣淚」之用法，便是將蠟燭擬人，將其燃燒融化擬作人流淚的姿態，借此來抒發閨婦心緒。鸚鵡意象也多被用來為閨婦代言，將鸚鵡擬人，借鸚鵡之口來怨長夜漫漫或是表達想要挽留春天的話語，抒發女性閨情。除了這些頻繁出現的擬人用法之外，《陽春集》中還有以下比擬之例：

> 綠楊風靜凝閒恨，千言萬語黃鸝。（〈臨江仙〉，669）

> 谷鶯語軟花邊過，水調聲長醉裏聽。（〈拋球樂〉，690）

> 朦朧卻向燈前臥，窗月徘徊。（〈採桑子〉，660）

> 細雨泣秋風，金鳳花殘滿地紅。（〈南鄉子〉，684）

　　〈臨江仙〉〈拋球樂〉兩闋為動物擬人之例，皆以飛禽之聲擬為人的語言，前者言閨怨，將黃鸝擬人，以其彼呼此應擬作人盡情傾吐的樣子，反襯出閨中之人煢煢獨處，無可訴說。後者言逐勝歸來之興致，寫谷鶯之聲，擬作人之語，且以軟來修飾，將動態美與聲音美結合，傳達春光明媚，與春日活躍的生命力。〈採桑子〉〈南鄉子〉兩闋為自然風物

〔註13〕吳禮權著：《現代漢語修辭學》，頁97。

的擬人，前者寫閨情，將月光擬人，言月在窗外徘徊，營造極為迷惘之感受。後者擬人的主體則是細雨，「泣」將其在秋風中斜飛飄搖的姿態擬作人淚灑之狀，構成了一種淒慘的視覺感受，且亦可視作閨人內在情感的投射。

> 梅落繁枝千萬片，<u>猶自多情</u>，<u>學雪隨風轉</u>。（〈鵲踏枝〉，649）

> 梅落新春入後庭，眼前風物<u>可無情</u>。（〈拋球樂〉，690）

此二闋與上不同之處在於，將物擬人的表現並不在於具有人之動作行為，而是具有人之情感。物本無情，然而兩闋詞都讓其帶上了情感，前者說「猶自多情，學雪隨風轉」，以擬人手法讓落梅擁有了人對於情感執著追求的深情與品質，將暮春落花的自然現象變成了執著不悔卻又無法挽回的悲劇美感的展示。後者狀遊賞之樂，「眼前風物可無情」的反詰，否定無情之說，使風物擬人帶情，故而為遊賞之人呈現出一個色彩繽紛的斑斕世界，物之情與人之情互相映襯，使自然之美與人事之樂交融，別具風神。

> 愁顏恰似<u>燒殘燭</u>，珠淚闌干。（〈採桑子〉，662）

以上皆為物擬人之例，而此句則為人擬物之例。雖然所用的比擬雙方依舊是人流淚與蠟燭燃燒，但不同於蠟燭燃燒擬作人流淚之態，此處是將人滿面淚痕、淚珠縱橫之態擬作蠟燭燃燒逐漸融化時的狼藉之狀，鮮明表現出因離別近在眼前而極度悲傷的心情。

五、其他

除使用較多的映襯、借代、譬喻、比擬等手法之外，《陽春集》中還有一些修辭手法，雖然數量較少，但在表達效果上同樣值得討論，故在此簡單一併說明。

（一）通感

關於「通感」這一修辭手法，錢鍾書先生曾撰文專門討論過，他解釋「通感」時說：「在日常經驗裏，視覺、聽覺、觸覺、嗅覺、味覺往往可以彼此打通或交通，眼、耳、舌、鼻、身各個官能的領域可以不

分界限。顏色似乎會有溫度，聲音似乎會有形象，冷暖似乎會有重量，氣味似乎會有鋒芒。」因「通感」又叫「移覺」，故還有一些闡釋是針對「移覺」而發：「『移覺』就是人們在描述客觀事物時，用形象的語言使感覺轉移，把人們某個感官上的感覺移植到另一個感官上，憑藉感受相通，相互映照，以受到啟發讀者聯想，體味餘韻，用來渲染並深化詩文意境的積極修辭方式。」「移覺是一種常見的修辭手法。它是指我們在思考或交際時用屬於乙感官範疇的事物印象去表達屬於甲感官範疇的事物印象，以期達到新奇、精警的表達效果。」〔註14〕不難得出，這一修辭手法在於不同感受器官之間的感覺互通，用這種手法來寫景狀物，不僅便於理解與記憶，還可以突破語言的限制，收到出人意料、耳目一新的效果。

> 細雨濕流光，芳草年年與恨長。（〈南鄉子〉，683）

通感之例雖少，此處僅拈〈南鄉子〉一例論，蓋「細雨濕流光」一句極妙，歷來為人所稱讚傳頌，宋人周文璞評其「景意俱微妙」，王國維認為此句「能攝春草之魂者也」皆可見激賞之意。〔註15〕此句妙處，便在於以「濕」一字，將觸覺感受的表達移至視覺感受的表達，其描寫的畫面，其實不過細雨濕潤芳草，使得草葉上閃動著光澤，但著一「濕」字，一方面營造空氣中沾惹水汽之感，顯得綿密但微小，與「細雨」相呼應。另一方面，無論是細雨還是草葉上的光澤，皆是視覺作用的結果，而「濕」卻是觸覺作用的結果，這樣使讀者在視覺中「看到」了觸覺的濕潤，將觸覺感受經驗移入這一畫面，非常確切且生動地描述出這種霏霏細雨中的清麗景象，造成身臨其境的可感效果。

（二）用典

用典之法，前已論述頗多，此為「一種運用古代歷史故事或有出

〔註14〕參見王苹著：《漢語修辭與文化》（杭州：浙江大學出版社，2007年6月初版一刷），頁87。

〔註15〕參見史雙元著：《唐五代詞紀事會評》，頁609。

處的詞語來說寫的修辭文本模式。」〔註16〕這一部份意象的使用，實際上正是緒論部份所論及的葉嘉瑩先生分類中的「喻象」。而這種修辭手法的作用一方面在不便直接言明時使表達者可以傳遞隱微的潛層之意，使其作品婉約含蓄；另一方面，在較為窄小的篇幅內，可以表達出典故背後所蘊藏的內涵，使詞作所含之意更加豐富。

　　《陽春集》中用典之例頗多，前言特殊的建物意象時多有提及，諸如「南浦」「青門」「秦樓」「章臺路」等，此處不再贅述，唯錄建物意象之外的用典例一則，以備一觀：

　　　　麒麟欲畫時難偶，鷗鷺何猜興不孤。（〈金錯刀〉，708）

　　此詞抒發失意的牢騷之情，此句中使用兩個典故，對仗工整。「麒麟」指麒麟閣，為漢代閣名，建於未央宮中，宣帝時期曾畫功臣霍光、蘇武等十一人的畫像於閣上，以表揚其功績〔註17〕，故多用於表達卓越功勳和榮譽，如高適〈塞下曲〉有「畫圖麒麟閣，入朝明光宮」句、杜甫〈前出塞〉有「功名圖麒麟，戰骨當速朽」句等。此處麒麟閣的出現，表達了詞人想要建功立業的心，但「時難偶」卻表露了難以獲致際遇的現實，抒發一種失意的牢騷之情。鷗鷺之典出自《列子》〔註18〕，言無狡詐機心之人，能使異類狎近，後常以「鷗鷺忘機」比喻淡薄隱居，不以世事為懷。此處是以「鷗鷺」之典，借指其遭遇同列之人的猜忌，其言「興不孤」，想要表明被同儕排擠猜忌並不影響其興致，以此引出「只銷幾覺懵騰睡，身外功名任有無」的灑脫抒懷，但表層之下，始終難掩失落情緒。

〔註16〕吳禮權著：《現代漢語修辭學》，頁56。
〔註17〕《三輔黃圖》載：「麒麟閣，蕭何造，以藏秘書，處賢才也。」《漢書・蘇武傳》載：「甘露三年，單于始入朝。上思股肱之美，迺圖畫其人於麒麟閣。」顏師古注引張晏曰：「武帝獲麒麟時作此閣，圖畫其像於閣，遂以為名。」
〔註18〕《列子・黃帝》記載：「海上之人有好漚鳥者，每旦之海上，從漚鳥游，漚鳥之至者百住而不止。其父曰：『吾聞漚鳥皆從汝游，汝取來，吾玩之。』明日之海上，漚鳥舞而不下也。」

（三）象徵

　　關於「象徵」這一修辭手法，毛國宜於《文學理論教程》中認為：「象徵一詞在西方來自希臘，本義是指將一物分成兩半，雙方各執其一，作為憑證和信物，合起來即可以檢驗真假。後來演變為凡是表達某種觀念或事物的標誌或符號就叫象徵。」黃慶萱認為：「任何一種抽象的觀念、情感與看不見的事物，不直接予以指明，而由於理性的關聯、社會的約定，從而透過某種意象的媒介，間接予以陳述的表達方式，我們名之為『象徵』。」黃邦君《詩藝探索》言：「所謂象徵，是指通過某一特定的具體形象，以表現與之相似或相近的概念、思想和感情。」〔註19〕這一概念雖來自西方，但在中國古典文學之中早已有之，通常被表達為「興」「寄寓」「言外之意」等名稱。不難看出，其所強調的象徵物與被象徵物之間存在的關聯是約定俗成的，且有抽象與具體的差異，是以具體的物來表達抽象的情感、思想、觀念等，使其形象可感，便於理解，增強作品的生動性與藝術效果。

　　　聖明世，獨折一枝<u>丹桂</u>。（〈謁金門〉，675）

　　　<u>轉燭飄蓬</u>一夢歸，欲尋陳迹恨人非，天教心願與身違。（〈浣溪沙〉，700）

　　　繞砌蛩聲芳草歇，<u>愁腸學盡丁香結</u>。（〈鵲踏枝〉，652）

　　這些象徵之例前亦多有提及，此處略為整理，〈謁金門〉中使用丹桂意象，丹桂本是桂樹的一種，因《晉書‧郤詵傳》的記載而具備了喻人才之意，又因科舉及第多稱為折桂，故此處的「獨折一枝丹桂」也就是象徵著科舉及第之樂事。〈浣溪沙〉中所使用的「轉燭」「飄蓬」在其基本的字面含義之下，象徵的是變幻莫測的世事，與漂泊不定的人生際遇，風中的燭火不知何時會熄滅，而飄飛的蓬草無法決定自己的命運，無法選擇停留的方向，兩物與所具備的象徵義之間，有著極為形象的聯繫。〈鵲踏枝〉則是使用「丁香結」來象徵憂思鬱結的愁腸，丁香

〔註19〕參見陳正治著：《修辭學》，頁 198。

花簇生於莖頂，常常含苞不放，所以與固結不解的愁思具有相似性。上例以具體之物或是描述事件，使其婉曲含蓄，或是象徵抽象的情感或概念，使其具體而形象，皆是把握住了兩物之間的關聯性，使表達更加生動。

（四）互文

互文是一種「上文省卻下文出現的詞語，下文省卻上文出現的詞語，參互成文，合而見義」[註20]的修辭手法，互文可以使語言凝練簡潔，語意含蓄豐富，故古典詩詞中時有使用。最著名的詩例莫過於「秦時明月漢時關」一句，不是分而理解為秦時的明月，漢朝時的關塞，而是以互文之法，言秦漢時的明月、秦漢時的關塞，暗示戰事持續不斷，從未歇止，體現時間的久遠。此種用法《陽春集》中亦有：

芳草滿園花滿目，簾外微微，細雨籠庭竹。（〈鵲踏枝〉）

前言以樂景襯樂情時已有論及，此詞狀春日繁盛之景，表達宴飲之樂，「芳草滿園花滿目」顯然不能理解為滿園芳草，而滿目鮮花，其使用互文手法，上下文意互相交錯滲透，應該表達為滿園的芳草鮮花映入眼中，其共同構成了書寫春光旖旎明媚的一部份，暗含著賞心悅目的歡愉情緒在其中。

（五）修辭綜合使用

通常而言，一首詞作在使用修辭手法時，不會拘泥於一，而是常常組合使用，以期詞作整體呈現出層次性與豐富感，充分表達其主題情感。因映襯手法運用廣泛，基本上諸多使用其他修辭手法的篇章詞作也皆有以景、以物、以聲、以空間進行映襯的手法，故在此主要談論其他幾種修辭手法的組合使用，免於重複贅述。

綃帳泣流蘇，愁掩玉屏人靜。多病，多病，自是行雲無定。（〈如夢令〉，425）

[註20] 成偉鈞，唐仲揚，向宏業主編：《修辭通鑒》（北京：中國青年出版社，1999 年 6 月初版一刷），頁 662～663。

　　〈如夢令〉是以閨物擬人，詞寫閨婦相思愁情，「綃帳泣流蘇」狀流蘇沿著綃帳一排垂落之態，以「泣」加以形容，是將綃帳擬人，以流蘇為淚，將主觀之情移於客觀之物，明明是自己流淚，卻說綃帳哭泣，筆致宛曲，以綃帳與流蘇組合擬人之淚流之態，也十分富有新鮮感。「行雲」借喻在外不歸之人，其人如流雲般飄忽，這恰是其因愁多病的根源，顯示出思婦心緒的沉重感。

> 櫻桃謝了梨花發，紅白相催。燕子歸來，幾度香風綠戶開。
> 　人間樂事知多少，且醉金杯。管咽弦哀。慢引蕭娘舞袖
> 迴。（〈採桑子〉，380）

　　〈採桑子〉言傷春之情，「紅白相催」指的是前言櫻桃與梨花接續開放，「紅」與「白」分別是用顏色這一特徵指代「櫻桃」與「梨花」本身，但其所要表達的不僅是櫻桃與梨花，而是泛指春日之花的開與謝，所以是以特定的「櫻桃」「梨花」來指代普遍的春花，以其此開彼謝的姿態來表現春光的逐漸流逝。雖所狀是花的爭相開放，是燕子歸來、香風縷縷，然而卻發出了樂事有多少的感歎，不如及時行樂，開懷暢飲，但其中所隱含的悲涼卻難以消解，故而以管弦擬人，賦予其人之情感，言其淒咽哀愁，似沾染上了這一種年光逝去的無奈。全詞情景交融，伴隨著尚且還未凋殘的春景的，是始終存在其中的憂患意識。

> 紅燭淚闌干，翠屏煙浪寒。錦壺催畫箭，玉佩天涯遠。（〈菩
> 薩蠻〉，699）

　　〈菩薩蠻〉寫思婦懷人，「紅燭淚闌干」一句，為室內所見之景，將紅燭擬為人流淚之態，實際上是閨婦淒涼、孤寂的自我形象的投射外現。「錦壺催畫箭」一句，一方面以滴漏之聲襯夜之沉寂與人之孤單，另一方面「催」這一字將漏壺擬人，似催促著光陰流逝，暗含著一種時間逝去的緊迫感。「玉佩」本是人身上所佩戴之物，作為一種標記，此處借以代指佩玉之人，與此人相隔天涯。時間上是時不我待、年華青春流逝的無力之感，空間上與所思之人的阻隔難以消弭，全詞以映襯、

擬人、借代等各種修辭手法，表現出一種深深的憾恨與悲情。

> 嚴妝才罷怨春風，粉牆畫壁宋家東。蕙蘭有恨枝猶綠，桃李
> 無言花自紅。燕燕巢時簾幕捲，鶯鶯啼處鳳樓空。少年薄倖
> 知何處，每夜歸來春夢中。（〈舞春風〉，680）

　　此詞寫春日閨怨，全詞使用映襯、擬人、倒裝、用典等多種修辭。
「嚴妝才罷怨春風，粉牆畫壁宋家東」一句，使用倒裝與用典手法，起
首即凸出主人公之美麗，將謂語「嚴妝」置於前，主語「宋家東」置於
其後，且以宋玉東鄰之女為喻，體現其天生麗質，「粉牆畫壁」的居住
環境亦映襯其美好。「蕙蘭有恨枝尤綠，桃李無言花自紅」是以擬人手
法，將「蕙蘭」賦予人之情感，其恨實際上也是人之主觀情緒的轉移，
而「桃李無言」則是比擬手法中巧妙的故作否定，桃李本就無言，刻意
強調其無言反而造成了一種原先能言，而此刻忽而不言的效果，蕙蘭
有恨卻仍保持著花枝碧綠，象徵其不改自身高潔芬芳，桃李雖無言但
花亦保持著鮮豔，表現出一種自矜、自貴的精神。而綠枝蕙蘭、紅白桃
李，與前「春風」相呼應，渲染出春日的爛漫之景，對閨中低沉情緒形
成反襯。「燕燕巢時簾幕捲，鶯鶯啼處鳳樓空」則連用反襯，以歸巢燕
的雙宿雙飛反襯閨中人的形單影隻，以鶯啼之聲反襯鳳樓的空寂，渲
染出樓閣環境的淒清與閨中之人的寂寥愁苦。

第二節　意象組合

　　意象使用的最終目的仍然是為作品的主題內容與思想情感服務
的，單一意象的選擇與使用的表達方式的研究，或許從意象的變遷演
化來看具有意義，但對於特定文人的文學作品研究而言，則相對有
限，因為意象所發揮的作用理應是置於作品的整體框架下去透視，失
去了「意」的串聯，諸多象只能成為散珠碎玉，因此即使前數章研究
單一意象時，也並非將其拆解出來，而是從整體的角度去看其在不同
主題與情感基調的詞作中使用與表達上的異同，如同觀察串在珠鏈上
的珍珠。本節則是要從意象組合的角度，觀察數個珍珠如何串聯成完

整的珠鏈。

　　詩詞意象組合方式有諸多不同說法，涉及總體的詩詞意象組合、特定類別的作品意象組合、特定作者的作品意象組合以及特定意象的意象組合等等，雖則使用的概念名稱不同，但組合方式卻是大同小異的。

　　《意象範疇的流變》一書中關於詩歌意象的組合根據意象之間是否沿著感情發展的脈絡存在著連續性、因果性的關聯而劃分為有序性組合與無序式組合兩大類。有序性組合又分為四類：一是並置式組合，即「多用名詞或動詞按照一定的情感邏輯並列在一起，上下句往往形成相輔相成的同構對應或對比關係，凸出這種情感質素，使詩歌意象在相互作用中產生新的功能，而很少關連詞語的介入。」二是複疊式組合，即把不同時空的多個意象巧妙地組合在一起，形成一種深層的交流、轉換，體現情感的流動過程，展現作品的複雜內涵。亦可將不同的感官感受疊合在一起，增強其表達效果。三是對比式組合，即將對立與矛盾的意象組合在一起，產生相得益彰的藝術效果。四是主體式組合，即「通過情感之對象化，使對象轉化為意象」「通過審美感興，使情與景自然契合融為一體。」無序式組合則分為兩類：一是詞句的無序式，即「詞句之間無先後順序，使畫面與畫面之間缺乏邏輯上的聯繫，呈現出無序組合的狀態。」二是交錯式組合，即「兩組詞語交錯組合，結合成完整的意象，使全篇生姿添色，豐富了詩的內涵。」〔註21〕

　　在《詩歌修辭學》一書中，則是將意象組合分為了並列、對照、綰合、疊加等組合方式：意象並列是出於接近聯想心理，其常常呈現出空間上的接近，如柳宗元〈江雪〉一詩，或是時間上的承續，如蔣捷〈虞美人·聽雨〉。意象對照則是依據對比聯想心理，將相反或矛盾的兩物共同組合呈現，造成深刻印象。這種對照可以是因果對比、此彼對

〔註21〕參見蔡鍾翔、鄧光東主編：《意象範疇的流變》（南昌：百花洲文藝出版社，2002年1月初版一刷），頁137～148。

比、有無對比等等。意象絟合則是依據某一特定主題，以中心意象串聯起分散的意象。意象疊加則是在「相似聯想」的基礎上，通過比喻、象徵等修辭手法達成的。〔註22〕

　　不難看出，兩書都認為意象組合基本存在著相類意象的並置與相異意象的疊加，而在意象自身不具備屬性的關聯時，也可因其在時空上的接近而形成組合關係。且兩書都認為情感主題作為線索貫穿其中的意象組合只是諸多意象組合種類之一，前書認為有序性組合是通過意象的相互連結與轉化實現的，在其中貫穿著情感的明確軌跡，無序式組合則捨棄這一部份而獲致結構張力與豐富的藝術空間，但實際上，所有意象的絟合串聯都必須出於作品整體的表達需要，都是圍繞著主題與情感進行的，並不存在著純粹雜亂無章的意象組合。後書以這種意象絟合作為意象組合一類，私以為意象絟合只是意象組合的另一種表達方式，即使是以時空為線索所串聯起來的意象，也一樣要為中心主題與情感表達服務。〔註23〕所以「意」永遠是「象」的內在邏輯，不存在不需要「意」作為組合原則的「象」之組合方式。

　　綜合各種基本的意象組合方式，結合《陽春集》的實際情況進行一定程度的修正與細化之後，大致將其分為「單向並置」與「多向疊加」兩大類，而每一類又可細分為色彩、情緒、感官、時空四類來分別討論。值得注意的是，無論是單向並置，還是多向疊加，都能夠找到意象與意象之間的聯繫，或是邏輯與屬性上的相似或相異，或是出於敘事或狀景的需要形成時空上的聯繫，但終極目的都是為了指陳主題、抒情達意。

〔註22〕參見古遠清、孫光萱著：《詩歌修辭學》（臺北：五南圖書出版公司，民國86年6月初版一刷），頁118～137。

〔註23〕正如〈江雪〉的意象組合雖然是同一空間內的呈現，但其意象的選擇與畫面的描寫，「千山」「萬徑」與「孤舟」「獨釣」的對比，「鳥飛絕」「人蹤滅」「寒江雪」的描繪，都指向了寒冷寂靜環境氛圍的塑造、孤寂而又清高傲然的心境展示，這種情感表達的需要，是驅動著意象如此安排佈置的內在動力。

一、單向並置

意象的單向並置在具有屬性與邏輯關係的意象之間所強調的是相似性，即將某些方面相似的意象進行並置，達到效果上的加強與凸出。

（一）色彩

《陽春集》詞作的意象組合時有色彩安排的考量，但大多是多向的，相似的色彩疊加之例較少，幾乎全為形成淒涼感受的深化：

> 蘆花千里霜月白，傷行色，來朝便是關山隔。（〈歸國遙〉，682）

> 月落霜繁深院閉，洞房人正睡。（〈醉花間〉，672）

> 深冬寒月，庭戶凝霜雪。（〈清平樂〉，670）

在色彩方面，相似意象的組合幾乎出現在月與霜雪之間，強調一種清冷與蒼白的感覺，而這種感受的加深也多與其主體所要表達之情感相關。〈歸國遙〉所寫為友朋別情，「蘆花千里霜月白」中所使用的三個意象，「蘆花」「秋霜」「夜月」皆呈現為清冷慘澹之白，三者的組合映入目中，形成一片空闊、蒼白的濛濛夜色，使「扁舟遠送瀟湘客」這一事件所蘊含的別情更加的淒冷慘澹。〈醉花間〉寫閨中閒愁，月將西沉、秋霜繁重，營造出一種淒冷的特點，為其下閨婦獨立，「閑愁渾未已」的抒情，進行環境上的渲染與鋪墊，加深情感表達的力度。〈清平樂〉表現宮怨，「寒月」與「霜雪」一方面呼應「深冬」，表現季候特徵，另一方面，月與霜雪之清冷營造出淒寒的環境，襯托其情緒的低沉與愁怨難平之心緒。這些月與霜雪的意象組合，全出現在表達愁緒的詞作中，以這種色彩疊加，帶來視覺感受上的清冷與慘澹，為情意的抒發先行渲染氛圍。

（二）情緒

由第二章不難看出，《陽春集》中頗多詞作在寫景、狀物、敘事、抒情之時常對季節景物進行描寫，上節論述修辭手法時，映襯這一手

法之中，以景襯情之例亦頗多，諸多描寫生機勃勃之樂景或蕭疏殘敗之哀景的詞作，通常都會是相同情緒意象的組合，這類詞作於《陽春集》中甚為常見，如〈金錯刀·日融融〉一詞，其狀意象「日融融」「草芊芊」「柳條裊裊」「花蕊茸茸」「狂蜂浪蝶相翩翩」，這些意象的相似性在於其描繪方式相對美好，充滿生機，指向「樂景」之同一情緒。又如〈鵲踏枝·秋入蠻蕉風半裂〉一詞，狀意象為「半裂蠻蕉」「狼藉池塘」「雨打疏荷」「芳草衰歇」「殘月」「孤雁」「塞管嗚咽」等，皆狀其衰敗、凋殘之象，描寫的情緒都較為負面。可以看出，此處的情緒所指的不是詞作中人物的情緒，而是諸如「樂景」「哀景」這樣景物描寫所顯示出的盛衰感受，其與詞所要表達的主題情緒不一定相一致。

除季節景物的意象組合往往會有意象描寫感受的一致性外，還存在著其他以相同感受組合描寫的意象，最明顯的詞例莫過於〈鵲踏枝·庭院深深深幾許〉之「庭院深深深幾許，楊柳堆煙，簾幕無重數」一句，「庭院」「楊柳」「簾幕」看似在屬性上並沒有關聯，但狀「庭院」而強調其深邃，狀「楊柳」而強調其為堆煙籠罩，狀「簾幕」而強調其數量眾多，層層疊疊，通過對意象的處理，使意象之間在感受上具有一致性，再通過意象的組合，加深其深閨閉鎖之感，渲染環境的岑寂冷清，襯托出閨婦的落寞寂寥心緒，與男子四處遊冶、尋歡作樂之經歷形成鮮明對比，極顯女性悲劇命運。

（三）感官

此處所謂的感官，準確來說是眼、耳、鼻、舌、身等感覺器官受外物影響所形成的視覺、聽覺、嗅覺、味覺、觸覺等外部感覺。視覺描寫是最普遍的描寫方式，聽覺、嗅覺、觸覺描寫較少，味覺描寫未見，故而視覺描寫的疊加此處不再贅述。事實上，嗅覺意象的組合與觸覺意象的組合也不常見，因《陽春集》中所涉及到的嗅覺意象與觸覺意象所造成的感受種類都十分單一，難以形成疊加，故此處亦不作論述。唯有聽覺意象的組合較多，且有論述的價值。

　　第三章言及鴻雁意象，第四章論及樂器樂音類意象時，都曾提及兩種意象多進行組合，以雁鳴之聲與羌笛等樂器樂音的疊加，加深愁緒表達的程度，如〈清平樂・深冬寒月〉之「風雁過時魂斷絕，塞管數聲嗚咽」、〈鵲踏枝・秋入蠻蕉風半裂〉之「回首西南看晚月，孤雁來時，塞管聲嗚咽」，皆是於夜晚之時，聽雁過悲鳴之聲，而塞管之音悠悠傳來，如泣如訴，兩種聲音意象的組合，使愁緒更加滿溢，更加深刻。

　　通常而言，多種聲音意象的組合描寫多出現在夜晚，因夜晚較為安靜，在靜謐的環境中聽到的聲音就愈發清晰，而這種清晰的聲音又使人輾轉反側、無法入眠，更加感受到漫漫長夜的寂寥，側面表現出人物情緒的波動。此種意象組合於前一節論及「以聲襯靜」的映襯手法時已有提及，如〈採桑子・畫堂燈暖簾櫳卷〉中以夜晚常有的禁漏之聲、雨聲、笛聲等形成意象組合，一方面顯示出夜之靜謐，另一方面以聲音的變化為線索，體現時間變化過程，呼應其「一夜西窗夢不成」的輾轉無眠，強調其孤淒之感與哀怨之情。同樣以聲音意象的組合起到如此作用的還有〈醉花間・林雀歸棲撩亂語〉中的雀鳴之聲、瀟瀟雨聲與更漏之聲。

> 白雲天遠重重恨，<u>黃草煙深淅淅風</u>。<u>髣髴梁州曲</u>，<u>吹在誰家</u>
> <u>玉笛中</u>。（〈抛球樂〉，691）

　　此闋特殊之處在於，從字面而言，是風聲與笛聲的意象組合，但實際上「髣髴梁州曲」是由淅淅風聲所引發的聯想，並非真實耳聞，不僅是虛實結合，且是從實筆聯想到虛筆，一方面衰敗之象更添淒切之情，另一方面也將筆觸拉回宴飲歡聚之時的情境之中，凸出宴飲之樂，而反襯眼前的寂寥，與所要表達的宴飲後的離索情思相呼應。

（四）時空

　　如果說以上意象組合是在色彩、情緒、感官這些方面具有相似性，所獲得的是這些相似性疊加所產生的加深表意程度與力度的效

果，那麼此一部份的意象，則沒有過多屬性上的關聯，甚至不具備相似性，只是處於同一個時空之中。因五代詞的空間場景十分有限，即使開始有部份詞作走向了更為廣闊的空間，但大多數作品仍是囿於閨閣之內，因而諸多詞作存在著閨閣內外意象的使用，其看似無序且隨意，實際上串聯的脈絡非內在屬性的聯繫，而是外部時空的共享。無論是囿於深閨的閉塞空間，如閨閣內器物的描寫，閨婦倚樓時所見等，還是那些走出閨閣、去向更廣闊空間的詞作，同一空間的意象放置並不是隨意的，而是如同電影拍攝，有鏡頭安排與運鏡技巧，常形成一種動態感或變化過程。這些意象組合的目的或是烘托環境氣氛、彰顯人物形象，或是描寫動作行為過程、敘述事件等，但最終還是指向所有意象組合的共同目的，即詞作中心主題與情感內涵的表達。

　　空間如此，而通過時間串聯起來的意象則更加明確清晰，甚至不像出現於同一空間的多個意象一樣，具有表面的隨意性，在連續的、沒有明顯較長間斷的時間線條裡，多個意象的出現，往往就是為了體現時間變化的過程，這類意象組合在描寫自然風物時常見，如〈鶴沖天・曉月墜〉中便由「曉月墜」「宿雲披」到「紅日初長一線」，通過從拂曉時分的月落、前夜雲霧的消散，到日初升的景象變化來表現時間的推移，故而這些意象進行組合的邏輯，正是時間的串聯。這種組合方式，表現在非自然物上，則是燈燭燃盡、香成灰、夜晚漏盡等，因前文提及這些意象時多有論述，且較為集中與明顯，故此處不再贅述。

> 風乍起，吹縐一池春水。閒引鴛鴦香徑裏，手接紅杏蕊。鬥鴨闌干獨倚，碧玉搔頭斜墜。終日望君君不至，舉頭聞鵲喜。
> （〈謁金門〉，676）

> 蔭綠圍紅，夢瓊家在桃源住。畫橋當路，臨水雙朱戶。柳徑春深，行到關情處。顰不語，意憑風絮，吹向郎邊去。（〈點絳唇〉，702）

石城花落江樓雨，雲隔長洲蘭芷暮。芳草岸，和煙霧，誰在綠楊深處住。(〈應天長〉，674)

坐對高樓千萬山，雁飛秋色滿闌干。燒殘紅燭暮雲合，飄盡碧梧金井寒。(〈拋球樂〉，692)

此為連續性空間之中以鏡頭安排縮合意象之例。〈謁金門〉由池塘寫起，春風陡然而來，一池春水泛起漣漪，而後則是由池塘轉至花園小徑，閨婦逗引鴛鴦，手捋紅杏，最終定於「鬥鴨闌干」一點，描寫其細緻的情狀。鏡頭轉換由「池塘」至「香徑」再至「鬥鴨闌干」，並由其中的行為動作，表現閨中百無聊賴之感。〈點絳唇〉則是鏡頭由遠及近的推進，先是遠景綠樹蔭蔽、紅花環繞，隨著鏡頭推進，則出現畫橋、臨水朱戶，以及朱戶之外的柳蔭小徑，最後出現朱戶的女子，以顰眉不語的特寫鏡頭，凸顯其心事重重的模樣。〈應天長〉數句全為景語，運鏡與〈點絳唇〉相類，石城、江樓、長洲、江岸，是居所的大環境，為遠鏡頭，綠楊深處則是居所的小環境，隨著鏡頭的推近，由落花中的石城，至微雨中的江樓，至長洲蘭芷、江岸芳草，至綠楊深處的居室，最後聚焦於居住其中的那個人，引出其繫念與閨情。無論是〈點絳唇〉還是〈應天長〉，詞作中對於女子居住環境的描寫，層層推進，造成懸念揭曉之感，也由環境的旖旎，映襯出其中居住之人的美麗。〈拋球樂〉則是先點明人所在之處，其後登樓所見之景象則跟隨著目光視野而轉變，從千萬山之遼闊，至仰望天空時雁陣南飛、晚霞消退，再由闊遠天邊至眼前近景，見庭院之中，梧葉轉黃，飄落金井旁，視線變化中，一片秋光，充滿衰歇氣象，為酒闌人散的離索之感的表達，渲染了環境氣氛，使景中含情，情景交融。

誰道閑情拋擲久，每到春來，惆悵還依舊。日日花前常病酒，敢辭鏡裡朱顏瘦。　　河畔青蕪堤上柳，為問新愁，何事年年有。獨立小橋風滿袖，平林新月人歸後。(〈鵲踏枝〉，650)

芳草長川，柳映危橋橋下路。歸鴻飛，行人去，碧山邊。風
微煙澹雨蕭然，隔岸馬嘶何處。九迴腸，雙臉淚，夕陽天。
（〈酒泉子〉，666）

銅壺滴漏初盡，高閣雞鳴半空。催啟五門金鎖，猶垂三殿簾
櫳。階前御柳搖綠，仗下宮花散紅。鴛瓦數行曉日，鶯旗百
尺春風。侍臣舞蹈重拜，聖壽南山永同。（〈壽山曲〉，710）

　　此為同時兼具空間鏡頭的轉變與時間變化過程之例。〈鵲踏枝〉從
空間鏡頭而言，由「花前」「鏡裡」至「河畔」、堤岸的室外廣闊，最後
獨立於「小橋」一點，而視線所及卻又是遙遠的「平林」，這種廣闊空
間，凸顯出人的渺小，造成一種無可排遣的孤獨感。從時間言，則是從
白日裡所能見之景，至「新月」時分，時間的推移顯示其「獨立小橋」
之久，側面凸顯其愁情之深沉難解。〈酒泉子〉一詞，鏡頭的推移與時
間的變化中暗含著離別事件的敘述。從空間而言，平原芳草，是遼闊的
遠處鏡頭，由遠及近推回到眼前的離別之處，則是橋邊之柳，而後隨著
行人離去的路線，由「危橋」至「橋下路」，至「隔岸」，最後至「碧山
邊」，漸行漸遠，蹤影消失不見。「隔岸馬嘶何處」看似不在鏡頭推移的
線條之中，但此句之詢問，表現了片刻之前行人騎馬絕塵而去，又因再
聽不見馬嘶之聲，不見行人之影，才有此一問，可知離去的路線如此。
而時間的推移過程，則是通過天氣變化來體現的，從風雨蕭然、長空煙
澹，至夕陽遙掛天邊，表示已經過了一段時間，也側面顯示其佇立原
地，目送行人遠去，久久不離開，可見其用情至深。〈壽山曲〉是非常
明顯的時間與空間兩條線索，且互相交纏：從空間而言，其由「高閣」
「五門」「三殿」「階前御柳」「仗下宮花」「鴛瓦」「鶯旗」最後到朝拜
的群臣，鏡頭不斷推進，由地面至空中再至地面，營造出「千呼萬喚始
出來」之感。從時間而言，從滴漏初盡、雞鳴、宮門開啟、簾幕待捲，
再到日光傾灑，顯示出明顯的時間逐步變化過程。通過這種時空的交
錯，為其主題，也就是百官朝拜場景營造出一派莊嚴祥和的氣氛，表現
出昇平景象。

尊酒留歡，添盡羅衣怯夜寒。愁顏恰似燒殘燭，珠淚闌干。（〈採桑子〉，662）

金剪刀，青絲髮，香墨蠻箋親劄。和粉淚，一時封，此情千萬重。（〈更漏子〉，687）

捲朱箔，掛金鉤，暮潮人倚樓。（〈更漏子〉，687）

搴羅幕，憑朱閣，不獨堪悲寥落。（〈更漏子〉，687）

搴繡幌，倚瑤琴，前歡淚滿襟。（〈更漏子〉，689）

　　此為同一時空中，出於敘事需要的意象絡合之例。〈採桑子〉寫離別之時的景象，因千方百計想要延緩分手的時間，留住眼前之人，於是不斷飲酒，而夜越來越深，以致蠟燭燒殘、蠟淚狼藉，寒涼之意也使人不斷添衣。意象組合之間，構成了一個事件發展過程的動態畫面，極顯離別的不捨之意。〈更漏子〉幾闋或許由於詞牌形式的限制或需要，多是以意象的組合形成動作行為的過程，「金剪刀」數句，狀其剪青絲、寫信、和著淚水將青絲放入，然後鄭重封緘。這些連續的動作實際上敘寫信之事，表現女子的美麗與其「千萬重」的深情。後三例則是通過動作做抒情之用，無論是捲起簾幕、掛上金鉤、暮潮上漲時人獨倚樓，還是揭起羅幕、倚靠樓閣、倚靠瑤琴，都是在這些連續的動作之後，引出閨婦情緒的表達，表現其因相思懷人而極悲之態。這些物件由於敘事的需要，通過主人公的行為動作串聯起來，表達較為一致的情緒感受，構成了具有敘事之由的含情之象，也就是前文所謂的「事象」，雖然數量較少，但是在意象絡合中卻能形成獨特的筆法。

二、多向疊加

　　意象的多向疊加所強調的是意象之間的相異性，這種相異的意象依照某種規律進行組合，使詞作呈現豐富性，而一些相反意象的組合，更是形成對比，凸出所要表達的面向，在衝突中使表達效果更加鮮明。

（一）色彩

相較於單一色彩意象組合帶來特定感受的加深與凸出，不同色彩的意象組合給詞作帶來極為豐富的感受，因此常出現在描寫春季景物之時，通過多種色彩意象的疊加，形成熱鬧、生意盎然之感，於前述季節景物時多有提及，此處僅作簡要論述：

> 早梅香，殘雪白，夜沉沉。（〈酒泉子〉，665）
>
> 和淚試嚴妝，落梅飛曉霜。（〈菩薩蠻〉，699）
>
> 小桃寒，垂楊晚，玉樓空。（〈酒泉子〉，667）
>
> 蕙蘭有恨枝猶綠，桃李無言花自紅。（〈舞春風〉，680）
>
> 春到青門柳色黃，一梢紅杏出低墻，鶯窗人起未梳妝。（〈浣溪沙〉，700）
>
> 六曲闌干偎碧樹，楊柳風輕，展盡黃金縷。……紅杏開時，一霎清明雨。（〈鵲踏枝〉，658）

前二闋詞皆是以霜雪與梅形成意象組合，在色彩上造成紅白相襯之感，顯得極為雅致、清麗。前闋寫早開的梅花飄來幽香，而殘雪於月下泛白，營造出一種空靈而寂靜的深夜感受。後闋於窗外目見落梅飛揚於晨霜中，暗含對自己命運的憐惜之意，而蒼茫之中的一點紅，卻又隱然含有一絲希望，與「和淚試嚴妝」所含有的悲傷之中的一絲期待相呼應。後幾闋則多以自然景物的色彩搭配，顯示出春光旖旎明媚之感，〈酒泉子〉以小桃含苞欲放，垂楊漸呈青綠，具體化「春色融融」，與其下「玉樓空」形成對照，凸顯閨婦寂寥情緒。〈舞春風〉兩句雖是以擬人、映襯等修辭手法表意，但其在意象組合上依然注意到色彩安排的細節，綠枝蕙蘭、紅白桃李形成豐富色彩，顯示春景爛漫，反襯閨中情緒低沉。〈浣溪沙〉〈鵲踏枝〉兩闋則皆是以楊柳之金黃嫩葉，與紅杏相互映襯，色彩絢爛，見春日明媚之景，反襯閨中寂寥之情。

自然意象的組合如此，人文意象則多以色彩上的搭配組合形成華麗之感，彰顯富貴氣象，前述閨物意象時亦多有提及：

酒醒情懷惡，<u>金縷袿</u>，玉肌如削。……乍倚遍，闌干煙澹薄，<u>翠幕</u>簾櫳畫閣。(〈思越人〉，705)

沉沉<u>朱戶</u>橫<u>金鎖</u>，紗窗月影隨花過。(〈菩薩蠻〉，700)

<u>紅燭</u>淚闌干，<u>翠屏</u>煙浪寒。(〈菩薩蠻〉，699)

繡帳已闌離別夢，<u>玉鑪</u>空裊寂寞香。閨中<u>紅日</u>奈何長。(〈浣溪沙〉，700)

<u>碧波</u>簾幕垂<u>朱戶</u>，簾下鶯鶯語。(〈虞美人〉，678)

前三闋全為閨閣物品的組合，〈思越人〉之「金縷衣」與「翠幕」，前例〈菩薩蠻〉之「朱戶」與「金鎖」，形成精緻華美的感受，表明閨婦物質生活優裕無虞，反襯其精神感情上的空虛。後例〈菩薩蠻〉之「紅燭」與「翠屏」，為室內景物與陳設，以兩種色彩的對照形成一種鮮明的感覺，但本應形成熱烈之感的色彩組合卻以「淚」與「寒」來狀寫，實際上是主觀感受的投射，傳遞出淒涼、孤寂之感，用色愈鮮豔，這種反襯所形成的張力就愈大。後兩闋則是兼具自然景物與閨閣物品的色彩組合，〈浣溪沙〉結合室內外兩個場景，寫閨中寂寥之人對時間的感受，渲染冷清的氛圍，而使用「玉爐」「紅日」這樣具有色彩的語詞，也帶來一種華美穠麗的感受。〈虞美人〉首句寫居住之景，以「碧波」「朱戶」相互映襯，色彩華美、環境清幽，襯托出居室主人的美麗。

（二）情緒

相較而言，不同情緒意象組合的詞例較少，但也存在詞例。在以景反襯情的詞作中，景物的情緒面向保持了一致性，所以從景物的意象組合言，其所使用的是單向情緒的意象並置，但加入了主人公情感表達的意象之後，則構成了不同情緒的意象組合之例。除此之外，還存在著體現情緒變化過程的可能性。如前所說的〈酒泉子・春色融融〉一詞，以雁南歸、鶯雛尚未學語、小桃含苞待放、垂楊由黃轉綠的生意盎然與「玉樓空」的冷清寂寥組合，兩種情緒面向的意象，凸出了自然與

人事的極大反差。再如〈浣溪沙‧春到青門柳色黃〉一詞，前後以柳樹嫩葉鵝黃、紅杏綻放、黃鶯婉轉啼鳴與玉爐靜靜升裊燻香、閨房映紅日的漫長寂寥形成對照，襯出其深閨之中的愁苦與悲涼。再如〈採桑子‧櫻桃謝了梨花發〉一詞，以櫻桃梨花接續開謝、芳香隨風飄揚、綠戶內外燕子穿梭等生機勃勃之美好景致，於「人間樂事知多少」的感慨之後陡然轉變為「管咽弦哀」的情緒面向，現出傷感之色，顯示出情緒變化過程，揭出積極表現下的落落寡歡的抑鬱。

（三）感官

　　從不同感官感受出發所描述的意象進行的組合，通常是多層次、多角度地起到表達主題的作用。與上相類，因視覺意象數量眾多，幾乎所有言及其他感官意象的詞作，都滿足了不同感受角度組合的條件，以聽覺感受為例，其數量頗多，所有以聲襯靜的寫法、狀動物鳴叫之聲、風雨之聲、樂器之音、更漏之聲者，皆可視作視覺意象與聽覺意象組合之例，前已多有論述，此處僅簡單舉例說明：

> 梅花吹入誰家笛，行雲半夜凝空碧。欹枕不成眠，關山人未還。　聲隨幽怨絕，雲斷澄霜月。月影下重簾，輕風花滿櫊。（〈菩薩蠻〉，698）

> 秣陵江上多離別，雨晴芳草煙深。路遙人去馬嘶沉。青帘斜掛，新柳萬枝金。　隔江何處吹橫笛，沙頭驚起雙禽。徘徊一晌幾般心。天長煙遠，凝恨獨沾襟。（〈臨江仙〉，668）

　　〈菩薩蠻〉一詞幾乎全以視覺與聽覺交錯而成，上片寫笛音驚夢，深夜傳來〈落梅花〉曲，碧空中流動的雲仿佛為之凝固，此以視覺表現聽覺，極為形象地顯現出其聲清亮悠遠，而閨婦聞此笛音，興起懷人之念，難以成眠。下片寫音斷雲散，笛聲停歇，行雲飄散而去，重新現出澄澈霜月，同樣是以視覺表現聽覺，從側面聲歇雲散來反襯笛音，末句重回眼前之景，月影低照重重簾幕，輕風吹拂，落花滿地，全詞不同感官意象交錯組合，中含閨婦懷人的無限淒怨之情。〈臨江仙〉一詞

開篇點明離別主旨，詞末抒發離別凝恨之情，而中間則是以視覺與聽覺兩個角度來狀寫離別場景，以視覺言，所見為雨後轉晴、芳草淒迷如煙、行人身影漸遠、酒旌斜掛、新柳嫩黃；以聽覺言，所聞為陣陣嘶鳴漸低，不知何處傳來橫笛之音，驚起沙頭雙禽。整個離別場景聲色結合，由遠而近，透出熱鬧與淒迷交錯之感，為其後抒情進行鋪墊。最後出現人之身影，言其久久徘徊不去，淚濕衣襟，情緒由含蓄而醒豁，逐層轉深，終是聚焦於「恨」之一字，見「高渾之度」〔註24〕。

> 細雨濕流光，芳草年年與恨長。（〈南鄉子〉，683）

> 波搖梅蕊當心白，風入羅衣貼體寒。（〈拋球樂〉，689）

> 畫堂燈暖簾櫳捲，禁漏丁丁。雨罷寒生，一夜西窗夢不成。
> （〈採桑子〉，661）

> 何處笛，終夜夢魂情脈脈，竹風檐雨寒窗隔。（〈歸國遙〉，
> 681）

> 蕭索清秋珠淚墜，枕簟微涼，展轉渾無寐。殘酒欲醒中夜
> 起，月明如練天如水。　　階下寒聲啼絡緯，庭樹金風，
> 悄悄重門閉。可惜舊歡攜手地，思量一夕成憔悴。（〈鵲踏
> 枝〉，653）

　　如果說聽覺感受多由聲音達成，則觸覺感受在《陽春集》則基本以「寒」來表達，此類筆法在馮詞中頗多，此處僅舉幾例試加說明：〈南鄉子〉此句「細雨濕流光」上已論述其通感手法，從修辭手法而言如此，從感官而言則是以觸覺感受來表現視覺感受，極為生動別致。〈拋球樂〉此句，「波搖梅蕊當心白」是視覺角度，以梅花比喻月光照射下的水波，「風入羅衣貼體寒」是觸覺角度，寫夜風吹入羅衣，引發寒涼感受。由此兩者，狀景雅潔，產生出塵欲仙之感，又顯其體貼入微，描寫細緻。〈採桑子〉此句，是以丁丁禁漏之聲、瀟瀟雨聲的聽覺

〔註24〕俞陛雲《唐五代兩宋詞選釋》評曰：「尋常離索之思，而能手作之，自有高渾之度。」參見史雙元著：《唐五代詞紀事會評》，頁600。

角度，與雨後頓生寒氣的觸覺角度，營造出孤淒之感，以表深閨之中的哀怨之情。〈歸國遙〉同樣是聽覺與觸覺意象組合的用法，以驚夢之笛聲、風動竹林、雨滴屋簷之聲，與風雨透窗的寒意相結合，營造出冷寂淒清的環境氛圍，以此構成其夢中醒來之因，與醒後所見之景，引發其惆悵哀戚的懷人心緒。〈鵲踏枝〉一詞，則較為明顯地牽涉聽覺、觸覺、視覺三個角度，從視覺角度言，夜半殘酒將醒，披衣而起，所見是月明如練、夜空如水的空明闊遠景象。從聽覺角度言，所聞乃是寒夜裡絡緯啼聲淒慘、風搖庭樹之聲。從觸覺角度言，所感為枕簟微涼使人無寐。以此三個角度著筆，渲染出淒冷孤寂的氛圍，體現閨中人寂寥哀怨的心情。

　　燕子歸來，幾度香風綠戶開。（〈採桑子〉，380）

　　秋千風煖鶯釵鬧，綺陌春深翠袖香。（〈莫思歸〉，707）

　　意象的嗅覺感受則以「香」來表達，如前述色彩搭配時所提及的「早梅香，殘雪白」從感官角度分析便是以嗅覺與視覺相結合，營造清幽空靈之感。〈採桑子〉言「香風」，是承上句「櫻桃謝了梨花發」而來，風送花香，是人在寂靜之中的嗅覺感受，伴隨著燕子歸來的身影，顯示出一片生機勃勃的美好春光，為下文的情緒轉變進行鋪墊。〈莫思歸〉則是視覺、觸覺與嗅覺角度的結合，「風暖」為觸覺感受，表明此時季候溫度適宜，「翠袖香」為嗅覺感受，是衣裳飄揚發出陣陣幽香，其中尚夾雜著由視覺角度描寫的「鶯釵鬧」的細節特寫鏡頭，自然之春景繁盛燦爛，而人事之遊賞充滿歡欣，展現出一幅美好的春日踏青畫卷，極顯生活情趣。

（四）時空

　　就色彩、情緒、感官感受以外的聯繫言，不同時空的意象進行組合時，常常會形成特殊的結構表意效果。以空間言，不同空間的組合或帶來視角轉換，以想像中另一空間情形與當下所處空間形成對照，或產生虛實結合的巧妙感受。以時間言，不同時間的意象組合，往往形成

今昔對照，以昔樂愈發反襯今哀。當然，此處的不同時空，並不是時空的有序變化，而是明顯不連續的相隔較遠或較久的分隔性時空，與上所言連續性的時間變化過程或空間變化鏡頭有明顯差異。

> 角聲吹斷隴梅枝，孤窗月影低。塞鴻無限欲驚飛，城烏休夜
> 啼。（〈醉桃源〉，695）

> 西風裊裊凌歌扇，秋期正與行人遠。花葉脫霜紅，流螢殘月
> 中。蘭閨人在否，千里重樓暮。翠被已消香，夢隨寒漏長。
> （〈菩薩蠻〉，699）

這種不同空間的意象組合，不一定是現實空間的兩處著筆，還包括夢境中出現的虛幻空間。〈醉桃源〉數句便是夢境與現實空間的交互，「角聲吹斷隴梅枝」為邊塞之景，軍中號角吹奏，指示黃昏的來臨，裊裊餘音中，又有塞上梅枝映入眼簾，因是夢中場景，故無太多場景的有序轉換，只是以角聲先起，而後鏡頭隨意推移，呈現出早春邊塞風光。「孤窗月影低」則回到現實眼前之景，透過獨居孤窗，見月影西沉。而後空間又回到夢中的塞外，無數的塞鴻因角聲而驚起欲高飛，發出響動，但實際上是現實場景中的城烏所發之聲，因其驚動閨婦，悠然夢醒，使其產生了「休夜啼」的責怪之念。數句之間，空間遞轉，虛實結合，似幻似真，混而為一，在恍惚混淆中難以辨明，產生一種迷濛、飄忽、惝恍之感。〈菩薩蠻〉則相對清晰，其寫行人旅愁之感，上下片進行了空間視角的轉換。上片從行人角度出發，寫其於秋日羈旅在外，秋之衰歇、淒清引發其懷鄉念遠之愁，而眼前所見之景，是霜紅樹葉飄落，西沉的月光之下，流螢點點閃爍，夜之寂靜與人之哀感相襯。而下片則從對方著筆，是為想像之辭，以「蘭閨人在否」之問引出另一視角，雖是實事，但為虛寫，想像中千里重重閣樓之外，面對暮色蒼茫之景，閨中獨臥，翠被所燻染之香已消，長夜漫漫，其在夢中苦苦追尋。兩處著筆，不同空間之間的意象縮合，造成一種交相呼應之感，而由想像閨婦的思念，又更加凸顯出主人公的思念之情，顯得極為細膩、極為深摯。一如杜甫〈月夜〉之「今夜鄜州月，閨中只獨看」、柳

永〈八聲甘州〉之「想佳人、妝樓顒望，誤幾回、天際識歸舟」的揣度，運筆曲折，韻味悠長。

> 當時心事偷相許，宴罷蘭堂腸斷處。（〈應天長〉，675）

> 去歲迎春樓上月，正是西窗，夜涼時節。玉人貪睡墜釵雲，
> 粉消妝薄見天真。人非風月長依舊，破鏡塵箏一夢經年瘦。
> 今宵簾幕颺花陰，空餘枕淚獨傷心。（〈憶江南〉，704）

> 今日相逢花未發，正是去年，別離時節。東風次第有花開，
> 恁時須約卻重來。重來不怕花堪折，祇怕明年花發人離別。
> 別離若向百花時，東風彈淚有誰知。（〈憶江南〉，705）

此類意象書寫，通常具有明顯的時間提示，存在敘事或抒情的承接或對照，體現今昔的變遷之感。〈應天長〉此句以「當時」與「宴罷」分隔出兩個時間點，「當時」即為宴飲之時，女子傾心愛慕、以身相許，而「宴罷」分別之後則兩處分離、令人斷腸，其後全寫現在的動作行為與感受，一氣直下，將戀情的傷感全數寫盡。開篇不同時間的情景對照，以敘事之筆點明主旨，即一見鍾情的別後相思。以下兩闋〈憶江南〉則有明顯的不同時間的綰合：前例以「去歲」與「今宵」場景綰合，表達別後相思之感。「去歲」於樓上對月迎春，西窗夜涼時節，佳人睡夢酣甜、髮橫釵墜，顯示出一派自然純真的模樣。而經年之後的「今宵」，則已「破鏡塵箏」，透過簾幕看到的明月依舊，花影搖曳，但只餘獨自一人在枕上傷心流淚。全詞以時間綰合起今夕意象，顯示出相當長的時間變化過程，形成今昔的鮮明對比，表達別後悲情。後例則更為複雜，涉及到「今日」「去年」與「明年」三個時間點，而情感也摻雜著別後相思、重逢之喜與對再次離別的擔憂之情。以「今日」開篇，憶起「去年」，今日相逢之時花尚未綻放，與去年離別之時相似，而其後東風來時花便漸次開放，定要相約重來，此時筆墨已不再停留於相逢之時，而是轉入設想今後，由實而虛，一方面約定再相見，想像於花間攜手漫步，「重來不怕花堪折」是樂觀情景的揣想。另一方面又擔憂明

年花發之時，又再次離別，那時行人遠去，即使向著東風揮淚，除卻百花，也無人知。全詞以「花」串聯起三個時間點，以時間為線索將眼前實景與想像中的虛景進行結合，表現出相逢之喜中無法驅散的濃濃不安與惶惑之感。

　　本章所處理的兩個問題——意象的修辭與意象的組合——實際上可視為一個問題，即單個意象如何串聯而成，形成完整詞作，發揮整體性的效應。意象的修辭在一定程度上會影響意象組合的方式，甚至按照前述《詩歌修辭學》一書對意象組合的分類方式，可將修辭直接視為意象組合的方式之一。

　　從意象組合的角度而言，無論如何分類意象組合方式，都會有重複與未盡之處，分類只是便於說明與凸出部份重點。不僅類型的區分之中，彼此的分界感十分模糊，而且也有詞作兼具數種意象組合方式的情況，甚至可能跨越意象並置與意象對照的邊界，導向一種解讀的多元化：如狀春景明媚、表達惜春之作的〈金錯刀·日融融〉，意象組合的方式由情緒言是單向一致的，但從色彩來看，則萬紫千紅，相當豐富，呈現多向的特徵，從感官言，亦是結合了視覺與聽覺兩個角度，究其原因，無非是為春日的生機盎然之景與賞春惜春的主題服務。如此便回到前述意象組合的最高原則，即是為詞作主題與情感的表達推波助瀾，使其表述得更加完整、更加生動。

　　無論是意象的修辭，還是意象組合的方式，即使以相同文體論，更為早期的《花間集》中已經能由這一碎片窺及五代詞的全貌特點。多於詞中出現的譬喻、比擬、借代等手法，在《花間》中已見端倪，而這種使用在一定程度上與其綺麗濃豔的詞風、閨閣之意的書寫互為因果。另有一些雖使用較少，但比較重要的修辭如用典、通感等亦有所提及。就意象組合而言，到花間時期，文人詞已經形成某種相類的固定風格，無論從形式上還是內容上，都能見出鮮明的安排思索的痕跡，故意象的使用不可能全然帶著隨意性與偶然性，而是必然伴隨著某種方式的組合。

　　素來認為《花間》之中以溫、韋形成兩條分支，雖題材相類，但在風格特徵上已有明顯不同，前人將其概括為「溫密韋疏」「溫隱韋顯」「溫濃韋淡」等，《介存齋論詞雜著》言「飛卿，嚴妝也；端己，淡妝也。」《人間詞話》分別以「畫屏金鷓鴣」與「弦上黃鶯語」來形容溫韋二人詞品〔註25〕，足見飛卿詞盡態極妍、穠麗綺豔，而端己詞則清新婉轉、情感細膩。以「淡妝濃抹總相宜」在二者之間求得平衡，並拓寬情感境界的正中詞，在意象的修辭與組合方面同樣沒有脫離這一詞學發展進程。

　　「溫密韋疏」是針對詞作的謀篇佈局而言，如果將文學作品視為意象拼湊而成的整體，則謀篇佈局便與意象組合難脫干係。溫詞的意象安排極密，畫面接連不斷，節奏緊湊，造成意象堆疊之感。韋詞則正相反，其意象安排較疏，跳躍性不強，情緒的表達與結構佈局都顯得疏朗而清晰。如果說溫詞是鋪展式的，韋詞則是層深式的。馮詞介於兩者之間，既不像溫詞綿密，意象滿布，也不如韋詞疏淡，直抒其情，而是在意象的組合與使用中，含蓄婉曲地表達層深遞進的情感體驗，既不停留在事物靜態的橫斷面上，也不失於直白單調。

　　「溫隱韋顯」則是針對描寫手法而言，同樣也可視為意象修辭的特點。溫詞常常用極為細碎的要素構成整體，如對女性的書寫多從其衣飾、妝容著手，並不出現整體的形象感受，而這種細碎又綿密的意象組合方式，導致其在意象的串聯中連續不斷地使用借代、譬喻、反襯、側面烘托等各種手法，使表達更加晦澀，而這種修辭手法的運用，往往只凸出意象的部份特徵，使其表達對象具有不確定性，造成解讀的眾說紛紜，如「小山重疊金明滅」之「小山」之意。韋詞意象安排的稀疏，也與其較少頻繁使用修辭手法相適，其多以白描運筆，直吐衷腸，直敘深意，樸實真切。馮詞同樣介於兩者之間，較多地運用了各種意象修辭，但並沒有造成意象理解上的阻滯，詞作的晦澀並不表現

〔註25〕見趙崇祚編，沈祥源、傅生文注：《花間集新注》（南昌：江西人民出版社，1997年版），頁11。

在具體事物或場景的呈現上，而是通過這種意象的組合塑造所要傳達的情感境界，此點又與韋詞相異，其情儘管深摯，卻不是一目了然，而是隱藏在清晰的意象表層之下，千回百轉，從而形成一種情感境界的開拓。

第六章　結　論

　　「意象」作為文學理論中的重要概念，在主觀情意與客觀物象之間形成有機結合，也成為創作者與詮釋者之間表達與理解的工具。透過意象的使用與組合，可以小見大地窺探出一篇作品、一位創作者，甚至特定時期、特定文體的創作風格。意象是文學版圖上不可或缺的一塊拼圖，它作為方法、作為視角，始終為文學作品或創作者的研究提供一條重要的路徑。近年來，層出不窮的意象研究也正證明了這一點。

　　綜觀學界研究現狀，意象研究內容豐富、覆蓋深廣、成果頗豐，遍及古今中外的各個時代、各類文體與諸多創作者。就中國古代文學而言，文體上以詩詞居多，時代上則是唐宋居多，而處在文學發展過程中過渡與轉型這一重要時期的五代時期則相對被忽視，研究者寥寥無幾。時代研究如此，個人研究數量就更加稀少。作為南唐詞壇的重要人物，其詞作集合而為現傳文學史上第一部個人詞作別集，馮延巳所獲致的研究程度及關注度與其在文學發展進程中的價值與影響並不相稱。大部份的研究圍繞著其人、其作兩方面展開，因其於歷史記載中存在人品爭議的特殊之處，而進行人品與詞品的討論。或是因宋初作詞宗法南唐，晏、歐等一批詞人被視為承續馮詞之風格，而多有將其詞作進行比較研究者。無論是聚焦於個人，還是置於文體發展脈絡之中，意象的研究多只是作為其中的一個分支或要點，通常並不全面，點到即

止。專門進行意象研究的篇章極少，且囊括的意象並不完整，大量承襲前代而來的意象使用被忽略，因而《陽春集》的意象研究仍然具有較大的富餘空間。研究的重要性與當前研究現狀關注度的不足，構成本文研究的前提。

本文以「一意多象」與「一象多意」的現象作為出發點，將《陽春集》的意象使用置於主題內容、情感表達與意象分類的縱橫網絡之中，探究其意象使用的普遍性與特殊性。但作品的意象研究與創作者的意象使用終究不能止於個別獨立意象，而必須從意象組合所形成的整體效果來看，故意象組合方式與整個而言的意象使用在文學發展過程中的承繼、創新與影響，才是本文研究的最終落腳點。

由個別意象起步，《陽春集》在一些意象的使用上具有普遍性，即不論所要表達的情緒是積極或消極的，不論詞作的中心主題為何，皆有此用法：如以草木、鳥獸、風月、山水等自然意象充當季節景物，指示詞作描寫的時間；以樓臺池館指示詞作內容發生的地點、以車馬等意象的使用代表人的來去；以酒器的使用敘述宴飲事件；以閨閣衣飾與閨中器物進行性別身份的指示與生活優裕、品味高端的富貴氣象的體現等。

但更多的意象使用則具有特殊性，即僅在特定情緒面向、特定主題詞作的表達中使用此類意象，或是在不同情緒面向與主題的詞作中均有使用，但內在意涵、表意效果與理解詮釋上都有不同。前者如梧桐意象多出現於念遠、思鄉等懷人情緒書寫中；鸚鵡意象多用於閨怨類詞作中，成為女性深閨閉鎖命運的寫照與情緒表達的出口；雁意象多出現在消極情緒的表達時，尤以相思離情為多。一些閨閣器物類意象諸如香、鏡等也幾乎僅出現在閨中意緒類詞作中。後者如「以花喻人」的書寫，在情感愛戀之作中往往以外形嬌媚的特徵形成花與女性之間的聯繫，且常出現香豔風情之筆，而在人生感歎與閨怨類詞作中，則往往以其脆弱的特性、凋零的結果來形成二者之間的聯繫，表達女性的悲劇命運；楊柳、芳草等意象在其餘主題詞作中通常僅作為季節景物

意象使用，但在與離別相關的詞作中，包括離別場景、別後相思、遊子思鄉等，通常具有特定的表達離情的功能；風、月、山、水等自然意象亦是如此，在普遍情況下，僅作環境書寫，以起烘托之效，然在抒發閨中離情、懷人之念時，月之圓缺便帶上了與人事之圓滿與否形成對照的詮釋方向。在表達獨自等待而離人未歸的癡怨時，雲的流動性便被用於比喻行蹤不定、杳無音訊之人。在表達兩地分隔、相見無期時，山通常強調重疊阻隔之感，或形成闊遠空間，暗示相聚之難。而水意象亦在表達哀慟情緒時與淚產生關聯。建物類意象在賞春惜春類詞作中多表現為園池、秋千等，與季節書寫或遊賞的事件敘述相關，在閨中情緒表達時則通常側重於強調其「深」「靜」「空」等特質，以顯示閨中閉鎖、無人相伴的寂寥空虛之感；樂器樂曲類意象，在表達宴飲的積極情緒時，通常用以烘托熱鬧的氣氛，將熱烈之感推向高潮。而在消極情緒的表達時，常以其幽怨之聲引發念遠傷懷的情緒，渲染離別等事件的環境氛圍，或是以樂器蒙塵來形成今昔對照，表達閨怨。衣飾類意象在一般的描述人物穿著、指示性別身份、體現富貴氣象之外，還有以衣寫寒之特殊手法；閨中器物類意象除描寫閨閣環境，顯示主人公生活閒雅以外，在不同主題的詞作中還有更多的作用：簾幕意象在閨中情緒表達時以垂簾、捲簾的不同狀態形成阻隔之感或與外物的交流互動。燈燭意象在宴飲時渲染歡樂氣氛，在閨怨之作中常以「蠟燭泣淚」的擬人手法書寫人物心理狀態，還以「轉燭」發人生感慨，將詩化用法帶入詞中。更漏意象有純粹指示時間的用法，但亦有以漏聲、漏長等不同角度，以聲襯靜等寫法，來表達閨婦漫漫長夜的無盡悲涼之例。這一部份詞例的分析，基本能見出「一意多象」與「一象多意」的意象使用現象，同樣的思想感情可以由不同的意象表達，同一意象在不同的情景下亦可具有不同詮釋方向的可能性。

　　無論普遍性還是特殊性，獨立意象都無法直接成為完整的作品，它必須由文意串聯起來，形成有機整體。意象的組合方式諸多，總的概括而言，無非是某一屬性的同向並置或多向疊加，但這並非是非此即

彼的，相反，其邊界相當模糊，常存在著詞作兼具數種意象組合方式，甚或因解讀的多元化而同時具有單向意象的並置與多向意象的疊加。總的說來，意象組合的原則便是貫穿其中的「意」，意向組合無非是為了以各種方式、各種角度來為詞作的主題與情感表達服務。

通過前述章節的梳理與研究，可得出以下數點：

（一）《陽春集》意象使用的現象與原因

《陽春集》的意象使用呈現明顯的普遍性與特殊性，而閱讀者產生這種理解與解讀，首先是因為詞人在創作過程中有意識地在表達特定主題時，使用了特定意象，或是在不同主題中對意象進行了具有鮮明區別的處理，這是從創作者自身創作因素而言。除此之外，閱讀者會沿此一方向進行詮釋，更多的是一種解讀的思維慣性，是來自於歷代意象使用經驗的累積結果。在一個文學傳統中，意象在特定的場合常有特定意涵的表達，於是在具體文學作品分析時，見到相似場景的意象使用，讀者很難不進行符合文學傳統用法的聯想。比如楊柳意象，自《詩經》始，文學作品描寫到離別場景、別後離情時，往往出現其身影，在這種數代文人、數種文體作品的疊加之下，這一意象的此一表意方向深入人心，更兼「折柳送別」的風俗，以「柳」與「留」同音而表達挽留不捨之意。因此楊柳意象便成為了離別的代名詞，在這種情況下，當《陽春集》中描寫離別場景，諸如「芳草長川，柳映危橋橋下路」「路遙人去馬嘶沉。青簾斜掛，新柳萬枝金」時，其中的楊柳意象被讀者進行離情別意的解讀，而有別於單純狀景，是再自然不過的。再如鴻雁意象，因《漢書》記載有「雁足傳書」之典，而後世又多有以見雁而盼望音信的書寫，因而在解讀表達懷人、寄寓期盼之句，如「過盡征鴻」「消息燕鴻歸去」等，以意象聯繫典故，而作進一步的情感表達的詮釋，亦符合正常的鑒賞思路。而這種原因，又引發了其後的結論，即《陽春集》意象使用對前代的傳承、創新，及對後世的影響。

（二）《陽春集》意象使用對前代的承續

《陽春集》中的意象使用，大部份受到前代影響，幾乎所有數量較多的意象使用方法，都有前例可循。如燭意象，《陽春集》中所見的用於宴飲場所，渲染縱情享樂的歡樂氣氛；用於閨中獨對時抒發念遠懷人之思或寂寞幽怨之辭；「蠟燭泣淚」的特殊擬人筆法；用於象徵身世命運遭際等諸多用法，於前代詩歌中均能找到相似之例。而前代詩歌中更多的用法，如此一意象用於年節慶典或人生重要時刻，佳人紅燭互相映襯，反倒於《陽春》中未見。

事實上，自先秦至南唐，意象所使用的各種方向、所具有的各種意涵在歷朝歷代的創作者、各類文體的作品中不斷累加積澱，形成了極為可觀的規模厚度，幾乎為文學創作提供了豐富而完備的意象使用模板。在此基礎上，《陽春集》本就難以脫出前代藩籬，更兼其作為個人詞別集，僅收一家之詞，風格與使用習慣難免固定，且又處於詞體發展初期，出於「合樂需要為標準」的理論牽制與「詞為艷科」的社會觀念、特定的傳播場合與功用等，文人詞在此時的主題內容、風格、功能還較為單一狹窄，故而要從《陽春集》中尋覓前人作品未見的意象使用現象是較為困難的。

而在這種與前代詩歌意象使用情況的比較中，還有一個變量，即是詩與詞的文體之別。詩與詞之間本就存在著主題、表意、形式、功能等諸多方面的差異，而這種差異同樣影響到其意象的使用。

從詞體的誕生過程看，詩與詞之間最本質的差異莫過於「合歌應樂」需求的差異：在詞這一形式誕生之前，詩的演唱，多是「選辭以配樂」，漫長的歷史發展過程中，「雅樂」「清樂」與形式整齊的詩相得益彰，這種情況一直到了唐時開始發生變化。隋唐時期，一種早在北魏、北周時就已開始傳入中原一帶的西域音樂，隨著交通貿易的暢通、文化交流的頻繁，開始流行起來，並逐漸與本土音樂融合，形成「燕樂」。「燕樂」因受胡樂影響而複雜曲折，按照從前的方法選用工整的詩歌入樂，不免有拗口難就之感，於是便增減字數，以「和聲」「泛聲」「虛

聲」「襯字」等方法來進行調節，使齊言句變而成為長短句，期以參差錯落的句式、靈活的節奏、曲折婉轉的情感來契合樂曲。但這種長短句畢竟與詞不同，歌辭與曲調之間除了字數的契合之外，還涉及到樂章結構、清濁用字等問題，削足適履難以真正解決。在這樣的情況下，詞作為「由樂以定辭」的新文體而誕生，它完全倚聲而填，依照樂曲的特點創作文辭，故其歌辭句讀長短、聲律平仄，方方面面都受到樂曲的制約。所以詞這一文體，至少在嚴格意義上的詞體誕生之初，在與樂結合的過程中，被要求儘量向樂曲靠攏，它極為依賴樂曲，音樂性在其屬性中佔據主導地位。而這進一步導致其主題、表意、功能、傳播場所等方面的差異。

因詞方興起時為與極具世俗性的燕樂相合，故多用於歌筵酒席的場所，以供吟風弄月之賞。五代時期戰亂不止，時局動盪，西蜀偏安一隅，君臣窮極豪奢，醉生夢死，更將這種追求感官享樂的宴飲消遣推向極致。在這一時期，文人對於詩詞的功用有著涇渭分明的認識，其作詩多依古訓，重教化倫理，不忘風雅之旨歸，而作詞則無所避忌，多綺靡浮豔之語，詩詞之作判若兩人。詞於宴飲場合，由「語顫聲嬌」的玉人演唱，而創作者對待詩詞又有截然不同的態度，受此種創作目的、傳播方式與創作者對文體表意功能理解的影響，五代詞內容多寫男女綺豔情思，也多以女性身份、口吻來進行書寫，風調旖旎，文辭豔麗浮華。至馮延巳時，雖在情感境界上有了一些突破，但大體上還是承續閨閣之情的書寫，抒情主體也以女性居多。故與前代詩歌相較，其對詩歌意象的承續十分有限，最明顯的就是抒情主體差異的限制。如樓閣類意象，在詩文之中文人登臨抒發感慨、於亭台樓閣之中游賞時的使用便被略去，只作為思婦生活與抒發情緒的場所出現，強調其深邃幽閉，以昭女子閨中命運。再者五代詞之題材較為狹窄，多寫側艷，即使有一些不同題材的書寫，也屬少數，正如《陽春集》中，雖能對其主題大致分類，但邊緣模糊，比重較大的閨怨、懷人、傷春悲秋等，都可視作女性閨閣之中愁緒的書寫。而詩中雖也有以女性為主體的宮怨詩等，但更

多的是詩人自身命運、生活經歷的書寫與感慨，兼及懷古、詠物、田園、邊塞、悼亡等等，甚至出現玄言、佛理的內容，題材上的差異性，使其意象的使用更加狹窄，如對於笛與衣兩種意象，邊塞詩中的使用就被忽略，而燈與鏡的佛學禪宗意味的使用在正中詞中也不可見，梧桐、芳草、鴻雁、鸚鵡諸多意象用以自況品格志向或表達自身命運遭際的用法也難尋蹤跡。

　　詩與詞的文體之別，使得《陽春集》對前代的承續劃分為詩與詞兩種有重合之處但應分開討論的路徑。《陽春集》之前，目前可見詞作的匯總主要來自於敦煌曲子詞、《花間集》與一些唐人零散作品。敦煌曲子詞為民間詞，風格較為清新樸素，題材較廣，但也摻雜著較多的俚俗粗糙之作，意象使用的精心設計尚較少，故不作討論。《花間集》與《陽春集》時代相近，且作為文學史上第一部文人詞選集，反映了早期文人詞創作的主體取向、審美情趣、體貌風格和藝術成就等。且可以說，詞至花間時期才真正擺脫與詩相似度較高的處境，從對音樂性的依賴、嚴格的合律要求出發，進而在各個方面形成相對獨立的文體特點。〔註1〕故在詞這一文體領域中，要探究《陽春集》的前代承續情形，最好的比較參照物莫過於《花間集》。

　　《陽春集》中出現的諸多意象使用方式，基本能在《花間集》中找到類似用法，也就是說，意象的變遷在此基本遵循著「歷代詩歌——《花間》——《陽春》」的路徑，由此也可說明，詞在這一時期，儘管作為獨立文體，已經擁有了諸多不同的特點，但仍然存在著對詩的模仿行為。如思婦登樓遠望之作，從曹植〈七哀詩〉之「明月照高樓，流光正徘徊。上有愁思婦，悲歎有餘哀」，到溫庭筠〈夢江南〉之「梳洗

〔註1〕夏承燾《唐宋詞字聲之演變》云：「詞之初起，若劉、白之〈竹枝〉〈望江南〉，王建之〈三臺〉〈調笑〉，本蛻自唐絕，與詩同科。至飛卿以側艷之體，逐管弦之音，始多為拗句，嚴於依聲，往往有同調數首字從同，凡在詩句中可不拘平仄者，溫詞皆一律謹守不渝。」可見唐五代文人詞形式體制日漸成熟，詞人對詞的合樂依聲問題要求嚴格，形式特徵已與詩有很大不同。

罷，獨倚望江樓」，再到正中詞〈芳草渡〉之「笙歌散，魂夢斷，倚高樓」，這種意象的使用在相類的情境中基本是一脈相承而來的。另有一些意象的使用，受詩詞間的題材與表意的差異影響，而在文體間產生了變化，如狀庭院之深邃的用法在唐詩中更多是凸顯一種閒靜、幽深，而至詞中則出現了以居處之幽深寂靜來渲染女性深閨閉鎖之孤寂的寫法。再如夜聽梧桐之聲，在唐詩中多是文人自身經驗的描寫，以體現夜之寂靜，有時引發愁緒，而至五代詞中，為雨打梧桐之聲驚擾難以成眠的，幾乎全為閨中女子，表意也不再點到即止，而是明確地引發愁情。

　　除卻對《花間集》的傳承，《陽春集》的意象使用上自然也有未及之處，主要有兩因：其一為題材類型存在相異。《花間集》在時間上早於《陽春集》，在數量上收錄了 18 位詞人的作品共 500 首，大大超過了後者，題材上雖多是相思豔情，但尚有亡國之思、邊塞生活、漁人生活、南國風情、放榜盛況等諸多方面，在題材類型上與《陽春集》形成了不重合之處，一些未見題材的詞作，自然其意象使用亦有所缺失。如《花間集》中存在著邊塞主題詞作，故而有唐人邊塞詩中的征衣意象，與鴻雁意象作為邊塞風物的用法，而並無描寫邊塞生活詞作的《陽春集》中，此類用法自然不見。其二為外貌描寫與艷筆書寫的減少。《花間集》中多有狀歡聚宴飲的熱鬧場面、言男女豔情之詞，而這類詞往往會以較豔麗的筆法對女性的外貌、妝容、衣飾進行細緻地描寫。至南唐之時，雖很大程度上仍然受到花間餘韻的影響，但南唐詞人已經開始有意識地脫去綺思豔情的穠麗之色，轉為一種更加沉靜的婉轉之風，對女性外貌的描寫也有所減少。因而缺少諸如以「鸚鵡舌」寫美人語言靈巧、以「美人隔簾」鋪墊豔情之筆、以月狀人之眉眼、以雲狀女子之鬢髮等書寫。當然，在此兩因之外，《花間集》中還有一些《陽春集》所不及的意象使用詞例，如溫庭筠〈楊柳枝〉中以楊柳依舊，而昔年行宮與今日空城的對比，表達對統治者無度行樂的諷喻，詞意與筆法脫出一般而言的花間風格。牛希濟〈生查子〉句「記得綠羅裙，處處憐芳

草」，以芳草意象寫男女情愛希冀，前代少見，馮詞中亦無此用法。此皆可見出《花間》詞作一般風格筆法之外的特殊活力與創造性。

（三）《陽春集》意象使用的創新與影響

　　儘管《陽春集》中的意象使用大部份承續前代而來，在唐人詩篇或在《花間》詞作中已有前例，但仍有一些意象的使用方法，《花間》詞作中未見，這些意象的使用與表達，所形成的意象組合或造成的意象效果，是正中詞出於《花間》之處，而其在詞這一文體中的出現，是將詩中的意象用法引入詞中，並且影響到了後續詞作的意象使用。

　　詞是文與樂結合的產物，故其音樂性與文學性之間孰輕孰重一直是爭論不休的焦點，至北宋時期，蘇軾的詩化理論與李清照的本色理論各執一端：蘇軾強調不應因音律的嚴格束縛而傷害詞的文學性，故要求從題材、風格、情感諸多方面開發、增強詞的文學屬性；而李清照則強調詩與詞之間的形式、表意功能、風格都有明顯差異，應維護詞本質上合律的基本立場，以及其有別於詩的獨特審美特點。事實上，詞這一文體，其誕生過程、誕生環境註定了其初始發展過程中會走向題材、風格、功能的狹窄單一，於是花間之「側艷」理論成為這一階段出現的結果，但這種追求形而下感官刺激的創作限制了其表現內容與審美追求，聲色形態的偏重走入了一種風格的極端，因而在《花間》之後，詞的發展不可避免地走向了詞境的拓寬，而這種拓寬的方式，便是向詩之回歸。當然，在主題、表意、風格等諸多方面受到詩的影響之後，詞又將面臨失去其本色特質的問題，而興起回歸詞體之呼聲。《陽春集》作為南唐詞的代表之一，在《花間》詞作之後的階段，其雖然不可避免地受到《花間》較大的影響，但或多或少也在嘗試著突破「花間風格」，而將唐人詩歌中意象使用方法引入詞中，或可見出北宋時期詩化的端倪。

　　就獨立意象的使用而言，其「以花喻人」的書寫時，偏重花與女子之間脆弱命運的聯繫，已經脫出五代花間時期多停留於表面的以花

喻女子容貌嬌豔的寫法，更是有以「梅落繁枝千萬片，猶自多情，學雪隨風轉」之筆塑造繁華逝去時無法挽留的悲劇美感，與「知其不可而為之」的執著孤勇的品性。這種帶有模糊的自陳心跡的意味，使其狀物擬人擁有了更深廣的境界；「芳草寫恨」之筆，以芳草之年年生長、繁盛遍佈與離恨形成聯繫，言其揮之不去，不斷增加，無法擺脫。這種形象化的喻筆，使抽象的離恨具體可感，營造出無窮無盡的絕望沉重之感，唐時常有，詞中則至馮詞才見，而後李煜名句「離恨恰如春草，更行更遠還生」有此用，從空間上顯示其無邊無際，極顯苦楚愁情。而至宋時，此種用法則更加普遍；蠟燭意象的使用中，以「轉燭」的風搖燭火之態寫歲月遷流、世事變幻，以抒身世命運遭際，在詞體初誕時期尚屬罕見，將詩中的這一意象用法用於詞中，無論是其題材的擴展，意境的構成都極大地擺脫了花間的綺羅香豔之態；流水意象的使用，在情感與流水之間形成譬喻關係，前代詩歌早已有之，如李白〈勞勞亭歌〉:「古情不盡東流水」、李商隱〈宮辭〉:「君恩如水向東流」，在水與情感之間找到浩大、不盡、不定等聯結點，而馮詞〈三臺令〉之「流水，流水，中有傷心雙淚」則是開詞之用法的先河，言流水泱泱，皆是傷心之淚，無邊愁緒，自在其中。其後李煜有「問君能有幾多愁，恰似一江春水向東流」之句，晏幾道有「樓下分流水聲中，有當日憑高淚」之句，李清照有「惟有樓前流水，應念我終日凝眸」之句，辛棄疾有「鬱孤臺下清江水，中間多少行人淚」之句等，或皆有受此影響；笛意象的使用模式，《花間集》中多見月夜聞笛、高樓聞笛，卻不見江上聞笛而興起愁念的用法，兩處江上聞笛的寫法，皇甫松〈夢江南〉之「夜船吹笛雨瀟瀟」是表現江南詩情畫意的景致，孫光憲〈漁歌子〉之「風浩浩，笛寥寥，萬頃金波澄澈」是表現漁人泛舟所見景致之開闊舒坦，而馮詞中「隔江何處吹横笛」「江上何人吹玉笛」等諸用，則將江上聞笛而心生悲戚的模式引入詞中，宋時此種用法則更為普遍；使用衣飾意象時，「以衣寫寒」，即因衣物輕薄與外界環境引發身體上的寒涼感受，從而顯示心理上的淒涼的用法，唐人詩篇中常有，

而馮詞前則不見，《陽春集》中數度使用，此一用法於後亦見，如晏幾道〈蝶戀花〉之「欲減羅衣寒未去，不捲珠簾，人在深深處」，甚至隨著詞體的發展，抒情主體不再拘限於女性時，還出現將此寫法用於征衣或客衣之例，如陸游〈南鄉子〉之「暮秋風雨客衣寒」、張孝祥〈木蘭花慢〉之「擁貔貅萬騎，聚千里、鐵衣寒」等；對於建物意象的使用，馮詞寫閨婦倚樓、憑欄等，有以所見景物的變化寫時間過程，體現其倚欄時間之久，浸淫愁緒之深。此類寫法，在《花間》中鮮見，《花間》中雖有閨婦倚樓抒發愁怨之作，但即使狀景，也只是狀眼前景，並未有時間變化過程的體現。

就意象組合而言，正中詞以「意」縮合「象」，在意象的組合安排與修辭的使用時始終遵循為主題情感服務之原則，調和溫、韋之間的疏密隱顯，達到一種既婉曲又深沉的平衡，沒有將理解的難度停留在模棱兩可的意象呈現上，而是通過清晰的意象表層的顯現，傳達不因過於直白而失於感同身受的千迴百轉的情感境界，呈現出極為動人的表達效果。這種意象組合原則的貫穿，與對其前詞人創作手法的調和，一個明顯的表現便是，其詞作的富貴氣象。《陽春集》時去花間未遠，故詞作仍帶著深重的花間烙印，發生場景囿於閨閣之中，抒發閨閣之情的詞作頗多，華麗富貴的金玉器物的描寫也常常可見，精緻的飾物、堂皇的建物、名貴的賞玩之物，似乎與花間一脈相承，但不同之處在於，馮詞對於這些意象並不是隨意的放置與堆砌，而是有較為明顯的貫穿其中的表意主線，其大多不是聲色感官的享樂追求，而是透過華麗器物的表像描寫，去觸及身處其中之人的高雅品位、優裕生活，以及襯托其中暗含著的與物質生活富足形成鮮明對比的精神心靈空虛寂寥的情感線條。這種結合性情而寫的富貴氣象，北宋時於晏殊的詞作之中，進一步剔除華麗器物的描寫，放大其中的閒雅之氣，形成一種高級淡雅的審美追求。

這些意象的使用，相較於之前的詞作，多在抒發個人情性與深沉愁緒，將某些詩中的意象使用方法引入詞中，使詞體意象使用更加多

元與豐富，意象的組合也多圍繞主題情感的傳達展開，從而構成正中詞獨特的境界廣闊之感。在意象的使用方法、意象的組合方式上，皆對宋時的詞作產生一定的影響。而其對情性表達的拓展，亦或可視為北宋時期詞體文學性追求的先聲。創作者在創作的過程中並不具備宏觀視角，或許並未有意識地推動文體的變革與發展，而只是出於當下社會環境與個人命運遭際的影響進行表達，但文學的發展是必然且有跡可循的，歷史會在特定的時間將創作者推至發展過程的特定位置，於洪流浩蕩前進的過程中大浪淘沙，留下無數璀璨明珠瑰寶，以饗後人。

參考書目

一、馮延巳作品相關資料（依出版時間排序）

1. 鄭郁卿箋：《陽春集箋》，臺北：嘉新水泥公司文化基金會，1973年版。

2. 夏瞿禪著：《五代南唐馮延巳先生正中年譜》，臺北：臺灣商務印書館，1980年11月版。

3. 張璋、黃畬等編：《全唐五代詞》，臺北：文史哲出版社，1986年10月版。

4. 曾昭岷、曹濟平、王兆鵬、劉尊明編撰：《全唐五代詞》，北京：中華書局，1999年12月版。

5. 黃進德編著：《馮延巳詞新釋輯評》，北京：中華書店，2006年7月版。

6. 劉慶雲註釋：《新譯南唐詞》，臺北：三民書局，2010年版。

二、古籍（依作者時代先後排序，含近人點校、輯校、譯注）

（一）經部

1. 李學勤主編：《十三經注疏》，北京：北京大學出版社，2000年12月版。

2. 漢・許慎撰；清・段玉裁注：《說文解字注》，臺北：洪葉文化有限公司，2016 年 10 月版。

3. 宋・羅願撰；元・洪焱祖釋；宋咸注；王寶仁輯逸：《爾雅翼》，北京：中華書局，1985 年版。

4. 明・馮復京撰：《六家詩名物疏》，臺北：臺灣商務印書館，民國 57 年 11 月版。

5. 情・姚際恒：《詩經通論》，臺北：河洛圖書出版社，1980 年 8 月版。

6. 清・王念孫著：《廣雅疏證》，北京：中華書局，2008 年 7 月版。

（二）史部

1. 北魏・酈道元著；楊守敬、熊會貞疏；段熙仲點校；陳橋驛復校：《水經注疏》，南京：江蘇古籍出版社，1999 年 8 月版。

2. 何清谷校注；史念海主編：《三輔黃圖校注》，陝西：三秦出版社，1998 年 9 月版。

3. 唐・史虛白撰：《釣磯立談》，北京：中華書局，1985 年版。

4. 宋・宗懍著；杜公瞻注；姜彥稚輯校：《荊楚歲時記》，北京：中華書局，2018 年 9 月版。

5. 宋・陸游撰：《南唐書》，臺北：臺灣商務印書館，1966 年版。

6. 許嘉璐主編：《二十四史全譯》，上海：漢語大詞典出版社，2004 年 1 月版。

（三）子部

1. 晉・王弼注；樓宇烈校釋：《老子道德經注》，北京：中華書局，2011 年 6 月版。

2. 晉・郭象注；唐・成玄英疏：《莊子注疏》，北京：中華書局，2011 年 1 月版。

3. 漢・劉歆撰；晉・葛洪集；王根林校點：《西京雜記》，上海：上海古籍出版社，2013 年 7 月版。

4. 南朝・劉義慶著；張偽之譯注：《世說新語譯注》，上海：上海古籍出版社，2012 年 8 月版。

5. 唐・王仁裕撰；丁如明等校點：《開元天寶遺事》，上海：上海古籍出版社，2013 年 9 月版。

6. 宋・歐陽修撰；韓谷等校點：《歸田錄》，上海：上海古籍出版社，2012 年 12 月版。

7. 宋・沈括撰：《夢溪筆談》，臺北：世界書局，1961 年 2 月版。

8. 宋・蘇軾撰；孔凡禮整理：《仇池筆記》，鄭州：大象出版社，2003 年 10 月版。

9. 宋・吳處厚撰；李裕民校點：《青箱雜記》，北京：中華書局，1997 年 12 月版。

10. 宋・吳曾著：《能改齋漫錄》，臺北：木鐸出版社，1982 年 5 月版。

11. 明・李時珍撰；張紹堂重訂；王雲五主編：《本草綱目》，臺北：臺灣商務印書館，1968 年版。

（四）集部

1. 漢・王逸注；宋・洪興祖補注：《楚辭章句補注》，長春：吉林人民出版社，1999 年 9 月版。

2. 清・黃叔琳注；李詳補注：《增訂文心雕龍校注》，北京：中華書局，2000 年 8 月版。

3. 梁・蕭統選編；唐・李善等注：《六臣注文選》，杭州：浙江古籍出版社，1999 年 3 月版。

4. 唐・杜牧著；清・馮集梧注：《樊川詩集注》，上海：上海古籍出

版社，1998 年 12 月版。

5. 後蜀・趙崇祚輯，李一珉校：《花間集校》，臺北：臺灣學生書局，1982 年 8 月版。

6. 後蜀・趙崇祚輯，沈祥源、傅生文注：《花間集新注》，南昌：江西人民出版社，1997 年 2 月版。

7. 宋・郭茂倩編撰；聶世美、倉陽卿校點：《樂府詩集》，上海：上海古籍出版社，1998 年 11 月版。

8. 宋・姜夔撰；清・朱孝臧校；楊家洛主編：《白石道人歌曲》，臺北：世界書局，1967 年 5 月版。

9. 宋・魏慶之著；王仲聞點校：《詩人玉屑》，北京：中華書局，2007 年 11 月版。

10. 明・胡震亨：《唐音癸籤》，臺北：木鐸出版社，1982 年 7 月版。

11. 清・王夫之等撰：《清詩話》，上海：上海古籍出版社，1983 年版。

12. 清・王奕清等編著：《欽定詞譜》，北京：中國書店，2012 年 5 月版。

13. 清・何文煥輯：《歷代詩話》，北京：中華書局，2004 年 9 月版。

14. 清・丁福保輯：《歷代詩話續編》，北京：中華書局，2006 年 8 月版。

三、近人著述（依出版時間排序）

（一）詞（詩）選、詞（詩）話、詞（詩）評

1. 唐圭璋編：《詞話叢編》，北京：中華書局，1986 年版。

2. 黃進德：《唐五代詞》，臺北：國文天地，1990 年版。

3. 潘慎主編：《唐五代詞鑒賞辭典》，北京：燕山出版社，1991 年 5

月版。

4. 張夢機、張子良編著：《唐宋詞選注》，臺北：華正書局，1991
   年版。

5. 陳如江：《唐宋五十名家詞論》，上海：華東師範大學出版社，
   1992 年版。

6. 唐圭璋主編：《唐宋詞鑒賞辭典》，上海：江蘇古籍出版社，1994
   年 7 月版。

7. 史雙元編著：《唐五代詞紀事會評》，合肥：黃山書社，1995 年 12
   月版。

8. 孔范今主編：《全唐五代詞釋注》，西安：陝西人民出版社，1998
   年版。

9. 吳文治主編：《宋詩話全編》，南京：江蘇古籍出版社，1998 年 12
   月版。

10. 葉嘉瑩：《唐宋詞十七講》，石家莊：河北教育出版社，2000 年
    版。

11. 喬力選注：《唐五代詞選》，北京：人民文學出版社，2000 年 11 月
    版。

12. 葉嘉瑩：《迦陵論詩叢稿》，北京：中華書局，2005 年 1 月版。

13. 俞陛雲撰：《唐五代兩宋詞選釋》，上海：上海古籍出版社，2011
    年 4 月版。

（二）學術理論

1. 傅孝先：《困學集‧西洋文學散論》，臺北：時報文化出版，1979
   年 11 月版。

2. RENE & WELLEK 著；梁伯傑譯：《文學理論》，臺北：水牛出版
   社，1987 年 6 月版。

3. 陳植鍔：《詩歌意象論》，北京：中國社會科學出版社，1990 年 3

月版。

4. 吳戰壘：《中國詩學》，臺北：五南圖書出版公司，1993 年 11 月版。

5. 陳慶輝：《中國詩學》，臺北：文史哲出版社，1994 年 12 月版。

6. 王立：《中國文學主題學》，鄭州：中州古籍出版社，1995 年 6 月版。

7. 孫耀煜：《中國古代文學原理》，南京：江蘇教育出版社，1996 年 4 月版。

8. 楊春霖、劉帆主編：《漢語修辭藝術大辭典》，西安：陝西人民出版社，1996 年 8 月版。

9. 古遠清、孫光萱：《詩歌修辭學》，臺北：五南圖書出版公司，1997 年 6 月版。

10. 楊義：《中國敘事學》，北京：人民出版社，1997 年 12 月版。

11. 黃晉凱、張秉真、楊恒達主編：《象徵主義》，北京：中國人民大學出版社，1998 年 8 月版。

12. 成偉鈞、唐仲揚、向宏業主編：《修辭通鑒》，北京：中國青年出版社，1999 年 6 月版。

13. 陳銘：《意與境》，杭州：浙江大學出版社，2001 年 11 月版。

14. 袁行霈：《中國詩歌藝術研究》，北京：北京大學出版社，2009 年 1 月版。

15. 王長俊主編：《詩歌意象學》，合肥：安徽文藝出版社，2000 年版。

16. 吳玉貴：《中國風俗通史》，上海：上海文藝出版社，2001 年 11 月版。

17. 蔡鍾翔、鄧光東主編：《意象範疇的流變》，南昌：百花洲文藝出

版社，2001 年版。

18. 林淑貞：《中國詠物詩「托物言志」析論》，臺北：萬卷樓圖書公司，2002 年版。

19. 仇小屏：《篇章意象論——以古典詩詞為考察範圍》，臺北：萬卷樓圖書公司，2006 年 10 月版。

20. 王苹：《漢語修辭與文化》，杭州：浙江大學出版社，2007 年 6 月版。

21. 鄭明娳：《現代散文構成論》，臺北：大安出版社，2007 年 10 月版。

22. M.H.艾布拉姆斯著；吳松江主譯：《文學術語詞典》，北京：北京大學出版社，2009 年 5 月版。

23. 陳正治：《修辭學》，臺北：五南圖書出版公司，2009 年 3 月版。

24. 黃永武：《中國詩學》，臺北：巨流圖書有限公司，2009 年 9 月版。

25. 肖占鵬、孫振濤、李廣欣：《唐代詩文名物意象考釋》，天津：天津古籍出版社，2011 年版。

26. 吳禮權：《現代漢語修辭學》，上海：復旦大學出版社，2012 年 6 月版。

27. 施蟄存：《施蟄存學術文集》，上海：上海人民出版社，2012 年 6 月版。

28. 陳望道：《修辭學發凡》，上海：復旦大學出版社，2012 年 8 月版。

29. 朱光潛：《朱光潛全集》，北京：中華書局，2012 年 9 月版。

30. 陳伯海：《意象藝術與唐詩》，上海：上海古籍出版社，2015 年 9 月版。

31. 李元洛:《詩美學》,北京:人民文學出版社,2016 年 8 月版。

四、學位論文（依發表時間排序）

1. 林文寶:《馮延巳研究》,輔仁大學中國文學系研究所,1974 年版。

2. 歐麗娟:《杜甫詩之意象研究》,臺灣大學中國文學研究所,1990 年版。

3. 姚友惠:《馮延巳與晏殊詞比較研究》,臺灣彰化師範大學國文學系,2001 年版。

4. 嚴雷:《尋聲律以定墨,窺意象而運斤》,東北師範大學中文系,2005 年版。

5. 范詩屏:《馮晏歐詠秋詞研究》,臺灣高雄師範大學國文學系,2006 年版。

6. 羅倩儀:《馮延巳詞研究》,中國文化大學中國文學研究所,2008 年版。

7. 李湘萍:《馮延巳與歐陽修詞之比較研究》,臺北市立教育大學中國語文學系碩士班,2009 年版。

8. 薛乃文:《馮延巳詞接受史》,臺灣成功大學中國文學系碩博士班,2009 年版。

9. 周玉雯:《馮延巳詞境界探析》,臺南大學國語文學系碩士班,2010 年版。

10. 陳宣諭:《李白詩歌海意象研究》,臺灣師範大學國文學系,2010 年版。

五、期刊論文（依發表時間排序）

1. 楊海明:〈論馮延巳詞〉,《文史哲》1985 年第 2 期。

2. 曹章慶：〈論馮延巳詞的感情境界及其建構方式〉，《廣西大學學報（哲學社會科學版）》第 24 卷第 2 期，頁 61～65。

3. 鄒華：〈源於「花間」，超越「花間」──論馮延巳詞的悲劇美感〉，《雲南民族學院學報（哲學社會科學版）》第 19 卷第 4 期，頁 113～116。

4. 楊文娟：〈馮延巳研究述評〉，《廣州大學學報（社會科學版）》第 5 卷第 11 期，2006 年 11 月，頁 74～78。

5. 萬燚、歐陽俊傑：〈從憂患意識到哲理意蘊──論馮延巳詞抒情的哲理化傾向〉，《中華文化論壇》2009 年第 3 期，頁 64～68。

6. 冀秀美、盧萌：〈馮延巳與李煜詞抒情之比較〉，《名作欣賞》2010 年第 2 期，頁 13～15。

7. 李瑩、連國義：〈馮延巳與晏殊「閒情」詞〉，《現代語文（文學研究）》2010 年第 10 期，頁 30～31。

8. 吳華雯：〈馮延巳詞與晏殊詞的異同〉，《兒童發展研究》2011 年第 4 期，頁 24～28。

9. 李茜茜：〈論馮延巳詞之「堂廡特大」〉，《東南學術》2012 年第 3 期，頁 208～215。

10. 張冰洋：〈獨立小橋風滿袖──略論馮延巳詞的創作風格及後世影響〉，《長城》2014 年第 8 期，頁 129～130。

11. 張永文、孫豔紅：〈論馮延巳詞柔婉清雅的詞體特徵〉，《社會科學戰線》2015 年第 11 期，頁 168～173。

12. 吳致寧：〈馮延巳詞的風格及形成原因〉，《大眾文藝》2015 年第 15 期，頁 60。